第一章 口火

「ふざけんな、こんなの聞いてねえぞ！」

英良《ひでお》が怒鳴り声をあげた。後ろ手に手錠をかけられた状態では、どんなに声を張り上げても意味をなさないと知りながら。中年男があきれたような声を出した。

「特別料金を払うんだぞ。このくらいのこと我慢しろ」

「だからって……」

そう言いかけた英良の頬《ほお》を男の手がつかんでゆさぶった。

「お前はノンケだからな、ことの最中に俺を殴るかもしれない」

「そんなことしねえよ。だいたい、オレを信用しないくせに、なんで二十万も払う
「ノンケの初物をいただくのが好きでな。それに、実のところこういうやりとりが
「はあ？　……いっ！」

いきなり股間を握《にぎ》られて、英良は身をかたくした。

「女にしか触らせたことないんだろ？　俺がお前の最初の男になるってことだ」

男は声を笑わせていた。英良は目隠しされていたが、男の声のする方をにらみつ ソフ
トな触り方で刺激される内に、若い一物《いちもつ》はかたくなってくる。男の強引さに腹は立 その
手管《てくだ》に逆らえない自分の体に、英良は恐怖を感じた。

「オ、オレ、やっぱり嫌だよ。やめてくれ、金はいらないから」

「いまさら遅いなあ」

「たのむよ」

「もう濡《ぬ》れてきたぞ。けっこうでかいじゃないか。太いのがいいな。しかしイカくせえな、ちゃんと洗ってんのか？」

いつのまにかファスナーを下ろされ、生身の一物をつかみ出されていた。男の手は英良の根本をきつくしごきあげている。若さゆえか、やがて鈴口には先走りがにじみ出し、それを男の指先が何度もこすって確かめる。

「うっ……」

思わず声が出た。英良は体を突っ張らせてその快感にあらがおうとした。その時、唇に柔らかいものが触れた。

「んう？」

自分がキスされているということに気づくまで、ずいぶん時間がかかった。男の濡れた舌がズルズルと英良の口の中を這《は》い回っていた。同性に、しかも五十男にキスされているということが、英良にはどうしても受け入れられなかった。

これは悪い夢だ。

一瞬、本気でそう思いこんだ。しかし夢の中に味や匂いが出てきたことなど一度もない。男の唾《よだれ》は濃厚な煙草《たばこ》のざらざらした味がして、酒の匂いも混じっていた。五感すべてで男とのキスを知り、急に体の力が抜けた。その隙《すき》を突いたように舌を吸い取られた。

「ん、う……」

股の間から手が入ってきた。一物を後ろに引っ張るようにつかんでしごき、それから熱い指が玉袋を撫《な》でる。思わずつま先立ちになった時、尻の穴をなぞられた。

「……！」

悲鳴をあげたつもりが、声にならなかった。英良は激しく体を震わせていた。指が入ってきた時、全身に鳥肌が立った。


三日前。

雨が降っていた。

英良はハンバーガーショップの窓際に座り、頬杖をついて外を眺めていた。

イヤホンからはウッドベースが聞こえていた。ボン、ボン、と唸《うな》る音にあわせて足でリズムをとり、時折、目だけ動かして、となりの椅子に立てかけてある巨大なベースケースをにらみつける。油っぽいテーブルの上に、空になった紙のコーヒーカップとスマートフォンが並んでいた。

すぐそばで店員が床掃除をはじめていた。英良がこの店に入って二時間が過ぎている。せめておかわりをしたらどうだと言われているのかもしれない。しかし金の余裕はなかった。外に目を戻すと、まだ夕刻前の時間で、街の景色のなにもかもが白くかすんで見えていた。雨に濡れた桜の花びらが地面に汚くつぶれているせいだ。当分、やみそうもなかった。今日は週末で、路上ライブで少しは稼げるかもしれないと期待していたのに……。

ＳＮＳで友だちとやりとりしていた。

『だから次のバイトは決まってない。金欠で干上がりそう。家賃も溜まってるし』

ものの数秒で返事がきた。

『選んでる場合じゃないな』

『募集がないんだよ、マジで。ずっと探してる』

『じゃあなんであんなライブやったんだ？　金かかったろ、あそこ』

どういう意味か英良には嫌というほどわかっていた。先月、二十一歳の誕生日にあわせていつもより広いライブハウスを借り切った。友人知人すべてに声をかけたが、客として集まったのは五人。もちろんもっと大勢集まる算段でいた。しかし、五人しかこなかったことにも、それほど驚いてはいない。音楽仲間たちの輪になじめない自分を英良は知っていた。

『ごめん、禁句だったな』

友だちのメッセージになんと返そうか迷っていると、イヤホンからエスペランサ・スポルディングの歌声が聞こえてきた。英良のあこがれの女性ベーシストで、ウッドベースで弾《ひ》き語りをする。才能というものがその歌声から、ブーン、ブーンと唸る音からあふれ出ているような気がする。

オレだって本当は今頃、音楽大学に進んでいるはずだった、と英良はよく想像する。しかしそれは夢のまた夢の話だ。英良が中学にあがった頃、母親が死に、父親も蒸発してしまった。当時すでに独立していた十歳年上の兄の部屋から英良は高校に通った。高校に行けただけでも恵まれている、自分でもそう思っているが、もし家族があのままなら音楽大学にも行けたはずという思いは消えようがない。高校卒業を機に英良も独立した。その少し前、兄が結婚して子どもまで生まれていた。兄もその妻もやさしい人間だったが、赤ん坊をかわいがる姿を見たら、兄の家族の中に自分の居場所があるようには思えなかった。

父が母を殴る姿がイメージとなって英良の頭にも残っている。しかし幼い英良にウッドベースを弾いて聴かせてくれた時、父はやさしかった。少なくとも、英良はそう記憶していた。父は著名ではないがプロのベーシストだった。英良はまたベースケースをにらみつけた。

顔をあげた時、二つ離れたテーブルの男と目が合った。と言っても、男はサングラスをかけていて、英良を見ているという確信はない。ただ、サングラスをかけた髭面《ひげづら》が父親を連想させて目についたのだ。父を思い出して男が目についたのか、男の姿が視界に入っていて父を思い出したのか……。面影の似た中年男を目にするとどうしても意識してしまう。とはいえ、男はまだ四十前後の年だった。英良の中で父の姿は若いまま止まっていた。

おもむろに男が立ち上がり、英良のテーブルにやってきた。ヤクザにガン飛ばしたと思われたかと英良は身構えた。

「ライターあるか？　貸してくれ」

男はサングラスをはずし、英良の向かいに座った。英良が残り一本しか入っていない煙草の箱からライターを引っ張り出すと、口に煙草をくわえて待っていた。図々しいおっさんと思いながら火をつけてやった。目や鼻の作りも父親に似ている気がした。家族がまだ幸せだった頃の父と……。

「お前、いい男だな。体つきもまあ、……悪くない。骨太だし、鍛《きた》えればもっとボリュームが出るぞ。田舎の兄ちゃんって面構えがいい。男にモテるタイプだ」

なんの話をしているのかわからなかった。英良はマジマジと男を見た。髭を生やした体の大きな中年男だが、その服装は小綺麗《こぎれい》に整えられている。ベージュのチノパンは染《し》み一つなく、質のいいドレスシャツに黒い上等な仕立てのジャケットを羽織《はお》っている。チェックのネルシャツにジーパン姿の英良と比べると、十倍は着るものに金をかけているとわかる。手首にはまった金色の時計に気づいて、十倍ではなく百倍かもしれないと英良は思った。

イヤホンを片方はずして聞き返した。

「なんの話スか？」

「春町って聞いたことあるか」

聞いたことはあった。バーやスナックの多い夜の町で……、そう、ゲイの集まる町。目の前のいかつい男は髭を生やしプロレスラーまがいの体型で、服に金をかけている。こういう男を指して「ゲイっぽい」と友だちが話していたことをふと思い出した。

でも、まさか。

「だから、なんの話？」

男は苦笑して足を組んだ。

「おれはそこでバーをやってるんだ。お前みたいな男ならバイトにちょうどいいと思ってな」

「バーテンのバイト？」

バーテンならそれまで二度経験があった。英良は降って湧《わ》いた仕事の口に身を乗り出した。

「とりあえずバーテンでもいい。お前みたいないい男なら稼げるぞ」

「さっきからいい男いい男って、キモいんスけど……」

「本当のことだ。うちの客にはきっと受ける。女もいるんだ、客の中には。まあ、ほとんどはゲイだがな」

聞き間違いかと思った。だが、そうだとすると話が見えてくる。

「まさか、ゲイバーってわけじゃ……」

「ただのゲイバーじゃない。上等なバーだ」

英良はとっさに身構えていた。やっぱりこのおっさんもゲイってことか？　さっき、父親と似ていると思った反動もあり、生理的に受け付けないものを感じていた。

男は上着のポケットから名刺を取りだした。『ＲＥＤ（レッド）』赤西《あかにし》清太郎と書いてある。

「店の住所わかるだろ。とりあえず遊びにくるといい。タダで飲ませてやる」

そう言うと赤西は立ち上がった。

「嘘だろ」

「お前みたいな男がいるだけで客が入ってくる店だから、元はとれるのさ」

赤西は肩をすくめて外に出て行った。傘を差したその後ろ姿を見送りながら、英良はまだ顔を険しくしている。ようやく姿が見えなくなると、テーブルに置かれた名刺を見下ろした。こんなものいらない、とは思うが、話の種にはなるかもしれない。財布を出して名刺をしまおうとした。二時間前、百円のコーヒーを買った時に最後の札をくずしていて、もう小銭しか入っていなかった。

ゲイバーのバーテンか……。


夜、春町の一角で『ＲＥＤ』と店名の入った金属の看板を見つけて、英良は立ち止まった。四角い箱になった看板で、文字のところが切り抜かれ、中から明かりが漏《も》れ出している。看板だけ見れば、オシャレ系のバーか居酒屋としか思えない。少なくとも危険は感じなかった。

『ＲＥＤ』は雑居ビルの三階にあった。小さなエレベーターを降りて狭い通路の一番奥のドアに、路上に置かれていた看板と同じデザインの文字が書かれていた。英良は躊躇《ちゅうちょ》しながら、おっかなびっくりドアを開けた。そして入った瞬間に後悔した。

店の中は薄暗く、暖色系と寒色系の間接照明が使い分けられていて、看板どおりに洒落《しゃれ》た雰囲気のバーだった。だが、英良の目にはその異様さばかり目立って見えてくる。カウンターとソファが三組の決して広くはない店なのだが、そのカウンターの中に若い男ばかり五人も並んで立っていた。そのほかに黒い背広を着たいかにもバーテンらしい男がシェーカーを振っているが、他の男たちはただ突っ立って、みな遠慮のない目つきで英良を見つめる。そしてスツールやソファに座った中年男たちも英良に視線を向けていた。

こいつら、みんなゲイなのか？

一瞬、体がかたまってしまった。

スツールに浅く腰かけていた赤西がニヤリと笑って手を上げた。

「よく来たな」

空いていたソファ席をすすめられた。なにが飲みたい？　と聞かれ、英良は即答できなかった。赤西はなにかバーテンに合図を送り、ソファの向かいに座り直した。

「本当に奢《おご》りなんスか？　ぼったくりだとしても、オレ、マジで金持ってないから取りようがないよ」

英良は逃げ出したかったが、財布の中身を考えて踏《ふ》ん張った。もう千円もないのだ。すぐに金が必要だった。ゲイバーとはいえ、バーテンはバーテン。もし採用されたら、日払いにしてくれと頼み込むつもりでいた。

赤西が笑って英良を見ていた。

「安心しろ。お前みたいのがこの町で金を使うことは普通ない。黙っていても誰かが奢りたがる」

「なんで？」

「お前は売れ筋だ。お前みたいのが嫌いという奴は滅多《めった》にいない。ちょっと田舎っぽいとこがいいんだな。田舎の男前って雰囲気だ。ただし、男前過ぎないところがいい」

「田舎くさくて悪かったな」

「そうじゃない、褒《ほ》めてるんだ。男らしい男の方がこの町ではモテる。つまり、お前は金をもらう側の人間ってことだ」

赤西の言葉を英良はまるで信じていなかった。なにしろカウンターの中に立っている若い男たちは、みな、パッと見たかぎり英良より見栄《みば》えがする。英良と同年代か十代にしか見えない、顔立ちの整っている男ばかりで、女にモテそうな連中だった。服装はみなバラバラで、カジュアルな格好が多いが、英良の地味なシャツ姿とは比べようもなく洒落ていた。

しかしそれでも、バーの中にいる三人の中年男全員が誘うような目つきを英良に向けていることには、英良も気づいていた。一人はにっこりと笑い、一人はむっつりとして、もう一人はオドオドとした様子だが、三人とも目の奥に暗い欲望が見て取れる。英良にでも、それが女を見る男の目つきと変わらないとわかった。友だち連中と合コンをすれば、男どもはみなこういう目で女の子たちを見る。

今、自分がそういう目つきで同じ男に見られていると思うと、ますます居心地が悪くなってきた。

「でも、バーテンはもういっぱいいるじゃないか」

英良の言葉に赤西は首をかしげた。一瞬、間を置いて、英良の言いたいことを理解したのか、くっくっと笑い出す。話を聞いていた、となりのソファのむっつり顔の男も手を叩いて笑った。

「あいつらはバーテンじゃない。商品だ。酒のボトルが並んでるだろ。あれと同じ」

「はあ？」

「売り専って知らないのか。つまり、まあ、体を売ってるのさ」

英良は目を見開いた。ぐるぐると頭が回り始めていた。

「まあ、安心しろ。いきなりお前に客をとれとは言わない」

「バーテンのバイトじゃないのか」

「それでもいいが、もっといい儲《もう》け話を聞かせてやってるってことだ」

「冗談じゃねえよ、なんでオレがそんなこと」

「今晩いきなりどうこうって話じゃない。それに、ここには女の客だってついてる」

「でも、体売るって、ありえねえよ」

その時だった。となりのむっつり顔が話に割り込んできた。

「いくらあればいい？」

英良はますます混乱して、マジマジと男の顔を見据《みす》えてしまった。脂《あぶら》の浮いた狭い額の目立つ、精力的な顔つきの中年男だった。いくぶん腹は出ているが中肉中背の体格で、艶《つや》のある高級なスーツを着ている。赤西のものよりさらに高そうな時計をはめていた。男前でも不細工でもないが、全身からなにかギラギラとしたものを放ち、押しの強さを感じさせる。

「金に困ってるんじゃないのか？　いくら必要だ？」

「え、その、家賃と携帯代とかで二十万あれば……」

「そのくらい、俺が払ってやる」

英良は耳を疑った。二十万くれるって？　マジで？

「なんにもしなくていいんだ。ただ、まあ、添い寝みたいなことしてくれればいい。おじさんは寂しがり屋でなあ」

「ヤマさん、それは……」

赤西がなぜか険しい顔で男を見つめていた。それでも、男を応援するように言い足した。

「二時間で済むバイトで二十万が手に入るって話だ。つまり、お前にとっちゃかなりいい商談だな」

男がスーツの上着から長財布を取りだして中を見せた。金やプラチナや黒いカードと一緒に札束が詰まっている。英良はゾッとして立ち上がり、店の中をぐるりと見回した。カウンターの中の若い連中が英良たちの方を見ながらこそこそ話し込んでいた。英良はよけいに気持ちを焦らせた。

なんだよ、これ？　添《そ》い寝で二十万？　嘘に決まってる。

一番奥のソファに座っていた、どこかオドオドした様子の中年男がいつのまにかすぐそこに立っていた。そのとなりにはカウンターの中にいた若い男が一人寄り添っている。まだ子どものようにも見える男で、中年男の腕にすがりながら、英良のことをクスクス笑うようにして見つめている。二人は赤西に軽く頭を下げてドアに向かう。その途中で、若い男の方が英良の耳元に囁《ささや》いた。

「担がれてるわけじゃないよ、二十万って話。その人、金払いはいいから」

顔は子どものようでも、その態度から中身は正反対とわかった。嘘を言っているようには思えなかった。

黒い背広を着込んだバーテンが英良の前に飲み物を運んできた。

「とにかく一杯飲んで、落ち着け。無理強《じ》いはしないから安心しろって」

赤西がソファの座面を気楽な様子でぽんぽんと叩いていた。英良は頭に血が上りかけていて、ソファにドスンと座りなおした。


そして一時間半後、英良は押しの強い中年男と一緒にホテルの一室にいた。

赤西とこの山神《やまがみ》とかいう男に相当飲まされて頭が朦朧《もうろう》とはしているが、自分を見失っているとは思っていない。知らない世界を覗《のぞ》いてみたいという好奇心はたしかにあった。自分の肝の据わっていることを確かめてやろうという気持ちもあった。しかし実際には、あのバーで一時間以上、赤西と山神に「いい男だ」と持ち上げられ、酒を飲まされ、次々とやってくる客がみな英良に色目を使い、そしてカウンターの中の英良と同年代の男たちを連れて店を出て行く様を見守って、体を売ると言ってもそうたいしたことではないのかもしれない、という気持ちにさせられたからだった。

なにしろお前は男だ、と赤西は繰り返していた。ノンケの男なんだから、後腐《あとくさ》れなくバイトとしてやってみればいい。女の子とは違う。男が金と引き替えに男と寝たって誰かが傷つくなんてことはない。だって男なんだから。そうだろ？　その理屈は正しいような気がした。

なにより二時間で二十万という額が英良には大きかった。それだけあれば滞っている支払いをすべて済ませてもお釣りがくる……。

ベッドの上でなにをされるのか、具体的に想像できていないせいもあった。添い寝でいい、という言葉を鵜呑《うの》みにはしていなかったが、無理に信じようとしていたのかもしれない。

つまり、英良は酔いつぶれる寸前だった。

シャワーの音が聞こえていた。山神の脱ぎ捨てた上着やスラックスが椅子の背にかかっていた。財布から現金を抜いて逃げてやろうかという考えもあったが、人のものを盗んだことのない英良には思い切りがつかない。鏡張りのヘッドボードに映る自分の姿をぼんやり眺めて待っていた。

十分と経たずバスローブ姿になった山神が出てきた。すでに腰にタオル地の帯を巻いているが、もう一本、同じものを手に持っている。顔はニヤニヤと笑っている。

「そのまま、そのまま」

「なんだよ、え？」

目隠しされていた。目の前が暗くなって、英良は酔いで頭がクラクラした。

「これでも恥ずかしがり屋なんだ、おじさんはさ」

ふざけたやりとりとしか思えなかった。英良は頭に巻かれた帯を触った。ふわふわした触り心地。それを指に感じている間に、手首に冷たい感触が走る。あれ？　と思っている間に腕を後ろにまわされ、もう片方の手にも冷たい感触が貼りついてくる。気がついた時には手が後ろにまわされたまま動かなくなっていた。

縛られた、とわかってから一気に怒りがこみあげてきた。

「ふざけんな、こんなの聞いてねえぞ！」

怒鳴り声をあげ、それが通じないとわかって泣き言を言った。尻の穴に指を入れられているとわかった時には、全身総毛立って山神の舌や唇に噛《か》みつこうとした。

「ハハッ、狂犬だな、あぶないあぶない」

山神の笑い声が部屋の中に響いていた。英良は立ち上がってドアの方角に走った。ただし、それは記憶を頼りにした方角で、少しばかり見当が外れていた。

「いてえっ！」

チェストの角に腰を打ってよろめいた。その拍子に腕をつかまれベッドに押し倒された。うつぶせに寝転がり、それでも体を揺さぶって逃げだそうとするが、背中に山神の体重がのしかかり、下はスプリングマットが弾んでうまく力が入らない。その間にジーパンとボクサーブリーフが山神の手と足でずり下げられ、英良の足首に絡みついた。

いよいよ身動きできなくなったと気づいた時、濡れた熱い肉が尻の谷間にこすりつけられた。

「嘘だろ、こんなの！」

「おじさんはお前が店に入ってきた時からこうするつもりだったぞ」

「ざけんな！」

「俺が濡れやすいのに感謝しろよ」

ぬるり、と尻の穴に山神の一物が押しつけられていた。英良はぎょっとして全身を力ませた。鳥肌をたて、体をゆすぶって抵抗するが、先走りの多い山神の一物がじわじわと肛門の中に侵入してくるのを感じていた。

「観念しろ。息を吐け、力を抜け」

「やめろ、やめろって！」

「お前が女を抱く時、先っぽ入ってる状態でやめる気になるか？」

「いっ……」

山神の手がシャツの裾《すそ》から入り込み、胸板を撫で回していた。ごつごつとした指が英良の乳首をつまんだり、やさしくさすりあげる。英良はよけいに鳥肌をたてたが、きつくつままれると体に力が入り、それがゆるむとふっと力の抜けてしまう瞬間がある。それを狙って山神の一物は英良の奥深くまで犯していく。

無理に押しひろげられ、ひどい圧迫感があった。そして焼けるように熱い。自分の体の中に男のそれが入り込んでくる感覚は、英良を泣きたいような、情けない気持ちにさせた。

「あーっ、抜けよ、痛えよ！」

「初めてだからそりゃそうだろうなあ。……泣いてもいいぞ？」

山神の鼻息の荒くなるのが聞こえていた。さらに肉襞《にくひだ》が押しひろげられ、ヌラヌラする感触が中にまで入り込んでくる。

高熱が出た時のように、違和感に寒気がしてきた。

「もう、もうはやく終わらせてくれよ……」

「なんだ、もう降参《こうさん》か？　もうちょっと手応えが欲しかったな」

「ううっ！」

髪の毛を鷲《わし》づかみにされ、仰《の》け反《ぞ》るように体を起こされた。目をおおっていたバスローブの帯がゆるみ、目隠しの用を足さなくなる。鏡張りになったヘッドボードに、英良は中年男に犯されている自分の姿を見た。

「いやだ……」

信じられなかった。信じたくなかった。

山神の興奮した様子にも、英良は衝撃を受けていた。自分の体のすぐ後ろに、五十男の汗をかいた顔がある。脂で光った鼻、上気した頬と太い首、まばらに毛の生えた胸板。激しく突き上げてくるたびに、はだけたバスローブのタオル地がふわふわと英良の尻を撫でていた。

レイプ物のＡＶでよく見るシーンに似ていた。

尻の穴を犯される違和感に鳥肌が消えなかった。体の奥底をえぐられる感触に心までじわじわと蝕《むしば》まれる。熱い、ヌラヌラする、糞《くそ》が出そうだ……。

もちろん英良のそれは小さく縮こまっていた。そこにまた山神の手がのびた。やわやわとやさしい技巧で責められると、肛門の痛みと圧迫感にかかわらず、若い英良は徐々に反応を見せた。山神は英良の背中にのしかかるように密着しながら腰を振り、英良の一物をしごきあげた。

「お前が先にイケ」

英良の耳に口を押しつけて囁いた。ついでとばかりに耳たぶをずるりと吸い込み歯を立てる。英良は反射的に手を動かした。後ろ手に山神のたるんだ腹が触れている。

「……こんなんで出るわけねえよ」

「お前がイカないと終わらせないからな」

鏡越しに目が合った。山神は獣のような鋭い目つきで英良をにらんでいる。英良は怖くなった。このおっさん、マジでどうかしてる……。

その間も山神の手は英良をしごき続けていた。緩急《かんきゅう》つけてやさしく皮を動かしたり、根本をきつく握って痛いくらいの刺激を与えてくる。英良は目を閉じ、必死で女のことを考えようとした。なんでもいいからはやく終わらせたかったのだ。しかしその時が近づくにつれ、山神の一物がいっそう奥深くまで入り込んできた。経験のない感覚が尻の奥から一物の付け根につながるのがわかった。英良にはそれがなんなのか理解できなかった。ただしごかれるより感じていることに気づいていなかった。

最後は勝手に体が震えて、後ろから押し出されるようにザーメンが迸《ほとばし》っていた。

「うっ、あっ！」

「いきなり出したな、このガキ。一言言えよ」

「あっ、あーっ！」

とたんに山上が英良の腰をつかみなおし、激しく打ちつけてきた。熱い肉の棒が容赦なく肉襞をえぐる。英良はまだ射精の最中で、山神に犯されながら一物は独りでに鎌首を振り、シャツの裾や黒々と光る陰毛の茂みに粘ったザーメンを飛び散らせた。

「ようし、そのまま締めてろ、イクぞ、うっ、く……」

山神はピタリと動かなくなった。そのせいで、肛門の中で肉が脈を打ち、熱いザーメンを吐き出しているのが英良にも意識できた。また鳥肌がかたくなった。山神は大きく息をして、ゆっくりと体を動かした。

「初めてのくせになかなかいい具合だったぞ、ふう……」

山神の一物は一気に小さく縮こまり、ヌルンッと自然に抜けてしまった。英良はせつないような感覚に身悶《みもだ》えた。その直後、熱いものが尻の穴からあふれだすのがわかった。糞が漏れた、と焦ったが、それが山神のザーメンだと気づいてますます恥ずかしく思った。

山神の体が離れると、英良はそのままベッドに突っ伏した。手錠が後ろ手に食い込んだままでズキズキしている。文句を言おうと思ったが、山神はシャワールームに入ったらしい。徐々に頭がまわりだしていた。まだ酔いは残っているが、自分が何をされたのかはっきり意識できるようになっている。まだ信じられない。このオレがおっさんにレイプされた？

五分とせず山神が戻ってきた。頭を持ち上げると、鏡ごしに、ワイシャツに袖を通している山神が見える。下はトランクスと靴下だけの姿で、毛深い脛《すね》が目立ちみっともない。しかしその顔にはいかにも満足気な、男としての自信というものを感じさせる表情が浮かんでいる。ネクタイを手に取り、ゆっくりと結びながら英良と目を合わせて笑ってみせた。

こんなおっさんに……。

怒りより、情けなさで放心してしまった。肛門を犯されたこともそうだが、イカされたことがとくに堪《こた》えていた。男にイカされたなんて……。英良は無言で手錠をジャラジャラ鳴らしてみせた。

「暴れないと約束すればはずしてやる」

山神はスラックスをはきながら言った。

「俺を殴って逃げ出すことはできる。だがそうしたら金は払えない。わかるだろ？　金を奪って逃げればいいと考えるかもしれないが、そうしたら俺は警察に行く。お前はなんて言うつもりだ？　おじさんにレイプされたって？　いいか、日本の法律じゃレイプされるのは女と決まってるんだ。男がレイプされる可能性が考慮されてないんだな」

実際には山神が脅《おど》し文句を言う必要はなかった。英良はぐったりと疲れ切っていたし、尻の穴は疼《うず》くように痛み、チェストに打ちつけた腰が震えていて、山神をどうにかしてやろうという気力も失せていた。だから手錠を外されてもじっとしていた。

「いい子だ」

山神はニヤリと笑って英良の髪をくしゃと撫でた。英良は反射的にその手を払い、山神をにらみつけた。

「あと少しでも触ったら本気でぶっ殺す」

山神は両手を挙げて後ずさった。

「わかったわかった。……お前は最高だな」

電話が鳴ったのは昼ちょうどの時間だった。

赤西はベッドの中で布団を頭からかぶっていた。

まだ早すぎる、放っておこう。そう考えたが、電話の音にあわせて犬がギャウギャウと鳴き出した。滅多に鳴かない犬の鳴き声に驚いて、赤西は渋々と起き上がった。

広く豪勢なマンションだが、あまりもののない部屋で、焦げ茶色のフローリングの真ん中に犬が踏ん張るように立っている。そっと抱き上げ、テーブルの上に投げ出してあった携帯を取り上げた。

『二十万、ちゃんとくれよ』

いきなり若い男の声が耳に飛び込んできた。まだ頭がしっかり動いていなかったから、間違い電話かと疑った。だがその声には聞き覚えがある。ゆっくりと記憶が戻ってきた。

「お前か……。まだ朝だぞ。夜になったら店に取りに来い」

『嫌だ。もう二度とあそこには行かない』

「じゃあ、あきらめろ」

『ふざけんな。金をくれないなら警察に行く。本気だぞ。法律じゃどうだか知らねえけど、昨日ので怪《け》我《が》してるんだ。ごまかそうってんなら店の前で騒いでやるからな』

思っていたより面倒なタイプらしい。赤西はため息を漏らした。

夕べ、店に山神がいたのは運が悪かった。英良のような男はうまく仕込めばかなり稼ぐようになると赤西は経験から知っていた。だが、ノンケ男を仕込むには時間がいるし、駆け引きが必要だった。なのに山神が横から割り込んだ。あれは常連だし上得意だが、悪い癖《くせ》がある。今までも似たようなパターンで、店に入りたての若いノンケ男を何人も町から遠ざけてしまった。ゲイで、中年男を好むような若い男相手でも、一度で潰《つぶ》したことがある。

しかしああなってしまったものは仕方ない。

迷ったが、それ以上考えるのも面倒でマンションの住所を言った。

三十分と経たず英良がやってきた。やっと熱いシャワーを浴びて、コーヒーを入れている最中だった。エントランスを開けてやり、部屋のブザーが鳴るとドアの前に立った。足下に犬が来たが、客に向かって鳴いたことは一度もない。ただ用心深そうな顔で英良を見上げていた。

「とにかく入れよ。コーヒーあるぞ」

「金をもらったらすぐに行く」

英良は全身から攻撃的なオーラを放っていた。少しも隙を見せようとしない。しかたなく、部屋の奥の箪笥《たんす》から金を出し、封筒に入れた。玄関に戻ると、英良は犬にちょっかいを出していた。しかし赤西の姿を見るとあわてたように立ち上がり、封筒をふんだくった。中身を確かめ、さっさと出て行った。

赤西も通路に出て声をかけた。

「気が変わったらいつでもこい。次からはあんなことはないから安心しろ」

「嘘つけ」

「ほんとだ。どうせ山神さんに掘られたんだろ？　次からはお前が掘る役専門で客を選んでやる。いや、バーテンだけでもいい」

英良がエレベーターの前で立ち止まり、振り返った。掘った掘られたという話のせいか、その顔は赤く染まっている。赤西の目をにらみつけて、威勢よく中指を立ててみせながらエレベーターに乗り込んだ。


その夜、赤西が『ＲＥＤ』を開けて一時間ほどすると山神が顔を出した。

「昨日の奴、金取りに来たかい？」

「来ましたよ。しかもおれんとこのマンションまで押しかけてきた」

「迷惑かけたなあ」

そう言いながらも、山神は笑ってバーテンに酒をつくらせ、一気に半分もグラスを空けてしまう。

「勘弁してくださいよ。あいつはなかなか上玉だった。山神さんに一度で潰されちゃうには惜しかった」

「きっと戻ってくるさ」

「そうは思えませんがね」

「いいや、間違いない。俺の勘は滅多に外れない」

山神は一杯飲むと、パトロールに行ってくると言い残して店を出て行った。その様子からして、今夜は誰かを抱きたい気分でもないらしい。自分で事業を興し会社を育てたやり手だが、仕事が終わってもまっすぐ家に帰れないのだと前に話してきたことがある。特定の相手と付き合える性格じゃないと宣言しながら、誰もいない家に帰るのはわびしいのだという。

どんなに仕事で成功していても満たされない人生を送っている男など、この町にはいくらでもいる。五年続く男前のパートナーがいながら若い男を買いに来る三十代の男たち。自分より年上の男に金を積む二十歳の童貞男。ホストは面倒くさいからと、ゲイの売り専に金を払うキャバ嬢もいれば、女と見分けのつかない美しいニューハーフが同時に二人も売り専を連れ出していく。女と結婚し子どもをもうけ、孫まで大勢いる老年の紳士が、縛られ鞭打《むちう》たれたいと、この町にやってくる。

「……なんの話だったんだ？」

カウンターのスツールに座る黒崎《くろさき》が声をかけてきた。赤西は笑って、酒で桃色に染まった白い顔を見た。

「夕べの話だよゲオさん。こないだスカウトしたノンケがふらふら来たんだ」

「読めたぞ。そこにさっきのおっさんがいたんだな？　なんだっけ、やまがみさんだっけか？」

完璧な抑揚《よくよう》の日本語を話しているが、黒崎ゲオルグは人種的には白人のアングロサクソンだった。頭はハゲて丸坊主、髭は生やしていないが腕も指も毛だらけで男臭い。ハンサムな男で、笑ったところはハリソン・フォードに似ている。ただし、この十年でかなり太ってしまったが。日本人とブラジル人の夫婦に引き取られた養子で、日本に育ち、南米とヨーロッパで働き、最近はずっと日本に落ち着いている。若い頃、赤西は一度だけ黒崎に連れられて、アメリカからメキシコ、中南米とまわる旅に出たことがある。その時、二人は売り専と客という関係だった。

あれから十五年。親友と呼べる相手がいるとしたら、この男しかいないと赤西は考えている。元は売り専と客であっても、年の差は五歳しかなかった。

英良のことを話して聞かせると、黒崎はケラケラと笑った。

「運の悪い奴ってことだな。……かわいい子だったのか？」

「そりゃあもう。なかなかいないよ、ああいうのは。ただきれいな子だとか、体がいいってだけならいくらでもいるけど、ノンケらしいノンケだったし、男っぽかった。田舎っぽいんだ。この町にはいないタイプだな」

「せめて一日会いたかったなあ」

「初めての客がゲオさんだったら、この町で働く気になったかもしれない」

「それはそれは光栄な評価だ」

ドアが開き、三十男の二人連れと、二十代のグループ客が入ってきた。続いて売り専たちも入ってくる。急に店の中が賑やかになった。

黒崎が売り専たちに声をかけた。その陽気な性格から若い売り専たちにはとくに人気があり、黒崎ゲオルグのまわりには明るい笑い声が絶えない。赤西は客におしぼりを配り注文を聞いた。もちろん客の目当ては酒じゃない。カウンターの中の若い顔とその体つきを一人一人念入りに確かめている。

しばらくして赤西の携帯が鳴った。あわてて非常階段の踊り場に出て話した。

「もしもし？　うん、おれだよ。ああ、そうだな、こっちは降ってない。生ぬるい感じだけど。え？　だから、空気のことだよ、湿ってる……」

話している間に赤西の顔からみるみる生気が抜けていく。疲れがあふれてくる。ほとんど毎日、この時間にかかってくる電話だった。たいていは天気の話と景気の話しかしないのだが、切るまでにたっぷり十分はかかる。相手もさほど話すわけではない。お互いに黙っている時間の方が長かった。赤西はビルとビルの隙間から通りをにらんでいた。

午前三時を過ぎた頃、赤西は店の戸締まりをすませてビルを出た。タクシーを拾い、マンションに向かう。運転手が話しかけてくるが一言も返さない。帰宅すると犬が眠そうな顔で出迎えた。頭を撫でてやり、おやつをやり、熱いシャワーを浴びる。疲れで体が重いのに、熱い湯で体をこすっているとムクムクと一物が頭をもたげてきた。

「う……」

尻を洗い、指を入れた。頭から湯を浴びながら、片足だけつま先立って奥をいじる。前はゆっくりとしごいていた。時間をかけるつもりはなかった。ただの生理活動、そう思いながらも、無意識に、以前関係のあった男たちの顔や体が頭に浮かんでくる。その体臭を追い求めるように鼻をすする。不意に、山神が英良を犯しているところを想像した。一気に興奮が高まり、前は手放しで出した。

「う、うう、ふう……」

体を乾かすと水を飲んだ。トランクスにTシャツ姿でベッドに寝転がる。とたんに犬が飛び乗ってきた。しかし甘えるわけでもなく、足下でただ丸くなる。毎日、毎晩繰り返されるパターンだった。

目を閉じると英良の顔が浮かんできた。もったいない奴だったな。耳元に山神の声が聞こえてくる。

きっと戻ってくるさ。

……まあ、どちらでもかまうものか。

浅い眠りしかやってこないことはわかっていた。もう二十年以上、続けて二時間と眠ったことのない赤西だった。やっと眠ってもいろいろな想念や過去の記憶が頭の中をめぐっていて、夢とそれらが交互に行き来する。

それから何日間かは、赤西も英良のことを思い出した。しかし記憶はどんどん薄らいでいく。二十年前のことなら嫌でも思い出せるのに、昨日のことは忘れてしまう。だからあれからちょうど一週間後、マンションのエントランスブザーが押され、ディスプレイごしに英良の顔を見た時には、本当に驚いた。ドアを開けてやると、英良は片手に巨大なトランクを、もう片方の手にさらに大きなベースケースを引きずっていた。

ボン、ボン、ブーン。

英良はノリノリでウッドベースを弾いていた。夜の繁華街《はんかがい》の、店終いしてシャッターを閉めた商店の前が馴染《なじ》みのステージだった。すぐ足下にベースケースを開けてあり、千円札が一枚と百円玉が三枚入っている。ただし、それは誘い水としておいてある自腹の金だった。

赤西や山神とのことは、もはやそれほど引っかかってはいない。ひどい目にあったとは思うが、なるほど赤西の言うとおり、男が男とセックスしたからといって傷つくことはないらしい。実際にはあれから丸二日は、股になにか挟まっているような感覚が残っていたが、運のいいことに切れたり裂けたりはしていなかった。目隠しされたまま走り出した時にぶつけた腰の方がずっと痛んだくらいだった。

眠りにつく時などに、あの時の恐怖感が戻りかけはしたが、なにより二十万が効いていた。これで当面の生活には困らない。バイト探しに焦らずともこうして好きな演奏活動ができるのだから……。嫌なことは忘れるにかぎる。

通行人の多い通りだった。だがほとんどの人はただ目の前を通り過ぎていくだけだ。たまに中年男や若い男女のカップルが立ち止まるし、一曲終わったタイミングで手を叩く人もいる。しかしチップをくれる人は滅多にいない。それでも、聴いてくれる人がいるだけで英良は得意な気持ちになれる。

幼い頃から、いつか何者かになりたいと願う英良だった。思春期がきて、父親が姿を消した頃、何者かになるというのはひどく難しいことらしいとわかってきた。学校では「自分らしく」とか「夢を持て」といった言葉を教師たちから聞かされた。しかし学校で言われることと現実の社会が違っていることくらい誰でもわかる。

オレだって三十までにはなんとかしないと。

しかし二十歳になるまでは、二十歳までにはなんとかなってるはずと考えていたことは覚えているし、うすうす気づいてはいるのだった。自分には才能がないのかもしれない、と。

なるようにしかならない、という気持ちはあった。だが、三十までにはなんとかしないといけない。それは最終リミットだ。英良の父親は二十代の内にプロとして認められていた。父はウッドベースひとつ残して消えてしまったが、今でもCDショップに行けば父のクレジットの入ったディスクが売られている。三十までになんとかするためには、今からどうかなっていなくては間に合わないということだ。

英良は焦《あせ》っていた。しかしどうすればいいのか？　今の自分にやれることといったら、こうして路上でベースを弾くことだけ……。

ノリノリだったベースの音がしおれてきた。

「やっぱりここにいた」

鳥飼だった。赤西に声をかけられた時にもやりとりしていた、数少ない友だちらしい友だち。音楽仲間はいつも英良を上から見下ろしてくるが、この鳥飼だけは英良をバカにしない。むしろ自慢げに人に紹介する。

こいつ、ベース弾くんだぜ、すごくない？

鳥飼が音楽を知らないせいかもしれないとは英良も思う。だが、とにかく二人はこの数年よくつるんでいた。

鳥飼が来てくれて、英良はうれしくて笑った。すると鳥飼は頭を下げて頼んできた。

「たのむ、金貸してくれ」

ドキッとして、演奏の手が止まった。ジャンパーの内ポケットに二十万入った封筒を入れっぱなしにしてあった。鳥飼がそれを知っているような気がする。

「なんなんだよ、いきなり？」

「親が旅行に行っちゃっててさ、仕送りが遅れてるんだよ。今日中に家賃払えって大家がうるさくて」

「お前、金持ちじゃなかったの？」

大学を出てからも親の仕送りで遊び暮らしている鳥飼だった。一緒にいれば食事代や酒代をちょくちょく出してくれている。借りだらけで無下《むげ》にできなかった。

「二十万必要なんだ」

ポケットの中で封筒が重くなった。声が少し震えてしまう。

「そんな金、オレが持ってると思ってんのか？」

「あちこちに聞いてまわってんだよ。ダメ元で」

しかし考えてみると、次の家賃の引き落とし日までまだ三日あった。

「いつ返せる？」

「明後日には余裕」

「絶対だぞ」

「マジであるのか？　いつもジリ貧の近藤が？」

英良はニヤニヤ笑って封筒を鳥飼に投げた。

「マジでたすかった、一生、恩に着る！」

鳥飼は満面の笑みを浮かべて立ち去った。英良はいい気分になった。もう一度、ノリよくベースを弾けた。

それから三日後、英良は肩を落として歩いていた。

鳥飼から金を返せないという連絡が入っていた。両親に呼ばれて旅行に合流することになったのだという。メールだった。いつもやりとりに使っているSNSのアプリはつながらなくなっていた。調べたところ、鳥飼の出かけた国ではアプリの通信が遮断《しゃだん》されてしまうらしい。もちろんすぐにメールの返信はした。シャレになんねえよ、オレが大家に追い出される！　しかし返信はなかった。面倒で放っておかれているのか、そもそも読んでいないのか。鳥飼とは前にも何ヶ月も連絡がとれなくなったことがあった。旅行中は気まぐれで携帯を切るし、メールも読まないんだ、と後で言われた。そういうところが英良も気に入って友だちづきあいを続けていたのだ。自由を感じさせる奴だから……。

深夜、ベースケースを背負ってアパートに帰り着くと、部屋の前に英良の家財道具が積み上げられていた。唖然《あぜん》とした。

「こんなことしていいと思ってんのかよ！」

大家の部屋のドアを叩いた。しかしうんともすんとも言わない。となりの部屋の中年男がドアを薄く開いて怒鳴りつけてきた。

「うるせえぞ！　大家さんなら旅行に行ってる」

男はすぐにドアを閉じてしまった。英良は途方に暮れた。誰も彼も旅行に行ってるっていうのかよ……。しかたなくトランクに詰められるだけ詰めて、鍋やら冷蔵庫やらは大家の部屋の前に移動させた。そして近所《ここ》の公園で凍えながら一晩やり過ごし、朝になり、昼になり、悩みに悩んだ末、赤西のマンションにやってきた。

「なんだよ、そんな驚いた顔することねえだろ。自分でこいって言ってたろ」

赤西のあきれたような顔を見て、どうしてよりによってここに来たのかと英良は思い直した。だが他に行くあてがなかった。高校時代の友だちとは縁が切れていたし、ライブで知り合った連中は薬に手を出していたりでちょっと怖い。お前はダメだと追い払われたらと想像して、こわくなったというのもある。

「まあ、とにかく入れ。……そのトランク、なんだ?」

赤西の質問には答えずに、焦ったように言った。

「こないだ、もうあんなことはないって言ったよな?」

「なんの話だ?」

「だから、その、掘られない客だけにするって……、いや、バーテンでもいいって」

「あー、そうだな、掘られたい客の方が多いからな」

「泊まるとこがないんだ、しばらくおいてくれよ。稼げるようになったら出て行くから」

「本気で言ってんのか?」

アホみたいだと英良は思った。やっぱりどこかで野宿するしかないのか。職安に行けば住み込みで働かせてくれるところが見つかるだろうか? それとも最悪、兄貴を頼る手もあるが……。

「ただのバーテンのためにヤサまでは用意できない」

「だから、掘るだけなら……」

「言ったな？　忘れんなよ、お前が自分から言い出したことだぞ？　それと、部屋は犬の部屋しかあまってない」

「犬と寝ろってのか」

「犬はおれと寝るんだよ。遊ぶだけの部屋だ」

ピンとこないが、そこで部屋の中を見回した。玄関からリビングが丸見えの造りになっていて、奥に二つドアが見える。そのひとつが開いていて、あの小さな犬がこちらの様子をうかがっていた。

荷物をほどく余裕もなかった。もう夕方も遅い時間で、バーを開ける準備を手伝えと連れて行かれた。

地下鉄を乗り継いで地上に出ると空が暗くなっていた。途中まではありふれたビジネス街なのが、春町に入ったとたんに雰囲気が変わる。スナックの看板があちこちに目立ち、薄暗い通りを男ばかりうろついている。まさかこの町に住んでいる人間も少ないだろうに、不思議と生々しい生活というものを感じさせる。前の週に初めて来た時は夢中で見えていなかったものが、英良の目にいくつも飛び込んできた。

髭を生やしいかつい体つきをした男ばかりの集団が笑いながら通り過ぎていく。本屋なのか、妙に明るい商店の外に、若い男たちが人待ち顔で突っ立っている。スーツの中年男たちが肩寄せ合い、顔まで寄せ合ってスナックのドアを開く。

ゲイという存在は知っていても、現実にそういう人間と関わったことのなかった英良にはすべて違和感があった。なにしろ男たちは見た目だけで言えば英良と同じ普通の男だった。テレビでよく目にするオネエ系は見当たらない。いても、服装が男モノであれば遠目に見分けなどつくはずもない。

『ＲＥＤ』に着くと赤西が鍵を開けながら言った。

「お前、バーテンできるんだよな？」

「やってたよ、半年」

「じゃあ、今日はバーテンだけやれ。ちょうどいつもの奴が休みだ。時給は千円」

「客の相手しなくていいのか」

赤西が振り返った。間近に迫ると英良より一回り大きいガタイが迫力満点で、圧力を感じる。男臭い髭面がしげしげと英良の顔と体を見ていた。

「まだ研修も済んでないからな」

意味はわからなかったが、知らない方がいいような気がした。

店を開けてしばらくするとまず売り専たちがぽつぽつやってきた。まだはやい時間でいかにも様子見という雰囲気の客もあらわれるが、英良に酒をつくらせながら、新顔だよなあ？　と笑いかけてくる。

「今夜はまだダメですよ」

赤西が客に注意する。

「まだ研修が終わってないんでね」

「研修だって？　売り専にも研修があるのか」

「もちろん」

「想像がつくな」

客は思わせぶりにニヤニヤ笑い、赤西と目で合図しあっている。嫌な予感がした。

バーテンの経験があるとはいえ、勝手がまるでちがっていた。赤西の言っていたとおり、客の中には女も混じっているが、ほとんどはゲイの男たちで、一杯飲む間に売り専たちの品定めをすませ出て行ってしまう。どの客も新入りの英良をジロジロと見る。見返すと視線を外すのもいるが、怖いくらいいつまでも見つめてくるのもいる。異様な雰囲気に英良はだんだん怖じ気づいてきた。この間の一度でわかったと思っていたが、ずっとおそろしいところに来てしまった気がする。長く居座るキャバ嬢とニューハーフの老女が調子外れの嬌声《きょうせい》を上げていた。時間を追うごとに体がカチコチにかたくなっていった。

「……べつにいいって、他の奴選べばいいだろ？　とくべつ僕がタイプってわけでもないんだしさ、あんたは」

売り専の一人が客と話していた。カウンターごしに喧嘩《けんか》のようなやりとりが続き、結局、その客は他の若い男を選んで出て行った。赤西がその売り専をにらみつけていた。

「なんだあの態度は」

「だってあいつ、ろくに金なんか持ってないんだ」

「決められた料金は払ってるだろうが」

「それだけじゃ足りないね」

赤西相手にも食ってかかるその横顔を見て、思い出した。山神に口説かれていた時、金払いはいい人だよと話しかけてきたあの男。顔は子どものように若くうぶな雰囲気なのに、口を開くと金のことばかりらしい。

なんか変な奴。

英良は手があくと、そばに立っている売り専たちに何度か話しかけた。次々と出たり入ったりが続き、相手は変わったが、みな、英良に対する態度は似ていて、まともに言葉を返してこない。売り専同士ではこそこそ話していて、英良の噂話をしているのもわかる。感じ悪いな、と英良は思った。そりゃあ、友だちづくりにきたわけじゃないけど……。

「なあ、赤西さん、オレ、腹減ったよ」

何度か訴えたが、赤西は客と話し込んでいて取り合ってくれなかった。すると、さっきの子どものような顔の男が英良の肩を叩いた。

「一緒に行こ？　赤西さん、休憩行ってきます」

「いいのかな」

「いいんだよ」

外に出ると、通りを渡って一本となりの細い路地に入っていく。階段しかない古いビルには看板も見当たらない。英良は不安になった。だが、三階に上がると地味な食堂があった。ドアも内装も古くさく、清潔感もない。しかしテーブルのほとんどが埋まっていた。

「昭和って感じだろ？」

タケシと名乗ったその男も英良も、もちろん昭和のことなど知るはずもない。ただ、当時を振り返るテレビ番組にいかにも出てきそうな店ではあった。テーブルにつき、二人ともオムライスをたのむと壁にかかったテレビを見上げながらポツポツと話した。タケシはゲイだった。年は英良より一つ下の二十歳だが、この町で働くようになってもう何年か経っているらしい。

「なんでこの町で働いてるんだ？」

なにを話していいのかわからないから、英良が聞いた。タケシはスッと背筋をのばして真顔で答える。

「お金を貯めるためだよ。君もそうでしょ？」

「ああ、うん、まあ、とりあえずは。ほんとはプロのベーシストになりたいんだ」

「ベースって、バンドで地味なことやってる奴？」

タケシはエレキベースをかまえる真似をする。英良はウッドベースを弾くジェスチャーをしてみせた。

「あー、ボンボン言うやつか」

「そうそう。……お前は夢ないの？」

「うーん、そうだな、贅沢《ぜいたく》をするのが夢かな?」

「贅沢って、ブランドものを買うとか?」

「それはもちろんだけど、もっとさ。ホテルで暮らすとか、そういうのが夢だな。もちろん一流ホテル。しかもクラブルームで」

「なんだよ、それ?」

「上の方にそういうフロアがあるんだよ。で、そのフロアの泊まり客しか入れないラウンジがあるのさ」

ラウンジってなんだろう?　と英良は思った。踊るところかな。

「金のかかりそうな夢だなあ」

「そうなんだよ。体売って稼ぐだけじゃ足りそうもない」

「じゃあ、どうすんだよ?」

「誰か金持ちのおっさんをつかまえて、金を出してもらおうと思ってる」

「それが夢?」

「バカにすんなよ。人それぞれだろ、夢の見方は。だいたい、こんな夢でも見てるだけマシさ」

「そうかな」

「いるんだよ、けっこう、こういうとこで働く奴には。なんにも考えず、幽霊みたいに夜になるとあらわれて、朝になると消えるだけって奴がね」

深夜三時半過ぎ、赤西に連れられてマンションに戻った。眠そうな顔をした小さな犬が二人を出迎えたが、赤西が頭を撫でておやつをやるとさっさと自分の部屋に戻っていく。英良は疲れ切っていて、リビングの床に座り込んだ。赤西がバスルームから声をかけてくる。

「お前も好きな時に入れ。使ったタオルはカゴに。寝るなら向こうの部屋の棚に予備の布団が入ってたはずだ。わかったな?」

「うん」

眠気でフラフラしていた。それでも、視線を感じて振り返った。犬が自分の部屋から英良を見つめていた。口にオモチャなのか小さな人形をくわえている。

「こっちこいよ」

英良は舌を鳴らして犬を呼んだ。しかし犬は部屋の中でうんうんうなり、一人で遊びはじめる。犬の遊び部屋、と赤西の言っていたことを思い出した。十分としない内に赤西が出てきた。Tシャツにトランクス姿で水を飲み、頭を乾かすとさっさと寝室に入っていく。それを待っていたように、犬が自分の部屋から飛び出してきて赤西のベッドに飛び乗るのがドアの隙間から見えた。

英良は重たい体でトランクを犬の部屋に運び込んだ。六畳ほどの狭い部屋で物置のようになっているが、布団を一組敷くくらいの余裕はある。シャツが汗臭かった。シャワーを浴びるのは面倒だが、着替えだけでもとトランクを開け、シャツをかえた。その時、トランクの端に突っ込まれたポストカードが目に入った。それはエスペランサ・スポルディングがウッドベースを抱えている写真で、小さなフレームに入っている。部屋を見回すと桟《さん》にフックがあり、そこにエスペランサを引っかけた。

「よし……、寝るか」

棚から布団を引っ張り出してもぐり込んだ。体があったまるとほとんど反射的にズボンの中が膨《ふく》らんでくる。そういえばこの何日か出していなかった。他人の家でと思うと気が引けたが、このまま我慢しているとなかなか寝付けないかもしれない。ファスナーを下ろし、半分皮のむけたものをつかみだした。体温で蒸れた布団の中に若い男のこもった匂いが充満した。

「おい」

いきなり赤西の声がして英良は心臓を押さえた。となりの部屋のベッドの中から声をかけてきたとわかる。

「……なんスか？」

「抜くんじゃないぞ」

「はい？」

「商売のためにとっておけ」

それだけ言うと赤西は黙り込んだ。英良は一物をこれ以上なくかたくさせていたが、気まずさもあってブリーフに押し込んだ。三年一人暮らしした英良にとって、それを我慢することは拷問とも思えたが、ズキズキと疼くものをそっと握っていると、疲れが眠りに誘い込んでくれた。

翌日の昼過ぎ、顔を撫でる湯気の匂いに英良は目を覚ました。

目を開き天井を見つめて、自分がどこにいて何をしているのか理解しようとする。すぐそこに小さな犬がいて英良の足を鼻先で突っついた。リビングに目を向けると、赤西が腰にタオルだけ巻いた姿で英良を見つめていた。シャワーを浴びたばかりらしく、むっちりとした太り気味の体から湯気を放っている。英良の顔ではなく、もっと下の方に焦点を合わせていた。

「あ」

英良は派手に朝勃《だ》ちして布団を持ち上げていた。あわてて横向きになると赤西が言った。

「ちょうどいい。研修するぞ。こっちにこい」

なんの話かまだわかっていなかった。英良は起き上がったが布団で股を隠してジーパンをはき直そうとした。

「すぐ脱ぐんだ、そのままでこい」

「え、なんだよそれ？」

夕べ感じた嫌な予感が胸の中でふくれあがっていた。

「客をとる練習だ」

「……マジで？」

赤西は黙ってうなずいた。英良のことは見ずに自分の寝室に入っていく。ほんとにやるのか？　男同士でセックスをする？　自分にそんなことができるとはとても思えなかった。山神とは無理矢理だった。だが今度は自分の気持ちしだいになる。いざとなるとその異様さにおののいてしまった。

「はやくこい」

仕方なく立ち上がり、ボクサーブリーフの前を手で覆《おお》いながら、赤西の寝室に行った。

シンプルな寝室だった。英良の寝ていた犬の部屋と同じ広さで、セミダブルのベッドと小さなサイドテーブルひとつしかない。ただ、壁も天井もブルーグレイに塗られていて、無地の白い寝具の上に全裸の中年男が寝転がっている様は、アート系映画のワンシーンを思わせてひどく奇妙に見える。

赤西は浅黒い肌をしていて、胸毛はないが手足にびっしりと毛を生やしていた。ただ太っているわけではなく、鍛えているのか筋肉も目立つ。股間の一物は半勃ち程度まで膨らんでいた。それを自分の指でいじりながら、髭面の男臭い顔で英良の股間を点数をつけるような目で見据えている。

「掘られるのはなしだって言ったろ？」

英良は不当を訴えたつもりだった。赤西は怪訝《けげん》そうな表情を浮かべてから、くつくつと笑い出した。照れからか頬が赤くなっていた。

「だから、お前が掘るんだよ。言わせるな」

「え？ ……マジで？」

ようやく研修の意味がわかってきた。

「入れるだけだろ、研修する必要ねえよ」

「大事な客に怪我でもさせたら大問題になる」

そう言われて、山神に犯された時のことを思い出した。たしかにあれはやさしくやらないといけないというのはわかる。だが……。赤西のむっちりとした中年の裸体を見下ろして、英良は眉《まゆ》を寄せた。

「萎《な》えちゃうよ、きっと」

「今はビンビンだろうが。問題は入れるまでだ」

赤西がサイドテーブルからチューブの入れ物を取り上げた。中身は粘りけのあるローションで、手にとって自分の尻の穴に塗り込んでいる。英良に見られないようにはしているが、隠している分だけ変に卑猥《ひわい》な感じがした。そのうえ、クチャックチャッと音がするたびに、半勃ちだった赤西のそれがかたく張り詰めていく。

マジかよ……。

「それ、中にも塗ってんスか？」

「ん？ ああ、そうだ。慣れたらお前が客にしてやれよ。ほら、こい」

気が遠くなりそうだった。それでもいまさら後には引けない。でも、ほんとにできるんだろうか？

英良はベッドに膝立《ひざだ》ちで上がった。まだボクサーブリーフは朝勃ちで盛り上がっている。そこに赤西の顔が迫った。

「くせえぞ」

「あ、すんません……」

「まあいい。んう」

「ひゃっ！」

赤西の指がブリーフの前開きから英良の一物をつかみだしていた。半分皮のかぶったそれを髭の生えた口がぬるりと飲み込んでいく。そこで、もう二日洗っていなかったと思い出した。英良は恥ずかしさに体を熱くしたが、見下ろすと赤西も顔を赤くして鼻息を荒くしている。男にしゃぶられていると思うと違和感があるが、実のところたまらなくよかった。赤西の口技に英良はブルブルと腰を震わせた。そりゃあ口でするかぎり男でも女でも違いはないよな……、いや、もしかしてこっちの方がいいかも？

なんなんだこのテク！

「最後に風呂入ったの、いつだ？」

反り返って腹にはりつく若い一物をしっかり握りながら、赤西が聞いた。

「え、一昨日、の前の日」

「客とする時は、風呂入った方がいいか、ちゃんと聞けよ」

「出かける前に入っとけばいいいんだろ？」

「客の中には汚れたのが好きな奴もいる」

「なんだよそれ？　うっ、あっ……」

赤西の手が唾のついた一物をぬるぬるとこすっていた。自分でも強烈と思う匂いが立ち上ってくるが、赤西は鼻を鳴らしながらもそう嫌そうでもない。

「まだ我慢できるか？」

「え、うん」

「一度出したらすぐ萎える方か？」

「それだったら楽なんだけど」

「強い方がこの商売には向いてる。一発が長いより、短くても何発も出せる奴が好まれる」

赤西の舌がずるりと英良に絡みついていた。英良は漏らす寸前だった。だが、男が男のものを舐《な》める様を見ていれば、一気に果てることはなさそうだった。

「よし、本番いくぞ」

そう言うと赤西はごろりと布団の上に寝転がった。自分で足を抱え上げ、英良にうなずいてみせる。当然こうなる、とはわかっていても、英良はぎょっとした。なにしろいかつい中年男が一物も玉袋も尻の穴まで丸見えにさせているのだ。しかも一物の先からは先走りが流れ出していて、尻の穴はローションで濡れて赤黒く口を開けている。

汚い、と英良は思った。きっとシャワーを浴びた時に洗ってあるんだろうが、毎日糞をしている場所なのだ。赤く濡れた様は肛門というより猥褻《わいせつ》な器官と見えなくもないが、きれいだとはとても思えない。

「やめとくか？」

赤西が眉間《みけん》に皺《しわ》を寄せて英良を見上げていた。英良は赤西の目を見返して息を詰めた。

まだ逃げ出せる。でも、逃げてどこに行くのか？

三度、英良は自問した。あの町で生きるなら、これから何度もこういうものを見ることになる。

あの町で生きるなら、やるしかない。

「やれるさ、やってやる！」

英良は赤西の股を割った。赤西は自分で枕を腰の下に差し込んでいた。

「う、そのままこい、そのまま、あー、入ってきたぞ」

ほんとにやってるんだ、オレ？　英良は自分に驚いていた。

「痛くないスか？　もっとゆっくりの方がいいのかな」

「あんまりそういうこと言うな。気づかいの言葉は一言でいい」

「なんで？　う」

「少しくらい乱暴にされた方がいいと考える男が多いんだ。ただし、本当に痛い目にあわせるのはなしだ。口に出さず気づかって、しかし態度では犬のように腰を振れ」

「意味わかんないな、女の子だったら……」

「お前の客は男だ。男に抱かれたがっている男。女とはちがう」

「うわ、すげ、……なんだこれ？」

赤西の肉襞が英良を包み込んでいた。ただ突っ込んでいるというより、飲み込まれているように感じられる。女を抱いた時とはまるで違っていた。同じ柔らかい肉の穴であっても、締まりがずっときつい。英良は思わず腰を突き出して奥をえぐった。

これならできるかも？

「オオッ！　……はあ、いいぞ、その調子だ」

「ここが感じるんスか？」

「そういうことも、二度は言うな。一度きりにしろ。ただし、言われたがりもいるからな、その場合は相手をするたびに何度も囁いてやれ。あんたのどこが感じるか覚えてるぞ、とかな」

「じゃあ、赤西さんの感じる場所も覚えとこうかな」

「調子にのるなよ、ガキが」

そう言いながらも、赤西は英良に突かれるたび、一物を張り詰めさせて先走りを垂れ流していた。髭面もむっちりとした体も赤く火照《ほて》り、せつなげな熱い吐息を漏らす。

「ほんとにここなんだ？」

英良はからかうつもりでなく、好奇心から赤西の感じやすい場所を狙ってこすりあげていた。

「くっ、うっ……」

「すげえな、マジで感じるんだ？　オレは痛いだけだったのに」

「次はこっちのよさを教えてやる」

赤西は薄目開いて英良を見上げていた。英良はあわてて首を横に振った。

「いいよそんなの。掘られたい客だけ相手にすりゃいいって言ったじゃんか」

「だけど金になるぞ？　一人の売り専に入れ込む客はだいたいタチだ。不思議な話だがな」

「そんなしつこいの、かえって怖いや。あんなの、もう二度と嫌だね。あ、もうすぐヤバそうだ」

赤西の穴がずるずると締まって英良を追い詰めていた。

「ただ痛かっただけか？　苦しかっただけか？」

「そうだよ、うー、くそ」

「お前も出したんだろ？　イカされたんだろ？」

あの時のことはできるだけ思い出さないようにしていた英良だった。今も無言で腰を振っている。赤西は短く息を吐き、呻《うめ》くように聞いてくる。

「うー、いいぞ、そのまま、そこ、……お前、山神さんに入れられたままイカされたか？」

「どうでもいいだろ、そんなこと」

「イッたんだな？　それだけで十分、素質があるってことだ。どうしても感じない奴はどんなことがあっても入れられたままじゃ出ない。ホモでもそうだぞ。ホモかノンケかは関係ないんだ。体質の問題でな。あっ、はあっ、はあっ……」

もだえる赤西の顔を見下ろしていると、不思議と山神に犯された時のことがまざまざとよみがえっていた。熱くて、ヌラヌラして、押し出されるようにザーメンが出た。あの時、たしかに何かを感じたのは覚えている。だがあんなものを認めるわけにはいかない。

「まあ、味を覚えてあんまりハマるのも困りもんだがな。受けの客の方がずっと多いんだ。両方できるのが一番ってことだ」

「……もうイッてもいいのかよ？」

「いいぞ、好きな時に出せ。おれの中に思いきり出せ」

赤西が快感に顔を歪《ゆが》ませていた。自分で自分の一物をいじっているが、本気でしごいているようにも見えない。英良に犯される尻の感覚に集中しているようだった。英良は汗だくで雄々しく腰を振った。二日風呂に入らなかったせいで、自分の体臭が鼻についてくる。赤西も鼻を鳴らしてその匂いを嗅いでいるように見える。不思議だった。体が大きく髭を生やした男臭い赤西が、こうして肛門を犯されるだけで快感に体を震わせている。未知の世界を目の当たりにして、英良は神秘を感じていた。男というものは男でありながら女のようにもなれるのか。

「あっ、あーっ、先に出ちまう、出ちまうぞ！」

赤西が怒鳴るような声を出した。それからせつなげな、弱々しいあえぎを漏らし、一物からトロトロとザーメンを滴《したた》らせた。その時、肛門だから汚いという感覚は消えていた。英良は自分でも理解できない異様な興奮を覚えて、赤西の肛門に根本まで一物をねじ込んだ。

「イクッ、う……」

「売り専バーでウッドベースを弾いたって？」

黒崎が顔を桃色に染めて笑っていた。ハゲて短く刈り込んだ頭は地肌が見えていて、そこにも色がついている。

その前日、英良が『ＲＥＤ』の客や売り専たち相手に開いた即席のライブの話を、赤西が語って聞かせていた。黒崎はまだ英良と対面していない。なのに、黒崎と顔を合わせるとつい英良の話をしてしまう自分に、赤西は気づいていない。それまでにも有望な新人が入った時には黒崎にしらせてきたわけで、それとなんら変わらないと赤西は思い込んでいる。

しかし黒崎の方は英良の話をする赤西の顔を見るたびに、おもしろがってニヤニヤ笑っている。

「まあ、客もうちの連中も珍しがって喜んでたよ」

「そりゃそうだろ。面白そうな奴だなあ。今日こそ会えるかな？」

「客と出て二時間経つから、そろそろ戻ってくる頃だな」

「何人客とったんだ？」

「十人はいってない」

「はじめてまだ一週間だろ？　なかなか筋がいいじゃないか」

「まだまだ。あいつならもっといける」

赤西の顔に得意げな表情が浮かんでいた。黒崎は青い目を細めてみせる。

「お前の部屋で寝泊まりしてるんだろ？　妬《や》けてこないか？」

黒崎のからかうような目つきに、赤西はただ肩をすくめてみせた。

「そんなつもりはないよ。金が貯まったら自分で部屋を用意してもらう」

黒崎に聞かれるまま英良のことを話していた。片親が死んでいるらしいことや友だち付き合いも少ないこととか……。

「ちょっと似てるんじゃないか?」

「なにが?」

黒崎は答えなかった。自分の境遇のことを言っていると赤西にも見当はついた。赤西の父はよそに女を作ってのたれ死んでいる。十代で独立した赤西は人を信じず、友人もろくに作らずこの町でのしあがった。たしかに英良と共通点はあるのかもしれない。この一週間で英良がただのお調子者でないこともわかっていた。屈託《くったく》のない人柄の割にどこか重たさを感じさせる。高校を出てから三年、一人で生きてきたせいか。

不意に、その前の晩、二人でタクシーに乗って帰る最中に話したことが思い出されてきた。英良が赤西の顔をジロジロと見てくるから、なんなんだ? と聞いたのだ。

「赤西さんってさ、ちょっとオレの親父に似てるんだよね」

「親父だって? そこまで年は離れてないだろ。おれはまだ四十前だぞ」

「だって親父が家を出て行ったの、ちょうどあんたくらいの年だったからさ」

あんた、と呼ばれたことに苛《いら》ついたのもある。赤西は馬鹿にしたような口調で言った。

「お前、ファザコンか?」

「そういうんじゃないけどさ、ただ、ちょっと似てるって思っただけだよ」

二人ともそれで黙り込んだ。赤西は横目で英良を見た。英良は窓の外に流れていく夜の町をぼんやりした顔で眺めている。ちょっと甘い雰囲気のある奴だな、と赤西は思った。このいくらかさびしげなところはきっと年上の男たちの気を惹《ひ》くだろう。さびしげでいて、適度に生意気なところが。

夜の町では、ただ男前というだけでもてはやされても長くは続かない。美人は三日で飽きるという言葉どおり、なにかしら引きが必要なのだ。この、一見、強気な若い男の中に、人とのふれ合いを必要とする弱い部分が見え隠れする。これは武器だ。こいつがその気になりさえすれば……。

『ＲＥＤ』のドアが開き、英良が入ってきた。一人客をこなしたせいか、すっきりした顔つきでタケシに笑いかけている。

「ほら、あいつだ」

赤西は黒崎の耳元で囁くように言った。

毎日、昼過ぎに起きると、英良はまず犬の散歩をする。帰ると昼飯ができていて、赤西と二人で食べる。「研修」と言われて赤西を抱くこともあるが、出かけるまではたいてい自由時間で、ベースを弾くこともある。赤西はうるさがるが、やめろとは言わない。気が向くとシャワーを浴びて、体を拭いているとそろそろ出かける時間だった。行きは地下鉄で春町に向かう。店では友だちが一人できた。タケシという名前で、顔は子どものようだが中身は得体が知れなくて、面白い奴と英良は考えている。

毎日、奇妙なことや、ワイルドなことを見聞きする。タケシを通じて、他の売り専たちのこともいろいろわかってきた。金が必要なのはみな同じだが、後はまるで違っている。いい奴もいれば、嫌な奴もいる。店にくる客もさまざまだった。外人もけっこういる。台湾や中国からの団体客は金遣いも荒くパワフルだし、ニューハーフの中年女はうるさいのは頭が痛くなるほどで、静かなのはベッドの中でしつこい。

「君、ほんとに理想のタイプど真ん中なんだ」

その夜の最初の客は、三十歳の地味なサラリーマンの男だった。『ＲＥＤ』のウェブサイトで英良の画像を見つけ、予約をして来店した。ホテルに向かう道すがら、男は英良に、これが初めてなんだと打ち明けた。三十になるまでセックスをしないできたということが、十五で童貞を捨てた英良には理解できなかった。

赤西に仕込まれたとおりに英良は男を抱いた。初めてと聞いて、いっそう丁寧に。ことが済んでからも、男は英良にすがりついてなかなか離れようとしなかった。理想なんだ、と男は繰り返した。言われるだろ？　モテるだろ？　理屈ではわかっても、自分が男たちにモテるタイプだということが英良にはまだピンときていない。

男は約束の金を渡してきながら言った。

「個人的に会えないかな？」

「すんません、仕事でやってるだけだから」

「そうだよな、ノンケだって言ってたね。でもさ、気が変わるかもしれないだろ？」

ホテルを出てからも男はすがるような目で英良を見た。ほんとストレンジでワイルド過ぎる、と英良は考えていた。あんまり男が食い下がってくるものだから、はっきり宣言するように言った。

「あんたさ、恋人が欲しいならゲイと付き合った方がいいよ。なんかそれ用のサウナがあるって聞いたけど、知ってます？」

「知ってるけど、そういうのが苦手だから君を買ったんだ……。まさかノンケにハッテン場をすすめられるとはね」

なんとか男を振り切って『ＲＥＤ』に帰ると、赤西に白人の男を紹介された。

「お前か、ベース奏者っていうのは」

「あ、はい……」

白人が流暢《りゅうちょう》な日本語を話すのにも驚いたが、ウッドベースのことを言われて英良は得意な気持ちになった。うながれるままとなりのスツールに腰かけて酒を飲んだ。黒崎は英良の太ももを撫でて耳元で囁いた。

「これから僕とホテル行こうか？」

「オレ、タチ役専門だけど、それでいいんなら」

客に誘われるたび言っているセリフだった。

「僕もタチだ。可愛がってやるぞ」

「あ、それ、無理ッス」

英良はブルブルと首を横に振った。しかし黒崎はハリソン・フォードのような笑みを浮かべて英良の太ももを撫でさする。かなり太っているし頭はハゲているが、ハンサムであることは英良も認めた。

「僕はやさしいぞ。山神っておっさんとは天と地の差がある」

山神とのことを知られているとわかって、英良は身構えた。黒崎の手を払いのけて酒をすすった。

「信じらんないな。まあ、どうでもいいけどさ。オレはタチしかやらない」

「他の連中にも聞いてみろ。全員が全員口をそろえて言うはずだぞ、僕はベッドの中じゃ紳士だってな」

黒崎は英良の反抗にニヤニヤと顔を笑わせていた。そして自信たっぷりの様子で店の中の売り専たちに目を走らせる。近くで話を聞いていたタケシと何人かの売り専が、黒崎と英良に向かってうんうんとうなずいてみせた。

冗談じゃない。みんなグルなのか？

その時、台湾人の団体客が店にいたほとんどの売り専を連れて外に出かけていった。赤西も休憩をとりに行ってしまう。『ＲＥＤ』の中には黒いスーツを着たバーテンと英良と黒崎の三人が残された。

「おい、あそこのベース、お前のだろ？　一曲、弾いてくれ」

黒崎のリクエストに英良は気を取り直した。得意になって弦を弾くが、いまいち調子が出ない。自分でもさんざんなデキと思った。

「音楽で食っていくってのは、まあ、諦めた方がよさそうだなあ」

黒崎が同情するような顔で言った。ただバカにされるよりずっとカチンときた。

「勝手に決めるなよ」

「人間を決めるのは他人だぞ。お前自身じゃない。他人の判断で決まるんだ」

「なんだよ、それ……」

「お前さえその気になれば一番になれるのになあ。才能ありそうだしな」

「意味わかんねえよ、けなしたり褒めたり」

「ベースの話じゃない。この店でがんばれば一番になれるって話だよ。この店だけじゃない、この町で一番。つまり、日本で一番ってことだ」

「売り専でか？」

英良は鼻で笑ってみせた。しかし黒崎は真面目な顔のまま続けた。

「あの赤西だって一番にはなれなかった。それでもこうやって自分の店を持ってちゃんとやってる。売り専バーじゃ一番なんだぞ、この店は。よそより格が一つ上なんだ」

「ちょっと待てよ、赤西さんも売り専だったのか」

「知らなかったのか？」

「だって、あんないかついおっさんに金出す奴なんかいたのかよ？」

「昔はもっとスリムだったし、そこそこかわいい雰囲気だったんだ」

「信じらんねえ」

「とにかく、お前の方がずっと恵まれてる。どんなにがんばってもお前にかなわない連中がこの町には大勢いるんだぞ」

「だからって、一番になってどうすんだよ？」

「なにをどうするって話じゃない。お前みたいなハンパな奴は身に染みてるはずだ。一番になれないやるせなさってやつをさ」

　英良は横を向いてこたえなかった。意味わかんねえ、と口の中でつぶやいていたが、じわじわと黒崎の言葉が胸に重たくよどんできた。

　いつか何者かになりたい。三十までになんとかしないと……。

　その何日か前、久しぶりにCD屋を覗いた。ジャズコーナーをぐるっと見て回り、新譜を試聴してから、アーティストのラベルをたよりに父の名が小さくクレジットされた古いコンパクトディスクを見つけ出した。

　ハンパな奴。人間を決めるのは他人。黒崎の言葉の意味がわかってきた。

　もし自分が今死んでも、たぶん誰もなんとも思わない。

　孤立感がさざ波のように身に迫っていた。


　その日の深夜、英良は帰りのタクシーの中で赤西に言った。

「あの黒崎って白人はなんなんだよ？　トップになれとかなんとか、うるせえのなんの」

「その気になれば、お前ならなれるぞ」

赤西は真顔だった。英良は言葉に詰まった。

「……だから、そんな気ないっての。そうだ、今日の最初の客、個人的に会ってくれだの言ってきたんだ。ああいうの、ちゃんと追い払ってくれよ」

「お前はなんて言ったんだ？」

「なんてって、サウナでも行けって言った。ゲイ同士でセックスするサウナがあるんだろ？」

「この馬鹿が、チャンスじゃないか。そういう客はうまく引っ張れば何度でもやってくる。お前一人に百万でもつぎ込むかもしれない」

「そんなの卑怯《ひきょう》だろ」

「お前は金が欲しい。客はお前が欲しい。なにが卑怯だ。一回でも十回でも同じだろうが。その客は夢を見たいんだ。だからお前は夢を売ればいい。金になる夢を」

英良は言い返せなかった。確かにその通りだなとも思う。金が必要だった。どうせやるならちゃんと稼がないと甲斐《かい》がない。山神には二十万もらえたが、あれは特例であって、相場はずっと安い。しかも売り専の手取りは半分が限度だった。時給で考えれば割はいいが、ただバーで待っているだけの時間は無給になる。

英良の迷いを読んだように、赤西が言った。

「本気であの町で生きていくつもりがあるなら、まだまだ覚えることがある。あの町には掟《ルール》があるんだ」

赤西は指を折って数え上げてみせた。

まずは店の中の恋愛は御法度《ごはっと》だ。売り専同士も、バーテンやオーナーも含めてな。それと、他の売り専の客を寝取るのもダメだ。もちろん客が言い出したら仕方ないが。得意客がよそに行っても文句を言わないこと。嫌味や当てつけはますます客を遠ざける。客に惚《ほ》れさせるのもほどほどに、もちろん、売り専が客に惚れたら商売にならないからな、そいつは絶対にダメだ。これはお前に言う必要ないか。……誰も信じるな、自分のことは自分でなんとかしろ。信じていいのは現金のみ。嘘や噂はあの町の華《はな》だ。なにか聞いても言いふらすなよ、後でしっぺ返しがくるかもしれない。どんなに本当らしく聞こえても鵜呑《うの》みにするな……。

最後の方は、赤西の顔は暗く沈んでいるように見えた。英良はうんざりして言い返した。

「知るかよ、そんなの。オレには関係ないね」

さすがに怒鳴りつけられるかと身構えた。だが、赤西は静かに黙っただけだった。

マンションに着くと赤西は毎日の習慣でまずシャワーを浴びる。英良は犬と遊ぶのが日課になっていた。縫《ぬ》いぐるみでじゃらしてやりながら、なんとなくエスペランサの顔を見上げていた。ウッドベースを抱え、自信たっぷりの笑みを浮かべる黒く美しい顔。

一番になれる、か……。

どうしてその気になったのかはっきりとは英良にもわからない。ただの思いつき、試しに、という気持ちでもあった。だが実際には、黒崎と話した時のことが何度も頭の中でまわった結果だった。

もし自分が今死んでも、たぶん誰もなんとも思わない。何者でもないオレがいつ消えたって。あの父でさえ今では誰も覚えていないのだから。

風呂上がりの赤西に声をかけた。

「オレ、やっぱトップになってもいいかも」

赤西は頭をごしごしタオルでこすりながら鼻で笑った。

「ゆとり世代ってやつか」

「なんだよそれ？」

「自分なりにがんばったとか、そういうんじゃ無理だぞ。甘い世界じゃない」

「どういう意味だよ？」

「お前みたいのはすぐに音を上げそうだから言っておくだけだ。それでも、お前には素質がある。トップに立ちたいならおれの言うとおりにしろ」

「具体的には？」

「まずは……、黒崎さんだな」

「は？」

赤西はニヤニヤと笑っていた。五秒ほど間が開いて、ようやく英良にも見当がついた。

「マジで？」

「絶対に痛くない。あの人ならはじめからお前のことを感じさせてくれる」

「感じるわけねえよ」

「せいぜい踏ん張れ」

「マジかよ……」


それから十八時間後、英良は黒崎とホテルにいた。

黒崎は部屋の鍵を閉めるとすばやく服を脱ぎ、素肌につるんとしたガウンを羽織って冷蔵庫のビールを飲んだ。それまでに十数人の男たちと寝た英良でも、太った白人男の毛深い裸体は、一瞬目にしただけで十分な威力があった。

マジかよ……？

「飲むだろ？」

黒崎に手招きされ、ソファに並んで座った。黒崎は赤西と同じくらい体が大きく、小さなソファではどうしても体がぶつかってしまう。しかも、座る前から鼻をついていた独特の体臭が英良の全身を包み込むように覆《おお》っていた。

「ほら」

黒崎が飲みかけのビール缶を手渡してきた。それには気楽に口をつけた英良だが、飲んでいる最中に肩を抱かれて思わず背筋をピンと伸ばしていた。

「そんなにかたくなるなよ……。かたくするのはこっちだけでいい」

毛むくじゃらの白い手が英良の股間をまさぐっていた。もちろん英良は萎えきっていて、ジーパンごしではどこに何があるのかさえはっきりしないほどだ。

「本物のノンケなんだなあ。よし、だったら先に僕のを触ってくれ」

黒崎が英良の手首をつかみ、自分の股間に押しつけた。ガウンの前を開き、生のものを握らせながら英良の顔を覗きこむように見る。

「なんだよ、その顔？　自分にもついてるものだぞ」

「こんなにバカでかくないスよ……」

英良はマジマジと黒崎の一物を見下ろしていた。完全に勃っているようだが自分のものよりどこか柔らかく、太さ長さのせいもあって触り心地そのものが違っている。色は似たようなものだが、余った皮がずっと薄く繊細に見えた。そしてこの匂い。シャワーを怠《なま》けている時、英良の一物も若さに見合う匂いを放つが、黒崎のそれは匂いの質そのものが別物だった。

「はじめに口でしてくれるかな」

黒崎がニヤニヤと笑いながら英良の顎《あご》をつかんだ。身構える暇《すき》もなく唇を吸われ、英良はぶるっと首を振った。それでも黒崎の手は英良の顎をつかんだままで、親指で英良の濡れた唇をこすってくる。

「いいだろ？　気持ちよくなりたいんだ……」

黒崎にうながされて英良は床に膝をついた。毛むくじゃらの太ももの間に挟まれるようにして、すぐ間近に桃色に火照った毛むくじゃらの出っ腹と巨大なそれを突きつけられた。パンツをはいている間は皮をかぶっていたのか、黒崎の一物は湿り気を帯びていて桃色に光っている。日本人のそこと似たような匂いと、陰毛や玉袋の裏から揮発《きはつ》する白人男独特の匂いが混じり合い、英良を圧倒した。

なんだよこのニオイ……？

英良は目の前がチカチカするのを感じていた。心臓が駆け足をはじめている。これまで、英良は一度も男の一物を口にしていない。山神とは強引に犯されただけだし、掘られたがりの客たちは英良をしゃぶったり尻に欲しがるばかりだった。赤西の「研修」でもこれは教わっていない。教えようとしても絶対に断っただろう。

もしただ金につられて黒崎に買われたのだとしたら、オレはこんなもの舐めないぞと拒絶したかもしれない。しかし、トップになってみるかという思いつきが英良の生理を押しとどめていた。

蒸発した父になにかやり返しているような気にもなる。

「そら、そのかわいい口を開けてくれ」

黒崎の指がまた英良の唇をなぞった。「研修」で赤西を抱いた時と同じように、英良は自分をなんとか奮い立たせようとしていた。やってやれ、やるしかない。

覚悟を決めろ。

英良は唾を飲み込み、口を薄く開いた。嫌悪感に震えながら舌をのばし、黒崎の濡れた鈴口に近づけた。

第二章 決意

「そら、そのかわいい口を開けてくれ」

黒崎の指がまた英良の唇をなぞった。英良は唾を飲み込み、口を薄く開いた。嫌悪感に震えながら舌をのばし、黒崎の濡れた鈴口に近づけた。

「そうだ、そのまま根本まで飲み込んで」

「う……」

強烈に塩辛い味がした。そしてヌルヌルとした舌触り。茶色い陰毛が鼻の穴に入り込んできて、それがまた酸《す》っぱいようなきつい匂いを放っている。英良はゾッとした。男の一物をしゃぶってる？　マジで？

「うえっ、んうう、んはっ……」

「まさかお前、尺八も初めてなのか？」

「フェラのこと？」

「そうだよ」

「当たり前だろ、こんな気持ちの悪いこと」

「ワハハ、悪いなあ、ノンケに汚れたもん舐めさせちゃって」

そう言いながらも黒崎はニヤニヤとうれしそうな顔で笑っている。知っていてわざと反応を見ていたのだと英良にもわかった。

「あんた、趣味が悪いよ、変態だよ」

「ノンケ男が初めてのちんぽの味をどう感じるのか見たかったんだ。かわいかったぞ」

「ゲロ吐きそうなのがどうしてかわいいんだよ」

「ヒデ君は自分がどんだけかわいいかわかってないんだなあ。そこがまたかわいいとこだけどさ」

君かわいいね。客のほとんどから似たようなセリフを囁かれていた英良だが、いまだにピンときたことがない。男である自分が同じ男から、しかも黒崎のような中年の白人からかわいいなどと言われても、照れる気持ちにもならない。

「必ず気持ちよくさせてやるからさ」

黒崎が英良の腕をつかみベッドの上に引き上げた。本人が言っていたとおり、その扱い方は紳士的で、腕枕された時には、英良は気恥ずかしさを覚えた。

「あ」

黒崎の毛だらけの指が英良のシャツをはだけ、乳首をさすった。いくらか力を入れて英良が身をすくませると、指の腹で触るか触らないかの愛撫《あいぶ》をくわえてくる。それまで客の何人かに乳首を舐められたことのある英良だが、ただこそばゆいだけで何も感じなかった。だが、黒崎の粘り強い愛撫に、かすかに体の奥底から反応するものがある。

「裸を見せてくれよ」

黒崎は体を起こし、英良の服を脱がせていった。少しも乱暴なところのない、まるで女を扱うようなやさしさがある。なんか変だ、と英良は感じていた。こんなのって……。

「あっ！」

靴下まで脱がされたと思った次の瞬間には足の指を舐められていた。英良はたまらず身を突っ張らせた。

「くすぐったいって！」

「すぐに気持ちよくなってくるさ」

「う」

今度は乳首に吸いつかれた。熱く濡れた舌がツルツルと乳首のまわりを舐めまわし、そっと歯が当てられる。英良は勝手に体が震えるのを感じた。いつのまにか、小さく縮こまっていたそれが半勃ち程度まで膨らんでいた。

「ヒデ君の弱点見つけたぞ」

「え？」

「右の乳首がとくに感じる」

「いっ！」

きゅっと指先でつままれていた。意味わかんねえよ、と言い返してやろうと思ったが、その時すでに黒崎の口が英良の一物をすっぽりくわえこんでいた。ぬるぬると熱い口腔《こうくう》に飲み込まれて、英良は一気にかたくした。そのうえで右の乳首を指先でこすられると、よけいに一物がたぎってくる。英良は恥ずかしさに体を熱くした。弱点ってなんだよ、すげえイヤだ、そんな言われ方……。

「うっ、あっ、ゲオさん、すげえ……」

赤西に舐められるのも毎回たまらない気持ちにさせられるが、黒崎の口技はまた違う感触があった。同じゲイの男でもテクニックの差があるらしい。どちらが上というわけではなく、どちらも独特のよさがある。

「うわっ！　ちょっ、待てよ！」

一物を吐き出されたと思ったら太ももを抱え上げられていた。黒崎は英良の膝の裏に手を入れて体を折り曲げ、顎を引いて英良の肛門を見下ろしていた。

「ほんとだ、きれいなお尻の穴だ。まだ一度しか使ってないんだもんなあ」

黒崎はニヤニヤと笑いながら、しかし目つきは食い入るようにそこを見つめている。英良は急に怖くなった。黒崎も英良の顔が青ざめていることに気がついた。

「どうした？　まだなんにもしてないぞ」

「痛いのはイヤだよ」

「絶対に痛くしない。約束する」

「信用できるもんか」

いまさらなんだよ、と黒崎が怒り出すのではないかと英良は恐怖した。脚を抱えられ急所とも言える場所を覗きこまれながら、太って自分より二回りは体の大きな黒崎に逆らえるはずもない。英良は全身をこわばらせていた。

山神のことが頭に浮かんでいた。事が済んで二十万という大金をもらい、率のいいバイトだったと割り切ったつもりだった。赤西の言うとおり、男が男と寝たって傷つくことなんかない、ずっとそう考えていた。しかしまた同じ目にあわされるのかと想像したら、体がすくんで震えが出る。

黒崎が青い目を細めて見つめていた。

「山神っておっさんにされた時、そんなにこわかったのか」

「こわいわけねえよ」

「素直に言えって」

「……あいつ、後ろに手をねじって手錠かけやがったんだ。それで……」

「かわいそうに」

脚を下ろされたと思ったら抱きすくめられていた。黒崎の分厚い手が英良の頭を撫でている。びっくりした。

「ひどい奴だ。お前みたいにかわいい男の子をいたぶるなんてな」

「男の子って言い方、よせよ……」

そう強がりながらも英良はほっと息を抜いていた。少なくとも山神のようなやり方はされないだろう。

「ほんと信用してくれ、な？　僕はやさしいってことで通ってるんだ。タケシたちにも聞いたろ？　せいちゃんだってヒデ君にまたそんなイヤな思いをさせるわけがない。今度こそ逃げ出しちゃうだろ、僕が山神のおっさんみたいだったら」

「せいちゃん？」

「赤西のことだよ」

黒崎の言うとおりだとは思った。英良が少しは金を貯めていることは赤西も知っている。その気になればあの部屋から逃げ出せないわけじゃない。それにタケシが嘘をつくとも思えない。

「いいだろ、な？」

英良は上目遣いに黒崎を見た。そして渋々とうなずいた。

黒崎はもう一度英良の脚を抱え上げ、ピンク色に火照った顔を英良の肛門に寄せた。

「やっぱちょっと待って、え、あっ、いっ！」

ピチャピチャと音をたてて黒崎の舌が英良のそこを舐めていた。英良は生理的に受け付けないものを感じて魚のように身をくねらせた。しかしズルズルと肛門を舐められながら一物をしごかれると、今度はその快感に踏ん張ることになった。

「あっ、あっ、やだよ、ふう、あ……」

ずっと力んでいることもできず、力の抜ける瞬間があった。黒崎の舌が中にまで入り込んでくる。その未体験の感覚に英良の腰はひとりでに痙攣《けいれん》する。

「あーっ！」

指が入ってきた。不思議と痛みはまるでない。見下ろすと、黒崎が目を細めて英良の反応を見極めている。呼吸を読んで、すんなりと根本まで差し込んできた。

「はっ、はっ、あ、それ！」

指先がくい、くい、と中で動いていた。勝手に肛門がすぼまり、どんどん奥の方が熱くなってくる。熱があふれだしてくるような感覚があった。

「あーっ、やっぱ無理だよ。なんか変だ、変だって！」

「安心しろ、僕を信じてくれ」

「でも、……んううっ！」

キスされていた。黒崎の舌が英良の口の中を舐めまわし、そちらに気を取られた時にまた指が動く。一瞬、鳥肌が立つが、そのとがった肌を黒崎の汗で湿った熱い手のひらが撫でる。ぴったりと貼りつくその湿った熱に、ふっと息が抜けた。

「ふっ、んっ……」

また指が動いていた。今度は鳥肌がおさまってくる。唇がそっとはなれ、間近に迫った黒崎の真剣な顔にハッとした。

「ひっ、あっ！」

また一物をしゃぶられていた。いくぶん力の抜けていた肉に一瞬で血が集まってくる。しかし黒崎はただくわえているだけで舌を使わない。唇もろくに動かさない。尻の穴に入れた指だけをゆっくりと回転させ、肉襞を探っている。

なのに、英良の一物はかたく反り返って黒崎の口の中で暴れ回る。

「ここ、感じるだろう?」

英良が見下ろすと、汗だらけの太った顔がハリソン・フォードのような笑みを浮かべていた。

「息を吐け」

「う、はあ……、く」

指が二本に増えたとわかった。しかし鳥肌は立たないし寒気もない。

クチャックチャッと濡れた音が立っていた。客を抱いた時に何度も聞いた音だが、それが自分の体からも出てくるのかと思うと恥ずかしさに体が火照ってくる。

「つらいのか? 顔真っ赤だぞ」

黒崎に聞かれて、英良は首を横に振っていた。もう舐められていないのに、一物が萎えてこないことに自分でも気づいていた。むしろ、音たてて指が穴を出入りするたびに、ひとりでにぎゅうっとかたくなる。

「見てみろ、先走ってきた」

黒崎に言われて見下ろすと、鈴口から先走りがあふれだし、腹毛と糸を引いていた。

「ここが感じる場所だ」

黒崎が指を上向きにして奥の方をなぞるように動かした。英良はぷるぷると腰を震わせて、肘をたてて上体を起こした。自分の一物から驚くほどの量の先走りが流れ出しているところを見た。

「こんなに濡れたことねえよ、オレ」

「光栄だね」

得意げな黒崎だが、からかっている風でもない。むしろやさしげで大人の男の余裕というものを感じさせる。

「僕相手に恥ずかしがることないぞ。声を出せばいい」

「べ、べつに……、いっ」

「僕はヒデ君の泣き声が聞きたい」

「あっあっ！」

尻の穴をいじられながら乳首を舐められた。英良は今にも漏らしそうなくらい一物が張り詰めるのを感じた。どうにかなりそうだ、そう思っているとまたキスされた。こんなのはイヤだ……。しかし黒崎の舌は口の中を舐めまわしている。

唇がはなれると、額に額をつけた状態で黒崎が英良の目の中を見据えていた。

「ヒデ君はほんとかわいいなあ。こんなにかたくなってるぞ」

「あっ、だめだって！」

握られたとたん、射精してしまった。

「おっ、すごいぞ、どんどん出てくる」

「くっ、う、あーっ、指抜いてくれよ……」

しかし黒崎は一物からは手をはなしてしまい、英良の肛門だけを責めていた。指でさっきの場所をえぐられると、さらにザーメンがあふれ出してくる。きつくしごかれながらの射精とはまるで違う感覚があった。

こんなイキ方ってあるかよ……。

「よかったろ？」

ハッとした。また額が押しつけられていた。黒崎の酒臭い息の匂いが気になるのに、男っぽい真剣な表情に見据えられて、目を開けていられない。指が抜けていくのがわかった。さっきまでとはちがう違和感がある。せつなくて泣きたいような感覚だった。

「これだけほぐれればもう大丈夫だ」

頭がぼんやりしていてすぐには意味がつかめなかった。しかしベッドにぐったり横たわったまま薄目を開くと、黒崎がガウンを脱ぎ捨て、自分の一物にローションを塗りつけているのが見えた。その巨大さに英良はぎょっとした。

「それ、マジで入れるつもりかよ？」

きつい調子で言ったつもりが声がかすれていた。

「ヒデ君は声もセクシーでいいんだな」

「さっきよりでかくなってるだろ、そんなの無理だって。入らないよ」

「大丈夫。この僕が言うんだから必ず感じるよ」

「嘘だろ」

再び脚を抱え上げられ、濡れた熱い肉がずるりと入り口にこすりつけられた。英良はビクッと体を震わせた。山神のことが再び頭に戻ってきた。それを読み取って黒崎がじっと見据えてくる。

「大丈夫、僕を信じろ」

不思議と肛門は締まらなかった。毛の生えた太ももを熱い手のひらでこすられると、下半身から力が抜けていく。あれ、なんで……。

「そうだ、その調子。息を吐くんだ、大きく、そう、そう……」

「あ、あ……」

黒崎の太いものが尻の穴をゆっくりと押しひろげていた。山神に犯された時とはまるで違っていた。無理矢理されるのとほぐされた後とではこれだけ違うのか。熱く濡れた肉がじわじわ入り込んでくる。黒崎が押し入れようとしているというより、英良のそこが受け入れるのを待っている。鳥肌も寒気もない。違和感はやはり残るが、苦にするほどでもない。

「気持ち悪いとか、寒気がするとか、大丈夫か？」

黒崎が真面目な顔で見下ろしていた。

「なんか、違和感てか、あるけど……」

「もう少し我慢してくれ、たのむよ、いまさら僕だって後に引けない」

その時になって初めて黒崎が焦《じ》れているのがわかった。それでも強引にはしないと我慢してくれている。

「そら、入ってきた」

ずるーりと奥の方まで黒崎の一物が入り込んでいた。また、違和感が強くなった。それでも口に出して文句を言うつもりはもうなかった。黒崎の手が英良の顔を撫で、やさしく髪をかきあげていた。青い瞳はやさしく英良を見下ろしている。

「そんな目で見るなよな……」

「どうしてだい？」

「なんか、マジで女扱いされてるみたいだ」

「僕は女に興味ないぞ」

「そういうことじゃなくて……」

黒崎はニヤニヤとうれしそうに笑っている。そうしてまた顔を撫でてくる。その分厚い手が英良の首筋をさすり、胸板を撫で、乳首をつまみ、脇腹をあたためるように手のひらを押し当ててくる。太ももまでその手が進んだ頃には、不思議議と、肛門を押しひろげる違和感も薄らいでいた。英良は怖くなった。黒崎の一物は山神のそれより明らかに巨大だった。しかし弾力があるせいか苦しさも少ない。それどころか……。

これ、気持ちいい？　マジで？

赤西がなぜ黒崎を指名したのかやっとわかった気がする。はじめが山神で怯えてしまったから、いい思いをさせてやろうとして？

いい思い、という考えに英良はぎょっとした。こんなのがいい思いだって？

「あっ、う、動くなよ、だめだっ、て……」

これはいったいなんなのか。やさしい、としか説明のできない黒崎の腰使いだった。とにかく自分を感じさせようとしてくれていると英良にもわかる。しかし自分の感覚は理解できなかった。どうしてこんな風に反応しているのか。山神にイカされた時のことが思い出された。あの時もこれに似た何かがあった。

でも、ゲオさんの方がずっと……。

「どうだい、少しは感じるだろ？」

「かっ、感じてない」

「嘘つけ。そら、ビンビンだ」

「あっあっ、触るなよ、ちくしょう……、う」

「気持ちいいんだろ？」

「だったらなんだよ？」

「かわいい奴ってことさ」

「うるせえ」

「まったく、客に対してその態度はなんだ?」

「……すんません」

「いちいち本気にとる奴なんだなあ。ほら、こっちはどうだ?」

「あーっ、すげ、それ、うう……」

黒崎が足首をつかみ大きく腰を振り出した。英良は反抗する余裕も失って、ただされるがまま快感の波に飲み込まれていく。体の内側を太い肉でずるずるとえぐられると、穴の奥底からせつない熱がこみあげてくる。肉襞すべてで黒崎を感じているようだった。勝手に脚がピンと跳ねたり、足の指がぎゅっと丸く縮こまったり、しごかれてもいないのに一物がキンキンとかたくなり、先走りが続けて流れ出したりした。

乳首も触られると快感がまた何倍も増すように感じられた。

「ヒデ君は開発しがいがあるな」

「……あ?」

「ノンケのくせに、こんなに色っぽい」

黒崎の汗ばんだ指先が英良の乳首をいじっていた。きつくつままれるとチリチリとした痛みがあるが、その後やさしくさすられると体が勝手に動いてしまう。しかも乳首と肛門は快感がリンクして、乳首を撫でられると尻の穴が疼き、肉襞をかきまわされれば胸が痺《しび》れる。そしてどちらを責められても若い一物は痛いくらいにかたく反り返る。英良は自分の肉体というものが信じられなくなっていた。

「はあ、はあ、はあ……」

黒崎の汗と体の臭いとがベッドの上を覆っていた。クサイと英良も思うのに、鼻が慣れたせいか不快というわけでもない。それはまるでサウナの熱気のように英良の全身を包み込んでいた。実際、英良は黒崎と二人汗だくで、濡れた肌と肌がこすれあう。黒崎は全身どこも毛だらけで、こすれるたびにジャリジャリ言う。それが不思議と嫌ではなかった。

「あー、なんでこんな汗びっしょりになるんだろ……」

「僕に抱かれるとこうなる奴が多いんだ」

「なんで？」

「なんでだろな」

黒崎がまたニヤニヤと笑っている。当たり前のような顔でまたキスをしてくる。男にキスされるのが生理的にどうしても受け付けないと思っている英良なのに、もはや黒崎の舌は素直に口の中に受け入れてしまう。

「ようし」

黒崎の深く大きくグラインドする動きが速くなった。英良の乳首と一物もいじりながら、ほどよくゆるんだ尻の穴をぬらりぬらりと突き上げてくる。

「あっ、あっ、ゲオさん、オレ……」

「どうした？」

「オレ、もうイキたいよぉ」

「素直になったなあ、かわいい奴だ」

黒崎の手が英良の顔を撫で、頭をやさしくたたいていた。英良はますます自分が弱い存在になったような気がした。ただ可愛がられるだけの小動物にでもなったような……。黒崎の指は英良の一物をゆるゆるとしかしごいていなかった。しかしそれはピンピンと反り返り、すでにイッているような感覚もある。

「ようし、ヒデ君、一緒にイクか？　ふっ、ふっ、あーっ」

英良の上で、黒崎の顔が変わっていた。それまでの余裕に満ちた表情から一転して、我慢するように眉間に皺を寄せる。英良はドキッとした。あらためて、男に抱かれているということを意識させる顔なのだ。黒崎の顎から汗が垂れて英良の体に降りかかっていた。覆いかぶさってきて、二人の汗で肌と肌がぬらぬらとこすれあった。

「うーっ！」

黒崎の手が英良を握りしめていた。とたんに二発目のザーメンが二人の体の間に飛び散った。黒崎の白く丸々とした腹がそれを二人の肌の上にこすり広げていく。黒崎も英良の奥深くまで突き入れてきて、かたく目を閉じた。かすかに、尻の中で脈打つ感覚が伝わってきた。

「あー、いいぞ……」

黒崎が深々と息を吐き出した。そして英良の手をとった。

「え？」

「最後くらい、甘えてくれよ」

英良の手を自分の首にまわすよう促していた。

「なにが？」

英良はそう言いながらも、なにを求められているのか察していた。黒崎の汗で冷たくなった太い首にすがるようにして、自分から顔を寄せる。キスをされても素直に舌を受け入れ、自分から吸い返した。

女ってこんな風に感じてるのかな？　英良はぼんやりと考えていた。男に抱かれると、みんなこんな気持ちになるのかな……。


黒崎の前に酒の入ったグラスを押し出しながら、赤西は頭を下げた。

「ありがとうございました」

「あいつ、名器だよ」

「本気で言ってます？」

「タチウケ両方できて、あの穴なら稼ぐなあ」

黒崎は強い酒を舐め、グラスを持ったまま腕を組んだ。その満足げな桃色に火照った顔を見て、赤西は悩ましい気持ちがしてくる。しかし自分がなぜそんな風に感じているのか、考えようとはしていない。

『ＲＥＤ』の店内はほとんど満席で混み合っていた。薄暗い照明の下で客の男たち（女も二人混ざっている）と若い売り専たちがあちこちで談笑している。ＢＧＭにジャズがかかっていて、ボン、ボン、とウッドベースの音が耳につく。それまでジャズはただのジャズであり、店のムードを盛り上げる効果音としか思わなかった赤西だが、英良があらわれて以来、自然と音楽の中にベースの唸りを聞き分けるようになっていた。

黒崎と連れだって店に戻ってきた英良だが、さっきからずっとカウンターの奥にこもり、タケシと話し込んでいた。赤西はかすかな苛立ちを覚えながら遠目に英良を見守っていた。英良の体を覆う空気がどこか違っているような気がしていた。黒崎に抱かれて変わったということか……。

黒崎の方が気を利かせて英良を呼びつけた。英良は渋々といった態度で表に出て、黒崎の横に並ぶ。

黒崎は英良の肩を抱き、やさしげに囁いた。

「自分で報告しろよ？」

英良は赤西の顔をちらと見上げ、頬を赤くした。三人ともカウンターの横に立ち、正式な挨拶を交わすように向かい合っていた。

「……あの、うまくいったよ」

英良の顔には照れと恥辱とがあらわれていた。戸惑ったような態度は初々《ういうい》しいと感じられる。

それがどうして苛立つのか。

黒崎が何か伺《うかが》うような視線を赤西に送っていた。なんだ？　と思っていると首をすくめてみせた。

「じゃあ、僕は行くよ」

「ありがとうございました」

英良も黒崎のことはすっかり気に入ってしまった様子で、素直に頭を下げ、手まで振っていた。それがどうにも面白くなかった。黒崎が出て行くのを見送ってから、赤西は英良をカウンターの端に連れて行った。自分ではオーナーとして店員に軽く注意するようなつもりでいたが、その顔には陰りがあった。

「調子にのるなよ。ゲオさんみたいなのは特別なんだからな」

「それくらいわかってるよ」

受け役で客をとる時、みなが黒崎と同じレベルで事を運ぶと思われたら困る。そう言いたかっただけのはずだった。なのにまだ苛立ちが消えず、言葉が続いていた。

「セックスのことだけじゃない。掟の話だ」

またかよ、と言いたげに英良は横を向いた。どうして今、こんな話をし始めたのかと赤西は自分でも思った。しかしいまさら止められない。

「掟と言ったって、みんなそれを破って騙《だま》しあいをする。誰が誰を出し抜くかわかったもんじゃない。

この町には狐《きつね》や狸《たぬき》が大勢いるってことだ。だからいい気になるんじゃない。目の前にバナナをつるされても、考えなしに飛びつくな。油断大敵ってことだ」

「なんの話だよ？　だいたいそれじゃ掟なんて意味ねえじゃんか」

「いや、唯一絶対の掟が、ルールがひとつだけある。……金だ」

「金？」

「この町じゃ裏切り、不義理なんて珍しくもないが、金だけは裏切らないものだろ？　だからよく考えろ、抱く時も抱かれる時も、気持ちとか気分は二の次にしろ。とにかくどれだけ金がとれるかを考えろ。目先の話じゃないぞ、先を見ろってことだ」

ずばり言い切って自分でも嫌な気持ちがした。どうして今、こんな話を？　しかしトップに立ちたいと言い出した英良なのだから覚えておくべきことだろうとも思う。この町でのし上がるつもりなら必要なこと。おれはそうやって生きてきたし、そうしなければ生き残れなかった。

大げさな話だ、と赤西は自嘲《じちょう》した。少し酔っているのかもしれない。しかし英良は真顔のままうつむいている。

「汚い話と思うか？」

「……いや、わかりやすくていいや」

英良が顔を上げた。まるで挑むような目つきで赤西の目を見返していた。その野心丸出しの若い顔に、赤西は息を飲んだ。

自分にもこんな時があった。赤西は若い頃の自分を見るような気持ちで英良を見下ろした。自分もこんな風に野心丸出しで、体当たりでこの町にやってきた。

赤西は手を叩いて店にいた売り専と客の全員の注目を集めた。

「おれの奢りだ。みんな一杯ずつ好きなもの飲んでくれ」

「どうかしたんスか?」

タケシが聞いた。

「ヒデがやっと一人前になった祝いってことさ」

赤西はニヤリと笑ってみせた。それで、どういうことなのか察しのいい連中には伝わるし、回転の遅いのもまわりの連中に耳打ちされて、へえ、と意地悪な目つきで英良を見る。

英良は顔を真っ赤にした。恥ずかしさに黙り込んでうつむいてしまう。やりすぎた、と赤西は後悔した。門出を祝してというつもりだったが、恥をかかせてやろうという気持ちがなかったとは言えない。大人げない……。

その夜、マンションに戻ると、英良が犬の相手をしながら話しかけてきた。

赤西はシャワーを浴びようと服を脱いでいる最中だった。

「やっぱりあんた、親父に似てるよ」

一人前の祝いでみなに酒を振る舞ってからずっと、英良は赤西に近寄ってこなかったし、タクシーで帰ってくる間も黙り込んでいた。

「なんの話だ?」

「親父も今思うと、感情を表に出せないタイプだったんだよな」

「だからなんなんだ?」

「ほんとはいろいろつらいのに、顔は反対の表情浮かべてたんだ、あんたみたいに」

どうしてこうなるのかわからない。祝い酒で気を悪くして、上からものを言ってやり返しているつもりなのか。

「お前になにがわかる」

「だって、いつもみんなが笑ってるとこで、一人だけ笑ってないじゃんか」

英良は犬を膝にのせモフモフとした毛を撫でつけている。赤西の方を見ようとはしない。それが気遣いの態度と赤西にもわかった。上から言っているわけじゃない？

「どうしてそう思う？　お前にはそう見えるだけで、おれは腹の底から笑ってるのかもしれないぞ」

「目つきでわかるんだよ。なんとなくだけど、そのくらいはさ……」

ずっと引っかかっていたことがあった。今まで何人かの男たちと付き合いかけたことはあるのに、その誰とも、同棲《どうせい》どころか、長く続いたことのない赤西だった。なのに、この英良との同居生活は波風立たずうまくいっている。相手がノンケだからだろう、とは思う。だが、それだけではないのかもしれない。この英良という若いノンケ男は、決しておつむの出来がいいとは言えない。しかしその分だけ、人の気持ちを読みとる才能に恵まれているのかもしれない。

赤西は上半身裸になって、首から金のネックレスだけさげた格好で英良を見下ろした。

「お前の親父さんってのは、……無理してた男なのか」

「ガキだったんだから、よくわかんないけどさ。ただ、もしオレがあの頃、ガキじゃなかったら、少しは違ってたのかなと思うんだ」

「それで、お前ももう少しマシな生き方をするようになってた、と？」

「どうかな、それはわかんないけどさ」

英良は笑って赤西の顔を見上げた。その目はさびしげで、どこかすがるような表情を浮かべている。しかし顔はニッと笑っていた。ノンケでありながら売り専をするようになった自分を笑い飛ばそうとしているのか。

赤西は英良に背を向けて風呂場に入った。熱い湯を十分も頭から浴び続けた。目を閉じていると、英良のさびしげな笑い顔が浮かんでくる。

あいつは親父の話になると決まってああいう目をする。家を出て行った親父がそんなに恋しいのか、おれがそのろくでなしに本当に似ているのか……。

翌日、赤西は昼前に起きてマンションを出た。

サングラスをかけて電車に乗り、小一時間ほど車窓の風景を眺めていると、人気の少ない小さな駅に着いた。電車の中からすでに呼び出してあったタクシーが駅前のさびれたロータリーに待っていた。車の数と比べて広すぎると感じるような田舎道を十五分ほど走り、目にまぶしいほどの緑で埋まる水田の中にある『桜の里』と看板の出た建物の前で降りた。

赤西は職員に挨拶をして、デイルームと書かれた部屋に入った。そこは学校の教室ほどの広さがあり、椅子やテーブルがバラバラに置かれていて、老人たちが思い思いに座り込んでいた。リクライニングする車椅子に身を埋めてテレビを眺めている老女もいれば、落ち着かない様子で部屋の中を歩き回る頭のはげ上がった男もいる。その中で、皺だらけの男たちに囲まれて、一人化粧をした老女が笑い声をあげていた。

赤西は母の横顔を見つめて苦笑した。若い頃から引退するまでずっと水商売で身を立ててきた女だけあって、年をとっても色気を醸《かも》すことをやめられない。このホームに入ったその日から、年老いて枯れたはずの男たちを魅了し続けている母だった。

ほかのばあさんたちにやっかまれないのか？　と聞いたことがあった。しかし母は、嫌う人もいるってことは一目置かれてる証拠さ、と息子にうそぶいた。

「お袋」

赤西が声をかけると、じいさんたちがそろって振り返った。母はとくにうれしそうにするでもなく、肩をすくめて真顔に戻り、まわりの男たちに手をふらふらと振ってみせて追い払う。赤西は母のとなりに腰かけた。

「いい天気だったろ」

母が言った。母と息子の会話はこうして月に一度直接顔をあわせても、毎日の電話とさして変わらない。天気の話か景気の話だ。

「田んぼが見事だったよ、青々として」

「そこの窓からも見えるよ。ここのいいところはあれだけだね。景色だけはいい。……サングラスなんかかけてわかるのかい？」

赤西はまた苦笑してサングラスをはずした。

「ますますあの人に似てきたねえ。あの人の方がずっと男前だったけど」

「悪かったな」

「これから手芸教室の時間なんだ」

母は手芸が得意で同じホームの老女たちに編《あ》み物や刺繍《ししゅう》のやり方を教えている。もう帰っていいという意味で言ったのだと赤西にもわかったが、今来たばかりで帰るには早すぎた。

「少し見ていくよ」

母が手元に手芸の道具を引き寄せると、デイルームの外からも老女たちが集まってきた。赤西は立ち上がってサングラスをかけなおし、いくらか離れた場所で様子を見守った。母がなにか声をかけて、みな手を動かし始めた。真顔だったり笑顔だったり、となり同士しきりと話しながら、それとも一人夢中の様子で、老女たちは編み棒や針を操っている。この中にも母をやっかんでいるばあさんがいると赤西は知っていた。しかし母の言うとおり、老女たちはみな母に一目置いているらしい。

「さすがサチさん、女らしいことしてるねえ」

さっき母に追い払われた男の一人だった。うろうろと揉《も》み手しながらテーブルのそばに立つ。白髪頭で恰幅《かっぷく》がよく、押し出しの強そうな顔つきは男らしく、十年も前なら春町でさぞモテただろうと思うタイプだった。それが母にちょっかいを出したくて戻ってきたらしい。

「義三さん、今は女の時間なんだ。手芸に興味あるなら教えてやるけど、ただの賑やかしならいらないよ」

母がぴしゃりと言い放った。義三というその男はシュンとして、なら後にするよと独り言のように言ってデイルームを出て行った。それを見送って、女たちはそろってケラケラと笑い転げる。赤西も苦笑した。

目で母に合図を送って、赤西は桜の里を後にした。

タクシーと電車と乗り継ぎ地元に戻ると、スーパーでリストを見ながら買い物を済ませた。赤西は買い物袋をぶら下げて、長谷川と表札の出た部屋に合い鍵を使って入っていった。

筋肉の盛り上がった自らの裸体を、英良は鏡の中に見つめている。

それはジムの更衣室にある大きな鏡で、汗をかいた男たちが日々の成果を確かめようとみなそこで足を止め、自分のガタイがどれほどのものか見極めようとする。

それまで自分の体つきなどろくに気にもしていなかった英良だが、やはり筋肉がついてきたところを見ると悪い気はしない。若い脂でおおわれた肌は汗を弾き、テラテラと光っていた。肩、胸板、毛の生えた手足、背中までパンプアップして、自分が一回り大きくなったように見える。

オレって男だなあ?

のんきに、得意に思いながら英良は力こぶをつくって鏡に映してみせた。そこに、首からタオルをかけた赤西があらわれた。英良の後ろに立ち、手間はかけず自分の体を鏡で確認すると、さっさとシャワールームに行ってしまう。その一瞬で、赤西の筋肉が英良よりずっと見栄えのするものとわかった。

ちくしょう、あんなおっさんに負けてんのかよ……。

いつのまにか、英良のまわりに何人か男たちが集まっていた。みな自分の筋肉の具合を確かめているのだが、その中の一人が鏡越しに舐めるような視線を英良に送ってくる。以前はそんな目でいくら見られても気づかなかったはずの視線に、英良は最近、敏感になっていた。

知識では知っていても、自分の住む世界にゲイというものが本当に存在しているという実感がなかった。しかし『RED』で働くようになって、どんなところにもゲイはいるのだと身をもって知ることになった。

赤西と二人、身支度をすませジムを後にした。赤西のすすめで筋トレをはじめてもう三ヶ月目に入っていた。すでに夕方だが日が延びて、まだまだ日差しが高い。横では赤西がサングラスをかけている。たしかにまぶしいかもしれない、と英良は思った。夜の生活が長くなってきたからかな?

「オレもサングラス買おうかな……」

「お前を抱きたいって客がいる」

いきなり話を振られて、英良はドキッとした。受け役の仕事と聞くと、どうしても山神の顔がまず浮かんでくる。

「まさか、あの山神っておっさんじゃないよな?　あいつだけはもう絶対にイヤだからな」

赤西は首を横に振った。あれ以来、山神は一度も『ＲＥＤ』に顔を出していない。噂では仕事で何ヶ月もヨーロッパをまわっているらしい。

「それってつまり……」

そろそろ受け役できちんと客をとれ、という意味と英良にもわかった。黒崎に抱かれてからもう二週間が経っていた。覚悟を決めたはずの英良だが、あれからなにかと言い訳を探して先延ばしをはかっていた。

「やっぱやんなくちゃダメ？」

「トップに立ちたいんじゃなかったのか」

「そうだけど」

「もう仕込み方は覚えたろ」

黒崎に抱かれた後から、何度か研修として赤西の指を受け入れていた英良だった。

『お前のケツはまだきつすぎる。もう少しゆるめた方が客もお前も楽だぞ』

『マジでこんなことすんのかよ……』

嫌がっていた英良だが、赤西に言われなくとも、毎日自分でも指を入れて慣らす練習は続けていた。

そのくせ赤西は口を酸っぱくして同じ話を繰り返した。

『いくら味を覚えても、もうタチはできないなんて言うなよ？』

『そんなんなるわけねえだろ。オレ、男だぜ』

『たまにいるんだ、元はノンケのくせに本当に女みたいになっちまうのがな。いや、一人、ほんとに女になったのもいる』

『え、なんだよ、それ？』

『性転換して戸籍までかえた奴がいたんだ。まいったぞ、あれは……』

英良は鳥肌を立てた。それは元々が性同一性障害ってやつだったんだろとは思うが、もしもあの味を覚えると女になりたいと思うようになるのだとしたら？ いや、でも、この赤西のおっさんは筋肉モリモリで髭まで生やしているのだし……。

赤西が言った。

「それと、今回の相手はとくに大事な客だからな」

「金払いがいいとか？」

「それもあるし、まあ、いろいろな」

「ちんぽがでか過ぎる奴とか、乱暴な奴はイヤだよ」

「それは安心しろ。ゲオさんみたいな男たらしとは違うが、まあ、やさしい人さ」

「ふうん……」

その夜、英良は『RED』でウッドベースを弾いた。週に何度か即席のライブをしているが、演奏の途中で客に連れ出されたり、タケシや他の売り専たちに話しかけられたりして、どうしてもライブという雰囲気にならない。それでもやらないよりマシだった。英良はまだウッドベースで身を立てるという夢を捨てていなかった。

その夜も玄太《げんた》という源氏名のボーイがついさっき相手をしてきた客の話を延々と繰り返していた。

「……ほんと男の中の男って感じの人だったんだよ。ねえ、聞いてる？ 僕、あの人のお嫁さんになりたい」

「またはじまった」

話の途中でやってきたタケシが茶々を入れた。玄太は小柄で色白の、いかにも素直でかわいらしい雰囲気の男だった。実際、玄太を悪く言う奴はいない。それでも、英良もあきれてタケシにうなずいてみせる。

玄太はほとんど毎日似たような話を繰り返していた。毎日、違う客相手に恋をしたと言いまわるのだ。

「電話番号ももらったんだよ」

「客に惚れてちゃ商売になんないじゃんか」

英良がそう言い返したが、玄太はまともに聞いてはいない。タケシが頭に指をさしてクルクルと回してみせる。

「ほんとおめでたい奴」

「玄太って客のこと全員覚えてんのかな？」

「だから、忘れちゃうんだろ？　だから毎日、新しい恋ができる」

その時、二人立て続けに客が入ってきた。一人は玄太を一目で気に入ったらしく声をかけている。玄太はウキウキした様子で相手をした。たった今、惚れた腫《は》れたという話をしていたのに、もう次の相手に頭が切り替わったらしい。さすがにどうかしてるんじゃないのかと英良は思うが、タケシはケラケラと笑っている。

もう一人の客はキョロキョロと店内を見回していた。東ケ崎《とうがさき》という三十代半ばのイモ男で、『ＲＥＤ』の常連だった。目当ては決まっているから、他の売り専たちは相手もしない。タケシだけがからかうように話しかけている。

「耀次《ようじ》なら便所ですよ」

「よかった。約束はしてあるんだけどね」

「さっきから長いから、きっと糞してるんだよ、あいつ」

「耀次君は糞なんかしない」

東ヶ崎は真顔で応じていた。タケシは、今の聞いたか？　と言いたげに、ウッドベースを弾く英良の顔を見る。それでまた、演奏の手が止まる。東ヶ崎が大真面目な顔で言った。

「いや、たとえ糞したとしても、耀次君の糞は汚くないな」

「すげえ臭くても？」とタケシ。

「私にとってはきっと臭くないのさ」

客は腕を組んで唸っている。

売り専に本気で惚れてしまう客はかなりいるが、その最たる者がこの東ヶ崎だった。金でつなぐ関係とわかっているはずなのに、毎日のように通ってきては誠心誠意、売り専の耀次を口説く。あいつはやさしい奴なんだ、本当はすごく純粋でいい子なんだと、他の売り専をつかまえては耀次を褒める。

実のところタケシが東ヶ崎のことをそれなりに気に入っていることを、英良も知っていた。

「よりによってああいう人が選ぶ相手があの耀次だぜ？」

タケシは英良の耳元でわざわざ怒りをぶちまけて、また演奏の邪魔をした。

耀次がトイレから出てきた。耀次はこの町でも評判の、性格の悪い売り専だった。いつもムスッとしているし、礼儀もなってない。しかしその顔は映画スターそのままの美青年だ。どの角度から見ても美しく、たとえ鼻くそをほじっていてもサマになる。東ヶ崎は破顔して耀次をソファ席に誘い、バーテンに飲み物を注文した。

英良も耀次のことはあまり好きではない。何度か話しかけたことがあるのに、まともにこたえてきた試しがないからだった。お高くとまっているという態度が鼻についた。赤西に言ったことがあった。

「なんであんな奴をゆるしてんだよ？　オレにはさんざん礼儀だとか言葉遣いだとかうるさく言うくせ

に」

「あれはあれでいいんだ」

「なんでだよ?」

「ああいうのがたまらないって客がいるからな。現にこの半年、あいつがずっとナンバーワンだぞ。つまり、あいつは日本で一番ってことだ」

トップと聞いて見直した部分はあった。だが、好きになれるタイプではない。ああいう一番ならなりたくないし、友だちにもなりたくない。

ドアが開き、客が入ってきた。

一目見て、あ、ロマンスグレーがきた、と英良は思った。長谷川《はせがわ》というその客は『RED』の常連で、英良の考える「ロマンスグレー」のイメージそのままの、五十代半ばの男だった。白髪混じりの髪を撫でつけ眼鏡をかけ、いかにもインテリという風情ながら、上等な上着の上からでも体を鍛えているのが、ジムに通い出した英良には見て取れる。

英良は演奏を続けながら頭を下げた。その時、カウンターの反対側から視線を感じて目を向けると、赤西がうなずいてみせていた。つまり、この長谷川こそが自分を抱きたいと言っている客らしい。英良は驚いて、確認するように赤西を見た。赤西はやはりうなずいている。

長谷川は英良が初めて抱いた客だった。山神は別にして初めて金と引き替えに体を売った男であり、そういう意味で忘れようのない相手だ。

英良は自然とその時のことを思い出した。ホテルの一室で年配の男と二人きりになったところまでは山神の時と大差なかった。しかし強引に事を運んだ山神と違い、長谷川は静かに英良を待っていた。それまでに何度も赤西の研修は受けていたが、英良はひどく緊張したまま服を脱いだ。当然ながら自然と勃つはずもなく、自分で竿や玉をいじってなんとか奮い立たせた。ベッドにうつぶせに横たわった長谷川の肛門にバックで挿入した時には、長谷川の白髪頭への違和感と、一物を絡み取る粘膜《ねんまく》の快感とのギャップに、一種のカルチャーショックを覚えた……。

赤西が首を振って、もう演奏をやめろと催促《さいそく》していた。しかたなくベースを壁に立てかけて、英良は長谷川のとなりに腰かけた。

「おじさん、受け専門じゃないの？」

英良にとってそれは素朴な疑問だった。この間は受けだった客が今度は自分を抱きたがる？　カウンターの中にいた売り専たちが英良の言葉に顔を見合わせた。一気にざわついた空気が漂っていて、英良の方が驚いた。

長谷川は笑ってこたえてきた。

「どっちもよさがあるだろう？　君だって両方感じるって聞いてるよ。しかもノンケのくせして」

「オレはちがうよ、だって……」

顔が熱くなった。たしかにその通りだが認める気にはなれない。

「まあいいや、あのさ、その……、やさしくお願いします」

「うん、いいよ、わかってる」

見ると、赤西は複雑な表情を浮かべて二人を見守っていた。長谷川はそんな赤西に笑いかけて立ち上がり、英良の肩を抱いて外に連れ出した。歩きながら英良が聞いた。

「あのう、あの店にくるようになって、長いんスか？」

「ああ、そうだね、一番の古株かな」

だから初めて自分を抱く客なのかな、と英良はぼんやり思った。

「じゃあ、赤西さんのことも昔から知ってるんだ?」

「まあね」

「でもあの人、なかなか自分のこと話さないっしょ?　気むずかしいし」

「そうだねえ、そこがいいとこさ」

「いいとこかなあ」

「少しくらい神秘的な部分がないと男は魅力がないよ」

「じゃあ、オレなんか魅力なしだ」

「トップになりたいんだって?」

たいして親しくもない長谷川に言われると気恥ずかしさに顔が熱くなった。

「え、うん、まあ、なれればいいなってくらいだけど」

「今のままの君でいられたら、必ずトップになれると思うよ」

「今のまま?」

「自分を見失わないことだ。この町で生き残りたいなら大事なことだよ」

赤西にも黒崎にも似たようなことを言われた気がするが、英良にはよくわからなかった。

いつも客に連れて行かれるホテルよりずっといいホテルに入った。部屋も広々として寝室とリビングが別々になっている。後でタケシに話してやろうと考えていると、抱き寄せられてキスされた。英良は長谷川の舌のヌメリにタジタジとなって顔をしかめてしまう。それに気づいて長谷川がクスクス笑う。

「こないだもキスを嫌がっていたね。シックスナインはできるかな?」

「やれって言うんなら」

「キスとシックスナイン、どっちが嫌だね?」

「そりゃあ、キスですよ」

「ちんぽしゃぶるよりキスの方が嫌なのかい？」

「だって、キスって好きな女の子としかほんとはしないじゃないスか」

「好きな子か」

「ゲイだって同じじゃないの？」

「どうだろうね、ひとによるよ。……チップはずむから、いいだろ」

またキスされていた。かすかに酒の味が残っているが、ミントの方が強い。英良は自分の口のヤニ臭さが気になった。しかし長谷川の方はかまわず英良の口の中を舐めまわし、舌と舌を絡ませようとする。ねっとりとしたキスだった。山神や黒崎にされた時よりずっとしつこい。しかも目を開くと年なりに皺やシミのある大人の男の顔が迫っている。山神より年が上のせいか、あんなギラギラした感じはなかった。しかし年寄りという感触でもないのだ。やはり男は男であって白髪頭でも枯れてはいない。強引さはないが、延々と貪られるのがたまらなかった。

我慢しろ、やるしかない。

英良は内心、自分に気合いを入れ直した。もう何度も客の男たちを抱き、黒崎に抱かれもしたが、やはり慣れることはない。これはオレが決めたこと、そう自分に言い聞かせ、覚悟しなければ腹が据わらない。

「んっ、ふう……」

「横になって」

肩をつかまれソファの上に寝転がった。長谷川がその上に反対向きで覆いかぶさってくる。ジーパンからつかみ出されて舐められた。その快感に思わず目を細めると、すぐ目の前で長谷川のスラックスから一物がずるんと飛び出してきた。

「口を開けるんだ」

「う、んう……」

黒崎と、その後、赤西相手にも口でする研修は受けていたが、やはり違和感は強かった。キスの方が嫌だとは言ったが、口でするのも同じくらい抵抗がある。シャワーを浴びてきたのか長谷川の一物はさして臭わなかった。それでも陰毛に染みついた男の匂いはあった。はじめ柔らかかった長谷川のそれは、英良が勃起するのに遅れて徐々に口の中でかたくなった。

「んっ、んんっ！」

たとえしゃぶらされながらでも、長谷川の口技に英良は体を震わせた。長谷川は手で英良のあまった皮を戻してかぶせ、舌を皮と亀頭の間に挿し入れてズルズルと舐める。鈴口にまで舌先が入り込むと、英良は身をくねらせて長谷川の勃起を喉《のど》の奥まで飲み込んでしまった。

「ンッンッ！」

「イキそうなのかな？　もったいない、どうせなら抱きながらイカせたい」

「んはっ、はあ、でもオレ……、二発は続けてデキるよ」

「それは前の時でわかってるよ」

とにかくイキたいとねだる英良に長谷川の方が苦笑していた。

起き上がると、長谷川は英良の脚をソファの下に落とし、後ろ向きにさせた。自然と英良は床に膝をつき、ソファにしがみつくような格好になる。後ろから手をまわされベルトをはずされ、ジーパンとトランクスを引き下げられると、犬みたいにされるんだなと思いついた。恥辱に体が熱くなった。

「少しほぐしてやろう」

長谷川の指が英良の肛門にローションを塗りつけていた。ぬるりぬるりと穴のまわりまで濡らされて、英良はヒクヒクと尻を震わせてしまった。指先に力が入ったのを感じ取り、無意識に息を吐いていた。

「ぐ……」

長谷川の指はすんなりと英良の中に入り込んでいた。毎日自分で慣らす癖をつけた成果とは思うが、そうなるとますます英良は恥ずかしさに体が燃え立つようだった。

「どうかな、指だけでも感じるようになったのかな？」

「あっ、オレ……」

「もう十分広がってるよ？」

「くっ、あっ、……」

「自分で指入れて練習したんだろう？　ついでに前もいじってオナニーしたのかい？」

英良はブルブルと首を横に振った。そんなことは思いつきもしなかった。しかし今、長谷川の指で責められて、英良の一物は鎌首を震わせている。気持ちがいいとはとても思えないが、研修と努力のおかげで違和感や痛みはほとんどなかった。

「ううっ！　……いっ」

指が抜けたと思ったら、熱く弾力のある肉が押しつけられていた。英良は急にこわくなってかたく目を閉じた。山神にされた時のことがまた頭にめぐっていた。しかし英良の肛門は力が抜けたままで、さして引っかかりもなく長谷川の一物を飲み込んでいく。

「うっ、あっ、……」

指と同じく、痛みも違和感もほとんどなかった。英良はゆっくりと息を吐いて山神を頭から追い出した。その間に長谷川は腰を突き出して、ズブズブと英良の奥まで一物を埋めた。息をつき、英良の背中にのしかかって体を密着させてきた。

再び、山神にされた時のことが思い出された。あの時も後ろから犯された。熱い体が背中にのしかかってきて……。

「……あ？」

長谷川がゆっくりと腰を使っていた。ぬるり、ぬるりと熱い肉が英良の肛門の柔らかい場所をこすりあげてくる。頭では山神の時の恐怖を思い出すが、体は驚くほど素直に快感をにじませつつあった。背中にのしかかる長谷川の体温もむしろ英良を安心させている。

「感じるんだろう？」

「ちがう、オレ、……うっ」

「さっきよりかたいぞ？」

長谷川の手が英良の一物を握っていた。しかしその手に力はさほど入っていない。ゆるゆるとしごかれながら後ろを突かれると、黒崎に教えられたあの快感が尻の穴の奥から一物に抜け、背筋を這い上がってくる。

「あっ、オレっ！」

英良は何度も達しそうになった。しかしそのたび、長谷川の手から力が抜けてしまう。かわりに肉襞を音立ててかきまわされ、それだけでも感じている自分の体を意識させられる。恥辱と戸惑いと、しかしはやく出したいという自然の欲求とで、英良は悩ましさに動物じみた声をあげた。

「あっあっ、オレ、もうイキたいよ、たのむよ、イカせてくれよ……」

「まだまだ……、かわいいよ、ふう」

十分、二十分といじめられ、英良はしだいに頭を朦朧とさせ、何度となくイキたいよ！　と叫び声をあげていた。最後はしごかれてイッたのか突かれてイッたのかわからなかった。

「いっ、あっ、あーっ！　……うう、オレ、もう」

英良が漏らしたのを確認して、長谷川はいっそう力強く腰を振り出した。射精したせいできつく締まる穴に一物を突き入れ、声を殺して射精した。

「く……」

「あー、やだよ、こんなの、もうやだ……」

英良はうわごとのように呻いていた。その感覚は黒崎に抱かれた時と似ていたが、山神に強引にされた時のことも思い出させた。英良は熱く火照った頭でそれを感じていた。考えていた。

それからほんの数日後のことだった。

昼過ぎ、英良が犬を散歩させてマンションに戻ってくると、エントランスで長谷川と出くわした。

「えっ、あ、長谷川さん？」

「やあ」

長谷川はゆったりとしたチノパンにトレーナーというくだけた格好で、近所のドーナツショップの紙袋を持ち、英字の雑誌を脇に抱えていた。英良に気づいてもさほど驚いた風でもない。英良の方はとにかくびっくりしてしまい、長谷川の平常さに注目できなかった。

まさか、と思いながら英良が聞いた。

「え、あの、ここに住んでるんスか？　すげえ偶然スね！」

「そうでもないよ」

「え？」

「せっかくだから、私の部屋でコーヒーでもどうだい？　ドーナツもあるし。いや、そういう目的はないから安心していいよ」

「あ、はい……」

強く断るのも気が引けて部屋に招かれた。長谷川はマンションの最上階に住んでいた。他の階は十部屋はあるのに、エレベーターを降りるとドアが三つしか見当たらない。造りから考えると、長谷川の部屋だけでワンフロアの半分を占めているらしい。英良は驚いたが、中に入って、さらにあっけにとられた。

まさに豪邸と呼ぶにふさわしい部屋だった。広さはもちろん、床や壁、天井、調度品、すべてがテレビや映画の中でしか見たことのない豪華さで、英良は息を飲んだ。しかも、華美で悪趣味、というわけでもなく、どちらかといえば、美術館やコンサートホールのようなモダンな印象を与えるインテリアで調和がとれている。壁一面がガラス張りになっていて、そこからの眺めもすばらしいが、英良はリビングの一角を占める巨大なライブラリに目を奪われた。二階分はあるかという高い吹き抜けの天井まで書《しょ》架《か》になっており、本やCD、アナログレコードがびっしりと詰まっていた。

英良は吸い寄せられるように棚に近づいた。CDだけで数千枚はあるが、ラベルの背の色でジャズのコーナーはすぐに見つかった。主な演奏者の名前順に並んでいるようだ。エスペランサ・スポルディングのアルバムが目につき、手に取ろうとしたところで、すぐそばに父の参加したアルバムがあることに気がついた。

英良はCDを抜き取り、得意な顔で長谷川を振り返った。

「このセッションでウッドベース弾いてるの、オレの親父なんスよ」

「へえ、有名人なんだね」

「メインじゃないけどさ」

「それでもたいしたものだ」

「でしょ？」

英良に突き出されて長谷川がＣＤを受け取った。裏面のクレジットを読み、一瞬、顔を曇《くも》らせる。しかし英良はすでにライブラリに向き直っていて、長谷川の表情を見ていなかった。

背後からドアの開く音が聞こえてきた。英良が振り返ると、買い物袋をぶら下げた赤西がリビングに入ってくるところだった。

英良は目を疑って、赤西と長谷川の顔を交互に比べるように見た。しかし赤西は英良の反応をほとんど無視している。

「これ、たのまれたもの」

赤西は平然と袋を長谷川に手渡した。長谷川も当たり前のように受け取り、ダイニングに入っていく。二人の自然なやりとりに英良はますます目を丸くした。

「ちょっ、これ、……どうなってんの？」

赤西はため息を漏らした。驚く英良の顔をマジマジと見据えるが、結局、まともに取り合わず、長谷川のドーナッツを押しつけて先に部屋に帰してしまった。

「なんにも知らなかったんだね、彼」

戻ってきた長谷川が言った。

「話す必要もないでしょう」

つれなくこたえた赤西に長谷川はニヤリと笑ってみせた。しかしすぐに、その顔から笑みが消えた。

「知ってたかい、ヒデ君のご両親のこと」

「親父がジャズミュージシャンだったとか」

「母親のことは？」

「亡くなってるって聞きましたけど」

「自殺だよ」

「え？」

「ベーシストの亭主が暴力を繰り返して、それを苦にしての自殺。当時、ちょっとニュースになったんだ。それをきっかけに音楽をやめてどこかに消えてしまった」

赤西はしばらく言葉を失った。

「……あいつはそんなこと言ってなかった。親父を自慢に思ってるようだし」

「そこだよ。さっきもそんな風だったんだ。しかし、まさか知らないわけはないしね」

赤西も疑った。親父がお袋を殴って自殺に追い込んだ？　なのにその親父をまだ慕《した》ってる？　そんなことあるだろうか。

少し間が開いて長谷川が言った。

「変わった子だね」

「そうですかね」

「お前に似ている」

黒崎にもそんなことを言われた気がした。たしかに赤西の父もろくでなしで、酔って暴れることが多かったし、よそに女をつくり駆け落ちしてのたれ死んだ。当時、十代だった赤西も、母の憔悴を見て知っていた。だが、あのとおりの女なのだから、自殺なんてするタマじゃないとも思う。母は長年続けたスナックをたたむと自分から老人ホームを選び、さっさと入所してしまった。赤西は、桜の里で年老いたスケベ男をいいようにあしらっていた母の姿を思い出した。

しかし母の姿が浮かんだのは一瞬で、そのすぐ後に、今度は白いタンクトップを着た若い男の後ろ姿が記憶の中から浮かび上がってくる。

あいつのことを言いたいのか。

赤西は長谷川の横顔をにらみつけた。長谷川はそんな赤西の顔に浮かんだ表情を見て、どう思ったのか、赤西のスラックスに手をかけてきた。

「なんだかその気になったよ」

長谷川の手が赤西のベルトをはずし、腰の方から尻の谷間にもぐりこんだ。赤西は抗議するようにまた長谷川の顔をにらんだが、その唾をつけた指がぬるりと肛門に差し込まれると、膝を震わせて長谷川の肩に顔を押しつけた。

「う……」

三十分後、赤西が自分の部屋に戻ると、犬がうれしそうに駆け寄ってきた。頭を撫でてやり、おやつをやった。浴室から水の流れる音が聞こえてくる。英良がシャワーを浴びているらしい。

赤西は自分の寝室に入り、ブルーグレーに塗られた戸棚を引いた。中には小さな仏壇が作られていて、粗末な父の位牌と、それよりはずっとましなもうひとつの位牌が並んで据えられていた。

黒く光る位牌の中に、白く光るタンクトップが浮かんで見えるような気がする。

「……ん？　なんか線香くせえ」

腰にタオル巻いた格好で英良が風呂場からあらわれた。赤西はコーヒーをいれているところだった。

「ドーナツ、今食べるか?」

英良はまだ鼻を鳴らしていたが、コーヒーから立ち上るかぐわしい湯気が線香の匂いをかき消していく。

「うん、食う」


陽気で派手なジャズナンバーが『RED』の店内に流れていた。

「いいだろ、この曲? とくにベースがさ」

英良は上機嫌でタケシに話しかける。

「ベース? よく聞こえないけど」

「ちゃんと聴いてくれよ」

長谷川から借りてきたCDだった。英良の父の参加したアルバムで、英良ももちろん持っていたが、アパートを追い出された時になくして手元にない一枚だった。

長谷川が赤西のいわゆる「パトロン」だということは、すでに英良も理解している。

古株の売り専たちはみな承知していて、英良が知らなかったことにタケシはあきれていた。ノンケだからって鈍いにもほどがあるよ、一緒に住んでてさ? そんな言われ方に納得しない英良に、タケシはため息まじりに、『RED』に入った見栄えのする新人はみな、仕込みが終わった時点で長谷川が「味見」をするのだと解説した。

赤西の研修の後、初めて抱いた客が長谷川で、山神は別として、黒崎の「仕込み」の後、初めて抱かれたのも長谷川だったということに、そんな裏があると知って、英良は複雑な思いがした。腹が立つというほどではないが、いい気持ちはしない。

つまり、自分はパトロン様に差し出されたのか……。

「貢《みつ》ぎ物って感じだよね」

タケシは笑っていた。英良は笑えなかった。

その前の晩、黒崎が『ＲＥＤ』に顔を出した時にもその話を振った。黒崎はなにか見極めるような顔つきになって英良の目を覗きこんだ。

「でもな、パトロンとしちゃ最高の部類だぞ、あの人は」

「パトロンにいいとか悪いとかあるのかよ？」

「親が残した遺産でずっと遊んで暮らしてる人だぞ。あのマンションはもちろん、もっとでかいビルを十も二十も持ってるって噂だ。気前もいいし、かといって威張らない。せいちゃんを独り占めにしなかったのがまたすごい」

「飽きたってだけじゃないのか」

「まだ続いてるんだぞ、あの二人は」

胸の奥になにかもやもやとした感覚がわき起こった。しかしそれは一瞬のことで、英良は間を開けず言い返していた。

「それがわかんないよ。だって赤西さんはこの店で儲けてるんだろ。もうパトロンなんか必要ないじゃんか」

「いざって時には頼りになるし、お前、そんな情の薄いこと言ってるとこの町で嫌われるぞ。人の口に戸は立てられない」

白人の黒崎にそんな風に言われて、英良は笑ってしまった。

「笑い事じゃない。いいか、この町はただ金で成り立ってるわけじゃない。この町の人間の嫌うことをすれば、みんなそれをいつまでも覚えてる」

赤西のおっさんは金がすべてって言ってたぞ。内心ではそう思うが、口には出さなかった。しかしそんな英良の考えを読んだように黒崎は続けた。

「お前だって人の恨みを買うのは嫌だろう？　せいちゃんだってさんざん苦労してるんだ」

「たとえばどんな？　なんかあの人も悪いことしてるのか」

「あいつが悪いわけじゃない。ただ、責任を感じてるし、事情を知らない奴はなんでも悪く言うさ。なにしろ人一人死んでるからな」

話している最中に、近くの席で客と売り専たちが大笑いした。だから最後の方は英良の耳に届かなかった。

「なに？　聞こえなかった」

英良が食い下がったが、黒崎は眉間に皺を寄せて口を閉ざしてしまった。

……ボン、ボン、ブーン、とウッドベースが唸っていた。スピーカーから流れるジャズセッションは、派手なパートが終わり、低いベースの音も聞きやすい場所にさしかかっている。

「あー、これ」

タケシがうんうんとうなずいてみせた。

「最高のタイミングで入ってくるんだ。リズムは完璧だし」

「そういうのよくわかんないけど」

「だからちゃんと聴けって」

そこで指名の入っていた客が来店した。英良は客と一緒に『ＲＥＤ』を出た。初めて見る顔の男で、年は三十前後だが短く刈り上げた頭が薄くなりかけて、むっちりとした体つきは筋肉より脂肪が目立っている。顔は地味で印象に残らないタイプだった。ホテルに行くよりデートがしたいんだと男は言った。飯を食わせてくれるのかと期待していると、男は英良をクラブに連れて行った。

薄暗い洞穴のような空間に大音量のクラブサウンドが鳴り響いていた。空調は効いているが、かすかに煙っぽい匂いと汗や香水の入り混じった熱気のこもる中に、男たちばかり身を寄せ合って体を揺らしている。チカチカと色様々な光が男たちの顔を暗闇から浮かび上がらせ、その様子は英良の演奏するライブハウスと大差ないはずだが、ステージのように高くなっている場所にバンドマンの姿はなく、革のズボンやハーネスをつけた半裸のたくましい男たちが、それを見上げる男たちを挑発するようにポーズを作ったり腰を突き出してみせている。

ゲイ専用のクラブがあるという話は聞いたことがあった。きっと怪しげなところだろうとは想像していたが、実物は英良の想像を超えていた。革を身につけた男の一人が音楽にあわせてズボンを脱いだ。下にはスポーツ選手がつけるようなサポーターをはいているが、それが前しか隠さず尻を丸出しにするもので、英良はびっくりしてしまった。男が裸の尻を突き出してみせると、まわりの男たちが怒号のような歓声を上げた。

「ストリップみたいだ」

英良がつぶやいても轟音でかき消されてほとんど聞こえなかった。客が英良の耳元に口を押しつけて大声で言った。

「初めてかい、こういうところに来るの？」

「あの踊ってる奴らも客なんスか？」

英良も大声で聞く。

「あれは雇われてるんだ。ダンサーっていうか、アイドルみたいなもんだね」

そういえばステージに立つ男たちはみな鍛えた体で筋肉を盛り上がらせている。なにか肌に塗っているのかテラテラと毛深い胸板を光らせているのもいた。客がまた大声で言う。

「君もやればいいいんだ。ギャラも出るらしいよ」

「オレ、踊れないよ」

「そんなの誰も気にしない」

客の口がぴったりと英良の耳に張りついていた。熱い息が耳の穴に吐きかけられている。

英良は耳を疑った。音楽のせいで聞き間違えたのかと思った。しかし客が繰り返した。

「服を脱げよ？」

「ここで服を脱げ。これも料金の内だ」

英良はマジマジと客の顔を見つめた。客は一瞬たじろいだが、それでもうなずいている。なんだこの野郎、と英良は腹を立てた。しかし、なにか挑むような気持ちにもなってシャツを脱いで見せた。上だけ脱いで客を納得させ、さっさとここを出て行くつもりだった。下まで脱ぐつもりは微塵《みじん》もなかった。

色様々な光が英良の肌の上を舐めるように通り過ぎていく。客はうっとりしたような顔で英良の半裸を見つめ、ため息を漏らした。まわりにいた男たちもそろって英良に目を奪われていた。その瞬間、ステージの上で尻を出している男よりも英良の方がクラブに集う男たちの視線を集めていた。

客が興奮した様子で英良の腕をつかんだ。引っ張られるまま狭い通路に入りトイレに行った。たまたまトイレの中には誰もいなかった。通路の奥にあるトイレでドアはなく、ここにも轟音《ごうおん》が響き渡っている。造りはごく普通で照明もついているが、薄暗いものに交換されていた。

「ちょっ……」

客は有無を言わさぬ強引さで英良のジーパンから一物を引っ張り出した。かがみこんでくわえ舐めまわし、かたくなると手でしごきあげる。そうしながら自分のものもつかみだし、それを英良に触らせた。

「んっ……」

キスされていた。コーヒーの匂いの強い男の口に英良は寒気を覚えたが、唾でぬらぬらになった一物をしごかれる快感に身をくねらせてしまう。顔を振って男の唇から逃れると、トイレの入り口から男が数人覗きこんでいることに気づいた。体が恥ずかしさで一気に熱くなった。

「見られてるって……」

「ほっとけ」

「あっ、ヤだよ、オレ、……うっ！」

あっという間の出来事だった。英良は客の手の中にザーメンを漏らしていた。

こんなの最悪だ……。

英良は恥辱と怒りに燃えた目で客をにらみ、トイレを覗きこんでいる連中を見た。みな、英良の鋭い目つきなどかまわず、好色な視線を英良の半裸とザーメンで濡れた一物にへばりつかせていた。

「まだかたいままだ。犯ってくれよ」

客がズボンを下ろしていた。英良に裸の尻を向け、手にとったザーメンを肛門に塗りつけている。マジかよ……？　ドン、ドン、と叩きつけるようなクラブミュージックがトイレの壁に跳ね返っていた。英良は頭を殴られているような気分になりながら、客の欲求にこたえた。ヤケになっていた。こうなったら……。客の肛門は英良の一物を飲み込んで淫らな音を立てた。もちろん客も英良も野次馬も騒音の中で濡れた音を聞き取れはしない。

「すぐ出ちゃうよ」

英良は熱く濡れた肉の穴の感触にたえきれず、客の耳元で訴えた。

「いいぞ、イッてくれ、そのままで……。僕も、うっ！」

「くそっ、うーっ！」

客は自分でしごいて放っていた。英良は肉襞の隙間にドロドロとザーメンを流し込んだ。

夜道に出て音の洪水から逃れると、生き返ったような気がした。

「君は最高だよ」

さっきまでの強引さが嘘のように客は英良の機嫌を取っていた。事が済んで体をはなしたとたん態度が違っていて、トイレの手洗いで英良の一物を丁寧に洗ってくれたのだった。野次馬たちはその様子も見守っていたが、二人に手を出すようなそぶりも見せなかった。

「ほんとにＧＯＧＯやるといいよ、君」

「ゴーゴー？」

聞き返しながらも、さっきの革を着た男たちのことと英良にも見当はついた。

「君ならファンがたくさんつくと思うよ。君がただ舞台に立ってちょっとだけ脱いでみせれば、みんな盛り上がる」

「あれこそスター誕生って感じよね。舞台の上じゃ売れ筋のＧＯＧＯの男の子たちが裸見せてるのに、ただの客のはずのヒデ君がちょっと脱いだだけで、その場にいたみんなの視線がそっちに集まったんだから」

太った女が扇子でせわしなく顔をあおぎながら話していた。愛染《あいぞめ》吉乃という名の著名な女流作家で、

『ＲＥＤ』では古株の常連客だ。ここ数ヶ月は書き下ろしの新作小説のために春町から足が遠のいていたが、たまたまあの夜、あのクラブに居合わせたのだという。

「この私がよ、一目でファンになったんだから」

赤西はもう何度もこの話を聞かされていたが、柔和な笑みをつくってうなずいている。愛染が噂をたどり『ＲＥＤ』で英良を買ってから、もう数週間が経っていた。ますます英良を気に入った愛染は行く先々で「『ＲＥＤ』のヒデ君がね……」と話してまわっている。時間ができると毎晩のように春町をうろつく愛染だから、おかげで英良の人気はうなぎ登りだった。

その夜も英良は泊まりの客に呼び出され、いなかった。そうとは知らずいきなりやってきた愛染はがっかりしていたが、連れの、やはり著名な女流エッセイストと二人楽しげに、英良の写真とプロフィールののったカタログを眺めていた。カタログには月間のランキングが添えられているが、もう少しで英良が耀次を抜いて一番に躍り出そうな成績が記されている。

「ところでさ、圭吾クンっていたじゃない、この店に」

愛染が話していた。赤西は圭吾という名前を聞いても笑顔のままだが、眉がかすかに持ち上がった。

「いましたね。辞めましたけど」

「この前ね、『スレッジ・ハマー』を覗きに行ったら、いたのよ。どうなってるの？」

『スレッジ・ハマー』は『ＲＥＤ』のライバル店にあたる。圭吾は引き抜かれたということだ。愛染の目は事態をおもしろがっているが、赤西はとぼけてみせる。

「さあ、うちを辞めた後のことは知りませんから……」

『スレッジ・ハマー』は『ＲＥＤ』よりも古い店だが、一年ほど前にオーナーが変わっていた。新オーナーは関西の男町では名を知られた男で、この春町にも進出したいと、以前、赤西のところにも顔を出した。『ＲＥＤ』を売らないかという提案を赤西が笑い飛ばしてから一ヶ月後、『スレッジ・ハマー』が買い取られた。

半年も前から、『ＲＥＤ』を辞めた青年たちが『スレッジ・ハマー』で働いているらしいという話は聞こえていた。

愛染と赤西のやりとりの横で、長谷川が静かに酒を飲んでいた。赤西に向いたその目は、大丈夫なのか？　と問うているようにも見える。しかし長谷川がこの店の経営に口を挟むことはない。十五年前、パトロンとして開店資金を出してくれた時から、ただの一度も赤西のやり方に指図したことがなかった。

これぞ、という新人があらわれた時、まず長谷川に差し出す慣例も、長谷川から求められたことではなかった。気遣いからいつのまにかそういう流れになっていて、英良のことも同じようにしただけだった。

なのに、今回だけはずっと心に引っかかっている。

英良を特別扱いする理由などないはずなのに、今回だけはやめておけばよかったのだと心の中で声がする。きっと長谷川はなにも文句など言わなかったろう。思うことがあったとしても、言葉にはしない。長谷川はいつもただ穏やかな笑みを浮かべ、赤西を見守っている。

その夜、売り専やバーテンを帰した後になって、黒崎がやってきた。桃色に染まった顔でハリソン・フォードのようなニヤニヤ笑いをして、片付けをしている赤西を背中から抱きすくめてくる。閉店後にあらわれる時にはいつも決まってひどく酔っている黒崎だった。

「犯らせてくれるだろ？」

「若い男が好きなくせに」

「せいちゃんだけは別さ」

「金とりますよ」

「小遣いくらいやるよ」

赤西はため息をついてみせるが、黒崎の匂い立つものをつかみだしてやった。唾をたっぷりとつけてから自分もスラックスを下げ、尻の穴にも唾をなすりつける。バーカウンターに手をつき、太く弾力のある一物を受け入れながら、こんな腐れ縁がもう何年続いているのかと考える。ヌルリ、と肉襞を一物がくぐり抜ける感触に吐息が漏れた。膝も笑い出した。

黒崎の唇が赤西のうなじに張りついた。

「やっぱり僕が最高と思ってるだろ？」

「そうだな、悪くない」

「最高と言え」

事実、黒崎とのセックスは現役の売り専だった頃から考えても最高の部類に入った。太いが、白人独特のいくぶんやわらかさもある一物が、尻の穴をずるずると出入りするその感覚。かたすぎないからこそ、ふわふわと押し上げられるような快感があった。赤西の一物はひとりでに鎌首を振り、カウンターの下に先走りを滴らせた。

「うーっ！」

抜ける寸前まで引き抜かれ、赤西の肉穴が黒崎の亀頭を追い出そうとすぼまったところに、また、一気に巨大な一物が埋め込まれていく。赤西の一物もさらに鎌首を振り上げ、カウンターの天板の裏にまで先走りを飛ばした。

ケツを犯られるのがどうしてこんなによくなってしまったのか。

赤西は受け専門というわけではなかった。だが、数多くの男客に抱かれて味を覚えさせられ、それでもなおかつこの快感を無視できる奴がいるだろうかと考える。前をいじられるのとはまるで別物の、次元の違う快感を……。

「ほら、こっち向けよ、せいちゃん」

首をねじられ、間近に顔を覗きこまれていた。

「また涙目になってる」

「そんなことない」

「おっさんになってもやっぱりせいちゃんはかわいいなあ」

「馬鹿」

「僕は客だぞ。馬鹿なんて言っちゃいけない」

「んう……」

キスされて、赤西はうっとりと目を閉じてしまった。黒崎の酒臭い唾を自分から飲んでいた。

「ヒデ君とどっちがいい？」

「あ？」

「ヒデの奴のこと、気に入ってるんだろ？　家に住まわせるなんて妬けるなあ」

「あいつが勝手に転がり込んできただけだ」

「だけど毎日『研修』してるんだろ？」

「もうそんなにしてない、ううっ！」

「つまりしてるんじゃないか」

英良の話が出て、赤西はすっと気持ちが冷めるのを感じた。事の最中にちがう男の話をされて白けるというのもあるが、英良の両親のことが頭に浮かんでしまったからだった。英良の父が母を殴り、それを苦にして母は自殺した。英良に確かめることはできていなかった。確かめたところで仕方のないことだし、もしかしたら英良はその事実を知らない可能性だってある。考えにくい可能性ではあるが……。

妻を自殺に追い込んだろくでなしの男だというのに、英良は、親父はプロのベーシストなんだと自慢に思っている。その気持ちは赤西には理解できなかった。だが、父の話をする時の、英良のさびしげな、すがるような目つきを思うと、英良が父をまだ慕い続けているのは嫌と言うほど伝わってくる。母を死なせたとわかっていながら、それでも父をかばいたいということか。

いじましい奴だ……。

「せいちゃん、なんだよ、怒ったのか？」

黒崎の手が赤西の一物を握っていた。それはまだかたいままで先走りもにじませているが、若い頃から何度となく抱いてよく知っているせいか、黒崎には変化を見抜かれてしまう。

「怒っちゃいない、う」

「でも、気が散ってるな」

「そんなことないよ」

「とぼけてもわかるんだぞ」

「だったら気にせずイッてくれ」

「それじゃ面白くない」

そう言いながらも、黒崎は赤西の腰をしっかりつかんで、せっせと腰を振り出した。一度赤西がその気をなくすとそう簡単には引き戻せないと、やはり長年の付き合いから知られている。

「あーっ、こんなんじゃ、くそっ、もったいない……、ううっ！」

赤西と黒崎は顔を寄せてぼそぼそと話していた。だからドアから覗きこんでいた英良には話の内容までは聞き取れなかった。ただ目を見開いて、二人の中年男がつながっている様を見つめていることしかできなかった。

泊まりという約束でホテルに呼びつけた客が、事が済むと急用で帰ることになり、英良も放免されて戻ってきたのだった。

ガタイのごつい赤西と、さらに太った白人の黒崎が下半身をすりあわせている姿は、英良にとってただただ気色の悪いものだった。しかし肛門を犯されてあえぐ赤西を見る内に、奇妙な思いが胸の中で渦を巻きだした。

オレが研修で抱いた時となんか違う……。オレとの時の方がもっとトロンとしてる時もあったよな……。だいたいあの二人、付き合ってんのかな……？　長谷川さんも知ってるのかな……？　なんでイライラしてんだろ、オレ……？

こんなもん見たくなかった。英良は胸を重たくして外に出た。一人で先に帰ろうかとも思うが、とうに終電は過ぎていたし、どうして自分があの二人に遠慮しなくてはならないのかとも考えた。とりあえず十分だけ待とう、そう決めてから十五分ほどして、二人がビルから降りてきた。英良を見て首をひねる赤西に、早口で客に帰されたと説明した。

春町の狭い通りには、この時間、なかなかタクシーが入ってこない。三人はぞろぞろと歩いて広い通りに移動した。黒崎が英良の肩に肩をぶつけてきた。

「お前、もしかして見てたんじゃないの？」

とたんに、英良は顔を真っ赤に染めてしまった。

「じゃ、邪魔しちゃ悪いからすぐに出てきたよ」

「遠慮しないで入ってくりゃよかったのに。お前はどっちもできるんだから、間に挟んでやったのになあ」

黒崎がニヤニヤと笑っていた。なにを言われているのかはっきりとはわからないが、そのスケベ丸出しの表情を見れば、英良にも卑猥なことらしいとわかる。

「冗談じゃねえよ、仕事でもないのに……。だいたいさ、二人は付き合ってんだろ、なのになんでそんなこと言うんだよ？」

「僕とせいちゃんは付き合ってないぞ、たまにヤるだけだ。お前、売り専のくせになに言ってんだ。お前こそせいちゃんと付き合ってるつもりになってんじゃないのか？」

黒崎はクスクスと笑い出した。英良はブルブルと首を横に振った。

「そんなわけねえだろ」

「プリプリしやがって、ますます怪しいぞ？」

表通りに出ていた。黒崎はすばやく手を上げてタクシーを二台まとめて停め、さっさと行ってしまった。赤西と英良ももう一台に乗り込んだ。

タクシーに乗っている間、英良は黙り込んでいた。赤西も話さなかった。さっきの黒崎の言葉で、その最中を覗かれたことは察したはずで、やはり恥ずかしいと感じているのか……。

マンションにつき部屋に入ると、犬が眠たそうな顔で駆け寄ってきた。いつもどおり、赤西がその頭を撫でておやつをやる。

その様子を見ながら英良は聞いた。

「なあ、ゲオさんとオレ、どっちがいい？」

自分でも馬鹿なことを聞いているとは思った。しかし聞かずにいられなかった。赤西は顔をけわしくしてあきれたように言った。

「なに言ってんだ、お前？」

「だから、どっちのが気持ちいい？」

赤西はまともにこたえてこなかった。いつもどおりにシャワーを浴びようとシャツを脱いでいる。自分の仕事ぶりを確かめたいだけだ、と英良は思いついた。それって十分な理由のはずだ。

「仕事の手応えの話をしてんだよ。……なあ、研修しなくていいの？」

赤西はマジマジと英良の顔を見た。それまで、英良が自分から研修をしないのかと持ち出したことは一度もなかった。自分でもどうしてなのかよくわからない。『ＲＥＤ』の中で下半身をこすりあわせていた二人の姿が英良の頭に浮かんでいた。さっきの黒崎の、ニヤニヤ、クスクスと笑う顔に、何かやり返してやりたいという気持ちもあった。

数分後、二人は裸でベッドの上にいた。結局、赤西が、研修するぞと言い出したのだった。

赤西が黒崎相手にイカなかったということを英良は知らない。

英良はローションを指にとり赤西の尻の穴に塗った。まだ初顔合わせの客相手には躊躇することだが、赤西相手には当たり前のことになっていた。

「う、はああ……」

一物をねじこむと赤西はせつなげに顔を歪ませた。今までも何度となく赤西のその顔を見ているはずなのに、大人の男のそんな表情に、今はドキリとさせられる。さっき、赤西と黒崎がキスをするところまでは覗いていた。黒崎を振り返って舌を絡ませていた赤西のあの顔。

「なあ、ゲオさんと付き合ってるんじゃないの？」

どうでもいいことのはずと自分でも思った。だが、気になることは黙っていられない英良の性格だった。赤西は目を細く開けて英良を見上げた。

「ただの腐れ縁だ」

「長谷川さんとは？」

「あっちも腐れ縁みたいなもんだな」

「そんなんでよく喧嘩になんないな」

「なるはずがない。おれは今まで誰ともそういう気持ちになったことがないからな。向こうもそれがわかってるから、まあ、うまくいってる」

ピンとこなかった。

「そういう気持ちって、恋愛したことがないってこと？　片想いもなし？」

「ないな」

「嘘だろ、なんで？」

「おれは、……出来損ないの人間なのかもな」

「そんなことねえよ」

ムキになって言い返していた。自分でもなぜそんな言い方になったのか英良は戸惑った。赤西がニヤッと笑った。

「ノンケのくせに、おれに惚れたとかいうのはなしだぞ」

「そんなわけねえだろ」

英良は焦ったような気持ちで言い返していた。

今笑っていた赤西が、悲しげな顔になって言った。

「おれはお前の父親じゃないんだぞ」

なんでそうなるんだよ？　英良は腹を立てた。

「だから、オレはファザコンじゃねえよ」

「とにかく勘違いするな」

「わかってるよ、なんだよ、それ、ちくしょう」

「ひっ、ぐうう……」

英良は激しく腰を突き出していた。たった今、余裕の顔で英良を見ていた赤西がまたせつなげな表情に戻っている。もうすぐ四十のおっさんのくせして……。英良は興奮していた。男好きになったとはとても言えないが、少し前から、男を抱く時にも一種の充実感を覚えるようになっていた。愛染に指名された時、久々の女の体の感触と匂いに、英良はひどく興奮した。顔は好みでなくとも、やはり女は女だ。同じ太っているのでも、男と女とでは抱き心地もまるで違う。しかし女の肉感を確かめると、それだけよけいに、自分が男のごつごつとした肉体にすっかり馴染んでしまったことも思い知らされた。

そして愛染のイッた姿を見て、英良はこれもまた久々の不安を感じたのだった。女は本当にイッたのかよくわからない。ただのフリかもしれないという疑念が残る。その点、男はわかりやすかった。出るものがあるのだから……。オレがイカせてやったという自負が英良に充実感を与えていた。

「うっ、よせ、あっあーっ！」

赤西の尻をえぐりながら、一物もしごいてやっていた。赤西は自分でやりたがるが、それを払いのけて先走《ぜんりつせん》りを塗り伸ばしヌラヌラと責め立てる。ここが感じる場所って知ってるぞと思いながら、力強く赤西の前立腺をかたく反り返った一物でえぐりあげる。

「研修の成果だ、うっ、うっ、くそ」

「ヒデ、あふううっ……！」

赤西の一物からドロドロと濃いザーメンが流れ出した。たくましい筋肉に脂肪の膜のかかった、ボリュームのある裸体の中年男が歯を食いしばってあえいでいた。その様を見て英良が興奮を覚えることはやはりない。それでも、オレがイカせてやったという満足感はあるのだった。ずっとガイド役だった赤西相手となれば、よけいに得意な気持ちにもなる。黒崎にも負けてないと思えてくる。

それとも、初めて抱いた男だから何かこだわっているのか。

「オレも出すよ」

「う、く、はやくしてくれ……」

「わかってるよ、あー、すぐ出ちゃうよ、……オオッ！」

その翌日、英良はジムの帰りに赤西と別れて繁華街に出かけていった。自分のためには決して入らないたぐいの高級なセレクトショップを覗き、赤西の好みそうなものを探して歩いた。夏はこれからが盛りの季節だが、その店の中にははやくも秋の気配を感じさせる商品が飾られていた。

男のマネキンが薄いグレー色のリネンのストールを巻いていた。それほど高くもないし、さらさらとした触り心地だから秋口になればすぐに使えそうだった。赤西の身につけているものがどれも洒落ていて質のいいものばかりということくらい、着るものに無頓着《むとんちゃく》な英良にもわかっていた。でも、たぶんこれなら気に入ってくれるよなあ？　自信がなくて、買うまでに二十分も迷っていた。

どうしてそんなことを思いついたのかわからない。

ただ、日給でもらっていた金がいくらか貯まってきたのと、もう四ヶ月も居候《いそうろう》させてもらっているのだから、プレゼントのひとつくらいした方がいいんじゃないかと、不意にそんな気になったのだった。このくらいのこと、常識だよな？　英良は自分に言い聞かせていた。

マンションに戻ると赤西がリンゴをむいていた。

「お前も食うか？」

「うん」

英良はテーブルの上に包みを置いて椅子に座った。リンゴの盛られた皿を手に赤西がキッチンからやってきた。二人はいつも向かい合ってダイニングテーブルについた。

「なんだ、これ？」

「その……、世話になってるから」

うん？　という顔をして赤西は包み紙を破いた。ストールを手に取って、驚いた顔を隠さない。

「おれに？」

英良はうなずいた。得意な気持ちになっていた。

「センスいいだろ、オレ？」

「……お前にしちゃ、悪くないな」

「素直にかっこいいって言えよ」

「押しつけがましい奴だ」

そう言いながらも珍しく目が笑っている赤西だった。その細くなった目元が父親に似ていると英良は思う。小さかったオレが見よう見まねでウッドベースの弦を弾くと、親父はこんな目で笑いかけてくれた……。

「食えよ」

「うん」

二人そろってリンゴを手づかみで食べた。赤西は首にストールを巻いている。犬が英良の足下で小さく鳴いた。リンゴを分けろと言っているのだ。

赤西は体の線の出る白いＴシャツにグレーのストールをゆったりと巻いていた。今夜も『ＲＥＤ』の中は人で混み合っている。若く見栄えのする売り専の青年たちと、それを品定めする湿った目つきの中年男たち。まだ若い男客や女やニューハーフの客もいるが、目つきだけは好色な中年男と変わらない。バーテンに酒をつくらせていると、カウンターの中のタケシから話しかけられた。

「なんか最近、妙にやさしくなったよね、赤西さんって」

「そうか？」

「ヒデが来てからだよ。恋人気分なんじゃないの？」

「馬鹿なこと言うな、あいつは商品だ」

「だったらなんでいつまでも居候させてんの？　もうアパート借りるくらいの金はあるだろ、あいつ」

「前のアパートで滞っていた家賃を払ったとかで、あんまり残ってないらしい」

「でも、安アパートなら借りれるだろ」

自分でもそうは思っていた。しかし赤西と英良の間で引っ越しの話は出ていなかった。そろそろ出て行けとなぜ自分は言い出さないのか。あいつも一人になりたいはずなのに……。

英良は客と出ていて、まだ帰っていなかった。三十代の常連客で受けの男と赤西も知っていた。だから英良がどんな風にその客を抱くのか想像がついた。頭の中に、若い英良が熊のように毛深いその男を組み伏せている様が浮かんでくる。チリチリと胸が疼くが、赤西はまだその感覚を無視していた。

ドアが開き、愛染が入ってきた。派手好きで常に華やかな空気をまとう愛染は、すぐに『ＲＥＤ』の中も自分色に染め上げてしまう。みながなんとなく開けていた真ん中のソファ席に当たり前のように腰をおろし、めざとく赤西のストールに気づいた。

「素敵ねえ」

「冷房のきつい時にいいんですよ」

「誰かのプレゼント？」

こういう時、女はやはり鋭い。流し目で見つめられて、赤西は苦笑した。

その時、英良が帰ってきた。

なぜか、二時間ほど前に出て行った時とは違う格好になっていた。今は白いタンクトップを着ている。タケシと話しているのが聞こえてきた。

「客がくれたんだよ。ていうか、これ着てくれって言われてさ」

それは背中がほとんど丸見えになるタイプのタンクトップだった。筋肉の目立つ格好だから、夏になると似たようなものを着た男たちがこの町にはあふれかえる。見慣れたもののはずだった。

なのに、赤西は顔をこわばらせていた。

「あの格好をすると似てくるな」

いつもどおりスツールに腰かけ静かに酒を飲んでいた長谷川が独り言のように言った。

英良はタケシや愛染や玄太となにやら話し込み笑い合っている。愛染の甲高い笑い声のせいで、他の客も声を大きくしていた。

その騒ぎの中で赤西だけが時間を止めていた。

「よそでちょっと飲んでからホテルに行こうか」

客の誘いに英良は嫌と言えなかった。つい数日前にも英良を買った三十代の熊男で、こころなしか緊張した様子で英良を春町のはずれの店に案内した。店の看板には『スレッジ・ハマー』と書かれていた。ソファ席に客と並んで座ると、額の後退した男が注文していない酒を二人の前に運んできた。英良は不思議がってとなりの熊男を見た。しかし熊男は黙ったまま出された酒に口をつけてしまう。

『スレッジ・ハマー』の店内は『RED』より広々として、内装も派手で凝っているが、カウンターの中に若い男たちが並んでいるところは変わらない。ゲイバーってどこもみんなこんな感じなのかな？　と英良は考えた。BGMもジャズがかかっていて、しかもエスペランサ・スポルディングの歌声とウッドベースが聞こえてくるから、センスいいじゃんと気分がよくなった。

しかしカウンターの内側に立つ男たちの中に、つい最近、『RED』を辞めた男の顔が混じっていた。英良と目が合うと、あっ、という顔をして目を逸らした。それでようやく、売り専バーでないかぎり、カウンターの中に五人も六人も若い男ばかり突っ立っているはずがないと気がついた。黒崎が少し前に、『RED』にはライバル店があると話していたことを思い出した。

「君が噂のヒデ君か」

額の後退した男に通り名を言われて、英良は本能的に身構えた。

「まさか、引き抜きってやつ？」

珍しく察しがいいなと英良は自分に感心した。

「まあね、君は『RED』でナンバー2と聞いてるから、けっこう払えるぞ。それと、他にも誰か連れてくれれば、一人あたり何万か君にも出してやる」

英良は額の後退した顔をにらみつけて立ち上がった。熊男の顔もにらんでやった。

「このためにここに連れてきたのかよ?」

「そういうわけじゃない、ついでにって頼まれたけど」

「ただ頼まれただけでこんなことすんのか」

「ごめん、かわりにここの子と一人タダでヤッたんだ」

熊男は気まずそうな表情を浮かべ、英良を見上げていた。英良は仰々《ぎょうぎょう》しくため息をついてみせた。

「で、どうすんだよ? 肝心のことは?」

「え?」

「今夜、ヤるのか、ヤらないのか」

英良の態度に熊男はたじろいだ。その腕を引っ張って立たせ、ドアに向かって歩いていく。額の後退した男の笑い声が背中から聞こえてきた。

「さすが噂のヒデ君だな! 男らしいもんだ」

ホテルでは熊男の尻を激しく何度となく突いてやった。途中からあえぎに泣き声が混じっていたが、前回より満足したらしく、事が済んでもすがりついてきてなかなか放してくれなかった。

熊男と別れて『RED』に戻ると、英良はすぐに引き抜きのことを赤西に話すつもりでいた。赤西はバーカウンターの中に立ち、客と話し込んでいたが、英良に気づいて、一瞬、顔をくもらせた。なんだ? と思っていると、赤西と話し込み、英良に背を向けていたその客が振り返った。

客の顔を一目見て、英良は全身総毛立った。

それは山神だった。

四ヶ月ほど前、まだ男を知らなかった英良をだまし、手錠をかけてレイプしたあの山神が、ネクタイをゆるめリラックスした様子でスツールに腰かけていた。男を抱くこと、抱かれることにすっかり自信を得ていたはずの英良なのに、一瞬であの時の恐怖に引き戻されていた。

　山神はニヤニヤと笑って英良を見上げていた。

「久しぶりだな」

　レイプされた後、手錠がはずされ、頭を撫でられた時に覚えた強烈な殺意が英良の腹の底で煮《に》えていた。

第三章　迷走

ドンッ、ドンッ、と叩きつけるようなエレクトロサウンドが鳴っている。

色様々なライトが瞬《また》きながら、広い空間をグルグルと舐めつけていた。闇の中から汗をかいた男たちの顔と体が浮かび上がっては消え、色のついた光は空洞のように果てなく見える天井を走り抜けていく。香水まじりの体臭と人いきれはむせかえるほどで、ゲイナイトに集まった男たちはひしめき合って身をくねらせ、まわりの男たちと視線を送りあう。

その中で、英良はゆらゆらと体を揺らしている。

音楽にあわせてステップを踏んでいるつもりだが、その動きはちぐはぐでぎこちない。歌舞伎の花道のように造られたステージの上に立ち、まわりの男たちに見つめられているが、英良一人だけ本当は違う場所にいて、違う音楽を聴いてるような印象を与えている。

今夜のイベントには英良含め十名のＧＯＧＯが呼ばれていた。みな、破れた白い短パンに、これもまた破れた黒いＴシャツやタンクトップを着ていた。布の破れたところから見え隠れする肌や体毛に、客の男たちは遠慮のない視線を送ってくる。

他のＧＯＧＯたちは思い思いに花道を歩き回り、決め顔でポーズをとったり笑いかけたりで客を盛り上げるが、英良一人、居心地が悪そうな顔でただ体を揺らしていた。なのに、英良のファンたちはそこがいいとまわりに群がっている。もちろん英良が売り専をやっていることは知られていて、こうしたイベントで英良を見てその気になった男は後で『ＲＥＤ』にやってくるし、男を金で買うことに抵抗のある連中も、英良の顔や体を舐めるように見つめ、ノンケの売り専である英良に自分の気持ちが通じるかもしれないと淡《あわ》い期待を抱いている。

英良もうっすらと汗をかいていた。額に浮いたのを手の甲で拭《ぬぐ》って体の向きをかえると、すぐそこに山神が立っていた。心底ぎょっとして、一瞬ブルッと体を震わせ、立ち尽くしてしまった。
四、五ヶ月ぶりに山神が『RED』に姿をあらわした時、英良はすぐさま逃げ出した。それからも週に一度は山神が来店していると聞いているが、赤西に頼み込んで行き会わないようにしてもらい、なんとか顔を合わせずにすませていた。
今、人混みの中に浮かぶ山神のニヤケ顔を見下ろすと、時間が強引に引き戻されていくような錯覚に襲われる。初めて『RED』に足を踏み入れた、あの夜の恐怖の中にいるような気がしてくる。シンと静まりかえったあのホテルの一室で、今もまだ後ろ手に手錠され、目隠しされているような……。

ドンッ、ドンッ、と叩きつけるようなエレクトロサウンドが英良の耳に戻ってきた。

英良のただならぬ様子にまわりのファンが気づき始めていた。英良はロボットダンスのような動きで体の向きをかえた。すると後ろから、短パンの腰になにかが差し込まれる感触がした。英良の短パンのポケットや腰には、すでに何枚も千円札を折りたたんだチップが押し込まれているが、山神の差し込んだそれは万札だった。英良はそれを無視して体を揺らす。すると山神はさらに数枚、万札を英良の短パンに差し込んだ。まわりで見ていたファンの男たちも、英良と山神の無言のやりとりに目を丸くしていた。

音楽がかわり、拍手と歓声が起こった。GOGOたちは思い思い、バックステージに戻ったり、花道を降りて客の中に入っていく。英良はためらっていたが、山神を見下ろして吐息を漏らし、腰に挟まれた万札を抜き取った。そして、山神に続いてバーコーナーに歩いていった。

山神からビールを手渡され、英良はあおるように飲んだ。音楽が耳に蓋《ふた》をして、喉の鳴る音は聞こえない。英良の耳元に口を押しつけるようにして山神が言った。

「すっかり人気者だな？」

「悪いかよ」

「こないだの夜、なんで逃げた？　おじさん、そんなにこわい思いさせちゃったかな？」

山神は笑っていた。得意げとも見えるその顔に腹が立った。

「笑い事じゃねえんだよ、この強姦魔」

「二十万もとって強姦魔呼ばわりか」

「詐欺《さぎ》だろ、あんなことされるなんて聞いてなかった」

「お前もイッたくせして」

二人は声を張り上げて話していた。そうしないと聞こえないのだ。山神の大声に英良は顔を熱くした。

「もう帰ってくれよ、忙しいんだ」

「お前ならもっと売れる」

「はあ？」

「いつまでも自分を切り売りするだけの売り専でいるつもりか」

「なんの話だよ」

「売り専をやめた後の話だ。まさか本気でミュージシャンになれるとは思ってないだろ」

「よけいなお世話だ」

そう言い返しながらも、自分でもこの先どうすればいいのかずっと迷っていた英良だった。山神がまた耳元に口を押しつけてきて言った。

「もしお前に独立する気概があるなら、応援してやってもいい」

「え？」

「店を出すつもりなら出資してやるってことだ」

英良は驚いて山神の脂の浮いた顔を見つめた。

「それってつまり、長谷川さんが赤西さんにしたみたいに？」

「いいや、あんなパトロンになれるタマじゃないさ、俺はな。あくまでもビジネスだ。お前が店を出せば客が呼べる。しかもタイミングが大事だ。客が呼べる内に始めないと後が続かない」

「自分の店を持ってまでオレに体を売れってことかよ」

「売り専バーじゃない。普通のゲイバーがいいんだ。売り専バーはリスクが大きすぎるし、お前みたいのにできるはずがない」

馬鹿にされて英良はムッとした。しかし赤西のことを考えるとそれはそうだと自分でも思う。あの赤西さんだって『スレッジ・ハマー』の引き抜きのやり口には苦労させられているし、一癖も二癖もある売り専たちを顎で使うなんて自分にできるはずがない。でも、ただのゲイバーなら？ バーテンの経験はあるから酒の作り方はわかってる。今までの客も顔を出してくれるだろう。GOGOをやってファンもついたし……。

山神がニヤニヤと笑って酒をすすっていた。英良はハッとして気を引き締めた。

「なんでそんなこと言い出した？ あんたになんの得がある？」

「とりあえずお前をあと何度か抱きたいからさ」

ぎょっとした。やっぱりそれが目当てか。

「その後は出資に見合った利益の配分がもらえればいい。ああ、それと、オーナーとして専用席を用意してもらう。前から考えていたんだ。あの長谷川の親父みたいに、自分の店を持ってのんびり隅で酒を飲むのもいいな、と」

山神が思いつきで話しているのではないことが英良にもわかった。オレがその気になればこの人はたすけてくれる……。しかし自分の店を持つなどと一瞬たりとも考えたことのない英良だった。頭がいっぱいになって考えがまとまらない。

それを読んだように山神が話題を変えた。

「そういや、テレビ見たぞ。カメラ写りもいいんだなあ、ヒデ君は」

「暗い中でちょっと映っただけだよ」

「俺も今度出るんだぞ、つまらない経済番組だがな」


長谷川はソファに座っていた。赤西はその足下に膝をつき、ピチャピチャと音たてて一物を舐めていた。長谷川の豪勢なリビングで、もう十分以上も口と舌による奉仕が続いていた。

長谷川の目はテレビを見つめているが音は出ていない。かわりにステレオからジャズが流れている。それが英良の父の参加した録音であることを赤西は知らない。長谷川は赤西の頭をやさしく撫でていた。

赤西は根本まで飲み込んで鼻を鳴らし、陰毛に染みついた男の匂いを嗅いでいた。二十年近くも前から何度となく嗅がされた匂いと味であるのに、その塩辛い先走りを舐めとりすえた匂いを鼻孔《びこう》に吸い込むと、体が芯《しん》から燃え上がってくる。赤西の一物もスラックスの中でかたく反り返り、肛門がズクズクと疼きだしていた。ほとんど無意識に自分の尻をさすっているが、元はそうするのを長谷川が喜ぶから始めたことだった。

「欲しいか？」

頭の上で声がした。赤西はゆっくりとは長谷川を吐き出して、赤黒い肉の上に唾が糸を引く様を見下ろしながらうなずいた。

「……はい」

赤西が立ち上がり、スラックスとボクサーブリーフを脱ぎ捨てる。ソファに足をかけ、長谷川をまたいで腰を落とす。たっぷりと唾をまぶしてあったから突っ張ることもない。長谷川の太ももに尻を押しつけて息を吐くと、ぬらりと中ですべって根本まで飲み込んだ。

「う……、ふっ、ふっ、はっ、く」

長谷川の上に尻餅《しりもち》をつきながら、がに股で踏ん張って体をゆすりだした。すると長谷川の手が赤西の一物にのびてくる。しごきはしなかった。ただ根本を丸く指でつかむだけで、赤西が腰を振れば少しだけこすられる。

「これでイケるか？」

「はい……、う」

赤西は自分で尻を振って受けの快感をむさぼった。股を開いて自分の膝をつかみ、不安定なソファの上で体を揺さぶる。尻を持ち上げ長谷川の一物を半分も吐き出し、それから腰を落として根本まで飲み込むと、赤西の一物はただ根本を軽くつかまれているだけだというのに、トロトロと先走りをあふれさせた。

「ふう、ふう、うー、はあ……」

快感に体が言うことをきかずひっくり返りそうになった。赤西はあわててソファの背をつかみ、ほとんど長谷川に覆いかぶさるようにしながら尻を振った。その陰になった汗の浮いた顔を、長谷川は間近に見上げている。赤西はあえぎあえぎ、感じやすい場所によく馴染んだ一物をこすりつけた。

「おっ、うっ！」

長谷川に根本をつかまれた一物からドロドロとザーメンが流れ出していた。長谷川はそれを指先でぬらぬらともてあそびながら、赤西の尻の中で自らの一物を反り返らせた。

「私のこともイカせてくれ」

「はい、くっ、うっ、あ……」

長谷川の好むやり方だった。赤西に先にイカせてから、さらに腰を振らせ、長谷川が達するまで許さない。

一度射精した赤西の一物はいくらか硬度を失っているが、だらしなく後汁を垂れ流し続けていた。長谷川は目を細めて赤西の赤らんだ顔を見つめている。赤西は放出した直後のけだるさにあえぎながら必死で尻を振っていた。全身汗だくになった頃、ようやく長谷川が赤西の中で果てた。

「出たぞ、う……、うん、きなさい」

赤西は長谷川の首に手を回し唇を吸いつかせた。すがるように抱きつく赤西だし、それを抱きとめる長谷川であるのに、軽く舌を吸い合った後には、すでに冷めた空気が二人の間に流れ出している。順番にシャワーを使うと、まるで『ＲＥＤ』にいる時の二人のように、どこかよそよそしい雰囲気が漂っていた。

赤西が頭を拭きながらリビングに戻ると、ジャズは止まっていてテレビの音が流されていた。深夜番組を録画したもので、クラブで踊る男たちの姿が映し出されている。そこに英良の姿もあった。ゲイナイトを取材した番組で、英良は花形のＧＯＧＯとしてインタビューを受けていた。ステージに立ち、他のＧＯＧＯとともに半裸でたくましい筋肉を見せている。

「大人気らしいね、ヒデ君」

赤西は肩をすくめてみせるが、その顔は笑っている。自分の目には狂いがなかったと自負がある。しかし長谷川はニコリともしない。

「これだけ露出が増えてくれれば客も行列状態じゃないか。ナンバーワンだろう？」

「まだ耀次とは競り合いですね。毎週、抜かれたり抜き返したりで」

「お前はそれでいいのかね」

赤西は長谷川の顔をまじまじと見すえた。

「いいに決まってますよ」

「そうかね？　ヒデ君は特別だろう？」

とぼけることもできた。しかし話がただ長引くだけと思うからはっきり聞き返した。

「どうしてそう思うんです？」

「十五年もお前の世話をしているからね」

「もっと経ってますよ。出会った時から数えれば来年で二十年になる」

長谷川はかすかに唇の端を持ち上げてダイニングに入っていった。飲み物をつくるのだろうと赤西にはわかった。

その夜、『ＲＥＤ』にいると黒崎が顔を出した。長谷川は今夜、こないつもりと聞いていたし、英良も予約の客ととうに出かけている。

「テレビに出たらしいな、ヒデの奴」

黒崎はニヤニヤと笑い、グラス片手に腕を組んで赤西の目を覗きこんだ。

「しっかりつかまえとかないと逃げられるぞ？」

「金を貸してるわけじゃない。あいつはいつだって辞められる」

「そういうことじゃない。手元に置いておきたいんだろが」

またはじまった、と赤西は思った。ハゲて丸々と太った白人男の黒崎だが、恋にまつわる噂話が好きなところはあの女流作家の愛染と変わらない。

「売り専としちゃ稼ぐからな、店としては引き留めておきたいよ」

「そういうことじゃなくて」

「あの人と同じようなことを言うんだな」

赤西は長谷川とのやりとりを話してみせた。黒崎は、そうだろ、やっぱり疑いたくなるさ、とうなずいている。

もうすぐ四十になるこの年まで、たとえ男と付き合いかけても長続きしたことのない自分なのに？と赤西は笑ってみせた。それをよくよくわかっているはずの長谷川と黒崎なのに、同じようにノンケの英良とのことを勘ぐるとは……。

赤西は無意識に英良からプレゼントされたストールを指でいじっていた。たしかに英良との生活は不思議なほどうまくいっている。しかしあいつはノンケで、おれはおれだ……。

酔っているのか、黒崎は大きくうなずいてみせながらも、だけどな、と食い下がる。

「だけどな、自分のことこそ一番わからないもんだろ？」

「あいつはノンケだよ、ゲオさん」

「恋に落ちるのに理屈は必要ないさ」

「恋だって？」

赤西は鼻で笑った。あんたとはどうなったのか覚えてないのか？　言葉にはせず目で黒崎に問いただしていた。黒崎にもそれが伝わったのか、肩をすくめて黙り込んだ。

しばらく間が開いて、黒崎が言った。

「しかし長谷川さんは怪しいな。あの人はお前をそそのかして楽しんでいるんじゃないか？」

赤西は首をかしげて黒崎を見た。


テレビの有名司会者を前に、山神はリラックスした様子で話していた。それまで英良はその存在さえ知らなかった経済番組で、注目の経営者に話を聞くという内容らしかった。

英良は膝に犬を抱いた格好でテレビ画面を見上げていた。床に座り込み、赤西が作り置きしていったサンドイッチを頬張っている。赤西は英良が目を覚ました頃にはすでに出かけていなかった。母親を老人ホームに訪ねているのだ。

犬が英良の膝から飛び出して体を掻《か》き出した。

『ですから、私としましては……』

テレビの中の山神は神妙な顔つきで語っている。英良は思わずテレビに言い返した。

「ワタクシってガラじゃねえだろ、強姦魔のくせして……」

ＶＴＲで山神の事業の内容が紹介された。どこか東南アジアらしい土地の風景が映し出され、そこに建つ巨大な工場で浅黒い顔をした人々が真剣な様子で働いている。休憩時間にはみな笑顔でテレビカメラのまわりに集まってくる。山神の興《おこ》した会社が新たな産業を生み、多くの雇用が確保されたと解説が入る。山神が全額寄付して学校もつくられた。今は病院が建設中で……。

あのスケベで強引な、金の力でなんでもできると信じてるような嫌な男が、向こうでは偉い人として尊敬され、慕われている？

英良は首をかしげてテレビをにらんでいた。その時、スマホの通知音がした。赤西からのメールで、駅前のスーパーで米を買うから担ぎに来いと書いてある。山神の番組を停め、犬を連れてマンションを出た。外はまだまだ日が高く一番暑い時間帯だった。英良はサングラスをかけた。

駅前に着くと、スーパーの前で赤西と長谷川がビニール袋をぶら下げて待っていた。二人でかなり買い込んだらしく、長谷川が犬を引き受けて、英良と赤西で荷物を持つ。赤西もサングラスをかけていた。長谷川も日差しに目を細め、麻のジャケットからサングラスを取りだした。

三人の男がそろってサングラスをかけ並んで歩き出した。赤西は髭を生やし、長谷川も白髪交じりの無精髭がのびている。三人そろって鍛えた体つきで腕や脚が太く、体にぴったりとしたTシャツやポロシャツを着ている。プロレスラーまがいのその迫力に、通りがかりの人々は避けて歩くが、長谷川と赤西は気づきもしない。英良だけが、この三人で歩くとヤバイよなと思う。

「こないだ、GOGOやってるとこに山神さんがきたぜ」

英良が話すと、赤西は驚いた風に長谷川と顔を見合わせた。

「お前に会いにわざわざ?」

「だろ。そんな感じだったし」

「あの人はノンケや初物好きで、普通は一度ヤッた相手は……」

赤西は最後まで言わなかった。英良にはいまいち話が見えてこない。それでもとにかく、独立を持ちかけられたことは言わない方がいいような気がした。

「あの人、偉い人なんだな、テレビに出てた」

長谷川がこたえてきた。

「ベンチャーとしてはなかなかうまくやってるらしいね」

「どっかの貧乏な国で学校つくったりもしてるんだって、あの強姦魔が」

　長谷川はちらと赤西を見て、クスクス笑い出した。

「社会的に立派な紳士がシモのことじゃあちこちで恥かいてまわるなんて、よくある話さ。あの愛染先生だっていくつも文学賞をもらってる大作家なんだよ」

「あのおばはんが？」

　不思議だった。どんなに立派な仕事をしていても、夜の顔があれじゃ台無しじゃないのか？　金で男を買うなんて……。体を売る自分を棚に上げて、英良は、山神や愛染のような人間を認める気にはなれなかった。

　道の途中で犬が猛烈に体を掻き出した。三人とも立ち止まった。

「そういえば最近、よく掻くんだよな」

　英良が言うと、長谷川がしゃがみこんで犬の体を見た。

「ハゲができてるね。ここにも発疹《ほっしん》がある、かわいそうに」


　高架下の焼き鳥屋で酒を飲んでいた。酔って潤《うる》んだ目で英良を見つめるのは、黄田《きだ》という名の七三分けの中年男で、左手薬指に指輪をはめている。

　決まった料金しか払わず、チップをくれない男だが、英良は黄田に指名されると喜んだ。黄田は英良を『ＲＥＤ』から連れ出すと、ホテルへ行く前に決まって居酒屋に寄る。安い店だがその分つまみも酒もたっぷりとるし、なにより楽しい酒なのだ。黄田は気さくな人柄で見栄も張らない男だった。鼻先にずり落ちる黒縁眼鏡をしきりと指先で持ち上げて英良に笑いかけるその顔は善良そのもので、顔立ちも雰囲気もまるでちがっているのに、どこか蒸発した父を思い起こさせた。

もし家族があのままでいられたら、今頃、こんな風に、親父と酒を酌《く》み交わすようになっていただろうかと英良は想像してしまう。

「見たよ、テレビ。嫁と深夜番組見てたらいきなり出てくるからびっくりしたよ」

黄田は鼻の頭を赤くして笑っていた。英良はテレビに出たことを後悔していて、またその話かとうんざりする。深夜番組で見る人間なんかろくにいないだろうと高をくくっていたのが、『ＲＥＤ』の客はみな見たと言うし、ＧＯＧＯのファンによるとネットに番組の動画が出回っていて、あいつは売り専だから誰にでも股を開くと掲示板サイトで中傷されているらしい。

インタビューを頼まれた時、昔の知り合いや友だちに見られたら？　という不安はもちろんあった。しかし自分はゲイじゃないんだからたいしたことはないと思えたし、取材に来たディレクターの男が英良の革パンツに万札を押し込んでいて、断りづらかったのもある。なにより、その夜はあの耀次も一緒にＧＯＧＯとしてステージに立っていたのに、まず自分がマイクを向けられたことがうれしくて……。

英良はつとめて笑って黄田に言い返した。

「奥さんになにか言われました？」

「まさか。あいつなんにもわかってないからな。この顔で本当は男好きだなんて思いもしない」

黄田は脂で光る自分の角張った顔を指さして続けた。

「それでも冷や冷やしたけどな」

「あの、……ゲイ雑誌って見たことあるスか？」

「あー、ゲイバーなんかにおいてあるのはね。家には持って帰れないから」

黄田がどんな家族とどんな家に住んでいるのか英良はある程度知っていた。家族と写る写真を何枚も見せられたことがあるからだ。地味だが人のよさそうな奥さんと、楽しげに笑っている小さな男の子が二人、そして一匹の犬。家の中で撮られたものも何枚かあって黄田の家人としての生活が垣間見えた。そうした黄田の生活そのものも、英良の失った家族を思い出せてくる。

男兄弟二人というところも英良の家と同じだった。自分たち家族にもああいう写真が何枚もあったと英良は覚えている。その中でもとくに印象的な写真の記憶が頭にこびりついている。まだ英良は赤ん坊で、母の胸に抱かれて眠っている。父が母の肩を抱き、十歳年上の兄が英良の頬をつっついて笑っている……。

あの写真、どこに行ってしまったんだろう。

「どうしてゲイ雑誌の話なんかするんだい？　ヒデ君はノンケだろ」

「それが、今度、グラビアに出ることになってって」

「へえ、そりゃすごい。だったら俺も一冊買ってってやらなくちゃなあ」

「でも、家には持って帰れないんじゃないの」

「車のトランクにでも隠すかな。それか、会社の鍵のかかるデスクかロッカーに」

「そんなんじゃ見られないじゃん」

「いいんだよ、かわいいヒデ君を手元においているような気分になれれば」

黄田は照れたように笑っていた。その顔は普通の女好きのスケべなおっさんと変わらない、と英良は思う。どうしてこの見た目で男が好きなんだろう？　それを言ったら黒崎だって長谷川だって赤西だって、見た目で男好きとわかる特徴があるわけではないが……。強《し》いてあげれば、むしろ普通の男より男っぽいところは共通している。黄田もだらしない雰囲気はとても男臭かった。

それがホテルに行くととたんに態度が変わってしまう。

「ケ、ケツたたいてくれ……」

スラックスと白いブリーフを膝まで下げた格好で、黄田が訴えていた。ベッドの端に手をついて毛の生えた尻を突き出し、眉間に皺を寄せた顔で英良を振り返っている。英良は毎度のことながら、はじめは戸惑いながら平手を振り下ろす。

「うっ、あっ、もっと、う……」

ぴしゃり、ぴしゃりといくぶんか湿った音が狭い部屋の中に響いていた。黄田の尻は赤く腫れ上がっていた。英良は内心こわごわとしながらも、いつもの流れとして、黄田の股間に手をまわした。

「あっ、あっ、だめだ、触らないでくれ」

「すげえかたくなってるよ、濡れてるし」

「つっ、唾飲ませてください……」

黄田は体の向きをかえ、床に座ってベッドに背をもたれさせた。その顔はせつなげに歪み、口を開いて舌を出し、脂で光る丸い鼻を赤く染めている。英良は毎度、この要求にゾッと鳥肌を立てる。しかし、自分が飲まされるわけじゃないのだからと思い直し、求められるまま、黄田の口に向けて唾を垂らす。

「んうっ、んはっ、はっ、もっと、もっとください……」

黄田は赤黒くいきり立った一物を自分でシコシコとしごきながら英良の唾を飲み下す。英良がまた唾を垂らしてやると、唾の半分ほどが黄田の口の横に落ちドロリと顎に滴っていく。

「顔、顔お願いします、ヒデ君、たのむ……」

「うん、わかってるよ」

英良は渋々と黄田の顔を踏んだ。靴下ごしに舌を出して舐め出すから、濡れるのが嫌で途中からは裸足になる。すると黄田の方から英良の足下にまとわりつき、顔を真っ赤にして、若い汗で蒸れた指の間に舌を出し入れする。

「んっ、んう、はあはあ、たまらん……」

黄田は夢中で英良の足指を舐めまわしていた。しきりと喉を鳴らして唾を飲み、鼻を鳴らして脂臭い足の匂いを吸い込んでいる。英良はくすぐったくて体をヒクヒクと震わせて、ふらふらするからベッドに腰を下ろした。すると黄田が英良の足を持ち上げて、唾で濡れた足裏で顔を踏むようにうながしてくる。

「むっ、んっ、はあ、はあ……」

英良が黄田の顔の上に足をすべらせると、黄田の股間で短い一物がピンピンと反り返り、白髪交じりの陰毛に先走りを跳ねさせた。この手のやり方を好む客は他にもいるが、たいてい二度目は英良から言い訳をして断っている。客の方も慣れない英良を二度も指名しない場合もある。だがこの黄田だけは、事の前に飲み食いさせてくれるし、人柄は好ましいから断れずもう何度となく関係を重ねていた。

「ヒデ君の匂い嗅がせてくれ」

黄田が荒々しく息を吐きながら言った。英良が足をどけると起き上がり、英良のジーパンに手をかけた。ファスナーを下ろし、狭いところから英良の萎えた一物をつかみだした。グミのように吸いしゃぶりながら、若さゆえの濃厚なこもった匂いに鼻を鳴らした。

「んっ、ん……」

「あー、勃ってきた」

黄田の口技はそうたいしたものではない。しかししつこく舐めまわされていれば痛いほどかたくなるし、かたくなれば出したくなる。黄田が吐き出すと英良は自分で自分のものをしごき出した。黄田はそこに顔を押しつけてくる。英良は濡れた一物で黄田の顔をはたく。脂で光る額に、赤くなった丸鼻に先走りをこすりつけてやる。黄田は自分のものはほとんど触っていない。それでも短いそれは丸々とした腹に張りついて赤く腫れ上がっている。

「はっ、はっ、ヒデ君の、口に出してくれよ、ザーメン、口の中に出してくれ」

黄田が自分の一物を握りしめた。しかしそれは出すためでなく、こらえるため、漏れ出しそうなものを押さえつけるためだった。

英良はベッドにのせた尻にびっしょりと汗をかいていた。異常な雰囲気に飲み込まれて、奇妙な興奮状態に陥《おちい》っていた。

「うっ、くっ、もう出るよ、オレ、出ちゃうよ!」

「あー、飲ませてくれ、ザーメン飲ませて」

「ううっ!」

「ん、んう、あ……」

黄田の赤い口の中に英良の白いザーメンが注ぎ込まれた。黄田は何度も喉を鳴らし口のまわりに飛び散った分も舌をのばして舐めまわした。そして後汁滴る英良の一物に再び吸いついた。

「うー、ヤバいよ、それ、く」

「んうう……」

黄田は自分の一物から手をはなしていた。縮れ毛の中にドクドクとザーメンが流れだしていて、べっとりと絡みついていた。

ホテルを出ると並んで歩いた。黄田はまだ顔を赤くして、しきりとハンカチで汗を拭いていた。激しく乱れた自分を恥じて首筋まで赤くなっているのが、夜の通りでも見てわかるほどだった。

「もう一杯だけ付き合わないかい？」

まるで男同士気軽に飲もうと誘っているような調子だった。

「いいスね」

通常、事が済めば時間がないからと断る英良だが、黄田に誘われるとやはり断れない。セックスではマゾの黄田でも、こうして話している分には気のいい親父だし、家庭を持ちながら男を買う浮気心はわからないが、それでも家族を思っていることは間違いなくて、そのやさしさは気に入っている。

それとも、まるで似てはいないが、やはり父の年代に近い男だからだろうか？　と英良はぼんやり考える。ファザコン、と赤西に言われたことを思い出した。


荒れた海だった。空の雲を映し、海原は青みはあるが灰色で、大きくうねるような波は不穏なものを感じさせた。まだまだ蒸し暑い日だが、九月に入ったせいで人出はまばらで、ビーチのあちこちに花火の残りかすや空き缶の放置されている様はもの寂しかった。

海を背景に記念写真を撮ろうとしていた。赤西の号令で『ＲＥＤ』の売り専たちがずらりと並んでいる。英良、タケシ、耀次、玄太、全員で十一名の若い男たち。そこに、赤西、長谷川はもちろん、客も混ざる。黒崎、愛染、黄田、東ヶ崎、その他に五人の男客と二人のニューハーフ、そして三人の女客。

売り専たちはみなサングラスをかけていて、すでに水着姿だった。シックだったり派手だったりデザインは様々だが、みな体にぴったりと張りつくタイプの水着を選んでいて、ガタイの良さが際立って見える。痩せている者も筋肉が目立つし、顔立ちは全員が折り紙付きで、まわりの海水浴客はモデルやタレントの一団かと視線を送ってくる。

赤西と長谷川は体こそ鍛えているが、膝の出ている短パンにリネンのシャツ姿で地味だし、客の男たちは体型を隠すようなぶかぶかとしたTシャツやポロシャツが多い。ニューハーフや愛染たちの方がよほど派手好みだが、みなで写真を撮れば見栄えのする売り専たちばかりが目立つから、結局、客は添え物のように写ってしまう。

「ちゃんと撮れた？」

愛染が聞いた。撮影係にされた東ヶ崎ははいはいとうなずいて、はやくご執心の耀次と二人きりで写真を撮りたいと焦っている。他の客たちもさっさと列からはずれて、目当ての売り専にレンズを向けていた。売り専と並んで撮りたがる者が多いが、愛染は持参のデジタル一眼で英良やタケシを丁寧に撮影する。二人とも股上の浅いシックな色の水着を着て、サングラスをかけていた。英良は赤西のお仕着せだが、タケシはシーズンのはじめに予約までして用意しておいたブランドものだ。

「ヒデ君、タケシ君の肩に手をおいて。そうそう、もうちょっと顔寄せてよ。うん、いい感じ、素敵よ二人とも」

愛染は英良とタケシのツーショットが一番サマになるとはしゃいでいた。タケシはモデルのようにポーズと表情を工夫しているが、英良は無邪気に愛染を誘う。

「先生も一緒に撮ろうよ」

「私はきれいなものだけを残しておきたいの」

「先生も今日のサンドレス、キマッてますよ」

タケシが愛染を褒めた。愛染はうふふと顔を赤らめる。

「あらうれしい。グッチなのよ、これ。サングラスはシャネル」

「すごくクールです」

タケシが愛染のサングラスを狙っていると読んで、赤西は苦笑する。

「もう泳いでもいい？」

また英良が言った。さっきからもう何度も、はやく泳ぎたいと騒いでいた。ビーチへは貸し切りの観光バスでやってきた一行だが、車から降りるなり英良は海に駆けだそうとした。それを赤西が引き留めて、海の家の人間にビーチチェアを用意させたり、飲み物の注文を決めたり、写真を撮ったり、みなでガヤガヤしていたのだが、その間ずっと、まだ？　まだ？　と子どものように焦れていたのだった。

「いいぞ、好きにしろ」

赤西が言うと、英良は大喜びで波打ち際に走っていった。タケシと玄太が顔を見合わせていた。

「クラゲに刺されたら嫌だよねえ……」

二人の横を耀次がすたすたと歩いて海に向かっていく。それを追いかけて東ヶ崎と黄田も行ってしまう。

飲み物が来た。赤西はビールをもらいながらビーチチェアに腰かけ、沖に向かって泳いでいく英良の姿を見守った。そのとなりでは長谷川がゆったりと横たわり、英字の新聞を広げてくつろぐ。反対側のとなりに愛染が座り、真っ青なカクテルを啜《すす》りながら聞いた。

「ねえ、『スレッジ・ハマー』のことはどうなってるの？」

潮風が吹いていて、その声はまわりの売り専や客にはほとんど聞こえていない。赤西はビールジョッキを手に首を横に振った。

「どうもこうもないですよ。よその店ですから。うちはうちだ」

「でも、また引き抜かれたって聞いたわよ」

「仕方のないことですよ。店同士で売り専の引き抜きなんて昔からよくあることだ」

「だけど、『RED』ではこれまで聞かなかった話よね?」

愛染は覗きこむような目で赤西を見て続けた。

「ヒデ君まで声かけられたって聞いたけど」

「よくご存知で」

「ヒデ君が向こうに行っちゃったら、私、ついていくわよ?」

「お客様のすることに口出しできる立場じゃないですから」

「あなたはそれでいいの? ヒデ君だけは許せないんじゃない?」

愛染は疑うような、おもしろがっているような目をしていた。赤西は吐息を漏らしてジョッキの半分を一気に開けた。それから、長谷川をちらりと見、黒崎の姿を探す。黒崎は売り専たちに声をかけてビーチバレーを始めていた。太った巨体を意外なほど素早く動かしてボールを拾っている。

みなに疑われるほど、自分と英良の間になにかあるように見えるんだろうか?と赤西は首をひねった。バカバカしい話だ……。しかしそう考えていながら、赤西の目は波間を漂う英良の姿を追っている。

赤西は返事をしていなかったが、愛染はさらに聞いてきた。

「ねえ、気持ちのことはおいとくとしても、商売仇《しょうばいがたき》をこのままにしておくつもりなの? じれったいのよ私」

「先生が心配することじゃないですよ」

「だって私は『RED』の古株よ。ヒデ君の親衛隊なのよ」

愛染の顔には本心から心配そうな表情が浮かんでいた。それだけに赤西は苛立ちを覚えた。あんたに心配されたって仕方がないだろ、と内心毒づいた。

「先生、ここだけの話ですけど」

「なに？」

赤西は愛染の耳元に口を寄せて囁いた。

「うちの上客の中には、いつでもあの店を潰せる実力者が何人もいますから、いざとなったら……」

愛染はぎょっとした様子でうなずいた。二人の話が聞こえるはずもないが、長谷川が横目で見ていた。

頭まで濡らした英良がそこに戻ってきた。

「クラゲなんかいないぜ。泳がないの？」

英良は顎から海水を滴らせ、子どものように笑って、大人たちの顔を見回していた。長谷川はにっこりと笑い返すが、愛染はサンドレスを広げ直して体の線を隠し、赤西はムスッとした顔で答えた。

「気が向いたらな」

長谷川が言った。

「ヒデ君、ほら、飲み物きてるよ」

「あ、すんません」

英良は立ったままチューハイを飲んだ。その横で、長谷川が籐《とう》のカゴから白いタンクトップを取りだした。

「これ、着てごらん。きっと似合うよ」

「だって濡れてるよ、オレ」

「いいから、ほら」

英良は戸惑いながらタンクトップをかぶった。その姿を前に、赤西はマジマジと長谷川の顔を見つめた。どういうつもりだ？　と内心呼びかけるが、長谷川は目線を返そうともしない。

「また行ってくる、オレ」

英良は白いタンクトップを着たまま砂を蹴って走り出した。せっかく海に来たのだから目一杯楽しまないと損だと考えていた。その日の夕方から仕事が一本入っていて、みなより先に帰らなくては間に合いそうにないせいもある。

いつのまにか玄太が波打ち際にいて、東ヶ崎と話し込んでいた。それを横目に英良は海に飛び込み、沖までまっすぐ泳いでいく。耀次が浮き輪につかまってプカプカと浮いていた。空を見上げると雲の中で太陽が鈍く光っていた。夏らしい雰囲気はないが海水はあたたかい。

「気持ちいいよなあ」

「うん」

珍しくまともに言葉を返してきた耀次に、英良は驚いた。後からタケシも泳いできた。

「ほんとにクラゲいない？」

「大丈夫だって」

タケシはしきりと海の中を気にしながら、耀次の浮き輪につかまって言った。

「おい耀次、いいのかよ、東ヶ崎さんが玄太のこと口説いてたぞ？」

耀次はちらとタケシを見て、波打ち際の二人に目を移した。

「どうでもいい」

耀次は雲の中の太陽に顔を向けた。光が透けているせいで、雲がどんどん流れているのがわかる。タケシも英良も一緒になって、太陽を見上げた。

「いいね、その顔。うん、そのままライトの方を向いて、太ももちょっと持ち上げてくれるかな？

あー、いいね、いい男だ、かっこいいよ……」

フラッシュが瞬くたび、英良は太陽をまともに見たような戸惑いを覚えた。

撮影スタジオで慣れないポーズをとらされていた。ビーチから一人先に引き上げてきて、まだ二時間と経っていない。たった二時間の距離で、生ぬるい海の中から空調の効いた都会のビルの一室に戻ってこられるということが、ひどく奇妙なことに思える。海でもスタジオでも裸になるところは一緒だが……。

ゲイ雑誌のグラビア撮影をしていた。次のショットのため着替えをしている間も、カメラマンや編集者は英良の気分を盛り上げようと話しかけてくる。英良も好奇心で質問する。ＧＯＧＯや売り専でモデルになった奴ってどのくらいいるの？　グラビアモデルには英良と同じノンケの男も多いのだと聞いて驚いていた。

「こういうモデルになった連中って、その後、どうしてるんスかね？」

英良が聞くと、まわりの男たちは顔を見合わせて言いづらそうにした。

「この世界は足がはやいからねえ」

「どういうことスか？」

「もてはやされるのは、まあ、ほんの一時だよ。みんな飽きるのがはやいから。花の命は短いって言うでしょ」

そうじゃないかとは思っていたが、いざ、プロとも言える編集者やカメラマンに言われると不安で胸が騒ぐ。山神の提案が頭の中でゆっくりと回り出す。

「ところでヒデ君は、ビデオに出たことはあるの？」

編集者に聞かれた。英良は意味がわからなかった。

「え、ビデオ？　なにそれ？」

「だから、ＡＶだよ。ゲイ向けのアダルトなやつ。まあ、あってもなくても、うちで出ない？　グラビアより払えるし、宣伝にもなるから売りのお客さん増えるよ」

その手の話はあちこちから何度ももらっていたが、英良はなんとなく抵抗を覚えて断っていた。男と寝るのにかわりはないが、映像で残すのにはまた別の思い切りがいる。編集者の男が童顔を笑わせて言う。

「映像で見るとね、案外、人って見分けがつかないよ。何作も出てもらったモデルさんでも、何年かして会ったら別人にしか見えなかったりするからね」

そういうものかもしれないとは思った。だいいち、もうテレビにも出てしまっているのだから、それと比べればゲイの男しか見ないＡＶに出たところで変わりはないだろう。

「考えときます……」

それから数日後のことだった。

その日最初の客と別れて『ＲＥＤ』に戻ってくると、愛染のまわりに人だかりができていた。タブレットでなにか見ているらしく、タケシや玄太も一緒になって覗きこんでいる。その横では東ヶ崎と耀次が黙り込んでいて気になるが、英良に気づいてタケシが手招きした。

「なに見てんの？」

英良もみなと一緒になってタブレットを覗きこんだ。小さなディスプレイの中で動画が再生されていた。

「噂を確かめてるんだよ」

「噂ってなんの？」

「ヒデ君、あなたの噂」

愛染がなにか心配そうな顔で見上げていた。なんなんだ？ と首をひねる英良にタケシが説明した。

「お前、テレビに出たろ。それで、昔、ゲイのAVに出てた奴じゃないかってネットで噂になってるんだ」

「はあ？」

英良には意味がわからなかった。しかし先日のグラビア撮影の際に言われたことが頭に戻ってくる。

そういえばあの時、AVに出たことがあると決めつけているような言い方をされた……。

「これじゃないかしら」

タブレットに画質の荒い動画が流れていた。白いタンクトップを着た体育会系の若い男が工場のような場所で万歳の格好で吊るされている。まわりには何人も男がいて、次々と若い男の肛門に指を出し入れさせる。カメラは舐めるように男の顔を横から正面に映していく。

「あ、似てるかも」

愛染が言うと、タケシが首をひねった。

「でも別人だよな、これ」

「当たり前だ」

英良は目を細めて画面をにらんでいた。タケシが言った。

「だいたいさ、これ、かなり古い動画なんじゃないの？ なんていうか、クラシックな感じだよな」

その時、カウンターの横に立ち、客と話し込んでいた赤西が、人だかりを気にしてやってきた。愛染のタブレットを覗きこんで、その顔は一瞬で凍りついた。しかし、また一瞬後にはいつもの表情に戻る。気づいたのは英良だけだった。

ドアが開き新しく客が入ってくる。赤西はなんでもない風に客を出迎える。英良は、それまで見たことのない赤西の表情にまだ驚いていて、客が山神であることに気づくのが遅れてしまった。

山神の方はまっすぐ英良に近づいてきた。が、愛染のタブレットをちらと横目に見て、おや、という顔をする。そして英良に思わせぶりな視線を送り、あいていた一番端のソファ席に腰を下ろす。その間に、赤西は長谷川のそばに戻り、なにか話しかけていた。それを山神は訳知り顔で眺め、英良にまた視線を送ってくる。

鈍い英良にも、なにかあるとピンときた。

英良は好奇心に勝てなかった。呼ばれたわけではないが、自分から山神の席に行った。山神を毛嫌いしている英良と知っていて、愛染とタケシは目を丸くした。

「なんなんだよ?」

山神のとなりに腰かけるなり、英良が聞いた。

「赤西清太郎、唯一の弱点ってところだな」

山神はニヤニヤと笑い、バーテンに合図して飲み物を注文した。赤西の弱点と聞いて、英良は落ち着かない気持ちになる。

「だからなんなんだよ?」

「知りたいか」

「うん」

「知りたければおじさんとホテル行くしかないなあ」

もともとが目が細くこわい顔立ちの山神が甘えた言葉遣いになると、かえってゾッとさせられた。

「冗談じゃない。あんなの二度とごめんだね」

「あれはお前が初めてで、暴れたら困るからああしたんだぞ」

まるで常識を語るような物言いに、英良は口をあけて目を見開いてみせる。それでも山神は腕を組んでうんうんうなずいて続けた。

「お前も経験を積んだようだから、今度はお前の好きにしてもいいんだ。俺はじっとしてるから、お前が全部やればいいよ」

「あんたも受けをやるのかよ」

「おじさん、そんなこと言ってないぞ」

「じゃあ、どういう……」

「想像力のない奴だなあ」

「言ってろよ」

「興味ないのか、あの赤西の秘密だぞ?」

英良は思わず息を飲んだ。赤西に目をやると、まだ長谷川と話し込んでいる。そこで黒いスーツを着たバーテンが飲み物を運んできた。


夕方、まだ開店前の『RED』の中で、赤西はトモという通り名の売り専と話していた。その昼の間に電話がかかってきて、店を辞めたいとトモが言い出した。前の晩の取り分を渡すからとにかく『RED』に来いと赤西はこたえ、説得を試みた。

しかし『RED』に入ってきたトモの様子から、赤西は早々に諦めてしまった。

「仕方ない。とめても無駄ってことか」

「あの、はい、すいません……」

白い封筒に入った取り分を受け取ると、トモはすぐに『ＲＥＤ』を出て行った。赤西は店の奥にある非常階段の踊り場に出て、ビルの間から春町の通りを見渡した。トモがまっすぐ『スレッジ・ハマー』のある方角に歩いていく後ろ姿が見えた。

「くそっ」

赤西は鉄柵を蹴って煙草に火をつけた。すると店の中から声がした。こっちだ、と赤西がこたえると、黒崎が踊り場に出てきた。

「いま、外で出くわしたぞ。トモの奴、辞めるんだって？　引き抜きだろ」

赤西は黙ってうなずいた。黒崎の方が焦った様子で言う。

「このまま好きにさせとくつもりじゃないだろ？」

「最後の手段を使うにはまだはやい」

「おい、まさか……」

「だから、まだ決めたわけじゃない。それなりにリスクがあるからな」

それから十分ほど二人で話し込んだ。店の中に戻り、黒崎に一杯作ってやってから開店の準備をはじめた。赤西が掃除をしている間にバーテンがやってきて、酒屋から届いたビールケースなんかをカウンターの内側に引きずっていく。赤西がＢＧＭのスイッチを入れ、パソコンで予約客の確認をする頃、何人か売り専と客が入ってくる。売り専の入り時間はとくに決まっていない。稼ぎたい奴ははやくから来て閉店までねばるが、売れるかどうかはまた別の話だった。耀次など売れっ子の何人かは客の予約にあわせた時間しか店に顔も出さない。

「おはようございまーす」

英良とタケシがそろって入ってきた。英良は白いタンクトップ姿で、片手に半袖のシャツを握っている。もう十月に近いが残暑が厳しく、この時間になっても蒸し暑かった。二人は先に来ていた売り専や客と立ち話をはじめた。

　カウンターのちょうど真ん中のスツールに腰かけて店の中を見回していた黒崎が、グラス片手に赤西を心配そうな顔で見上げて言った。

「あの格好、やめさせりゃいいのに」

「赤の他人だ。本人に真似してるつもりもない」

「だけどせいちゃんは嫌なんだろ？」

　赤西は肩をすくめて見せた。

「あんな格好、他にもいくらだっている。気にしてたらきりがない」

「だけど気にしてる。ちがうか？」

　赤西は聞かないフリでカウンターの外に出た。

「乾き物が足りなくなりそうだ。買いに行ってくる」

　赤西が『ＲＥＤ』を出ると黒崎もついてきた。赤西は吐息を漏らす。

「ただの買い出しだ。一人で十分」

「水くさいこと言うなよ」

　春町の狭い通りを横切って商店に向かっている途中だった。前から額の後退した中年男が歩いてきて、赤西も男も、ほとんど同時に気づいて立ち止まっていた。男は『スレッジ・ハマー』のオーナー前原だった。

　黒崎はしかめ面になって前原をにらんでいた。しかし前原の方は赤西のことしか見ずに、脂で光った顔に薄ら笑いを浮かべている。

「以前差し上げたオファーはまだ有効ですよ」

赤西は目を細め、にっこりと笑ってみせる。しかしそれは能面のように、内に隠した感情をかえってあらわにした。

「『RED』は売らない」

「いつまでもつかなあ」

前原は声をたてて笑いながら歩き去った。赤西も能面のような笑みを顔に張りつかせたままに歩き出した。

「あのM字ハゲ、いい気になりやがって」

黒崎は感情丸出しで地面を踏みならしていた。丸々とハゲあがった頭まで桃色に染めていた。


ボン、ボン、ブーン。

英良はウッドベースを弾いていた。午後もまだはやい時間で、マンションの中に低く弦のうなる音が響き渡る。いつにも増して指が動いていなかった。気持ちの焦りがそのまま演奏にあらわれているようだった。

ウッドベースで身を立てる夢を諦めたわけではなかった。

ただ、現実として、練習する時間も減っていたし、路上ライブでさえずっとしていない。仕方なしにでもウッドベースと距離を置いたことで、自分の才能というものも前よりは客観的に見えるようになっている。

しかし気持ちが落ち込んでいるわけではなかった。『RED』でトップの成績をとることが多くなり、

ＧＯＧＯでも注目され、テレビにも出てファンもできた自分を、少しは認めてもいいような気がしている。

いつか何者かになりたいと願っていた英良だった。どんな形でも一番になれるのなら、なんにもなれないよりはいいかと思う。自分は恵まれている。赤西や黒崎に何度も言われた言葉。その通りと最近は自分でも思うようになっていた。開店直後から『ＲＥＤ』にやってきて、閉店まで客に声もかけられない売り専もいるのだから……。

指がすべっていた。英良はため息をついて演奏をやめた。

ふと視線を感じて、壁の桟を見上げた。そこには額装したポストカードがかかっていた。著名な女性ベーシスト、エスペランサ・スポルディングを写したもので、黒く美しい顔が英良に笑いかけている。まるで自分の体の一部のようにウッドベースを抱え、自信や才気というものが全身からあふれだしているような写真。お気に入りの一枚だったはずなのに、最近はエスペランサに見られていると思うと、落ち着かない気持ちになる。

オレがなりたかったのはこんな自分じゃない。だけどさ……。

「おい、梨むいたぞ」

赤西が呼んでいた。英良はダイニングに行っていつもの席についた。もう十月に入っていて部屋に冷房はかかっていない。しかし残暑で蒸し暑く、タンクトップ一枚でも汗ばんでくる。英良はシャリシャリと音たてて梨をかんだ。冷たいものが胃に入って、すっと気分がよくなる。自然と顔も笑ってくる。

「うまい」

赤西もいつもどおり、真向かいの席に座ってみずみずしい梨をかじっているが、英良の白いタンクトップ姿を見てかすかに目を細めていた。山神の言っていた「赤西清太郎の弱点」という言葉を英良は思い出した。そういえばあの動画の男も白いタンクトップを着ていた、と思いつくが、まだエスペランサの笑顔が頭に残っていて考えが結びついていかない。

テーブルがカタカタと鳴っていた。床で犬がバリバリと首筋を掻いているせいだ。先日、英良が獣医に連れていき、軟膏をもらって塗りつけているのだが、少しもよくなっていなかった。

「どこの獣医に連れていったんだ?」

赤西が聞いた。英良が動物病院の名前を告げると、あそこはヤブだと言い捨てて立ち上がる。

「よそに連れていく」

「オレが行くよ」

言い合っている内に、結局、二人で駅前の動物病院まで連れて行くことになった。外に出て、犬連れで並んで歩く間に英良が聞いた。

「なあ、オレってトップになれたのかな?」

「暫定《ざんてい》トップってところだな」

「この間、雑誌の人にAVに出ないかって言われたんだけど、出ればもっと売れる?」

赤西は顔をけわしくして英良を横目でにらんだ。が、それは一瞬のことで、すぐに前に向き直る。

「さあな、新規の客は増えるだろうが、そういうのを嫌がる客も多いからな、上客が逃げる場合もある」

「へえ、そういうもんなんだ……」

「今の時代、映像は必ずネットに流出することは覚悟しろよ。お前が死んだ後もその映像が消えることはない。それでいいなら好きにしろ」

赤西の口調は重々しいものだった。英良は肩をすくめた。なんか仰々しくないか? 映像で見ると人の顔は違ってしまう。何年かすれば目の前で見ても同一人物とわからなくなることが多い。グラビアの写真だって、何枚かその場で見せてもらったが、自分とは思えなかったし……。

駅前の動物病院はビルになっていて、人間用の診療所などよりよほど立派な造りだった。エレベーターで二階に上がり、受付を済ませ、椅子に座って待った。広々としたロビーのような待合スペースには他にも犬を連れた人々がいて、近くの犬同士で尻の臭いを嗅ぎ合っている。猫は猫で専用の待合室があり、小さなカゴに入れて待っているのが通路の先に見えている。

赤西と並んで座り、犬の頭を撫でてやっている時だった。少し離れた椅子に黄田の座っていることに気がついた。『RED』の客で、事の前に必ず英良を居酒屋に連れて行き飲み食いさせ、ホテルではいじめられることを好む、あの黄田だった。その足下には毛のモフモフとした大型犬が大人しくうずくまっていた。

「あ、黄田のおっちゃんだ」

英良はただ知った顔を見つけてうれしくなり、腰をあげようとした。それを赤西が止めた。

「よせ」

なんだよ？　と英良が振り返った時、受付の奥にあるトイレのドアが開き、中年女性と子どもが二人出てきた。うずくまっていた大型犬が顔を上げ、男の子二人に頭を撫でられて尻尾を振る。中年女性は黄田のすぐ横に腰を下ろし、男の子二人は犬に飽きて黄田の体にしがみついた。

「重いぞ、重い、二人いっぺんは無理だぞ」

黄田はうなるように言いながらも、子どもたちの体を抱え上げ幸せそうに笑った。

英良は胸に鈍い痛みを覚えた。

どうしてそんな風に感じるのかはわからない。

赤西の犬が急に飛び出して黄田の大型犬のそばに寄ろうとした。リードが突っ張って音が鳴り、黄田も英良たちに気づいた。その一瞬で黄田は顔を青くした。

「客のプライバシーに立ち入るな。一番大事な掟だろうが、忘れたか」

赤西に耳打ちされていた。しかしその必要もなかった。黄田の角張った顔を見て、英良も体をこわばらせ動けなくなっていた。

黄田はすでにとぼけていて、子どもたちを抱きかかえたまま立ち上がった。黄田の妻が会計をすませ、家族四人と犬一匹とでエレベーターに乗り込んでいく。英良に視線ひとつ送ってこないまま、ドアが閉まった。

焼き鳥屋で豪快に笑っていた黄田の顔が浮かんでいた。なのによそで会ったら挨拶ひとつできないのか。語彙《ごい》の少ない英良の頭に、ふと、日陰者という言葉が浮かんできた。

犬の名が呼ばれ、赤西が犬を抱えて診察室に入っていった。英良は椅子に座って待った。そこに、階段を駆け上がってくる足音が聞こえてきた。黄田だった。

「ごめんなあ、家族の手前さ」

黄田は満面の笑みで英良の前に立っていた。英良も必死で笑顔をつくる。

「うん、大丈夫だよ」

「またな」

黄田は英良の手を握ってから、また階段を駆け下りていった。そのぬくもりが消える前に、英良はガラス窓から駅前のロータリーを見渡した。黄田が妻と子と犬と連れだって楽しげに歩いていく姿が見えた。

マンションに向かう帰り道、英良はほとんど話さなかった。無意識に赤西に肩をぶつけて歩いた。赤西もなにも言わなかった。

『ＲＥＤ』はその夜も賑わっていた。しかしほとんどの売り専が出払っていて、自分の番を待つ客ばかり騒いでいる。英良がドアを開けるとみな期待のまなざしで振り返るが、一番人気の英良が予約で埋まっていることはよく知られていて、期待外れのため息があちこちから聞こえてきた。

英良は顔見知りの客たちに会釈《えしゃく》だけしてカウンターに寄っていった。するとこの薄暗い店内でサングラスをかけたタケシがやってきて、ソファ席を顎でしゃくってみせた。あの東ヶ崎が、耀次でなく玄太とべったりくっついて座っていた。そのすぐとなりのソファ席に座る耀次は他の客に口説かれているが、その顔には陰りが見えている。

もう何ヶ月も耀次に入れあげていた東ヶ崎の心変わりに英良は目を丸くした。タケシのサングラスの目を見つめて言った。

「本格的に乗り換えたのかな？」

「狙い通りだ」

みなで海に遊びに行く前から、タケシが東ヶ崎に、耀次より玄太の方があってるよとたきつけていたことは英良も知っていた。タケシは得意げに笑っていた。英良もつられてニヤリと笑う。

「えっ、トモ君も引き抜かれたってこと？」

愛染の甲高い声が『ＲＥＤ』の中に響き渡った。店中の男たちが、一番奥のソファ席に目を向ける。愛染はすぐに声を低くしたから、客たちはそれぞれの話に戻っていく。愛染の向かいには山神が座っていた。英良はムッとして二人の元に行った。

「先生、営業妨害スよ」

「ごめんね、でも、私、心配なのよ」

英良は山神をにらんだ。

「ただ辞めただけで、引き抜きかどうかわかんないだろ」

「昨日『スレッジ・ハマー』を覗いたら、働いてたぞ」

英良は言葉に詰まった。気まずい空気を気にしたのか、愛染がトイレに立つ。英良は声を小さくして山神に聞いた。

「もしも『RED』が潰されたら、オレたちどうなるんだ?」

「潰れはしないだろ。『スレッジ・ハマー』が『RED』を買収する形になるから、ま、お前らは今までと変わんないのかな。いや、待てよ、姉妹店となると、取り分の変更はあるかもな」

「どういうこと?」

「ライバル店がなくなれば今までより少ない金でもお前ら働くだろ? 他に行くところがないんだから」

「冗談じゃねえよ」

「ま、心配するな。あの赤西清太郎のことだ。簡単にやられるはずがない。あいつは俺と一緒だ。仕事しか生きがいがないんだから、この店を手放すはずがない」

英良は山神とそろって、カウンターの中に立って客と話し込んでいる赤西を見た。英良が聞いた。

「なんでそんなに赤西さんのこと言えるんだよ?」

「初めてあいつを買ったのは俺だからな」

英良はびっくりして山神の顔をまじまじと見据えた。

「マジで?」

「まだ二十歳になってなかったな、あいつは」

「あんただってまだ若かったろ、その頃は。なのに金で男を買ってたのか」

「面倒がなくていいんだ」

「面倒って？」

「おじさんは恋愛向きの男じゃないんでな」

　赤西も似たようなことを言っていたと英良は思い出した。それにしても、十代の赤西が自分と同じように初めて抱かれたのがこの山神かと思うと、妙な気持ちになってくる。山神がニヤニヤと笑い出して言った。

「赤西の弱点、知りたいだろう？　だったらおじさんとホテル行こう、な？」

「だから、絶対に嫌だって。それに次の予約まで一時間もねえもん」

「そんなに俺がこわいのか？　いや、光栄に思うべきかな。トップのお前が俺の相手だけはできないんだもんなあ……」

　山神はむしろ得意げに腕を組んでいた。もはやどんな客でもうまくあしらえるという自信があるだけに、英良は面白くなかった。それに赤西の弱点のことはずっと気になっていて……。

　ほんの十分後には、二人はホテルの部屋にいた。初めての時のことが頭から抜けなかったが、次の予約まで時間が迫っていて、かえって恐怖心は薄らいでいた。英良は自分に言い聞かせた。こわがる必要なんかない、縛られたりしなければ、どんな風に迫られてもやり返せる、経験だって自信だってあるんだ……。

　山神は煙草を口にくわえ、スーツ姿のままベッドに寝転がっていた。頭の後ろで手を組んだまま言った。

「俺はいっさい手を出さないから、好きにやればいい。それならこわくないだろ、坊主？」

頭にカッと血がのぼっていた。英良は大の字に寝た山神のスラックスから一物を引っ張り出した。汗まじりの、年配の男独特の匂いがするが、半勃ちのそれを頬張って根本に手をそえる。ゆっくりと舌を絡みつかせるとムクムクとかたくなってきて、湿った睾丸《こうがん》もさするように刺激する。

「さすがナンバーワンだな。ノンケのくせに尺八もうまいもんだ」

恥辱に体が熱くなった。だからこそよけいにテクニックを駆使して山神を責め立てた。山神の一物は英良の口の中で太くかたく張り詰めて、トロトロと先走りをあふれさせた。小便滓《かす》の塩辛さとそれが混じり合って英良の唾に味をつけた。

「はあ……、たまらん、もう口はいい。これで出したらもったいない」

山神を追い込んだと思うと少しは気が晴れた。英良は吐き出して起き上がり、唾をすすりながらジーパンを脱いだ。自前で用意してあるローションを手早く指にとり、ベッドのすぐ横で立ったまま肛門に塗りつけて道をつける。

「く、う……」

今夜の山神のように、タチ役だがほとんど動かないような客の相手をする時には、わざと客の見ている前で慣らして準備をする。たいていの男はこれで興奮するからな、と赤西に教えられたとおりの手順だった。山神はそんな英良を見ても表情は変えずにいるが、その鼻の穴はかすかに膨らんでいる。

「時間がないんじゃなかったか?」

「わかってるよ」

英良もベッドにのり、山神の体をまたいで後ろ手に勃起した一物を握った。肛門に押し当てて息を吐いた。

「う、あ、……」

「すんなり入るようになったんだなあ？」

山神が細い蛇のような目で英良を見上げていた。英良は山神の上に尻餅をつき、太い肉を根本まで受け入れた。時間がなかった。はやくイカせないと……。

「くっ、うっ、はっ……」

英良は踏ん張って体を揺すりだした。山神の一物をローションで濡れた粘膜でこすりあげる。ずるり、ずるり、と音が立つにつれて山神の一物はかたくそりかえるが、英良の体にも火がついてくる。

ずっと萎えていた英良の一物もクックッと鎌首をもたげてくる。

英良の勃起する様を山神はニヤニヤと笑って見つめていた。

「あっ、うっ……」

なぜだか、いつもより奥の方が疼いてくるようだった。騎乗位で客を迎えたのはこれが初めてではないのに、なにかがいつもと違っているような気がする。

「もっと動け」

「わかってるよ、う、あっ……」

抜けそうなほど腰を持ち上げると、英良の一物がビンと反り返り腹を打った。いつまにか先走っていて、滴《しずく》が陰毛に絡みついている。そこに、山神の煙草はさんだ指が、触れるか触れないかの近さに迫る。

「前の時とは大違いだな？　いくらなんでもここまで感じるようになるとはな」

「ちがう、う」

膝から力が抜けているが、英良はなんとか自分を奮い立たせて尻を持ち上げた。山神を締め上げ、根本まで飲んで熱いヌメリで包み込む。自然と英良の穴は締まってきて、ますます山神の肉を感じていた。

なんで、オレ……？

「あっ、あーっ、ヤバイよ……」

それまでのどんな男に抱かれた時よりも、英良は肛門が感じていた。初めての時とは比べようもないし、あの黒崎に開発された時よりもずっと快感が勝っている。

なんで、こんな……、ちくしょう！

屈辱と怒りが胸の中で渦巻いていた。よりによってこの山神相手にと思うとたえがたい気がする。だが、英良の肉穴は煮えたぎるツボのように燃えていた。山神のかたいものにこすられて、肉襞がどんどん敏感になっていくのがはっきりとわかる。英良は踊るように尻を上下させていた。気持ちでは山神を憎んでいるのに、体は犯される快感に際限なく溺れていた。

「こいつは、思ってた以上だな、このエロガキが……」

英良の我を忘れるようなあえぎぶりに、山神も前の時とはまるで違う興奮を見せていた。細い目がギラギラと光り、英良の歪んだ顔をにらみつけている。

「おい、わかってるか、お前の初めての男は俺だ。どんなことがあってもこれは変わらない。慣れた奴はしらける俺なんだぞ、この……、ううっ！」

英良は気が狂いそうな悔しさに叫び声をあげていた。山神と自分の体と両方を激しく憎み、今この瞬間に燃やし尽くしてやりたいとさえ思う。しかし感情が激すればなおさら、肛門の中で山神の肉のたくましさを強烈に感じて、体も心も嵐のように荒れ狂っていく。

「イッ、イクーッ！」

自分でもまるで触れていない一物の先からザーメンが迸っていた。それでも英良は激しく体を揺さぶり続けた。山神の一物を熱くたぎる穴でむさぼった。山神もそんな英良につられたように、英良の中に精を放ちながら獣のような咆哮《ほうこう》を上げた。

まだ快感のさなかにいながら、英良の心の奥底で、赤西が立っていた。なぜだかその時、赤西を裏切っているような気がしていた。


「お帰りなさい」

赤西が休憩から帰ってくると、売り専たちがそろって声をかけてくる。その中に英良の声が聞こえないものだから、いないのかと『RED』の中を見渡すと、英良は見慣れない客と端のソファ席についていた。向かいに座るタケシは赤西に目で合図するのに、英良は赤西の方を振り返りもしない。

この数日、英良は赤西によそよそしい態度をとるようになっていた。また山神に嫌な思いをさせられたんだろうと赤西は考えていた。自分から話してくるまでそっとしておこうと決めていた。

スマホが振動していた。母からの電話とわかり、非常階段に出て話をする。それが終わって店の中に戻ると、英良のまわりの空気がとげとげしいものに変わっていた。タケシと言い合っていて、珍しくその横には耀次が座っていた。

「PVだぜ？　誰でも知ってる歌手だし、耀次は色物扱いじゃなくて、ちゃんとしたダンサーとして呼ばれてるんだぜ？」

耀次が有名歌手のプロモーションビデオに出演するという話が昨日から広まっていた。GOGOとしての活動はほとんどしていなかったはずだが、誰か業界関係者が目をつけたらしい。ついこの間まで耀次を毛嫌いしていたタケシのくせに、耀次が芸能界入りと聞いて態度が一変していた。その変わりようが面白くないのか、英良は喧嘩口調で言い返している。

「だから、すげえって言ってんじゃん。耀次は元々がかっこいいし」

「だろ？　この顔だもん、どの角度から見てもサマになる。ヒデとは格が違うよ」

「悪かったな、品がない顔で」

「ヒデはあくまでもゲイ受けするってだけなんだよ。田舎くさいとこがモテてる。どんくさいからかわいいってさ」

「馬鹿にしてんのか？」

「ほめてんだよ」

「でも、オレだって元々エンターテナー志望だぜ」

英良は立ち上がり壁にかけてあったウッドベースをつかんだ。その足下はいくらかふらついている。酔っているらしい。タケシも赤らんだ顔で言い返す。

「客が呼べる腕じゃないんだろ」

「音楽をわかってない奴に言われたくないね」

「この店の中でウケた試しがないじゃんよ」

「ここは音楽を聴きに来る場所じゃないんだから、しょうがねえだろ」

「どこならウケるんだろうな？」

小馬鹿にした態度のタケシを英良がにらみつけていた。しかしタケシも酔っているらしくやめようとしない。

「前に言ってたじゃん。誕生日にライブして客がほとんどこなかったって。路上で弾いても金にならないとかさ……」

「金じゃねえんだよ」

「金にならなきゃ意味ねえじゃん」

「盛り上がればそれでいいんだよ！」

英良は怒鳴っていた。一瞬、店の中が静まりかえり、BGMしか聞こえなくなった。タケシも驚いた顔をするが、ニヤリと笑って続けた。

「でもさ、盛り上がりもしないわけで……」

殴り合いになるかと赤西は身構えた。その時、英良がウッドベースを持ち上げた。

「よし、だったら証明してやる、表出ろ」

「はあ？」

「そこの通りで路上ライブして、通行人を盛り上がらせてやる！」

英良は顔を真っ赤にして『RED』を出て行った。タケシも渋々と後に続いた。興味を引かれた他の売り専や客たちまでついていく。赤西も仕方なく見に行くことにした。

夕立があったらしく、道路が濡れて黒々と光っていた。そこにゲイバーの看板やネオンが映り、春町全体がいつもよりあやしげな雰囲気で満ちている。そんな中で、英良がウッドベースを弾いている。そのシュールさに赤西はため息を漏らした。タケシが肩をすくめて、どうすればいい？　と言いたげに赤西を振り返っていた。

「あら、やだ！　なんか素敵なことしてるじゃないの！」

愛染だった。黒崎と連れだって通りを渡ってきて、英良の即興ライブに手を叩き、ゆさゆさと豊満な体を揺らし始める。ノリのいい黒崎も付き合って、愛染の手を取って二人で踊る。二人ともよそで飲んできたようで酔っ払っていた。赤西は思わず空を見上げた。ビルとビルの間で満月が光っていた。だからみな飲み過ぎるのか？

後から降りてきた玄太も東ヶ崎の手をとって踊り出した。東ヶ崎は戸惑いの表情を浮かべながらも、不器用に体を揺らす。タケシは唖然とした顔でいたが、クックッと笑い出して、英良の目の前でステップを踏んでみせる。それを見て、英良も満面の笑みでノリノリに弦を弾き、ウッドベースを叩いてリズムを刻む。

通りがかりのゲイや観光客のノンケたちが、この突然の騒ぎに驚いて立ち止まっていた。ノリのいい連中は一緒になって足を動かし笑い合う。長谷川が赤西の肩をつかんでいた。赤西は苦笑しているが、長谷川は楽しげに笑っている。

そこに、水を差すような言葉が投げ込まれた。

「なにやってんの、これ？　だせえ」

トモだった。一緒に五、六人の若い男が連れ立っているが、その内の三人は『ＲＥＤ』をやめ『スレッジハマー』に乗り換えた連中だった。赤西や長谷川とは反対側にいて気づいていない。トモは見るからに悪酔いしていた。

「ノンケのくせにいい気になってるよな」

英良はまだベースを弾いているが、踊っていた連中の足はすでに止まっていた。

「ちょっと売れたからってでかい顔しやがって。そのベース、親父にもらったって言ってたよな？　お前の親父がどんな男か聞いたぞ」

英良の手が止まった。

「お袋さんのこと殴ってたんだろ？　それでお袋さんは自殺した。なのになんでお前はいつも親父の自慢話なんかしてるわけ？」

黒崎が、この野郎、と言いながら前に出た。しかし先に、英良がトモの顔を見据え、静かに言い返した。

「親父は才能あるミュージシャンだったんだ。だから有名なジャズセッションにも参加してるし……」

「才能があればＤＶしてても尊敬できるんだ？」

「男と女のことなんだ、他人にわかることじゃねえんだよ」

最後まで英良の口調は静かなままだった。だが、その顔からは表情が消えていた。英良はウッドベースを黒崎に押しつけて歩き出した。愛染が呼びかけるが振り返りもしない。

トモは仲間たちと顔を見合わせてケラケラと笑い、反対方向に歩き出していた。赤西はその後ろ姿を燃えるような目でにらみつけていた。


『スレッジ・ハマー』が閉店に追い込まれたのはそれから数日後のことだった。

英良がいつもどおり一人目の客の相手を終えて『ＲＥＤ』に戻ってくると、店の中が異様な雰囲気に変わっていた。ＢＧＭが止められていて、客や売り専のひそひそと話し込む声だけがあちこちから聞こえた。タケシが寄ってきて耳打ちした。

「手入れが入ったんだ」

赤西がカウンターの前でスーツの男たちと話していた。警察と国税局の人間らしい。やがて赤西は男たちと店を出て行き、その夜はマンションにも戻ってこなかった。しかし翌日、『ＲＥＤ』はいつもどおりに開店した。英良が予約の客とホテルで事を済ませ店に顔を出すと愛染がいて、『スレッジ・ハマー』が閉店したと教えられた。

前の晩、『ＲＥＤ』と同じように『スレッジ・ハマー』にも手入れが入ったのだという。その結果『スレッジ・ハマー』は閉店に追い込まれた。しかし『ＲＥＤ』は今日も通常営業している……。鈍い英良にも、なにかしらの力で赤西が『スレッジ・ハマー』を潰したのだとわかった。赤西はカウンターの中に立ち常連客と笑って話していた。いつもどおりのその様子を見て、英良はこわくなった。

この間、山神から聞いた話が思い出されてきた。

狭いホテルの一室で燃えるようなセックスをした後、英良は乱れた自分から話をはぐらかすために も、約束通り赤西さんの弱点教えろよ？　と聞いたのだ。山神は神妙な顔で、秘密を明かすように答えてきた。

「まだ赤西が現役の売り専だった頃、同郷の恋人がいてな。そいつも赤西が紹介した店で売り専を始めたらしいんだが、どうも店のオーナーに騙されて、エロビデオに無理に出演させられたらしいんだ。で、そいつは有名大学でラグビーだかアメフトだかをやってて、プロ入りが決まってたとかなんとかで、とにかく顔の売れた奴だったらしい。それが、エロビデオに出たってことがバレて騒がれて、……自殺したんだな」

動画で見た白いタンクトップの男が頭の中に浮かんでいた。あの男が自殺した？　英良は言葉を失った。

「で、赤西は長谷川から金を引き出して『ＲＥＤ』を開いたってわけだ」

まだ動揺していた英良だが、山神の続けた言葉には首をひねった。

「『ＲＥＤ』とその死んだ奴とどう関係あるんだよ？」

「いいか、春町には元々、何件か売り専の店があったんだ。そこに新しく店を出すっていうのは簡単にできることじゃない。いくら仁義を通しても嫌がらせやらなにやらあるからな。だが赤西は恋人の自殺をネタに店のオーナーを脅して邪魔をさせなかった。恋人に死なれた赤西に、他の店もなんとなく文句を言いづらくなったんだろう。で、瞬く間にあいつは『ＲＥＤ』を一流店にした。元いたその店はすぐに潰れたよ。つまりは、まあ、あいつは恋人の自殺さえうまく踏み台にしたというか、転んでもタダじゃ起きない男ってことだな」

山神からその話を聞いた時にはショックを受けた英良だが、赤西をかばうようにも考えていた。父が母を殴り、自殺に追い込んだことはわかっているが、それで父を慕う気持ちが消えたわけじゃないように、赤西が悪い男だとはどうしても思えなかった。

しかし『スレッジ・ハマー』を簡単に潰してしまえる赤西の力を目の当たりにして、今はこわくなっている。

赤西がカウンターから出てきて英良に声をかけた。

「次の客まで時間あるだろ」

「え、うん」

「飯に付き合え」

心の内を読まれたようで気味が悪かった。しかし英良も腹を空かしていて、断る理由も見つからない。連れだって外に出ると、通りを渡って一本となりの細い路地に入っていった。階段しかない古いビルの三階に地味な食堂があった。古くさい店だが朝までやっているし、昔ながらの洋食の味がこの町で働く人間から支持されている。今夜もテーブルのほとんどが埋まっていた。

隅の二人がけの狭いテーブルにつくと赤西が言った。

「明日、特別な客の相手をして欲しい」

「特別って、どういう意味？　縛られたりは嫌だぜ」

「それはないように頼んでおく。ただ、一人じゃないんだ」

「あ？」

「何人かのグループでくる」

英良はゾッと鳥肌を立てた。

「変態サークルかよ」

「変態というほどのことはしないと聞いてる」

「グループで男を買うってそれだけで変態だろ」

「たのむ、このとおりだ」

赤西がテーブルに手をついて頭を下げた。英良はびっくりして身を引いた。

「なんだよ、どういうこと?」

「くわしいことは知らない方がいい」

「なんなんだよ?」

食堂のママが注文を聞きに来た。二人そろってオムライスをたのんだ後は、赤西は壁にかけてあるテレビに目を向ける。ニュースがやっていた。その赤西の横顔を見れば、これ以上いくら聞いても無駄と英良にもわかる。一方的な話に腹が立っていた。だからつい、黙っていようと思っていたことを口にしてしまった。

「あの動画の男、自殺したって聞いたけど……、恋人だったって」

赤西は目を見開いて英良を見つめた。よけいなことを言った、と英良は後悔した。赤西はすぐに目を落とし、透明なテーブルマットの下に敷かれたメニューを見下ろした。

「恋人じゃない、ただの後輩だ。昔の話だ……。お前になんの関係がある?」

「そうだけど」

赤西の顔に暗い影がさしていた。急に十歳も老け込んだようだった。それは、それまでよりもずっとあの父に似た表情で、英良は思わず息を飲んだ。

母が自殺した後、父もこんな風だったと英良はよく覚えている。父のまわりに透明なガラスの壁ができあがったようになり、その中で父は小さく縮こまっていった。ガラスは透明でありながら、中からは外が見えていないようで、英良が声をかけても体に触れても、まるでガラスを撫でているようにかたく冷たく感じられた。

今、赤西との間にもガラスの壁がせり上がっているように感じられる。英良はほとんど衝動的に、テーブルの上で組まれた赤西の手に手を重ねた。あの時、父は息子の体温に気づきもしない様子でうつむいたままだった。しかし赤西はぎょっとしたように顔を上げ、手を引こうとする。その手を英良は強く握りしめた。

他の客が何人か二人に目を向けていた。赤西はため息を漏らし、英良をまっすぐ見つめ返した。それで、英良も手をはなした。もう言葉はなかった。二人そろってテレビを見上げ、オムライスがくるのを待った。

スーツを着た八名の男たちの足下に、英良一人が半裸で床に膝をついている。

四十代、五十代の男もいるが、三十代と二十代のまだ若い男たちがとくに目立っていた。みな上等なスーツ姿で、スラックスの折り目正しく、英良にもわかるほど高級な革靴をはいているのが目の前に見えている。

『ＲＥＤ』に手入れが入った時、ただ形ばかりの捜査ですぐに帰ってしまった警察官や役人の中にいた顔が数名混じっていた。それで、どういうことなのか英良にも見えていた。『スレッジ・ハマー』を潰すために力を借りた、お偉いさんたちへのお礼、接待ってことか……？

男たちはなにやら囁きあうようにして、そろってファスナーを下ろし、自分の一物をつかみ出した。そして一番若い、いかにもエリートらしい銀縁眼鏡をかけた男が英良に目隠しをした。まだジーパンははいているが、大勢の前で一人シャツを脱いで膝をつけと命じられただけでも、英良は愕然《がくぜん》とした。そのうえ目隠しまでされれば、どうしても山神に騙され犯された時のことまで思い出す。しかし八人の男たちに囲まれているのだ。いまさら逃げ出すこともできなかった。

「そら、口開けろ」

「んうう……」

どの男のものかわからなかった。鼻をつままれて開いた口に半勃ちの肉が差し込まれる。おろしたてのようなスーツを着てワイシャツには染みひとつない男でも、一日働いた後では一物は臭うし、小便滓や蒸れた汗で塩辛い。英良の口はこの半年の間に染みついた癖で、自然と男に奉仕しようとした。しかし完全にかたくなるその前に、まだ味の残る肉が口から抜けていった。

「んっ……?」

「ちゃんと一人一人味を覚えておけよ。後で答え合わせをするからな?」

どういうことか聞こうとした時、また鼻をつままれて一物をくわえさせられた。一瞬、混乱したが、それがさっきの男とは別の一物であると英良にもわかった。匂いも味も大きさも少しずつ違っているからだ。

「次は俺だ」

「んうっ、ん……」

一人一人、八本の肉棒が英良の口を次々と犯していった。最後の一人のそれが口から引き抜かれた後、目隠しがとられた。英良は目をパチクリさせて男たちの顔を見上げた。みな、ファスナーから勃起させた一物を飛び出させ、冷笑するような目で英良を見下ろしている。英良は恥辱に顔を赤くして、唾で濡れた口元を拭った。

「さあ、当ててみろ、どれが誰のものか、一人当てるたびに一万円のチップだ」

答え合わせの意味を察して、英良は唇を噛んだ。悔しさと情けなさに体が震えてくる。しかし一番若い銀縁眼鏡の男に髪の毛を鷲づかみにされても、逆らうことはできなかった。かたく勃起した一物を顔にこすりつけられ、また鼻をつままれて口を開けると肉の味を確かめさせられる。木のようにかたい肉棒に覚えはあるが、同じような一物が他にもあった。

「んうっ……、あの、……三番目の」

「はずれだ」

続いて、今度は三十代の短髪の男が英良の唇に一物を押しつけた。英良は渋々と口を開けた。銀縁眼鏡のそれに似てかたさはあるが、なにしろ八本のものを次々と頬張ったのだ。ひとつひとつの特徴を覚えていられるはずもない。

「んっ、あの、今度こそ、三番目のだ」

「またはずれだ」

短髪の男は手のひらでぴしゃぴしゃと英良の頬をたたいた。男たちはくつくつと声を漏らして笑っている。もう一人、三十前後の髭のそり跡濃い男が英良の前に立ち、先走りで濡れた一物を突き出してきた。その肉は太いが短く、そのうえ、独特の酸っぱいような体臭がファスナーの奥から匂っている。英良は口を閉じて顔を引いた。

「あの、五番目です」

男たちの間から、おお、と声が漏れた。正解ということか。

「どうしてわかった？」

「その、匂いで……」

ドッと笑いが起こった。そり跡濃い男が頬を赤くして英良の頭をつかみ、太く短い肉を英良の顔の上で転がした。

「おれの匂いが気に入ったってことだよな？」

「う、あっ！」

誰かの手が英良のベルトをはずそうとしていた。英良は嫌がったが、頭をつかまれているし、他の男たちに腕も押さえられ、あっという間に膝までジーパンがずり下げられた。

「なんだ、勃ってるぞ、こいつ。ノンケのくせにＭ気があるのかな」

二十代の童顔の男がからかうような調子で言った。それは三十分ほど前、ホテルのロビーで英良を出迎えた男だった。まだ他には誰もいなかった部屋で、男は革のブリーフケースから包みを取り出して英良に手渡した。

「シャワーを浴びたらこれを仕込んでおいてくれ。みんな、もうすぐくるだろうから」

英良はバスルームに入ってから包みを開け、卑猥なその形に身震いした。しかし準備を整え自ら押し込むと、自然と前も反応してしまった。山神を騎乗位で受け入れて嵐のように燃え上がったあの夜以来、英良の肛門はいっそう敏感になっていた。そんな自分の体の変化に、英良は気づかないフリをしている。そんなはずはないと自分に言い聞かせ、信じていなかった。

「おい、見てみろ、ケツになにか入れてるぞ？」

四十代の、子どもが何人もいそうなやさしそうな顔をした男が、英良の尻を覗きこんでいた。黒いバイブレーターが、濡れて赤い襞をはみ出させている肛門に頭を食い込ませていた。留め金のように押さえていたジーパンがなくなり、英良の肉穴はゆっくりと黒いそれを吐き出そうとした。

「抜けちゃうぞ、しっかり力入れろ」

「あううっ！」

やさしそうな顔のまま、男がバイブの根本をつかんで押し戻した。すると英良の一物は腹に張りついて先走りを滴らせた。

「とんでもないエロガキだな！」

英良とそう年の変わらない、童顔の男が言った。すると他の男たちは顔を見合わせて、物珍しそうに英良の痴態を見下ろした。

自分で好きで入れてきたと思われた？

英良は全身を赤く染め、毛穴すべてから汗が噴き出すのを感じた。もちろんこれが演出と知らない男は一人もいなかったが、英良一人、本当に今知られたと思い込んでしまった。悔しさに涙がにじみ、違うと言い出しそうになった。だが、酸っぱい体臭の男の一物が、すでに口に押し込まれて話せなかった。

「こっちはどうだ？」

五十代の男が英良の乳首をいじくった。それは思いがけず繊細でやさしい愛撫だった。英良はたまらず体を震わせた。とくに右を指先でさすられると、一物がかたく反り返ってしまう。

「こっちが好きか？　よしよし」

「んううっ！」

尻からバイブが引き抜かれようとしていた。英良は鳥肌を立て、筋肉を盛り上がらせた。まだ男たちに押さえつけられていた。せつなさのあまり短い一物に吸いついている間にバイブが抜け落ち、かわりに誰かの熱い肉が差し込まれた。

「んあっ、んんーっ！」

「もっと舌を動かせ、このエロガキ」

「んっ、んっ……」

「おっ、吸いついてくるぞ……、くっ、たまらん！」

口の中にドロドロと生臭いザーメンが広がった。それが喉の奥に流れ込み、英良は咳《せき》込んだ。しかし酸っぱい体臭が顔から離れた直後、今度はイカ臭いような一物が口に押し込まれた。その間にも太くかたい肉が英良の肛門をかきまわしている。

「んぐっ、んうう、んあっ！」

息苦しさにあえぎながらも、英良は快感に体の芯を熱くしていた。誰かの手が英良の一物をしごきあげているし、黒崎に開発され、山神に仕上げされた尻を犯される快感に、心とは裏腹に体が激しく反応していた。

「んんーっ！」

「おい、勝手にイッてるぞ、このガキ」

「まだこんなに若いんだ、何度でも付き合わせるさ」

「くそっ、具合のいいケツだ、搾《しぼ》り取られる……、うっ！」

口の中と同じように、尻の中にもザーメンがあふれていた。肉がずるずると引き抜かれ、空っぽにされたせつなさに英良は思わず悲鳴をあげるが、その声は喉の奥で低くうなるだけとなる。そしてまた別の男が口を開いたままの肛門を貫き、今度は熱く焼けるような官能に英良は声をあげる。

英良は泣いていた。しかしそれが悲しさからの涙なのか、火のような快感ゆえの生理反応なのか、もうわからなくなっていた。

英良がマンションに戻ったのは、東の空が白々と明るくなってきた頃だった。

合い鍵で部屋に入ると電気がついていて、ダイニングで赤西が座っていた。しかし赤西は英良を見なかった。英良も赤西に目を向けず、ただテーブルのそばに立ち尽くした。普段は徹夜しても平気な英良だが、今は疲れでぐったりしている。体からは石けんの匂いしかしなかった。しかしまだ尻の中に男たちのザーメンが残っていて、それがにじみ出してくるような錯覚に襲われて、しきりと肛門に力を入れていた。

どうして自分は途中で逃げ出さなかったのか。

相手は大勢とはいえ、怒鳴り声をあげて暴れれば、きっとあの連中も引き留めなかったろうと思う。しかし英良は最後まで男たちの欲望に奉仕した。

悲しかったからだ、と英良は考えている。赤西がそれとわかっていて、自分を連中に売ったことが無性に悲しかった。だからいっそボロ雑巾のようになればいいと考えた。自分にはお似合いと思って……。

「なんでオレだったんだ？」

英良がかすれ声で聞いた。赤西は窓の外の朝焼けを見つめていた。

「すまん。どうしてもお前がいいと指名されていた」

「例の後輩って奴にも同じようなことさせたんだろ？」

タブレットで見た動画を思い出していた。白いタンクトップの男は縛られて吊るされ、大勢の男たちにかわるがわる指を入れられていた……。

赤西が一瞬、目を見開くのがわかった。それでも英良を見ようとはしなかった。

「……そうだな、同じだ」

「安心していいよ、オレは自殺なんかしない」

その時、赤西のベッドで眠っていた犬が起き出して英良の足下にやってきた。しかし英良は相手をせず、自分の部屋に体を向けた。


頭で考える前に体が動いていた。赤西は立ち上がって、英良を背中から抱きすくめていた。どうしてそんなことをするのか、自分でもわかっていなかった。

あの満月の夜、春町の路上でトモが英良の家族の秘密を暴露したことをきっかけに、赤西は『スレッジ・ハマー』を潰そうと決めた。そのためには、あのエリートたちに頼るしか方法がなかった。たしかに英良のためだけにやったことではない。しかし、みなに背を向け歩いていく英良の後ろ姿が赤西に決意させたのだった。

英良の仇を討つような気持ちでいたのに、結果として英良を連中に売りつけることになった。英良がその体を武器に連中から金を巻き上げたというならいい。しかしそうじゃない。そうはならないと自分は知っていた……。

「すまん」

自分らしくないことをしていると赤西は思った。だが、傷ついた英良の後ろ姿は、どうしてもそのままにはしていられなかった。

英良が振り返り、赤西を床に押し倒した。赤西は戸惑いながらも、逆らわずされるがままでいた。英良は思い詰めたような顔で赤西のスウェットをはぎとり、毛だらけの太ももを抱え上げた。そして赤西の肛門に唾を吐きかけ、ジーパンから引っ張り出した一物をしごいて勃たせ、力尽くで押しつけてきた。

エリートの連中にされたことを、少しでもやり返しているつもりなのか。

ヌメリが足らず痛みが走っていた。それでも赤西は黙ってたえた。

「く、う……」

「くそっ、ふっ、うっ、うっ……」

動きがなめらかになると赤西も勃起させた。英良の太さ、かたさ、勢いのある反りが前立腺を突き上げてきてたまらない。顔を赤くして見上げると、英良も見つめ返してくる。赤西の視線をまともに受けながら、英良は少しもひるまなかった。むしろその男らしい態度は自信を感じさせた。

そもそも赤西が仕込んだ英良だった。まさに手取り足取り性技を教え込んだ。それが大勢の男たちと経験を積んで、今やタチでもウケでもナンバーワンの売り専になった。英良は赤西の肛門に大きく一物を出し入れさせながら、赤西の一物をほどよくしごきあげ、乳首をつまみ、さすって反応を見ていた。

半年前は男相手のセックスなど想像もしていなかったあのノンケのガキが……。

「ううっ！ ヒデ、もうイクぞ、オ、オ……」

「ハッ、ハッ、ちくしょう、まだまだ……」

英良が赤西の上にのしかかってきた。赤西の額に額をこすりつけるようにしながら、鼻息荒く腰を振る。さすがの英良もエリートの連中に搾り取られて出るものがないのか、赤西に思い知らせてやろうと踏ん張っているのか……。

赤西は射精の後まで肛門をえぐられるやるせなさにあえぎながら、目の前の英良の顔を見つめていた。自分の喉の鳴る音と、英良の息づかいでうるさいくらいなのに、やがて音が蒸発するように聞こえなくなっていった。かたく目を閉じて汗だくの若い顔は、赤西を遠い過去へ連れて行くようだった。

それから二時間後、赤西は一人ベッドに横たわり目を見開いて、カーテンの隙間から漏れる朝の光を見つめていた。

事が済んだ後、無理にでも英良をこのベッドに連れてくるべきだったのかと自問していた。しかし英良がうんと言うはずもなかった。さっきは大勢の男にいいようにされて、ショックを受けていたから自分にあたってきたに過ぎない。あいつはノンケだ。一眠りして目を覚ませば、どうしておれを抱いたのか自分で驚くに決まっている……。

赤西は昔から眠りが浅く、一度に二時間も眠れない。毎晩、何度も起き出して水を飲んだり本を読んだり、ただじっとベッドの上で横になり犬を撫でて時間の過ぎるのを待つことも多い。

赤西はベッドの中で手を伸ばし、足を動かして温かい毛皮のぬくもりを探した。

「……どこ行った?」

犬がベッドにいなかった。赤西は起き出してキッチンで酒をつくり、グラス片手に英良の部屋を覗いた。案の定、犬は英良の胸の中で丸くなっていた。入ってすぐの壁にかかっている、額装された黒人女のポストカードが目に入った。女はウッドベースを抱えながら英良を見下ろしているようだった。

赤西も英良の寝顔を見下ろした。さっきの英良とはまるで別人のように、無邪気で子どものような寝顔だった。

胸がぎゅっと締めつけられた。

やはり似ている……。

赤西の目尻から涙が頬に伝い落ちた。

昼をまわった時間に犬に起こされた。

英良は大きくのびをして、すっきりした気分で布団から飛び出した。まだ赤西は寝室にいる様子だが、顔だけ洗って犬と散歩に出て戻ってくると、部屋の中にはもういい匂いが漂っていた。卵の焼ける匂い、トーストしたパンにバターの溶ける匂い、コーヒーの匂い。

しかしなにか緊迫した雰囲気が漂い、空気が張り詰めていた。

赤西が電話をかけていた。あわてたような顔をしていて、英良に気づくとテレビのリモコンを手に取りチャンネルをかえていく。情報番組のニュースコーナーが始まっていた。アナウンサーが話していた。

『……被害者の名前は東ヶ崎ハジメさん。腹部を刺され重傷とのことです。容疑者はその場で取り押さえられ、すでに連行されているという情報が入っています』

テレビ画面いっぱいに、ファッションモデルの宣材写真のような、目を見張るほど整った顔立ちの若い男の画像が映し出された。

英良は目を見開いてテレビを指さし、赤西に声をかけた。

「これ、耀次だろ？　どうなってんだよ！」

第四章　乖離

春町のせまい通りを仮装した人々が列をなして歩いている。普段から、外灯が少なくバーの看板の薄明かり目立つ春町には独特の雰囲気があるが、ハロウィーンの夜はあちこちにカボチャのランプが置かれ、また趣《おもむき》ががらりとちがって見える。

この数年、バーやショップが町を盛り上げようと協力しあい、なんらかの形でイベントに関わっていた。デコレーションに金を出し、店子たちはすすんで仮装する。繁華街ならどこでも仮装した人でにぎわう夜だが、春町の場合、一風変わったなにかがあって、ゲイやレズビアンばかりでなく、ノンケの観光客もわざわざ春町に立ち寄って見物する。

そんな騒ぎの中を『ＲＥＤ』の売り専たちもずらずらと歩いている。

みな、たいした仮装はしていなかった。ただ、体の線の出る服装をしろと赤西からのお達しがあり、あとは顔にペイントをしている。

英良は赤西のお仕着せで革のパンツをはきタイツのような素材のシャツを着て、顔の半分を骸骨《がいこつ》のように塗られていた。タケシも玄太も似たような格好で、仮装としては決して派手ではない。しかし売り専たちはみな体を鍛え、顔立ちが整っているから人目を引く。

「ゲオさんの格好、なんか笑えるよね」

『ＲＥＤ』の売り専を引率するように歩く黒崎は、真っ白いタキシード姿でシルクハットをかぶっていた。頭のはげ上がった太った白人がそういう格好をすれば、まるでイベントに派遣されてきた外人タレントのように見える。

「僕のは仮装じゃない、正装だぞ。かっこいいと言え」

「手品でもやりそう。鳩出してよ？」

　黒崎に軽口をきいているのは圭吾だった。一度はライバル店の『スレッジ・ハマー』に移ったが、『スレッジ・ハマー』が閉店した後、赤西に声をかけられ再び『RED』で働いている。他にも数名、元移籍組が英良の前を歩いていた。元々『スレッジ・ハマー』にいた何人かも『RED』に移ってきたが、残りのほとんどは働く場所を失ったと英良は聞いていた。

「……それで、耀次の裁判っていつからになるの？」

　近くを歩いていた『RED』の常連客同士で話していた。英良は聞かないフリをしていたが、内心、穏やかではない。二年近くトップの成績を誇っていた耀次が逮捕された後も、『RED』はまるで変わらなかった。ライバル店を潰しても、一番人気の売り専がいなくなっても、『RED』は『RED』のまま。移籍組が増えたことでむしろいっそう華やかになったのだ。それが英良には不気味なこととしか思えない。

……。

　つまり、オレだって一緒だ。いついなくなっても、たぶん誰も気にしない。噂話のネタにされるだけ
　黒崎がとなりにやってきて肩をぶつけてきた。

「東ヶ崎さんの見舞いに行ったってほんとか？」

「うん」

　英良はうなずいて、見舞いの時のことを黒崎に話して聞かせた。

「タケシと玄太と三人で行くはずだったんだよ。なのにさ、待ち合わせたとこに玄太いなくて、タケシが電話したら、寝坊したから行かないって言い出してさ。……信じられなくねえ？」

東ヶ崎は『RED』の常連客で半年以上も耀次一人に入れあげていた。それが夏の終わり頃から玄太に乗り換えた。耀次は東ヶ崎の心変わりに嫉妬して刃物沙汰《ざた》を起こした。東ヶ崎の怪我は命に別状ないが、耀次は殺人未遂で逮捕された。あのツンとすました耀次が嫉妬《しっと》に狂ったことも驚きだったが、事件の引き金となった玄太が東ヶ崎の見舞いにもこないというのが、英良には信じがたい。

「じゃあ、二人で行ったのか」

「うん。……思ってたより元気だったよ、東ヶ崎さん」

その見舞いがきっかけで、東ヶ崎はタケシを気に入り、すでに何度も病室に呼びつけている。見舞いにもこない玄太より、甲斐甲斐しく世話を焼くタケシにほだされてしまったらしい。タケシがどこまで計算していたのかはわからないが、結果として、元々、東ヶ崎に気を持っていたタケシが、玄太を当て馬にして強敵の耀次を追い払ったことになる。

仮装行列が『RED』の前に到着した。そのまま歩き続ける者もいるが、英良やタケシ、黒崎は列から離れて店の中に入った。カウンターの中に赤西とバーテン、他に客が数名待っていた。女流作家の愛染もいて、英良は手招きされて黒崎と一緒にソファの向かいに座った。タケシは別の客に呼ばれて離れていった。

愛染は英良の顔のペイントを喜んだ。ピタピタのシャツも素敵と手を叩く。しかしはしゃいでみせたのは最初だけですぐにうなだれてしまう。

「去年は耀次君の仮装がすごかったのよね。王子様みたいな格好をして、それがもう本物って感じで、テレビの取材も受けてたし」

「かわいそうな奴だ」

黒崎が腕を組んでうなるように言った。英良はずっと不思議に思っていたことを口に出した。

「でもさ、なんでなんだろ？　耀次はよりどりみどりのイケメンだし、客に惚れるなんてらしくないよ。男同士で結婚できるわけでもないのに」

　赤西の言っていた春町の掟が頭にあった。客に惚れるのは御法度。惚れさせて金を引き出すのが売り専の仕事。よりによって『ＲＥＤ』で一番の売れっ子が掟を忘れるなんて意味がわからない……。

「でもね、ヒデ君、よりどりみどりだからって、人間、好きになるのは一人なのよ。それに、相手が誠実だから、真面目だからって理由で恋をするわけじゃない」

　愛染の言葉に英良はハッとした。なにか言い返したい気持ちもあるが、すぐに両親のことが頭に浮かんできた。相手が誠実だから恋をするわけじゃない。母は父に殴られながらも家を出て行こうとしなかった。

「そっか。そうスよね……」

　玄太が客と二人で店に入ってきた。山下という三十代半ばの精力的な男で、ここのところ毎日のように『ＲＥＤ』に通い詰めて玄太を口説いていた。東ヶ崎がタケシに乗り換えた後、玄太もこの客に惚れ込んでいる。英良はやりきれない気持ちになった。掟のことを思えば、玄太も東ヶ崎も、そしてタケシのことも責められない。ここはそういう町で、自分も今はその住人の一人と思うからだ。

　しかし、だったら耀次はどうなるんだ？

「わあ、すごい！」

　愛染が手を叩いていた。振り返ると、巨大なケーキをバーテンと圭吾が店に運び込もうとしているところだった。誰からかハッピーバースデーの歌がはじまり、みなで合唱する。いったん暗くした店内で、赤西が蝋燭《ろうそく》を吹き消した。

「おめでとう！」

みな口々に赤西の誕生日を祝った。黒崎に促されて、英良はウッドベースを弾いた。赤西は楽しそうな顔をしてみせているが、本当には笑っていないと英良にはわかった。赤西と耀次は誕生日が近く、この数年、ハロウィーンにまとめて『ＲＥＤ』で祝うのが恒例になっていたと、夕べ聞かされたばかりだった。

仮装をした売り専たち、それにつられていつもよりにぎやかな雰囲気の客、みなが楽しげに笑い合っている。去年はここに耀次もいたと思い出す者も多いはずなのに、赤西と同じように顔には出さない。英良は不安を覚えていた。いつにもましてここが奇妙な場所と感じられた。自分も仮装をして、耀次のいなくなった今、名実ともにトップの座についたというのに。

ひとしきり演奏を終えると英良は非常階段の踊り場に出た。しばらくして赤西も出てきた。二人そろって煙草を吸った。

「耀次のことか」

「うん……」

英良の浮かない顔を赤西が横目で見守っていた。

「結局、あいつはプロになりきれなかったんだな」

「でも、東ヶ崎さんだってあんなに……」

「それでも誰に入れ込むかは客の自由だ」

赤西の言葉に英良は苛立《いらだ》った。しかしその掟をあの耀次が知らないはずはない。

「でもさ」

「客は金を払ってお前らの体を買う。心まで売るかどうかはお前らの勝手だ。お前やタケシは馬鹿にしてるが、つまり、玄太みたいな奴が本物のプロなのかもしれないな」

「そんなの……」

もう十五分も、赤西は英良の顔を見つめていた。英良はスウスウと穏やかな寝息をたてて、子どものような顔で目を閉じている。桟に英良お気に入りの黒人ミュージシャン、エスペランサ・スポルディングのポストカードが引っかけられていて、赤西はエスペランサと並ぶように、グラス片手に腕を組み、壁に寄りかかって英良の寝姿を眺めていた。

秋が深まってきて、英良が白いタンクトップ一枚でいることはなくなっていた。だから起きて動いている間は、あの後輩ととくに似ているとは思わない。しかし寝顔は、見れば見るほどそっくりに見えてくる。

英良の腕枕で犬が丸くなっていた。赤西の気配に気づいて目を開き、ちらちらと飼い主の様子をうかがっている。英良の無邪気な寝顔と、空気を読もうとする犬の目つきに、赤西はクスリと笑った。

『スレッジ・ハマー』の騒ぎの後、こうして英良の寝姿を眺めるのが毎晩の日課になっていた。役人たちにもてあそばれた英良に、怒りをぶつけられるようにして抱かれたあの夜以来、二人の間でなにかが変わった。しかし同じ日に耀次が刃物沙汰を起こしたせいで、ことはうやむやになった。研修でもないのに抱き合ったことも、英良は一言も口にしない。赤西も忘れようとしていた。

なのにこうして毎晩、英良の寝顔を眺めてしまう。

見れば見るほど、うり二つと思えてくる。

お前なのか？　と呼びかけたくなってくる。

犬が英良の腕の中でプルプルと尻尾を振っていた。目を輝かせ、起き出してきそうな様子だった。赤西はしーっと指を立てて自分の寝室に戻った。ベッドに寝転がると、薄暗がりの中、クローゼットにしまわれている仏壇の方に目をやった。

生きていれば、お前だって来年には四十だったのにな。

死んだ人間は年を取らないという。赤西はまぶたの裏側に英良の寝顔を思い浮かべた。その顔が死んだ後輩と入れ替わり、また英良に戻っていく。

トントン、と小さな足音がして、犬がベッドに飛び乗ってきた。

「気を遣ったつもりか？」

赤西は犬を抱き寄せた。犬は赤西の腕の中で丸くなった。

そのホテルのクラブラウンジはビルの最上階にあって、美しい都会の夜景が見渡せるようになっていた。

英良は玄太と向かい合ってソファに座っていた。二人ともカクテルをもらってのんびりと夜景を眺めている。さっきまでジムに併設のジャクージにつかっていたから体も温まり、すっかりくつろいでいた。

この手のホテルに呼びつけられたのは初めてだった。英良は優雅なホテル遊びにはじめ戸惑っていたが、慣れた玄太に教えられ、今は楽しんでいる。前に、タケシがこんなホテルに暮らすのが夢と話していたことを思い出した。後で自慢してやろう。

「あの、ヒデさまと玄太さまでしょうか？」

ラウンジ付きのホテルマンが声をかけてきた。玄太が答えた。

「はい」

「お部屋の方から戻られるようにとお電話がございました」

玄太に目配せされて英良も立ち上がった。二人はラウンジを出て広いスイートに戻った。部屋で待っていた男を見て、英良は思わず声を上げた。

「え、マジで……？」

それは俳優の豪徳寺《ごうとくじ》あきらだった。芸能界にくわしくない英良でもその顔と名前はよく知っていた。若手の二枚目俳優の中でもとくに注目を浴びている一人で、その前の年にはハリウッド映画にも重要な役で出演している。春町で働いていると、芸能人の誰それが実はゲイという噂はよく耳にするが、豪徳寺がゲイという話は聞いたことがない。

英良は目を丸くして横の玄太を見た。しかし玄太はいつものののんびりした様子で豪徳寺に頭を下げている。前にも買われたことがあるのだとそれでわかった。

「お前、ノンケだってほんと？　金のためならなんでもできるって？」

冷たい口の利き方に英良は身構えた。テレビで見る豪徳寺とはまるで別人のような態度なのだ。嫌な予感がした。そもそも玄太と二人でと指名されて、本当は断りたかったのだ。だが、玄太の顔を潰すことになるのかもしれないと考え直して引き受けてしまった。

豪徳寺の手が英良の尻を撫でた。間近に迫ると豪徳寺は背が高く体が大きかった。顔立ちが整っているという点では『ＲＥＤ』の売り専たちとそう変わらないように見えるが、独特の存在感に圧倒される。国際的な二枚目スターにはやはりオーラがあって、そばにいるだけで落ち着かない気持ちにさせられた。

「裸になれ」

英良はうなずいて服を脱いだ。しかし豪徳寺は高価そうなスラックスにセーター姿のままだし、玄太も着衣のまま横に立って英良の裸をただ眺めている。服を着た男二人の前で一人裸になると、どうしても役人たちにもて遊ばれたあの夜のことが思い出されてくる。それでも下手に恥ずかしがるのは玄太の手前みっともないと胸を張った。ジム通いのおかげで英良の裸体はほどよく筋肉がのって美しかった。

「あの、どうすればいいんスか？　……あ、うっ！」

裸になって冷たくなりはじめていた肌に、いきなり熱くヌメッた舌が押しつけられた。豪徳寺がかがみこんで、英良の尻の谷間に吸いついていた。英良は全身の肌を粟立たせた。つま先立ちになり、思わずバランスをくずしそうになるが、その肩を玄太が支える。豪徳寺は手で英良の尻を割り、舌先をズルズルと肛門にこすりつけた。

「いっ、あっ、やだよ、こんなの……」

豪徳寺の指が英良の尻穴奥深くまで、一気に入り込んできた。英良はまたつま先立ちになるが、それを押さえつけるように玄太の手に力が入る。体を起こした豪徳寺が間近に英良の顔を見据えていた。目を細めて英良の反応のすべてを舐めるように見ながら、ゆっくりと指を動かした。

「うっ、あっ！」

英良は何度も首を横に振った。しかしその目は訴えるように豪徳寺を見つめ返し、玄太を見る。それまで英良の一物は小さく萎えていた。それが豪徳寺の指の動きに反応して、ゆっくりと鎌首をもたげてきた。

「勃ってきた」

玄太が言った。豪徳寺は英良の一物と顔を交互に見ながら、丁寧に指で英良の前立腺を探っている。

「なるほどね、こんな体だから売りなんかやってんのか。ノンケのくせにケツが感じる」

豪徳寺の小馬鹿にしたような言い方に、英良は耳をふさぎたくなった。こんなのは嫌だ、心の底からそう思うのに、肛門をいじられる快感に体はあらがえない。英良は必死でこらえようとした。勃つな、と自分に命じた。しかし指を出し入れされるとかたくなり、一物は締まった腹に張りついて先走りまで垂れ流した。

「うっ、やだよ、オレ……」

「うそつけ、濡れてきてるぞ。エロい体質してるんだな。生まれつきだろ」

豪徳寺の指先が英良の一物から先走りを拭い取った。その濡れた指先を英良の唇にこすりつける。屈辱に、英良は体が燃え上がるようだった。だが豪徳寺の指が二本に増やされると、英良の鈴口は次々と先走りの滴を吐きだしてくる。

「はっ、はっ、ん……」

英良は豪徳寺の指に自ら吸いついていた。自分の先走りの塩気や甘さを舌先に感じながら、やるせないような快感に身悶えていた。膝が震えて体がゆれると、玄太がそれを支えてくれた。うっとりしたような声で言った。

「ヒデ君、かっこいい……」

「あううっ！」

上の口と下の口と、両方から指が抜けていった。英良はたまらず玄太にしがみついた。後ろから豪徳寺の声がした。

「玄太、抱いてやれ」

信じられなかった。まさか自分が玄太に抱かれることになるとは予想もしていなかったのだ。しかし英良は逆らえなかった。すでに体が燃えていて、肛門が疼いていた。黒崎に開発され、山神に火をつけられた前立腺は男の肉を欲しがっていた。玄太にうながされるまま、英良は毛足の長い絨毯《じゅうたん》の床に寝転がった。ジーパンから勃起した一物だけつかみだした玄太を見上げて、自分から太ももを抱えてみせた。

「はあっ、はあっ……」

なにしてんだろ、オレ？

まるで、誰かの体に入り込んで、その誰かのすることを、映画でも見るように眺めているかのようだった。どうしてオレが玄太相手にこんなこと……。玄太のいくぶん短いが太めの一物に、豪徳寺がローションを塗りつけていた。ヌルヌルとよくすべる熱い一物は英良の肛門にすんなり入り込んだ。

「あっあっ！」

「ヒデ君のケツの穴、気持ちいい……」

玄太ははじめから大きく腰を使っていた。そのせいで太い一物は何度も抜け落ちてしまうが、かまわずこすりつけてくるからまたズルリと中に入り込む。英良の一物はそのたびかたく反り返り、だらしなく先走りを漏らす。

「生まれつきの売女《ばいた》っているんだな。ヒデ、だっけ？　ほんとよかったな、売り専って職業があって」

豪徳寺が英良の顔をまたいでファスナーを下ろした。中腰になり英良の顔のすぐ上で一物をしごくから、汗と小便の入り混じった男の蒸れた匂いが落ちてくる。国際的な二枚目俳優でもやっぱりこんな匂いがするのかと、なぜだかそんなことに英良は感心していた。

「口開けろ。ちゃんと飲めたら二人にチップやるよ」

「あ？」

豪徳寺の一物からドロドロとザーメンが滴り落ちた。英良はゾッと鳥肌をたてながらも、そのすべてを口の中に受けた。吐き気がするが、玄太に見つめられていて、しかたなく飲み込んだ。喉にからみつくような粘りけと鼻から抜ける青臭い匂いに気分が悪いが、玄太にえぐられる尻の快感はますます高ぶっている。

「玄太、トコロテンさせたら、チップ倍額だ」

「うん、がんばる」

「ひいっ、うっ、玄太！」

玄太の腰使いがちがっていた。短い一物だが、その分、根本までぴったりとはめ込んできて、クイクイと小刻みに腰を振り、太い亀頭が前立腺をなぞるように突き上げてくる。思いがけないそのテクニックに、英良は顔を真っ赤に染めて叫び声をあげた。

「やだよ、オレ、オレ！」

「すごい、もう漏らしてる、ヒデ君」

「おい玄太、かわれよ、はやく」

玄太はまだ射精していなかった。しかし豪徳寺は玄太を無理に英良から引きはがし、今度は自分の一物で英良を犯す。その横で、玄太は途方に暮れたような顔をするが、それを豪徳寺がニヤニヤ笑って見ていた。

「玄太もヒデの口の中に出してやれ」

たった今トコロテン発射させられたばかりで、英良の肛門は過敏なまでに感じやすくなっていた。そこに、玄太のものより太く長い豪徳寺の一物がずるりずるりと出入りする。英良は獣のような吠え声をあげた。快感というより、それは苦痛に近い感覚だった。そして目と鼻の先の距離で玄太の一物が先走りを滴らせていた。英良は泣き出しそうな気持ちで口を開けた……。

ホテルの外に出ると、英良は玄太に言った。

「今夜のこと、絶対に他の奴に言うなよな」

「うん、言わない」

はじめ、玄太の言葉を英良は疑った。しかし何度も豪徳寺に呼ばれているようなのに、今までそんな話は聞いたことがない。タケシも知らないことだろう。こいつ、案外、口はかたいのかもしれない。いや、そうとわかっているから、赤西さんが玄太を選んで豪徳寺にあてがったのかと英良は思い直した。豪徳寺も赤西の人選を信頼して『ＲＥＤ』を使っているんだろう。これも夜の顔ってやつかな？　前に長谷川が話していたことを英良は思いだしていた。社会的に立派な紳士がシモのことじゃあちこちで恥かいてまわるなんて、よくある話さ……。

事が済んだ後、豪徳寺は人が変わったように親切に振る舞った。それこそテレビで見るままのナイスガイに戻り、二人にたっぷりとチップをはずんだ。いったいどちらの顔があの男の本性なのかと英良は不思議に思う。

地下鉄に乗り込むと玄太が言った。

「ところでさ、今好きな人のことなんだけど」

最近、玄太に入れあげている、山下という名の三十代の男客のことだった。また惚れた腫れたの話かと英良はあきれてしまった。たった今、豪徳寺のような客にいいようにされた後だというのに、どうして好きとか惚れたとかそういう話ができるのか。

「山下さんにね、一緒に田舎に帰ってくれって言われてるんだ」

「……は？」

「山下さん、田舎に田んぼとかビニールハウス持ってて、農業するんだって。僕に手伝って欲しいんだって……。僕、行こうかなって思ってるんだ」

聞いている間にだんだん腹が立ってきた。

「お前、東ヶ崎さんのことは簡単にあきらめちゃったじゃないか。なのに今度は、こないだ会ったばっかの奴の田舎についてくっての？」

「うん」

「耀次がああなったことに責任とか感じないのかよ？」

こんな話をするつもりはなかった。だが言い出した手前、玄太の顔をにらみつける。なのに玄太はあいかわらずのんびりした様子でこたえてきた。

「耀次君はさ、焼き餅焼くくらいなら、最初から東ヶ崎さんをちゃんとつかまえとけばよかったんだよ。言ってたよ、東ヶ崎さんも、つれない奴だって」

「ほんとにつれなかったら、あんなことしねえだろ」

「……それはそうだね」

玄太の顔がくもっていた。それを見て、英良も口が重くなった。どうしてこいつに当たってるんだろう？　東ヶ崎さんが玄太に乗り換えた時、嗤《わら》っていたオレなのに……。自分で自分が嫌になる。

「僕も耀次君を見習わなくちゃ」

玄太が言った。英良は意味がわからず聞き返した。

「なんだって？」

「人を好きになる時は、とことん惚れ込まなくちゃ本物じゃないってことだよ」

広々とした豪勢なリビングにジャズが流れている。音楽に混じって、そのジャズセッションについて長谷川と英良がなにやら話し込む声もとぎれとぎれ聞こえてくる。時折どちらかの声が大きくなり、笑い合ったり、手を叩いたりもする。

案外、気のあう二人なのかもしれない。赤西はそう思いながら、タイル貼りのアイランドキッチンで肉を切っていた。

「まだ時間かかるだろう？」

長谷川が声をかけてきた。赤西はボールに入った作りかけのサラダやバットに並べた材料を見下ろした。

「三十分はかからないくらいです」

長谷川はまともにこたえてこなかった。英良に話しかけていて、その声がジャズにまぎれてかすかに聞こえてくる。

「……眺めがいいんだ、展望風呂でね」

「でも」

「時間はあるよ」

しばらくして、リビングから人の気配のなくなるのがわかった。ジャズはかかったままだが、赤西は予感を覚えて廊下に出た。ホテルのように長い廊下の先に風呂があるのだが、ドアに隙間があいていて、中から二人の声が漏れてくる。

「我慢することないよ」

長谷川の声だった。英良のうめき声を聞こえてくる。

「でも、オレ、うっ……！」

赤西は中を覗かなかった。すぐにキッチンに引き返した。こんな風に感じる必要はない、と自分に言い聞かせた。ほんの数分後、長谷川が先に戻ってきた。赤西が目を向けると、長谷川は肩をすくめて言った。

「ちゃんと金は払うさ」

「ええ、もちろんいただきます」

長谷川は目を細め、真正面から赤西の顔を見つめてきた。赤西は横を向き、熱した鉄板の上に肉を押しつけた。

「すっげえいい匂い！」

英良が無邪気に叫びながら入ってきた。ニンニクとバターと肉の焼ける匂いに鼻を鳴らしているが、このキッチンスタジオのような広々とした空間に漂うのがかぐわしい煙だけでないと気づくと、その顔はかたくなった。赤西はとぼけるつもりでいたのに、知られていると気づかれたらしい。

「お腹がすいたねえ」

長谷川がのんきな調子で言い、テーブルについた。赤西は英良に目で合図して、料理を運ばせた。

二人で部屋に戻ると、犬が待ち構えていて、赤西と英良交互に飛びついてくる。赤西はまともに相手をせず、キッチンに入って酒をつくる。英良は犬を抱き上げ、犬とそっくりの顔つきになってついてきた
「ごめん、なんか……」

その日は『ＲＥＤ』の定休日で、肉を食いたいという英良のリクエストでステーキを焼くことに決まっていた。二人でスーパーまで買い出しに出かけた先で長谷川と出くわし、だったら三人で夕飯にしようという話にまとまったわけだが、そんな休日の団らんを乱したと英良は考えているらしい。

「謝る必要はない。これも商売だ」

「うん、でも」

二人の間に流れる空気に、まるで色でもついたように感じられた。こういう「間」がなにを意味するか、英良にわかるはずもない。赤西は犬のような英良の目をうっとうしく感じていた。ノンケのくせに……。

赤西は一口だけ酒を舐めると風呂場に行った。洗面台の鏡をにらむようにしながら口をゆすぎ、歯を磨く。耳元に二人の声がよみがえっていた。

我慢することないよ？　でも、オレ、うっ……！

犬のように見上げてくる英良の目が鏡の中に見えるようだった。苛立っているのに、ムラムラとして、歯磨きをすませ服を脱ぎ終えるまでに勃っていた。なにがきっかけにせよ、前はその気になった時は英良を呼びつけ、研修するぞと言えばよかった。だがもはや気軽に呼びつけるわけにもいかない。自分に教えられることはもうないのだから……。

「この前の話、考えたか？」

「それって独立の話？」

「声がでかいぞ」

山神が『RED』の中をぐるりと見回している。カウンターの中にいる赤西を気にしているようだが、そこまで警戒する意味が英良にはよくわからない。

「『スレッジ・ハマー』を忘れるな」

「どういうことだよ？」

「あいつは気にくわない相手ならどんな手を使っても潰すような奴だ。お前の独立を喜ぶと思うのか？」

たしかに『スレッジ・ハマー』のことでは英良も赤西がこわくなった。元は向こうが仕掛けた喧嘩としても、結果として十数人の売り専やバーテンが職を失い、あの額の後退したオーナー社長は借金を抱えて関西に戻ったという噂だった。だが、英良は自分が赤西を怒らせることになるとは夢にも思わない。

「でもさ、オレがやるのは普通のバーだろ。客がゲイってだけでさ。商売仇じゃないじゃんか」

「お、つまり、やる気になったか」

「ちがうちがう、そうじゃないけど」

「お前、自分だけは赤西に特別扱いされるって考えてるんだろ」

「そうじゃないよ」

「赤西はお前をとくべつな目で見てる。だがな、それだけ、お前に裏切られたらなにをするかわかったもんじゃないぞ」

「とくべつな目ってなんだよ？」

「赤西はお前に惚れてる」

「はあ？」

声が大きくなっていた。カウンターの中から、赤西がちらちらとこちらに視線を送ってきた。英良は気づかないフリをするので必死だった。

「そんなわけねえだろ。あの人はだって、人を好きになったりしないって言ってたし。あんたと一緒だよ。恋愛向きじゃないってやつ」

「だからこわいんだ。そんな奴がお前のことだけはそういう目で見てるんだから」

「見てねえって」

山神は元々細い目をさらに細くして、疑うように英良を見た。

「とにかくだ、細心の注意を払わないとな。下手すると俺にまで火の粉が降りかかってくる」

「そこまでして、なんでオレに独立させようなんて考えるんだ？」

「だってお前、おもしろい話だろ、あの赤西清太郎の一枚上手を行くってのは」

それから三十分後、英良は山神に連れられて、古い石畳《いしだたみ》の路地に足を踏み入れていた。もっとも奥まったところに、大正昭和を思わせる小さな間口の屋敷があり、古ぼけた木の門に小さな看板がかかっていた。山神がいつも使うホテルがどこも満室で、タクシーをあちこち走らせた末にたどりついたのがこの古い連れ込み宿だった。

「ケツ、洗ってあるだろうな？」

山神に耳元で聞かれ、英良は顔を熱くした。

「え、うん」

「風呂はないが、風情のあるところだぞ」

門をくぐり、木戸を引いて土間の玄関に入ると、腰の曲がった老婆《ろうば》が姿をあらわした。

「部屋あるかい？」

「二階の一番手前の部屋を使ったらいいよ」

老婆は乱れた髪の間から英良の顔をまじまじと見据えてきた。英良はドギマギしながらギシギシ言う階段を上がった。建物も人間も前時代の遺物という雰囲気で、昭和の風俗を描くドラマに出てきそうだと思った。

二階には廊下をはさんで左右にいくつか襖《ふすま》の戸が見えた。六畳ほどの狭い部屋にはトイレさえなく、鍵もかからない。すり切れた畳の上に布団が一組敷かれていた。英良が引きつった顔で振り返ると、山神がニタニタと笑っていた。

「社会見学と思え。戦争の前からやってたとこらしいぞ」

山神はさっさとスラックスを脱いだ。上着も放り出しネクタイをゆるめ、パンツも下ろす。黒靴下はいたままの格好で、半勃ちのそれを英良の顔を押しつけてくる。

「ローションもないからな、しっかり唾つけとけ」

季節は冬でも山神の股ぐらはこもった汗と男の匂いを発散させていた。英良は顔を歪ませながら口を開き頬張った。ひとには洗ってあるかって聞いたくせに……。

「ようし、勃ってきたぞ。お前もはやく欲しいんだろが？」

「んっ」

勃起した一物がずるんっと口から引き抜かれていった。英良は顎にしたたった唾を手で拭いながら服を脱いだ。

「そうだ、全部脱いでおけ。お前はよく飛ぶからなあ。そうだ、たまには顔付き合わせて可愛がってやろう」

内心、ゾッとしながらも、英良は言われるまま布団の上に寝転がった。はやく終わらせるためだと自分に言い聞かせ、太ももを抱え上げて股を開く。山神は笑うのをやめ唇をとがらせ、英良の肛門に唾を垂らした。生理的嫌悪感に英良は鳥肌をたてた。

しかし濡れた山神の一物を肛門になすりつけられると、体が痙攣してムクムクと勃ってくる。

「ますます感度があがったなあ？　おじさんうれしいぞ」

「あーっ！」

指で慣らすこともしていない英良の肛門に、山神の一物が強引に頭を突っ込んでいた。さすがに痛みもあるし息苦しさを感じるが、英良の一物はかたさを増していく。山神の手がそっと英良を握っていた。かたくなる手応えを楽しんでいた。

「ノンケのくせして、入れられただけでビンビンだなあ、ヒデ?」

「ひっ、く……」

ただしごかるだけなのに、挿入されながらだと、どうしてこうも感じてしまうのか。山神の太いそれが英良の肉襞をゴリゴリとこすりあげていた。力が抜けてすべりがよくなると、山神の手の中で英良のものがみっちりと張り詰めた。鈴口が開き先走りもにじみだす。

「まだ漏らすなよ、少しは我慢しろ。男だろ」

山神は英良の頭の横に手をついて、小さく腰を振り出した。ずるずるとすべらせるというより、丸々とした亀頭が、肉の穴の中、小刻みに揺すられている。唾と腸液とで、ぬる、ぬる、と粘膜と粘膜がこすれあう感覚がたまらなかった。英良は無意識に自分で尻を動かした。目を閉じて、快感を求める本能に従っていた。そんな英良の痴態を、山神は目を細めて見下ろしていた。

「そんなに好きか、これが?」

英良はハッとして目を見開いた。いつのまにか、山神の腰に脚まで巻きつけていた。

「オレ、ちがう……」

「うん? なんだ、もう漏れてるのか」

「あ?」

英良の一物の先から先走りがトロトロと流れ出していた。ザーメンが混じっているのか、白く濁《にご》っている。まるで小便を漏らしているような感覚があった。尿道が熱く痺れるようで、英良はじれったいような快感にあえいでしまう。

「あー、これ、やだよ、こんなの……、んう」

山神がのしかかってきて唇をふさがれた。英良はぎょっとして体をかたくするが、山神の舌はしつこく英良の舌を絡み取ろうとする。吸いつけと求められていると嫌でもわかった。山神はだんだんと腰の動きを大きくしつつあった。ずるーり、と肛門をえぐられて、英良はせつなさのあまり山神の舌を吸った。

「んっんっ、……んはっ！」

口がはなれて英良は目を見開いた。山神は額に汗をにじませて笑っている。ガサガサと荒れた指先が英良の乳首をさすりあげた。とたんにまたジワジワと漏れ出す感覚に、英良は泣き顔を見せる。

「んっ、やだよ、もう、ちゃんと出したい……」

それまでずっとニヤニヤ笑っていた山神の顔が真剣な表情に変わった。

「お前みたいなのは初めてだ。ノンケのくせに、このエロガキが……」

「ひっ、うっ！」

山神が激しく腰を打ちつけてきた。太い一物がズンズンと前立腺を突き上げてくる。英良は顔をくしゃくしゃにして山神の腰に脚を巻きつけ引き寄せた。

「オッ、出る、……わかるか？」

尻の奥でじわじわと染みるような熱が広がっていた。山神は根本まで英良にねじこんで動かなくなっていたが、一物だけは穴の中でヒクヒクと鎌首を振っている。そのかすかな刺激に今度は英良の一物もドロリとまともなボリュームのザーメンを吐きだした。

「くっ、ハッ……、え？」

山神に手首をつかまれ首にまわすように促されていた。黒崎に初めて抱かれた時にもこんな風に求められたことを英良は思いだした。だからあの時のままに自分から山神にすがりつき、キスをした。二人の男の汗の匂いが肌寒い部屋に漂っていた。

身支度を済ませ一階に降りると老婆は玄関横の小部屋で座椅子にもたれて眠っていた。それを山神がやさしく起こし、金を渡して、体に気をつけた方がいいよなどと話しかける。老婆の方も天気の話をはじめて、なかなか二人を放そうとしない。それをやっと振り切って表に出ると、英良が聞いた。

「なんでこんなとこ知ってんの?」

山神はちらと英良の目を見返してから、ビルの隙間の夜空を見上げた。

「若い頃にな、まあ、連れてこられたんだな」

「それって、誰か男にってこと?」

「まあな。ジジイだったなあ」

不思議議だった。山神のような中年男にも若い頃があり、今の自分のように年配の男に連れられてここにやってきた。その頃からきっとここは古くさい連れ込み宿だったのだろう……。

「とにかく、独立の話、もっと真剣に考えてみろ」

山神は気恥ずかしいのか、いきなり話題を変えてしまった。まるで『RED』にいた時から話がそのまま続いていたような調子だった。

「え? あ、うん……」

路地を抜けてタクシーを拾った。英良は流れ行く窓の外を眺めながら、悪い話じゃないよな、と考え始めていた。やってやれないことはない。売り専から卒業できるのだから……。『スレッジ・ハマー』の件で役人たちにもてあそばれて以来、英良の中でそれは現実味を帯びてきていた。もうあんなことはごめんだ。自分の店を持つようになれば、少なくともあんな目にはあわないはず。毎晩ちがう男たちを抱いて抱かれる今の生活より、自分の店でバーテンをして、たまに山神の相手をする方がずっとマシな気がする。

しかし一から商売をはじめるのだから、そう簡単な話じゃない。

「でもさ、もし店を始めたとしても、必ず儲かるわけじゃねえだろ。赤字続きになったら、あんたどうすんだ？」

心の内では、オレに飽きたらどうするつもりだ？　と聞いていた。山神の方もそれを読んだように腕を組んでしらけた顔をする。

「その頃までに結果を出すことだな」

「結果って？」

「それこそ、ほんとの意味で独り立ちするってことだ。自分一人でも店を切り盛りできるようになれ。一人前の男になるってのはそういうことだろうが」

そう言われてしまうと英良も返す言葉がなかった。遊びで店を出すわけじゃない。初期投資はしても赤字垂れ流しの店の面倒を見てくれるはずがない。当たり前の話……。

一人前の男、か。


ガラスの向こうでうなだれている耀次を、赤西はまっすぐと見据えていた。拘置所への面会はこれで二度目になるが、一度目は耀次が落ち着きなく動き回ってすぐに打ち切りになったから、まともに話すのは事件後これが最初になる。

憔悴《しょうすい》しやつれた印象の耀次だが、美青年ぶりがかえって際だっているようにも見える。今のまま『ＲＥＤ』に連れ帰ったら前より人気が出るかもしれない。赤西はそんな馬鹿なことを考えて悲しい気持ちがした。

その前の晩、『ＲＥＤ』で耀次の話が出て、めずらしく客同士で話し込むことがあった。口数は少なかったけど、いい子だった。だいたいの客はそんな風に語ったが、何度も耀次を買っていたくせに悪く言う男もいた。自分はいずれあいつがなにかしでかすと思ってたぞ。しかしまた別の男が、それだけ情の深い子だったたってことじゃないかと言い返した。あの東ヶ崎って男が悪い、自分だったらあの子をもっと幸せにしてやれた……。

「あの、東ヶ崎さん、もう大丈夫なのかな？」

耀次がうつむいたまま聞いていた。

「もう退院した。ピンピンしてるさ」

「玄太を買いにきてるの？」

「……いいや、今はタケシにご執心だ」

追い打ちをかけたかと赤西は心配になった。だが耀次はくすっと笑ってみせた。

「僕ってほんとに馬鹿なんだ。殺してやろうと思ったたって警察の人に言ったから、ただの傷害より刑期が長くなるんだって」

「でもな、長くても数年で出てこられるはずだ。東ヶ崎さんはお前を訴えないって聞いてるぞ」

耀次が顔をあげた。真正面から見ると凄みがある。

「東ヶ崎さんに伝えてください。あんなことしてごめんなさいって。もう忘れてくださいって」

それだけ言うと、耀次はすぐにまたうつむいてしまった。赤西が別の話題を振っても、それ以上は話そうとしなかった。

忘れてください、か。

赤西は口の中で言いながら拘置所の建物を出た。つまりお前の方は忘れられないってことじゃないのか？　そんなにあの男に惚れていたのか……。

タクシーをとめて行き先を告げると、赤西は座席にもたれ目を閉じて腕を組んだ。起きてすぐに拘置所に行っただけなのに、ぐったりと疲れている。考えまいと思うのに、頭の中でもう一人の自分が話している。

おれはあんな風に誰かを愛し尽くしたことがない。愛されたことも。

黒崎や長谷川の顔が浮かんでいた。そこに英良の顔まで加わって、赤西は苦笑して目を開けた。窓の外を眺めるが、車のガラスに白いタンクトップの後ろ姿が浮かんで見えてくる。

愛せることがどれほどのものなのか。死んだ後に気づいてなんになる？

ジムの前で車を停め、運転手にはこのまま待っててくれと言って中に入った。今日はまだ出かける場所があって、汗を流しているひまはなかった。

「おい、ヒデ！」

ベンチプレスにはげんでいた英良に声をかけた。英良は汗だくのまま近づいてくる。ちょうどその時、携帯が鳴り出した。赤西は受話ボタンを押しながら、シャワーを浴びてこいと英良にジェスチャーした。しかし英良はわからないのかすぐ目の前までやってきた。

「……なんだって？　それ、お前、本気で言ってるのか？」

電話をかけてきたのは玄太だったが、赤西はなにを言われているのかすぐには理解できなかった。目の前に迫った英良が、どうしたの？　と言いたげに首をかしげていた。出会ったばかりの頃と比べてしっかり筋肉がついたし、ボリュームが出て体の大きくなった英良の汗だくの姿に、赤西は思わず目を細めた。

その間にも、電話の向こうで玄太が信じがたい話を続けていた。

「本気なんだな？　とにかく、その、……気が変わったらいつでもまた連絡してこい。いいな？」

電話を切ると、赤西は英良にこたえず、さっさとシャワーを浴びてこいと言った。英良は不満気だったが、身支度をすませて外に出て、待たせていたタクシーに二人乗り込むと、ずばり電話の相手を当ててみせた。

「もしかして、玄太の奴、マジでついてっちゃうとか？」

赤西は英良の顔をまじまじと見た。

「お前、知ってたのか？」

「前にちょっと聞かされただけだよ。でも、マジで？」

信じられない話だった。山下という新顔の客に、一緒に田舎に帰ってくれと言われて、玄太はついていくことにしたというのだ。売り専の玄太が、いかにも田舎くさい山下について田舎に引きこもり、畑仕事を手伝う？　また口だけですぐに気が変わるだろうと赤西は考えた。そうでないと困る。耀次のいなくなった今、英良の次に人気のある玄太なのだから……。

タクシーで二人の向かった先は巨大な書店だった。ビルがまるごと書店になっていて、その最上階で愛染の新作小説の出版記念サイン会が開かれていた。愛染は『ＲＥＤ』開店当初からの常連で金払いのいい上客だから、この手の催しがあると赤西はできるだけ顔を出すようにしている。ずらりと並ぶ人の列を見て、英良は驚いた様子だった。

「ほんと人気作家ってやつなんだ、あの先生」

二十分も待ってようやく順番がくると、ずっとうつむいてサインしていた愛染が英良に気づき顔を明るくした。

「きてくれたの、うれしい！ さすが赤西さんね、ヒデ君連れてくるなんて」

愛染は新刊にサインを入れて英良に手渡した。それから、あっ、と声を立ててクロコダイル革のエルメスのバッグをかきまわした。

「私もサインもらおうと思ってこないだからずっと持ち歩いてたのよお」

エルメスから出てきたのは英良がグラビアを飾ったゲイ雑誌だった。愛染は人目も気にせず褌姿の英良のページを開いて突き出してくる。さすがの赤西もぎょっとしたし、横で英良も顔を赤くした。

写真の中の英良は日焼けで肌を桃色に染め、その初々しい様子はいかにもノンケの男らしく写っている。

「自分じゃないみたいだ」

「どうして？」と愛染。

「恥ずかしいから見てなかったんだよ」

書店の担当者とすぐ後ろに並ぶ愛染のファンが目を丸くして二人のやりとりを見守っていた。赤くなった英良に気を遣い、愛染は担当者に横を向けと言い、赤西は体を壁にして後ろからの視線を遮《さえぎ》った。英良は困り顔だが愛染にサインペンを渡されると、下手な字で写真の余白にサインをした。ゆっくりと震える手で、本名をそのまま書き込んでいる。赤西はあきれてため息をついた。

「ねえ、玄太君が農業するってほんと？」

愛染が言った。どうしてみな自分より先に知っているのかと赤西はまたため息を漏らす。

「さっき連絡もらいましたよ、田舎に引っ込むって」

「すごい話よねえ。『ＲＥＤ』ってほんと個性的な男の子がそろってるっていうか」

耀次のことを言っているのだとわかった。

「今日、拘置所に行ってきましたよ」

「かわいそうに」

「思ってたよりは元気でした」

耀次は抜《ぬ》け殻《がら》のようだった。しかし、なにか吹っ切れた様子でもあった。そう思いたいだけか？　赤西は自分に問い返した。

やっとサインを終えた英良に愛染が言った。

「ねえ、来年に入ったら少し時間がとれそうなのよ。ヒデ君、一緒に旅行行かない？　もちろん全部出してあげるし、エスコート代もきっちり払うから」

「どこに行くんです？」と赤西が聞いた。

「一度ね、船の旅をしてみたかったのよ。豪華客船。ずっとのってるのは無理だから、いいところだけ三日四日のって、行き帰りは飛行機とかそういうの」

英良の様子がちがっていた。そわそわとしてどこか態度がおかしい。

「でも先生、それ、約束はできないよ」

「GOGOで忙しい？」

「ううん、そっちじゃなくて、オレ、その頃にはもしかしたら自分の店のことで忙しいかもしんないから」

赤西は驚いて、思わず愛染と顔を見合わせていた。どういうことだ？　と見下ろすと、英良は真剣な表情を浮かべて見返してきた。

「もっとちゃんと話すつもりだったんだけど……、オレ、独立したいって考えてるんだ」

その三日前。

英良は全身汗だくでステージを降りた。まだ音楽は鳴っているが、他のＧＯＧＯたちも愛想《あいそ》を振りまきながらファンの中に入り、話したり記念撮影をはじめている。英良も求められるままファンの肩を抱いたりしてカメラにぎこちない笑顔を向ける。下は革のホットパンツにブーツを履《は》き、上は裸で頭にクリスマスの三角帽をかぶる自分の格好を思うと、これじゃピエロだと英良は笑い出してしまいそうになる。

楽屋で汗を拭き服を着替えるとほとんど逃げるようにクラブの建物を出た。外は冷え切っていて、ダウンジャケットのフードをかぶり、広い道路わきの薄暗い歩道を足早に歩いていった。

さっきまでの狂騒《きょうそう》が嘘のように感じられていた。

クラブイベントの帰り道、英良は決まって気持ちを沈ませる。ＧＯＧＯとしての活動が嫌なのではない。大勢の男たちが楽しく騒ぐ中にいるのは祭りに参加しているようで、ノンケの英良も昂揚《こうよう》感を覚えるのだ。しかしパーティの後は現実との落差を思い知らされるようで、毎回心細い気持ちになってくる。

「おい、英良？」

聞き覚えのある声だった。振り返ると、そこに鳥飼がいた。英良はすぐには信じられなくて、何度も鳥飼の顔を見返した。

「探したぜ」

鳥飼は最後に会った時とまるで変わらぬ顔で笑っていた。九ヶ月ほど前、英良が路上でライブをしているところにやってきて、家賃が払えないから金を貸してくれと頼み込んできたあの時となにも変わらない。手に封筒を持っていて、それを英良の手の中に押しつけた。

「遅くなってほんと悪かった。マジでごめん」

鳥飼は手を合わせ頭を下げていた。英良は突然の再会にとにかく驚いていて、封筒の中身をちらとだけ見て鳥飼の肩をたたいた。

「いや、もういいって」

そもそもこの金を返してもらえなかったせいで売り専になった英良なのに、そのことで鳥飼をどうとは思っていなかった。自分でも不思議だが、それより、あれがきっかけでこんな場所にまで流されてきたことの方にずっと奇妙な感慨がある。

「どうしてここにいるってわかったんだ?」

「テレビに出たろ、お前? それ見た奴が教えてくれて、帰国してからいろいろ調べてさ。で、ゲイのイベントのサイトにお前が今夜出演するって出てたから」

ますます奇妙だった。ノンケの鳥飼がゲイのイベント告知ページからノンケの自分の居場所を突き止めた……。つまり、付き合いのあった友だち連中にも知られているってことだ、と英良は意識した。もうずっと誰にも連絡をとっていないのだからかまわないとは思うが、やはり恥ずかしい気がしてくる。ゲイと思われてるのかもしれないし……。

「お前が勤めてる『ＲＥＤ』って店のこともネットで見たぜ。この近くだろ、案内してくれよ、おもしろそうだし」

「え、ああ、いいけど」

二人で『ＲＥＤ』に入った。客と同伴かと思われて誰も話しかけてこない。『ＲＥＤ』の客の大部分は金を持った中年男だが、中には英良と同年代や年下の男もいるし、女やニューハーフもいる。カウンターの中の赤西だけが目を細めてまじまじと見つめてきた。鳥飼はぐるりと店内を見回して居心地悪そうな顔になった。

「すげえとこでバイトしてんだな……」

てっきり『ＲＥＤ』の洒落た内装のことを言っているのかと思った。

「お前、金持ちなんだからもっといいバーとか行ったことあるだろ」

「そうじゃなくてさ」

それでやっと英良にも、男ばかりの売り専バーに目を丸くしているとわかった。自分だって初めてここに来た時はひどく戸惑ったはずなのに、そういう感覚がすっかりなくなっている。

「でさ、つまりお前も……、体売ってるってことだよな？」

はっきり言われてドキリとしたが、それで腹をくくれた。変な言い訳をしなくて済む。

「……うん、そう」

「お前、ゲイだったの？」

「ちがうって」

「だよな、そんな感じじゃなかったもんな。おれ、外人だけどゲイの友だちいっぱいいるからわかるんだよ。お前はゲイじゃない。……だけどこんな店で働いてる」

鳥飼は覗きこむような目で英良を見ていた。英良は目を逸らさなかったが、どう説明すればいいのか見当もつかない。間が開いて、ウッドベースはどうしたんだよ？　と鳥飼が聞いた。

「たまにこの店の中で弾いてる」

「ライブは？」

「もうずっとやってないな。才能ないしさ」

自分でよくわかっていたことなのに、口に出して人に言うとじわじわと堪《こた》えてくる。そうだ、オレには才能がない、どうあがいても、親父みたいなプロの演奏家にはなれない……。

「あきらめちゃったのかよ」

「しょうがねえだろ」

「じゃあ、これからどうするつもりなんだ?」

鳥飼の顔に山神の顔が重なっていた。いつまで自分を切り売りする売り専でいるつもりだ?

『RED』の店内を、さっき鳥飼がしたようにぐるりと見渡してみた。この薄暗く、きらびやかな夜の世界。クリスマスの飾り付けのせいで、いつもより毒々しい雰囲気が漂っていた。ほとんど見ず知らず男たちを抱き、抱かれ、ゲイナイトでは半裸になって男たちの前で尻を振る。

オレだってその気になればスーツを着るような仕事だってできたはずだ。今年の春まではそっち側の人間だった。ミュージシャンを目指していたのは普通とちがうかもしれないけど、それでも……。

だけど今はここにいる。向こう側からこちら側へ、はるか遠い場所まで来てしまった。こんなところまで来るつもりはなかったし、こんな自分になるつもりもなかった。でもしかたない。不意に、黒崎の禿げた顔が頭に浮かんできた。ハリソン・フォードのようなニヤニヤ笑い浮かべて黒崎は言っていた。人間を決めるのは他人だ。

そのとおりと今はわかる。他人に流されるままオレはここまでやってきた。それでもトップになれたのだ。そして次は?

「……まだ本決まりじゃないんだけどさ、実は、店をやらないかって声かけられてるんだ」

自分の言葉に勇気づけられるように英良は感じていた。鳥飼は興味津々の様子で身を乗り出してきた。

「店ってなんの?」

「バーだよ。普通のバー。普通って言っても客はゲイばっかになるだろうけど」

「へえ、おもしろいじゃん、それ。オープンしたら絶対に遊びに行くよ」

「うん、連絡する。たぶん来年の春までにはオープンさせるから……」

大きな一歩を踏み出せたような気がしていた。もう流されるままじゃないと思えた。オレはオレの人生を自分で決めて進んでいく。


クリスマスイブの夜、『ＲＥＤ』はいつにもまして活気づいていた。あらかじめ赤西が指示したとおり、売り専たちは普段よりはやめにやってきて、次々と客の男たち、女たちに連れ出されていく。一番に来ていた売り専たちがぽつぽつ戻ってくる時間だが、それを待ち構えていた客たちが先を争って声をかける。一年の内でとくに人肌恋しくなるこの夜は『ＲＥＤ』のような店にはかき入れ時だった。

「あいつがバーをやるってほんとか？」

バーカウンターに片肘ついて黒崎が聞いた。黒いタキシードを着込み、頭に三角帽をのせているが、その赤ら顔は真剣だ。カウンターの中でグラスを拭いていた赤西は黙って肩をすくめてみせる。

「自分一人の力でか？」

「山神さんがついてるみたい」

横に座ったタケシが口をはさんだ。暖房の効いた店内でタケシはブルージーンズに白いＴシャツという薄着で、鍛え上げた肉体を見せつけている。これもまた三角帽をかぶっている。

「へ？　あの二人、犬猿の仲じゃなかったのか」

「もう何度も買われてるよ」

二人のやりとりを聞いて、赤西もつい口を開いてしまった。

「売り専としちゃトップになったからな。今度は経営に乗り出すらしい」

皮肉っぽく口の端を持ち上げてみせていた。しかしその声はかすれ気味だ。

「ノンケのくせにゲイの町でのし上がるつもりなんだろう」

「でも、売り専バーじゃないんだろ？　ゲイバーだろ？」

黒崎が聞き返した。

「当たり前だ。売り専バーなんかはじめようものなら、おれが潰してやる」

赤西は吐き捨てるように言った。しかしその声は低く、ますます小さくなっていた。黒崎が心配そうな顔で見ていた。

「おっかねえぞ、せいちゃん。『スレッジ・ハマー』のことがあるんだから、他の奴には言うなよ、そんなこと」

「ヒデはクビですか？」

またタケシが割り込んできた。赤西がこたえずにいるのに、しつこく追い打ちをかけてくる。

「ヒデのこと、もうマンションから追い出したの？」

「まだうちにいる」

「そんな怒ってんのに？」

黒崎がちらちらとタケシに目配せしていた。二人がどう考えているのか想像がついて、赤西はおもしろくない。すぐそばで長谷川も話を聞いていた。例のごとく、ただ黙って酒を飲んでいた。その前の晩、二人で似たような話をしたことが思い出されてきた。

『そういうことか』

長谷川は英良の独立の話を聞いても少しも驚かなかった。なにか知っていたのかもしれないと赤西は疑った。

『あの二人は水と油と思っていたのに、最近、よく会ってるようだったからね』

たしかに、あれほど山神を嫌っていた英良がちょくちょく山神に買われるようになって違和感はあった。しかしそんなことになっているとは思いもしなかった。

『知ってたなら、どうして言ってくれなかったんです』

『知らないさ。……すごい剣幕だな』

『おれはべつに』

『なにか逃げられるようなこと、お前がしたんじゃないのか』

赤西はハッとした。役人たちの相手をさせた時のことが自然と頭に浮かんできた。長谷川が続けた。

『そんなに手放すのが惜しいなら、はじめからもっとしっかり手綱《たづな》を締めておけばよかったんだよ』

自分でもなにに苛立っているのかわかっていなかった。赤西はカウンターの奥に引っ込んで非常階段の踊り場に出た。煙草をくわえてライターを探していると、黒崎が追いかけてきた。

「本気で手放したくないっていうんなら、僕からヒデに言ってみるぞ」

黒崎の言葉に、赤西は仰々しく目を見開いてみせた。ライターを見つけ煙草に火をつけ、深々と吸い込んで鼻から煙を吐き出した。

「そんな必要はない。まったく、あの人と同じことを言うんだな」

「同じこと？」

「おれはあいつを引き留めたいわけじゃない」

黒崎は腕を組み、目を細めて赤西を見つめていた。

「あいかわらずだな、せいちゃんは」

「なにが?」

黒崎はこたえなかった。それでも、15年前の二人の仲のことを言っていると赤西にもわかってい た。冷たい風が吹いて、二人そろって身を縮めていたが、煙草を吸い終えてもしばらくそのままでいた。


ズルズルッと小気味よく蕎麦《そば》を啜る音が響いていた。年の瀬の午後、英良は黒崎に誘われてふるい蕎麦屋にいた。白人の黒崎が盛大に音を立てて蕎麦を啜るのがおかしいが、自分もサングラスをはずすのを忘れて天ぷらにかぶりついている。

「ノンケのお前がゲイバーをやるとはなあ」

「人生、流されるままさ」

英良は笑ってみせた。本当は流されたとは考えていない。自分で大きな河を渡っていくような気持ちでいる。

「金の出所があの山神さんだってほんとか?」

「うん。……そんなに悪い人じゃないよ」

「はじめん時にお前、ひどい目にあわされたって言ってたじゃないか」

山神に手錠され強姦された時のことは今でも思い返すと腹が立つ。しかし先日、山神に、店をやらせてくださいと頭を下げに行った時にも、尻を使われ悶え狂ってしまった英良だった。祝杯をあげようと連れ出されたレストランのトイレで求められ、その短い時間、窮屈《きゅうくつ》な場所で、心とは裏腹に体は嘘のように反応していた。英良はたまらず、山神に言われる前に、自分でしごいてタイルの床にザーメンを放った。

なぜだかその時の感覚まで体の内に戻ってきて、英良は体を熱くした。

「顔赤くなってるぞ。どうかしたか？」

二人とも蕎麦を食べ終えてそば湯を飲んでいた。黒崎の顔を見て、英良は気になっていたことを思い切って聞いてみることにした。

「あのさ……、オレみたいのでも、その、感じるのって普通なのかな？」

「んん？」

「だから、ノンケがホモになっちゃうってあるのかな？」

英良に男に抱かれるよさを教えた黒崎だから相談できたことだった。黒崎も英良の様子から察したのか、例のニヤニヤ笑いもせずに真剣な顔でこたえてきた。

「誰か男に惚れたのか？」

「なんでオレが男に惚れるんだよ」

「だったらゲイじゃない。ノンケでもゲイでも感じる奴は感じるし、感じない奴だっている。前にも話したろ」

はっきり言われて、英良はホッとした。

「じゃあ、たまたまか」

「だから、なんの話だ？」

「誰にも言わない？　赤西さんにもだよ」

「いいぞ、約束する」

「なんか知んねえけど、山神さんに抱かれるとさ、なんかすげえ……」

黒崎は眉を寄せて顔をけわしくした。

「あのおっさんにお前、やっぱり惚れてるんじゃないのか?」

「ないって、そんなの!」

「だよなあ。それじゃ、せいちゃんがかわいそう過ぎる」

「なんで赤西さんの話が出てくるんだよ」

「まったく、せいちゃんもお前もどっこいだな」

英良には意味がわからなかった。黒崎が続けた。

「まあ、実際の話、体の相性ってやつかもな。お前とあの山神のおっさんは体があってる。悔しい話だなあ」

「なんでゲオさんが悔しいんだよ?」

「お前を仕込んだのは僕だろう?」

黒崎にやさしい顔で見つめられて、英良は気恥ずかしくなった。

「よせよ、そういうの……」

会計を済ませて外に出ると、二人はコートの襟《えり》を立てて並んで歩いた。

「で、もう物件は見つけたのか?」

「山神さんが当たってくれてる。オレよくわかんないしさ……。なんにしても来年入ってからだ、忙しくなるよ、店のこともそうだし、住む場所も探さないといけない」

独立の話をした後、赤西からははっきり言い渡されていた。

『うちをやめるなら、もちろん部屋も出て行くんだろう?』

言われるまでそのことは考えてもいなかった英良だった。

『あの、うん、でも、まだぜんぜん探してないし、正月明けるまで不動産屋も閉まってるし……』

『元々勝手に転がり込んできたお前なんだから、出て行く時も勝手にすればいい』

バーを始めるつもりだと話した時と一緒で、赤西は感情をあらわさなかった。淡々とした、まるで事務的なやりとりのようだった。赤西はお前に惚れてる。山神にはそんな風に言われたが、やっぱりそんなことはなかったのだと英良は考えている。

もっと反対されるのかと思ってたのにな……。

なにかさびしいような気持ちもした英良だが、それがどういうことなのかわかっていなかった。

黒崎と別れると英良はまっすぐマンションに戻った。エントランスの前まで来たところで介護タクシーと書かれたバンが横付けして、中から赤西が声をかけてきた。

「ヒデ、ちょうどいい、手伝ってくれ」

赤西はトランクから車椅子を取りだして組み立てはじめた。後部座席に座っていた老女が運転手の手を借りて降りてきた。

「歩けるって言ってるだろ」

「無理しない方がいい」

「無理できないならわざわざこないよ」

そこでようやく老女は英良の顔を見た。赤西が言った。

「うちの居候だ」

「居候？　恋人じゃないのかい」

「ちがうちがう、おれの店で働いてる奴だ」

そういえば赤西の母が年末にくると聞いていた。英良はあわてて頭を下げた。

ボン、ボン、ブーン。

英良がウッドベースを弾いていた。最近では滅多に練習さえしなくなっていたのだが、母がリクエストするとうれしそうに笑ってノリノリで弦を弾く。母はソファに座って目を閉じて、うっとりしたような顔で聴いていた。

毎年、年末年始は母を迎えて過ごすのが恒例になっていた。毎月のようにホームを訪ねている赤西だが、寝起きを共にするとあらためて母の老化が見えてくる。去年までは家の中をすいすい歩いていたはずが、今年はちょっとした段差につまずいて転びそうになる。それだけ年を取ったと思うと胸が重たくなるが、英良がいるおかげで、母と息子二人きりの気まずさもなく、明るい声がよく聞こえている。

英良ははじめ戸惑っているようだったが、死んだ母親を思い出すのかすぐになついてしまった。母も気に入ったようで、赤西が雑煮《ぞうに》を作って持っていくと、ヒデちゃん、ほら、食べなさいよ、と世話を焼く。

夜は英良の寝ていた犬の部屋に母が泊まり、英良はリビングのソファにごろ寝させた。寝心地がちがっても英良は毎晩ぐっすりと眠ったから、赤西は日課どおりその無邪気な寝顔を眺めることができた。

こいつももうすぐいなくなる。

引き留めたいわけじゃない、と何度も自分に問い返していた。ただ、母もいて三人で過ごすにぎやかな日々から、また独りに戻るのかと思えば、うすら寂しいような気もしている。十代の内に母と別れこの年になるまで、これほど長く誰かと暮らしたことはなかった。

「お」

いつのまにか犬が足首に鼻先をこすりつけていた。抱き上げてからもまた英良の寝顔を見下ろす。犬も主人の真似をして英良を眺めた。

「お前も寂しがるよな……」

口の中でつぶやくように言ってから、らしくないと苦笑した。そもそも売り専を家に住まわせるなど例外中の例外なのだ。追い出して当然。引き留める理由などひとつもない。

赤西は犬を下ろして寝室に戻った。ベッドに寝転がると犬が追いかけてきた。母が来てソファにごろ寝するようになってからも英良と寝ていた犬だった。気を遣っているのかと思うと癪《しゃく》だが、それでも犬を胸元に抱き寄せて目を閉じた。


「聞いたよ、山神さんの援助で店を出すって」

「はい、バーをやります。売り専じゃなくて、普通のやつ」

英良は長谷川の目をまっすぐと見て話していた。長谷川の部屋の広々としたリビングのとなりに、これもまた豪勢なダイニングがあり、二人はテーブルの角に斜め向かいで座っている。

「君みたいな人気者だったら、お客さんも大勢つくねえ」

「そうかな」

「私は常連になるよ」

「ほんとに？　ありがとうございます」

英良はうれしくなった。と同時に、珍しく勘が働いて、長谷川が自分の店にくるようになると赤西が嫌な顔をするのではないかと想像した。

「山神さんもうまいことやったねえ、君みたいな子を独り占めにできるんだから」

「そういうんじゃないスよ、山神さんは出資者ってだけだから。長谷川さんと赤西さんみたいな関係とはちがう」

「そうかな。私と赤西だって独り占めしあうような関係じゃない」

「そうだけど」

「そうだけどって、知ってるのかい、私とあれの関係」

「え、うん……」

長谷川が英良の目を覗きこんでいた。その顔は笑っているが、口元はさびしげに歪んでいる。

「私の片想いだよ」

「え？」

「他の誰でもそうだけど、赤西の心はつかめない。あのことがあってから、あれは変わってしまったからね」

「あのことって、その、自殺した後輩って人のこと？」

長谷川はうなずいた。もちろん英良もそのことでは赤西を気の毒に思っていた。鈍い英良でも、赤西が後輩を想っていたことは想像がつく。そんな相手に死なれて、責任を感じて……。

あれ、その時、この長谷川さんはどうしてたんだろう？

今までは思いつかなかった。

「その頃にはもう、長谷川さんが赤西さんの世話をしてたんスか？」

「そうだよ」

「それじゃ……、腹が立たなかった？　だって赤西さんが他の男を想ってるなんて」

「まあね、でもしかたないさ。体は金で買えるけど、心は買えないからね」

英良はまじまじと長谷川の顔を見つめてしまった。そうとわかっていて、なぜこの人は赤西さんのパトロンになったのか。山神の顔も、長谷川の上に重なって見えてくる。どうしてこの人たちは自分の想いの届かない相手とわかっていながら……。長谷川が続けた。

「それに、相手の男はノンケだったからね。あれの気持ちが通じるはずがなかった。だからまあ、高《たか》をくくっていたのさ。しかし、あの男が自殺して、赤西の心は遠くへ行ってしまった。顔も体も一緒なのに、まるでちがう男になったようだったよ。……思うんだが、きっとあれの心の大事な部分が、その後輩を追いかけて一緒に行ってしまったんだろうね。連れて行かれてしまった」

以前、赤西と春町の食堂で話した時のことを思い出した。後輩のことを聞いたら、急に十歳も老け込んだように、赤西の顔に暗い影が差した。あの時、すぐ目の前にいる赤西なのに、ガラスの壁で隔《へだ》てられたかのように、どんどん遠のいて行ってしまうように感じられた。

「なんかつらい話スね」

「人生、そんなものさ。とくに、私みたいに生涯フラフラしてた馬鹿な男にはお似合いだよ」

「そんなことないスよ」

「いいや、人生は暇つぶしさ。私みたいな男にはちょうどいい」

長谷川がなにを言っているのか英良にはわからなかった。だが、聞き返そうとした時、長谷川の方が話を変えてしまった。

「引っ越し先を探してるんだろう?」

「え、はい」

「どうかな、このマンションにも空き部屋があるはずだから、そこを使ったら?」

思いがけない提案に、英良は驚いた。

「でも」

「もちろんちゃんと家賃はとるよ。それなら引け目もないだろう。せっかく仲良くなれたんだ、このまま近所さんでいて欲しいしね」

長谷川に手を握られていた。

「さびしい年寄りの話し相手になってくれないかな」

「年寄りなんて言い方、ずるいスよ」

「ハハ、そうだね、年寄りと言うにはまだまだスケベ心が残ってる……」

長谷川が英良の手をもみほぐすように撫でていた。手のひらをのばしたり、指をしごくようにいじったりを繰り返す。愛撫のような触り方に若い英良の体は反応しつつあった。

「今日は抱いてくれ。いいだろう？　さびしいのはちがいないんだから」

太ももまで撫でられていた。英良は払いのけることができなかった。長谷川が床に膝をつき、英良の股の間に入ってきた。ファスナーを下ろされた時には完全に勃起していた。

「いい匂いだ。若い匂いがする」

「こんなことになるって思ってなかったから……、う」

長谷川の口の中はヌルヌルとよくすべった。柔らかい舌が砲身に絡みつき、唇が根本を締めるようにしてしごく。喉が亀頭に吸いつくようにこすれていた。正月休みに入って一度も抜いていなかった英良は、それだけでもう出したくてたまらない気持ちになった。

「ううっ、もう出ちゃいそうだ」

「んっ、待ってくれ、すぐだから」

長谷川が立ち上がり、スラックスを下ろして背を向けた。テーブルに手をついて尻を突き出すが、それは五十代も後半に入った男にしてはボリュームがあり、ぎゅっと締まった男らしい尻だった。英良はとにかくはやく出したい一心で、毛の生えた長谷川の肛門に一物を押しつけた。

「えっ、うわっ、うう……」

唾だけじゃすべりが悪そうだと思っていたのに、長谷川の肛門はヌラヌラと英良を飲み込んでいた。感覚からして、たっぷりとローションを使った時と同じだった。まさか用意しておいたということか。

「はああ……、久しぶりだ。ここを使われるのは君との最初の時以来だよ」

「ううっ、だめだ、出ちゃうよ」

「どうせ続けてできるだろう？」

「はいっ、あっあっ、だめだ、出るっ！」

ズルリと根本までねじこんで射精した。長谷川の肛門はただローションを含んでいただけでなく、ほどよくゆるんで引っかかりがまるでない。指で広げてあらかじめ仕込んでおいたとしか思えなかった。

「ふう、ふう……、ほんとにこのままもう一度やっちゃっていいんスか？」

「いいぞ、ああ、かたい……、若さだね」

長谷川も自分でしごいていた。チャッチャッと濡れた肉のすべる音が聞こえていた。

「ここに引っ越す？」

ちょっと来てくれと英良に呼ばれたのはほんの一分前のことだった。エレベーターで四階下に降りて、単身者用のワンルームの部屋まで連れてこられ、そこに長谷川と不動産屋らしい男が待っていた。

「長谷川さんが紹介してくれたんだ。あ、もちろんちゃんと家賃は払うんだぜ」

英良が得意げな顔で言った。赤西は思わず長谷川をにらむように見てしまった。いったいどういうつもりなのか。

「引っ越しもこれならすぐだよ。トランクに荷物詰めてエレベーターで下ろすだけだ」

英良は笑っていた。その無邪気な笑顔を見ていると無性に腹が立ってきた。

「だったらさっさと済ませろよ。今夜も『RED』に出るんなら、準備もあるだろ」

それだけ言って赤西はエレベーターに引き返した。ボタンを押す間も、英良の新しい部屋の方は見ないようにした。

どうしてこんなに気持ちが落ち着かないのか。どうせ出て行くのなら、どこか遠い場所に消えてくれと赤西は考えていた。そして、そんな風に考える自分にもまた腹が立ってくる。どうでもいいことのはずだ。そう、あいつがどこへ行っても行かなくても、どうでもいい。

赤西は無意識に首に巻いたストールをいじっていた。夏の初めに英良にプレゼントされたものだ。薄いリネンのストールが真冬に似合うはずもないが、暖房の効いた部屋の中ではちょうどいいと自分では思い込んでいる。エレベーターが四階上につくと、外廊下に冷たい冬の風が吹き付けていた。セーター姿で出てきた赤西は背を丸めて早足になった。薄手のストールは風を通して、首までスースーと冷えてきた。

その夜は『RED』にいる間も英良のことがいつもより気になった。酔った客の相手をしながら、愛染やタケシと話しているその様子にちらちら目をやってしまう。つまり、もういつでもあいつはこの店を辞められるのだ。それなりの額の金も貯まったはずだし、山神というパトロンもいる。住む場所も確保した。もはや『RED』にしがみつく必要はない。おれを頼りにする理由がない。

赤西はなにか心細いような気持ちになっている自分にようやく気がついた。

しかしすぐに、それは、耀次がああなって玄太もいなくなり、ここでさらに『RED』のナンバーワンである英良まで失うのかという、経営者としての不安からだと自分には言い聞かせた。

「マスター、電話じゃないの？」

目の前の酔っ払いに言われて、赤西はハッとして受話器を取り上げた。

「はい、もしもし、あ、どうも、その節はお世話になりました。……はい？ あっ、はい、ええ、わかりました。……え？ はい、ではナンバーワンの奴を連れていきます」

電話が切れると、赤西はソファ席に座る英良にまた目を戻した。とっさの判断に動悸が激しくなっていた。

その深夜、閉店時間になって、赤西は金庫を締めて帰り支度をしていた。てっきり、もう店に一人かと思っていたのに、人の気配がして振り返ると英良がいつものように待っていた。

「なにしてる？」

「なにって、待ってるんだよ。だって同じマンションなんだから」

引っ越しがケジメになって、なにもかも変わるのかと赤西は思い込んでいた。むしろ、当たり前のように一緒に帰るつもりでいる英良にあきれてしまった。しかもマンションに着くと、英良は部屋にまでついてきた。

「今度はなんなんだ？」

「なんか夜食食うんじゃないの？」

最近は帰った後、腹が空いたとうるさいから簡単なものをよく作ってやっていたのだった。

「階が違うだけなんだから、別にここにきたっていいだろ？」

「お前な……」

「犬の散歩だってあるしさ」

鍵を開けると、英良はやはり当たり前のようについて入ってきた。犬も待ち構えていて英良に飛びついている。赤西は肩すかし食らったように、唖然としてしまう。

「自分の部屋を持つのに、まだおれに飯の支度をさせるつもりか」

「だめ？」

「……勝手にしろ。一人分も二人分もどうせ一緒だ」

赤西はキッチンに立ち手早く焼きそばをいためた。ニラと鶏《とり》のそぼろ肉を具にして生姜《しょうが》をきかせた醤油味《しょうゆあじ》で、英良の好物だった。一人だったら、寝る前のこの時間、そんなものは絶対に作らない。それなのに、フライパンを振る自分の顔がゆるんでいることに、赤西は気づいていない。

「……じゃあ、おやすみなさい」

なにもかもがいつもと同じ調子だった。ただ、英良の寝る場所が犬の部屋ではなく、四階下というだけのこと。見送ってドアを閉めると、赤西は胸を撫で下ろしている自分に気がついた。

長谷川のことを思った。自分をがっかりさせないために？　くだらない。そう思いながらも、嫌な気はしていなかった。

赤西は部屋の電気を消してまわり、寝室に行った。ベッドに横になって目を閉じるが、十分待っても二十分待っても眠気は一向に訪れない。外からの明かりしかない暗い部屋を横切ってキッチンに入り、もう一杯酒をつくり、舐めながらいつもの癖で犬の部屋を覗きこむ。いないことはもちろんよくわかっていたが……。

「そうか、前と変わらないわけがないか」

あの寝顔を眺めることはもうできない。

胸がスッと下がるような感覚があった。目の端にエスペランサ・スポルディングのポストカードが見えていた。壁にかけたままで英良も忘れているのだろう。今夜のエスペランサは誰もいなくなった部屋を見下ろしてさびしげに見える。

犬が足下に濡れた鼻先をこすりつけていた。赤西は抱き上げて犬の顔をまじまじと見下ろして言った。

「お前、さびしいんだろう？ あいつと寝る方が好きだもんな？」

赤西は苦笑してベッドに戻った。ヘッドボードに寄りかかって脚を投げ出し、残りの酒を啜る。目を閉じると、じわじわと、馴染《なじ》みのある、渇《かわ》きのような感覚が戻ってきていることに気がついた。

その渇きは、以前はずっと無視をして、そこにないものと思い込んできたものだった。実際、それは消えてなくなっていた。今になってわかることだが、英良が転がり込んできたから消えていたのだ。そして英良がいなくなり、渇きは戻ってきた。

律儀なことだ。

また無視をすればいい。赤西は自分に言い聞かせて酒を飲み干し、横になった。しかし以前はほとんど完璧に無視をできたその渇きが、今は心を蝕《むしば》んでくる。無理に目をつぶるのもつらくなって、目を開いて窓の方を向いた。ブラインドが開いたままになっていて、まだ暗い朝の空が見えた。

部屋の真ん中の床の上に、食べ残したピザが散らかっていた。ピザの箱を境にして、英良とタケシは寝転がり、それぞれスマホをいじっている。新しい部屋に引っ越したから遊びにこいよ。仕事終わりに誘って、今夜は赤西を待たずに帰ってきた。久々に、同年代の友だちとだらだら遊べていると思うと英良はうれしかった。玄太も呼びたかったな、耀次だってあんなことがなければ声くらいかけただろう。

「でも、あの耀次がオレの部屋にわざわざくるわけないか」

英良がそう言うと、タケシはスマホの画面を見つめたままこたえてきた。

「案外、来たと思うけどな。あいつ、友だち少なかったから。ま、来たっていつもどおり、ムスッと黙ってたろうけど」

タケシは耀次とやりとりがあった。英良には見えないところで、二人はけっこう仲がよかったのかもしれない。タケシのせいで耀次はあんなことになったが、タケシに悪気がないのは英良もよく知っている。結果的にああなっちゃっただけなんだよな……。

「僕、そろそろ帰る。もう始発出てるだろ」

「泊まっていけば？」

「やだよ、ひとんちじゃ熟睡できないし、ヒデを襲いたくなるかもしんない」

「なんだよ、それ」

「ワハハ」

笑ってエントランスまで送りに出た。冬至は過ぎたが夜はまだまだ長い。空は真っ暗でひどく寒かった。英良は手をこすりあわせながらエレベーターに乗り込み、いつもの癖《くせ》で赤西の部屋のある階のボタンを押した。それから気づいて、四階下のボタンを押し直した。

まだろくにもののそろっていない部屋に一人になると、心細い気がしてくる。また一人になっちゃったなあ。英良は四年近く前に兄のアパートを出て以来一人暮らしをしていた。アルバイトで金を貯め、ライブをして、たまに鳥飼に会って遊び、一人の部屋に帰ってくる。そんな生活が二年以上続いた。それでいいと思っていた。十分、楽しいよな、と。だが、赤西の部屋に転がり込み、常にまわりに人のいる暮らしに慣れてしまうと、このワンルームがスカスカとして広すぎるような気がしてくる。

不意に、赤西の母のことが思い出されてきた。年が明け、ホームに帰る日、英良は母に聞いた。

『どうして親子で一緒に暮らさないの？』

『誰かと一緒に暮らすのはもう嫌なんだよ』

『だってホームには大勢いるんでしょ？』

『自分の部屋はちゃんとあるもの』

『ここだって部屋あるよ』

『あんたの住む場所がないじゃない』

『オレはもうすぐ一人暮らしするし』

『たまにこうして遊びにくる分にはいいけど、ずっと一緒になったら、息子もあたしも、すぐに窮屈に感じるようになるのさ……』

赤西の母がこのワンルームに暮らして、自分が赤西の部屋に戻ればいいんじゃないかと、英良は一瞬だけ、子どものような思いつきに夢中になった。スープの冷めない距離という言葉をどこかで聞いた気がしていた。しかしすぐに、そんなうまくいくはずもないと思い直して気持ちが落ち込んでくる。

赤西の母と三人で暮らした数日間がとても楽しい日々だったと思い返されてくる。まだ両親がああなってしまう前の生活を連想させるものだった。あの頃に戻れたら、戻りたい……。しかし自分が戻りたいと思うあの頃にも、すでに父は母を殴っていたのだ。父は朝から酒臭かったし、母も得体の知れない薬を飲んで震えていた。

英良はスタンドにのっているウッドベースをにらみつけた。

電気を消すと布団に入って、カーテンもなにもつけていない窓の外を眺めた。まだ空が暗い。目を閉じると、英良はスッと眠りに落ちていった。

赤西がホテルのロビーを見回すと、英良は指示通りにラウンジのソファに腰かけていた。すぐに赤西に気がついて、びっくりした顔で立ち上がる。

「なんで赤西さんがここにいんの？　あ、キャンセルされたってことか」

英良には客との待ち合わせ場所としか話していなかった。あらかじめどういうことか話して逃げられたらと考えたからだった。

「部屋に行くぞ」

「どういうことだよ？　え、まさか、赤西さんも一緒にってこと？」

前に玄太と二人でお忍びの芸能人の相手をさせたことがあったから、少しは勘が働いているらしい。

しかし赤西は首を横に振った。

「正確に言うと、お前が一緒にってことだ」

「え？」

「今日会うのは、昔のおれの客だ」

赤西は英良の腕をつかんでエレベーターに乗り込んだ。英良は目を見開いて赤西の横顔を見上げている。

「マジかよ。どっちでもいいけど、赤西さんと三人なんてヤだよ、オレ」

「我慢しろ。『スレッジ・ハマー』のことで借りのある相手なんだ」

英良がハッと息を飲む音が聞こえてきた。

「お前が相手をした役人どもだけじゃないんだ。あの『スレッジ・ハマー』を潰すにはそれなりの仁義を通す必要があった」

　話が通じたのか確かめるように、赤西は英良の顔を見下ろした。逃げられるかもしれないと緊張したが、エレベーターの扉が開いても英良は素直に横を歩いていく。連絡のあった部屋の前に二人並んで立った。ノックをすると中から鍵が開いた。

「おう、来たな」

　二人を部屋に招き入れたのは固太りの中年男だった。五十代の半ばから後半で、片方のまぶたに傷があるところや、脂で光るその顔にはいかにも迫力があり、任侠《にんきょう》映画にそのまま出てきそうな風貌《ふうぼう》だった。自分は悠々《ゆうゆう》と歩いてソファに深く腰かけるが、赤西たちには座れとも言わず、並んで立つ二人を品定めする。

「最後にお前さんを抱いたのはもう十五年は前か。そうだよな？」

「はい、後藤さん」

「またわしに体を許すことになるとは思ってなかったろう？」

　赤西がこたえずにいると、後藤はニヤリと笑って英良に言った。

「お前はしばらくそこで見ていろ。まずは昔なじみに挨拶がてらサービスしてもらう」

　後藤に目で合図されていた。こうなることは予想していたが、いざ英良の前で他の男にするのかと思うと恥辱に体が燃え上がった。それでも赤西は後藤の足下に膝をつき、黒いスラックスのファスナーに手を伸ばした。その時、後藤が手錠を突き出してきた。

「後ろでとめろ。前ん時もよくしただろう？　お前、好きだったよなあ？」

　背後で英良が動く気配がして、あわてて振り返り、首を横に振って制止した。英良の目には怒りの色があった。後藤も気づいたはずだが、むしろそれを喜ぶように顔を笑わせている。

赤西は両手とも後ろにまわし、自分で手錠をかけた。顔を内藤の股間に突き出すが、まだファスナーは開いていない。見上げると、後藤はただ笑っている。なにを求められているのかよくわかっていた。そうだ、前の時もこういうことが好きだったのだ、このヤクザは……。

「ん……」

歯でファスナーを噛んで下ろした。鼻先をトランクスの中に突っ込んで、舌も使って後藤の肉をなんとか唇でとらえた。まだ半勃ちのおかげで、思っていたよりははやく外に引っ張り出せた。若い頃に同じことをさせられた時には、手錠をかける前から勃っていて苦労させられたことを思い出した。

「うー、いいぞ、さすが年季の入ったサービスだな」

赤西の口の中で一物がようやくかたくなった。塩気が強く匂いもあるが、気にする余裕もない。後ろ手に手錠されているとバランスがとれず、何度も陰毛の中に鼻先を突っ込んでしまう。暖房が効き過ぎていて額に汗がにじんでいた。

「足も舐めろや」

後藤が足を投げ出した。その時まで、この男にそういう好みがあることを赤西はすっかり忘れていた。思わず英良を振り返ってから、覚悟を決めて足下に身をかがめた。後藤の足はかすかに油臭いような匂いを放っていた。見るからに湿っている靴下を噛んで引っ張った。

「んっ！」

「休んでんじゃねえよ、はやく舐めろ」

後藤の足指が赤西の口の中に入り込んでいた。塩辛く、ねっとりとした味がある。赤西は舌を出して指と指の間をズルズルと舐めた。こんな姿を英良を見られていると思うと気が遠くなってきた。

「ちょっと立ってみろ」

「はあ、はあ、……はい。あ」

後藤の前に立ち上がるとベルトをはずされ、ファスナーを下げられた。乱暴に引きずり下ろされたスラックスとボクサーブリーフは足首に絡みついてフラフラする。後藤がニヤリと笑って赤西を蹴った。

赤西は絨毯敷きの床にひっくり返った。

「ちゃんと勃てろや。売り専の基本だろうが」

「くっ！」

たった今、赤西の舌が這い回っていた後藤の足が一物を踏んでいた。きつい刺激だが唾で濡れた足指はぬるぬるとして、かたくなってくる。赤西は歯を食いしばって後藤を見上げた。英良のことは見ないようにしていたが、それでも目の端にその姿が入ってくる。

「足あげろ」

後藤に命じられるまま足を持ち上げた。ひっくり返った拍子にズボンやパンツは右足に引っかかっている。後ろ手に手錠されているせいで、体は斜めに持ち上がっていた。

「うっ！」

後藤の濡れた足指が無造作に赤西の肛門を突いていた。

「あいかわらずここが好きか？」

「……はい」

後藤もしゃがみこみ、赤西の太ももを抱え上げた。マジマジとそこを見下ろしてから唾を垂らしてくる。熱い肉を押しつけられた時には、反射的に息を吐いていた。

「くっ、あっ、はっ……」

「そうだ、この感じだった。あいかわらずお前のケツは柔らかいなあ」

ズルズルと太い肉が赤西の肛門に入り込んでいた。指で慣らすこともしていなかったが、それほど痛みもなく圧迫感も少ない。それだけに赤西は焦っていた。ゆっくりとだが出し入れされると、奥の方からポッポッと火がついたように熱くなる。前の一物もつられてかたく反り返ってしまう。

目の端に、自分を見下ろしている英良の顔が見えていた。

見るな、と赤西は頭の中で念じた。しかし今日ここに英良を連れてくると決めたのは自分だった。後藤は誰か若い男も一人連れてこいと言っただけで、タケシでも圭吾でもよかったのだ。

なのに自分はこいつを選んだ。

後藤に犯されながら一物を反り返らせる赤西の姿を見て、英良はひどい焦燥感《しょうそうかん》を覚えていた。さっきからただ立って見ているだけなのに、全身、燃え立つように熱くなっている。

「うー、いいぞ、いい具合だ。お前のケツはマンコだな。どうだ、お前もマンコが熱いだろうが?」

「うっ、あっ、……ひぃぃぃっ！」

後藤が唐突に一物を引き抜いてしまった。赤西はヒクヒクと体を痙攣させて、潤んだ目で英良を見上げてくる。

「おい、兄ちゃん」

後藤が濡れた勃起をブラブラとさせながら英良の横までやってきた。英良はなにをされるのかとこわくなった。

「う」

「なんだ勃ってないのか。ああそうか、ノンケだったな。よしよし、だったらちゃんと準備させてやろう」

　後藤の指が英良のジーパンから一物を引っ張り出した。手のひらに唾を吐き、それでヌラヌラとこすってしごく。英良は緊張に顔をこわばらせていたが、若い体はすぐに反応を見せた。

「かたいちんぼだなあ。ほら、こっちにこい。お前にもいい思いさせてやる」

　後藤はそう言って英良を赤西の前に引っ張った。なにをさせようとしているのか気がついて、英良はますます緊張に体をかたくした。それでも、赤西を見るとうなずいている。やるしかなかった。

「う」

　後藤に促されるまま、英良は赤西の肛門に一物を押し込んだ。赤西は全身をビクリと震わせ、顔を歪ませる。その間も後藤は英良の肩を抱いていて、英良の顎をつかんで顔を寄せてきた。

「んうっ……」

　後藤の舌が口の中をずるずると這い回った。英良は鳥肌を立て、思わず赤西の奥深くまで突き入れていた。すると赤西がらしくないかぼそい声を上げた。

「アーッ……！」

「おい見てみろ、赤西の奴、トコロテンでイッちまいやがった」

　英良は後藤の唾を口の端からしたたらせながら赤西を見下ろした。手錠をされて足まで舐めさせられた後なのに、赤西は一物からザーメンを垂れ流していた。

「え、あっ！」

　後ろから、後藤の一物が英良の尻にこすりつけられた。唾をつけ直したのかヌメリはあるが、肛門に食い込んでくる圧迫感にこわくなる。英良は必死で力を抜いた。

「ああっ！　待ってくれよ、待って……」

「イイんだろうが？　兄ちゃん、最高の立場だぞ。前から後ろから可愛がられて、それで金がもらえる。楽な商売だなあ？」

「いっ、あっ、……ん」

英良は叫び声をあげていた。肛門に一物が入ってくると、不思議と赤西に締めつけられる快感がいっそう強まってくる。後藤が英良の肩をつかみ、ズンズンと腰を突き出してきた。当然、英良の一物も赤西を突く。赤西は一発漏らした後にそのまま延々と掘られているせいか、その顔は泣いているように見えた。

「赤西がせつないって泣いてるぞ。キスくらいしてやれ」

後藤に後ろから頭を押さえつけられた。顔と顔が迫り、間近に赤西がたじろぐのがわかった。しかし次の瞬間には、ほとんどぶつかるように唇を重ね合っていた。ヌルリ、と赤西の舌が口の中に入ってきて、英良はハッとした。そういえば研修として何度となく体の関係は持ったが、一度としてキスはしなかった二人だった。

後藤の手がどけて、英良は体を起こした。思わず見下ろすと、赤西は横を向いて目を閉じてしまった。

「ふっ、ふっ、たまらんな、そら、どうだ、どうだ？」

後藤の腰の動きが激しくなっていた。英良は後ろを犯される快感と赤西を犯す快感とで、体がバラバラになるような感覚を味わっていた。赤西に締めつけられて出したのか、後藤に犯されてイカされたのか、よくわからないまま射精した。

「出てるっ！　出てるって！」

「よしよし、もう少し付き合え」

「やだよ、もうだめ、やだ、やだ、ひぃっ……！」

それから一時間後、英良は体を引きずるようにして自分の部屋にたどり着いた。鍵を回そうとするが、ドアノブを握っただけでくるりと回った。鍵を忘れて出かけてしまったのかな、そう思いながら部屋に入ると、電気までついていた。

ガランとした部屋の中央に、山神があぐらをかいていた。

「なんで、勝手に！」

英良は大声を出したつもりだった。だが、体が疲れ切っていてまともに声が出てこない。山神を牽制《けんせい》するどころか、そもそも気迫が足りず怒りも頭で考えるほどわいてこなかった。

「ここを借りたのは俺だぞ。長谷川さんから鍵ももらってある」

山神は肩をすくめて、むしろ困ったような顔になっていた。英良は、なぜ長谷川が何も言わず山神に鍵を渡したのか考えようとした。が、それを邪魔するように山神に聞かれていた。

「赤西もここにくるのか？」

「こないよ。用がある時はオレが向こうに行ってるし」

「きっと来たがってるぞ、呼んでやれ」

「またその話かよ」

「同じマンションに住むくらいなら、ずっとあいつの部屋に居座ってやればよかったんだ」

さすがの英良でも、山神が嫉妬しているんだろうと思いついた。

「お前と赤西の間にはそういう気持ちがあるんだろうが？」

「だから、ないって、そんなの」

そう言い返してから、さっきのキスを思い出した。でも、まさか。

「悪いとは言ってないぞ」

「……あ？」

「そういう気持ちがあるならあるで、好きにしろ」

いろいろと理解できないことがあった。いったいどういうつもりで山神はこんなことを言うのか。からかっているのか、当てつけなのか。しかしどうもそんな感じではない。

「そういう気持ちは大事にしろよ」

「なんだよ、それ」

「得がたいものだからな。尊いものさ」

山神の目がさびしげに陰っていた。英良は首をかしげた。すると山神が仕切り直すように手をたたいた。

「さて、じゃあ、出かけるぞ」

「え？」

「いいからついてこい。お前と俺はビジネスパートナーだろ」

タクシーにのって春町まで戻った。朝方のシンと冷えた町だが、まだ酔った男たちがあちこちをふらついている。山神はゲイバーの看板の多い、ふるぼけた雑居ビルに入っていった。今から飲むのかよ？

英良はげんなりしながら階段をついてあがった。

しかし山神が鍵を差し込んだのは看板のはがされたドアだった。中は真っ暗で、山神がスマホの光でブレーカーを探し、電気をつける。古ぼけたバーカウンターに埃《ほこり》がかぶっていた。

「なかなかいい条件なんだ。どう思う？」

山神が得意げな顔で笑っていた。それでようやく、英良にも話がわかった。あらためて、グルグルと店の中を見回した。古ぼけてると感じたカウンターも、よく見れば分厚い材で造られているし、『ＲＥＤ』ほど広くもなく、窮屈なほど狭くもない規模もちょうどいいように感じられてくる。

ここがオレの店になる？

顔が笑っていると自分でわかった。胸がワクワクして、自分から山神を抱きすくめ、持ち上げて振り回してしまった。

まだ体が震えていた。後藤と英良に続けて犯されて、体に熱がこもったようでつらかった。英良とタクシーに乗り込んでからは一言も話していない。顔も見られなかった。どうして自分は英良を連れて行ったのか。どうしてこんなに心細い気持ちになるのか。赤西は無意識に英良の舌の感触を思い出そうとしていた。

「お疲れ様でした」

英良はエレベーターを途中で降りてしまった。赤西はとっさに声をかけていた。

「なにか食わなくていいのか？」

「今夜はいいや」

犬だって待ってるぞと口を開きかけた。だが、そこまで言えなかった。ドアが閉まり、エレベーターは四階上の階までまっすぐ上がっていった。

自分の部屋に入ると、犬が眠たそうな顔で近寄ってきた。見上げてくるその黒々とした瞳は、英良は一緒じゃないのかと言っている気がする。

固定電話の留守電ランプが点滅していた。そういえば後藤と会う間、携帯も切ってあった。携帯の電源を入れつつ固定電話の留守電を聞いた。

『桜の里の遠藤です。携帯電話の留守電にも何度も入れたんですが、お母様が夜になって具合が悪いと言い出されまして、救急搬送《はんそう》されました。現在、中央病院の集中治療室で……』

体が震えだしていた。なにをどうすればいいのか、すぐにはわからなかった。

第五章　流転

バー『Ｄｅｏ（デオ）』の店内は人でごったがえしていた。春町という土地柄のせいで男が多いが、女の姿もあちこちに混じっていて浮き立つことはない。開店パーティに集まったメンツには英良の売り専時代の客やＧＯＧＯのファンが多かった。しかし愛染の連れてきた文壇《ぶんだん》の人間や、ゲイ、ノンケにかかわらず春町で遊ぶ新し物好きの連中も大勢いる。

オレの店だ。

英良は店内をぐるぐると見回していた。内装は石と木とガラスを組み合わせたモダンな造りで、まるきり山神の趣味だが、シックで落ち着いた雰囲気は英良も気に入っている。そこに人があふれ、みな楽しげに笑い合い酒を飲み、語り合っている。この日のために選りすぐったジャズをかけているが、人の声でろくに聞こえなかった。

ひっきりなしに注文を受けて、英良は張り切って酒をつくった。オレの店と思うと胸が熱くなった。

カウンターの端に腰かけた山神も得意げな顔で、細い目をいっそう細くして今日はよく笑っていた。

山神のとなりには長谷川と愛染が座っていた。そのすぐ横にタキシード姿の黒崎が立ち、四人で話し込んでいる。黄田や東ヶ崎は『ＲＥＤ』の売り専を連れていて、若い男の耳元になにやら囁いている。ノンケの鳥飼は一人で来ていたが、まわりの連中の話にくわわって笑ったりうなずいたり楽しげだ。立って飲んでいる客の中を、臨時で手伝いにきたタケシが注文をとってまわっていた。

英良は笑顔のまま何度も『Ｄｅｏ』の中を見回した。まだかなあ、とのんびり考えていた。赤西がこないかと期待していた。開店パーティがはじまってもう二時間以上経つ。『ＲＥＤ』があるのだからこないとは言われていた。だが、ちょっとくらい顔を出してくれるはず……。今夜の『Deo』を誰に見せたいかと考えれば、真っ先に赤西の顔が浮かんでくる。どうだよ、なかなかだろ？　と言ってやりたい。赤西はきっと太い腕を組んで苦笑して、お前にしちゃよくやってるよ、とでも言うだろう。

「おいヒデ、そろそろ僕、『RED』に行くよ」

タケシがカウンターごしに声をかけてきた。英良は見送りに外に出た。ほんと今日はありがとうと礼を言っていると、通りの向こうから見覚えのある顔が近づいてきた。

「玄太？」

タケシが叫ぶように言った。英良も思いがけない来客に驚いて、目と口と大きく開く。玄太は山下ともう一人、見知らぬ若い男を連れていた。山下は『RED』でタケシを見そめて口説き自分の田舎に連れて行ってしまった農家の男だ。二人は夫婦のように自然と寄り添《そ》っている。

「ヒデ君がお店開くって言うから、遊びにきちゃった。ところでトイレある？」

「え？　ああ、ビルの中に共同のが」

山下があわてた様子で階段をあがっていった。玄太がもう一人の男を紹介した。

「そこで会ったから連れてきちゃったんだ。友だちの洋輔君」

タケシが目を細めて洋輔を見据えていた。洋輔もタケシを見るがニコニコと笑っている。顔つきからして玄太と同じのんびりしたタイプとわかる。

「おもしろい子なんだよ、昼はちゃんとサラリーマンしてるのに、夜はそこの公園に立ってるの」

玄太の説明に洋輔はびっくりした顔になるが、かといって嫌そうな表情は見せない。英良はすぐにはピンとこないが、タケシの用心深そうな態度もあって、その洋輔がいわゆる「立ちんぼ」をしていると見当はついた。

「で、こっちが……」

玄太が英良を紹介しようとすると、洋輔が言った。

「『RED』のナンバーワンだった人でしょ？　すごいよね」

「ええと、よろしく」

「あ、そうだ、『RED』にいたトモって人、知ってる？」

「『スレッジ・ハマー』に移っちゃった子だよね」

洋輔と玄太が話していた。紹介されずにいるタケシはあきれた顔だが、トモの名が出て英良に目配せしてくる。英良はトモと聞いただけで嫌な記憶をよみがえらせた。以前、『RED』の前の歩道で英良がウッドベースを弾いた時、トモが通りかかって英良の家族を悪く言ったからだ。

「その人がさ、最近、公園に立つようになったんだよね」

「よその店に入らなかったんだ」

「入れてもらえなかったみたいだよ」

『スレッジ・ハマー』にいた売り専の内、人気の出そうな者は赤西が雇い直した。その他の連中は赤西のにらみが効いてよその店も雇わないのかもしれない。英良は赤西の力を思うと少しこわくなった。山神に言われたことも思い出されてくる。あいつは気にくわない相手ならどんな手を使っても潰すような奴だ……。

「おい、英良、酒がないってみんな騒いでるぞ」

鳥飼がビルの中から呼んでいた。タケシはじゃあなと言って『RED』の方に歩いていく。英良は玄太と洋輔を連れて階段をあがっていった。『Deo』に戻ると店内にひしめく客がみな英良に声をかけてくる。みな楽しげに笑っている。

オレの店だ。

カウンターに入って酒をつくりながら、英良はまた胸を熱くした。人生最高の夜だと自分に言い聞かせていた。


黒崎の丸々と禿げあがった白い顔を、赤西の母はマジマジと見据えている。それまでにも何度か顔をあわせている二人だし、ついさっき、ゲオさんだよと紹介したが、母は生まれて初めて白人を見た子どものような目をして黙り込んでいる。

「こないだは英良もきてくれたんだ。喜んでたよ、ヒデはお袋のお気に入りだからな。でも、たぶんもう忘れてる。おれが誰なのかわからなくなる日もそう遠からずくるらしい」

赤西は母のベッドのすぐ脇に立って話していた。黒崎は心配そうにちらちらと母の顔を見ているが、母が二人のやりとりを理解できていないのは一目でわかる。

「オシメの交換をするので出てってもらえますか」

看護師にうながされ、二人は見舞い客用のラウンジに行った。自販機でコーヒーを買い、思わず懐から煙草を取り出すが、すぐに思い出してしまいこむ。

「ヒデの店のこと、聞かないのか」

黒崎はコーラを買って飲んでいた。赤西は、さして興味がなさそうな態度で、どうだった？　と聞いた。

「まあ、いい店だぞ。落ち着いた内装だし、長居したくなる雰囲気だ」

「あのヒデがマスターなのに？」

赤西は皮肉っぽい笑みを浮かべている。

「いつまで続くか」

「すごい入りだったぞ？」

「売り専の客はすぐに興味をなくすさ。あいつはもう買えないんだから」

「ＧＯＧＯのファンもいるぞ」

「裸で店に立つなら続くかもな」

「せいちゃんは厳しいなあ」

「現実を見てるだけだ。来年の夏まで持ちこたえられれば見込みはある」

「少しはやさしく見守ってやれないかね」

「半年以上居候させてやって、トップの売り専に育ててやったんだぞ。これ以上、どうやさしくしろって言うんだ」

黒崎が苦笑していた。なにが言いたいのかはわかっている。しかしあいつはおれの手を離れたのだ。元からおれのものというわけでもない……。

「そうだ、動画撮ってあるんだ」

黒崎がスマホを見せてきた。『Ｄｅｏ』の開店パーティを撮影したものだった。洒落た内装の店内に客がひしめきあっていた。にぎやかでみな楽しげで、英良は得意そうな顔で笑っている。それを見守る山神の顔も見える。

赤西は『ＲＥＤ』の開店パーティを思い出した。英良と山神の姿が、当時の自分と長谷川の姿とだぶって見えてくる。それから、子どもの頃の、母のスナックでの記憶がよみがえってきた。客をあしらう若い母の笑顔と、カウンターの端に座って客と夢中でしゃべっていた父の姿……。

「終わりましたから、どうぞ」

看護師が声をかけていた。赤西は黒崎と二人病室に戻った。窓が開いているが風が流れず、まだ排泄物の匂いがこもっていた。そのよどんだ空気の中で、母が窓の外をじっと見つめていた。


夏至が近づいて日が長くなっていた。

梅雨入りしたばかりだが何日も晴天が続いていて、ムッとする熱気がこの時間になってもまだ春町の路上に溜まっていた。英良は明るい空を見上げてからビルに入った。『Deo』の鍵を開け電気をつけ、掃除をすませぐるりと店の中を見回した。

オレの店。

英良は一日の中で一番この時間が好きだった。

「もういいかな？」

そう言いながら長谷川が入ってきた。英良は笑顔で出迎えていつもの酒を用意した。長谷川は週の半分は通ってきた。たいていは一時間ほど『Deo』で過ごし『RED』に移動する。それと入れ替わりにポツポツと客がやってくる。満員になることは滅多にないが、客足が途絶えることもない。『Deo』を始めた一年四ヶ月前と比べて客層は様変わりしていた。常連と言えるメンツのほとんどは愛染の連れてきた文壇の人間で占められていた。

文壇の連中は英良を交えていろいろと話すのを好んだ。みな難しい話ばかりするが、英良がわからないことはわからないとはっきり言うから、それをどう説明するかで頭の良さが試される。ヒデ君の前じゃ知ったかぶりはできないね、と著名な哲学者が照れて笑う。週に一度のウッドベースのライブも、耳の肥えた文化人たちに意外と好評で、英良は得意な気持ちになる。

売り専時代の客も何人かはまだ続いて通ってきた。黄田や東ヶ崎はたいてい『RED』の売り専を連れて遊びにくる。GOGOのファンも何人か顔を出すが、最近では英良がノンケだということ、元は売り専をしていたことも知らずに飛び込みでくる新規の客もいる。

あの開店パーティの時のような華やかさは消え失せていた。

しかし家賃と経費と山神の取り分を差し引いても、自分一人食べていくくらいの稼ぎにはなるのだから、これで十分と英良は考えている。あの『RED』でトップに立ち、GOGOとしても引っ張りだこで、ゲイ雑誌のグラビアモデル人気投票でもその年一番になった。あれからまだ一年半も経っていないのに忘れられてしまったということに、さびしさは感じている。しかし自分でもあの頃の狂騒は遠い昔のことと感じているのだから、しかたないとも思う。

それに、オレにはこの『Deo』がある。

半分ほどしか席が埋まっていなくても、店の中を見回せば胸が熱くなった。十代の内から何者かになりたいと願っていた英良だった。プロのベーシストになるという夢は諦《あきら》めたが、この年で店を持てたのだから上等じゃないか？

その夜、深夜になってタクシーでマンションに帰った。腹が空いていたし、犬の顔も見たかった。赤西さんのとこに寄ろうか、もう帰ってるだろうかと考えながら英良はタクシーを降りた。すると続いてもう一台タクシーがエントランスの前に入ってきた。後部座席から赤西が降りてきて、英良は思わず笑いかけていた。しかし赤西の大きな体の後ろから、さらに大きなガタイの若い男が降りてきた。

「あ、ええと……」

さすがの英良でも春町での生活が二年をこえて、こういう時ピンとくるようになっていた。その戸惑いの顔を見て、赤西が苛立ちを隠さずに言った。

「勘違いするな、お前と一緒だ」

「え？」

「新しく店に入った奴だ。住むところがないって言うから、こないだから面倒見てる。名前は謙三《けんぞう》で、ノンケだ」

二人の話している間、謙三はスマホをいじっていて、ろくに英良を見もしなかった。


「……うっ、くっ、ちょっと待て、はあっ、はあっ、少しは加減しろ」

「ふっ、ふっ、これ、すげえ」

「だから、もっとゆっくり、くそ、あーっ！」

赤西は四つん這いで叫び声をあげていた。

ヘッドボードにしがみついて尻を突き出しているが、皺の寄ったシーツに埋まった膝は震えっぱなしで、身体も心も逃げ出したがっている。謙三はガタイのでかさに見合った巨根の持ち主で、それを力任せに赤西の肛門に出し入れさせていた。長年使い込まれ性器となった赤西の肉穴でも、がさつな謙三の動きは受け入れがたい。

「おい、一度抜け、おい！」

「でももうイッちゃいそうスよ」

「我慢しろ」

「そんなの無理っスよ」

「あーっ、そんな奥まで、くっ、ひ……」

これで三回目の「研修」になるが、謙三はまるで赤西の言うことを聞かなかった。完全なノンケ男だから毎度赤西が口で舐めて勃たせその気にさせ、尻の穴に誘導するのだが、その寸前まではいかにも気に沿わないことをやらされているという態度なのに、いざ濡れた穴に飲み込まれると猪突猛進《ちょとつもうしん》で腰を振り続ける。モノも大きすぎて相手を選ぶし、なによりこの力任せの乱暴なやり方は下手をすると客を病院送りにしかねない。

「オッ、オッ、そうだ、そこを押しつけるようにこするんだ、うわっ、ちがう、そんなんじゃ、この馬鹿、く」

「べつにいいっしょ、どうせホモなら犯られりゃ感じるんだから」

「何度言ったらわかるんだ、この……、くそ」

そう言いながらも、赤西の一物は事実ビンビンと反り返り、先走りを跳ねさせていた。背中に迫る若い男の体温とワキガ混じりの男臭い汗の匂いにもあおられている。根本までねじこまれるたび、尻たぶに押しつけられるかたい陰毛や、汗ばんでじゃりじゃりとこすれあう腟の感触も赤西を燃え立たせていく。

「はあ、はあっ、う、あっあっ……」

こういう強引な男に弱い客もいるだろう。メロメロになる奴も何人かいるはずだ。赤西はあえぎながらも経営者としての判断も忘れていない。もう少しコントロールできれば『ＲＥＤ』でもトップクラスの売り専になれるかもしれない。そのための「研修」だが、そもそもこいつは人の言うことを聞かない性質らしい。

「うーっ、もう我慢できないス、このまま出しちゃっていいスか？」

「ちょっと待ってくれ、く」

赤西も追いつこうと自分の一物をしごきだした。だが準備が整うのを待たず謙三は赤西の背中にのしかかってビクビクと巨体を痙攣させた。

「あー、すげ、気持ちいい……」

「ハッ、ハッ、おれも、……う？」

「あ、抜けちゃうや」

若いくせに出すとすぐに萎えてくる男だった。それでも愛撫すれば二発、三発と続けられるところはあの英良と一緒だが、射精直後はいったん完全に萎えてしまう。

「あっ、ひっ、……だから待てって言ったろ」

「しょうがないじゃないスか。よっと」

謙三はのっそりと起き上がった。そして濡れた一物をブラブラさせながらさっさと風呂場に行ってしまう。赤西はうなり声あげて自分の指を火照った肉穴に差し込んだ。謙三の巨根に掘られた後はしばらく口が閉じないから、二本指を入れてもゆるいほどだが、感じやすい場所を謙三のザーメンごしにこすりながら一物をしごくと、一分といらず射精した。

「うっ！　ちくしょうが……」

事が済むと全身疲れ切っていて、シーツが汚れるのもかまわずベッドの上でのびてしまった。濡れた穴を丸出しのまま息を荒くする姿は、「研修」の後というより、乱暴な客に好きなように使われた後のようだと赤西は自分で思う。

「う」

謙三はザーメンの量もすさまじく、油断すると尻の穴からドロドロと流れ出してくる。赤西はあわててティッシュをとり尻を押さえトイレに駆け込んだ。

シャワーを浴びリビングに戻ると、謙三がカップ麺《めん》をすすっていた。

「ちょっと待ってればなにかつくってやったのに」

「いいスよ、自分、この方がいいし」

テーブルの上においたスマホの画面を見下ろしたまま謙三がこたえてくる。そっけない奴ということははじめの数日でわかっていた。好き嫌いが多く、果物をむいてやってもろくに食べない。犬にも興味を示さず、犬の方も初日から謙三を避けている。マンションにいる間はほとんどいつもスマホをいじっていて自分からは話さない。英良がいた頃は四六時中音楽が流されていてうるさがっていた赤西だが、シンと静まりかえった部屋も居心地が悪い気がしていた。

「出かけるまで、寝てるんで」

謙三はシンクにラーメンの滓を捨てると犬の部屋で寝転がった。英良のおいていったポストカードが桟にかかったままになっていて、額の中からエスペランサ・スポルディングが白けた顔で謙三を見下ろしていた。

夕暮れてきた頃、二人で『RED』に移動した。英良がいた頃は『RED』に着くとまず二人で掃除をすませ、簡単な買い物を頼むこともできた。しかし謙三は赤西が準備にとりかかっても手伝わずどこかに姿を消してしまう。開店して客待ちしている間もカウンターの中の一番奥まったところでスマホをいじってばかりで、他の売り専目当ての客には評判が悪い。謙三のガタイのよさと乱暴な腰使いを好む客からはまだ指名もあるが、一度で懲りてしまう客の方が多かった。

開店してまもなく長谷川が入ってきた。『Deo』にもう顔を出したのか、先にこっちに来たのか。

「新しい子、そこのコンビニの前に座り込んでいたよ。あのでかいのがアスファルトの上にべったりあぐらかいてると、よく目立つね」

　そういえば謙三はまだ戻っていなかった。前の晩も開店してすぐに指名がついたのに戻ってこないままで、タケシに探しに行かせたのだった。赤西はため息を漏らした。

「まったくあいつは……」

「ノンケだからって同じようにはいかない」

「なんの話です？」

「ヒデ君は特別だったってことさ」

　たしかに英良は特別だった。バーガーショップで声をかけた時から光るモノを感じていた。だが、謙三も磨けば光る玉と思ったのだ。自分の目が狂ったということか。

「まだわかりませんよ」

　長谷川は肩をすくめて酒をすすった。


　ボン、ボン、ブーン。

『Deo』の狭い店内で定期のライブをしていた。以前より腕があがったと英良は思う。この『Deo』に人生をかけてみようと決めてから、ウッドベースを弾く時にはむしろ肩の力が抜けて、いい演奏ができるようになっていた。

「ありがとうございました！」

　いい気分で頭を下げると、店内にいた客みなが拍手した。その中にはプロのピアニストを妻に持つ音楽評論家もいて、英良は得意な気持ちになる。カウンターの中に戻ると長谷川が笑いかけてきた。おかわりをたのまれている間、長谷川が例の謙三の話を聞かせてくる。

「あれも手こずってるらしいよ。いくら研修しても変わらないらしい」

「変わらないって、なにがです？」

「乱暴なんだよ、腰使いというか、テクニックというか」

長谷川の頬がほんのり桃色に染まっていた。つまり自分の時と同じように、はじめはこの長谷川さんが「味見」をしたのかと英良も思いついた。赤西から直接謙三の話は聞いていなかった。

一年半前、同じマンションだが四階下の部屋に引っ越した後も好きなように赤西の部屋を出入りしていた英良だが、あの謙三がいると知ってからは遠慮するようになっていた。そのせいでここしばらく赤西と顔もあわせていない。四階上のあの部屋に行けなくなってはじめて、自分がどれだけ赤西に甘えていたのか英良にもわかってきた。食事は弁当なり総菜《そうざい》を買ってくればすむ話だが、やはりつくりたての味噌汁や焼き魚はひと味違う。英良は包丁が苦手で果物ひとつまともにむけなかった。

もうたよれないと思うと心細い気がしてくるし、謙三を思うと自分の代わりなどいくらでもいるのだとあらためて思い知らされる。

「あれはまだヒデ君に未練があるんだよ」

長谷川がニヤリと笑って言う。

「未練って……」

「なにしろヒデ君にもらったストールばかり巻いてる」

「たまたま気に入ってくれただけっスよ」

「そうかね」

赤西に想われているとはどうしても思えなかった。「研修」としてなら何度も体の関係は持ったが、そんな空気になったことはない。男同士でもそういう気持ちがあれば、なにかしら甘い空気が流れるはずだ……。そもそも、自分はゲイではないのだから関係ないと英良は考えていた。まして山神に金を出してもらい『Deo』をオープンさせた自分なのだから……。

つまみが足りなくなって買い出しに出かけた。店番はたまたま一人できていた黄田に任せた。ビニール袋をさげて公園の横に通りかかると声をかけられた。

「あ、ヒデ君だ」

洋輔だった。『RED』などの売り専バーには所属せず、フリーで夜の町に立ち、客をつかまえる「立ちんぼ」をしている。確かめたわけではないが、昼はとある大企業に勤めるエリートサラリーマンらしかった。玄太と似たタイプで、英良には洋輔の考えていることがよくわからない。しかし同い年で、自由気ままな雰囲気が気に入って、会えば立ち話をする仲だった。

今夜はまだ空振りなんだよね、と洋輔に聞かされている時だった。背の低い太った中年男が通りの向こうから視線を送ってきた。英良が目を向けると横を向くが立ち止まっている。

「あの人、常連さんなんだ」

洋輔が言うから英良は邪魔をしたくないと立ち去ろうとした。すると洋輔に肘をつかまれた。

「ちょうどいいや、ほんと、五分でいいんだけど、見張り、たのまれてくれない？」

「見張り？」

「あのお客さん、ホテル代は出せないって人なんだ。だからいつも公園でしちゃうんだけど、昨日よく茂ってたところを伐採《ばっさい》されちゃってまわりから見えちゃうんだよ」

「それじゃ見張ってもしょうがねえじゃん」

「五分で終わる人だから大丈夫だから、ね？」

英良は渋ったが人にものをたのまれると断れない性格だった。しかたなく公園の隅で二人のすることに背を向けてまわりを見張った。

「このままで入るの？」

背後から中年男のしわがれた声が聞こえてきた。

「う、いつもよりすごいな」

「さっき用意しておいたんだ」

「こんなにトロトロにして糞したくなんないのか」

「そういうこと言っちゃやだよ」

クチャックチャッと濡れた音が聞こえてきた。英良はうんざりして煙草をくわえた。

「うっ、だめだ、もう出ちゃうぞ」

「いいよ、そのまま」

「やっぱり洋輔君は最高だ……、ふう」

今抜いた、というのが気配でわかり、英良はしきりと煙草をふかした。するとその赤い火に気づいて制服の警官が公園に入ってきた。

「まずいぞ！」

小声でせかすとカチャカチャとベルトのバックルが鳴った。先に洋輔が英良の横に立ち、二人の陰に隠れて客の中年男が逃げていく。

「歩き煙草禁止地域ですよ」

警官が二人の前に立った。英良はあわてて煙草を足下でもみ消し、吸い殻をポケットに押し込んだ。

警官は英良をちらと見てから、洋輔の顔をたしかめた。その一瞬で、キリッと締まっていた警官の表情がニヤリと薄ら笑いを浮かべたものに変化した。

「なんだ、お前か」

まだ三十代はじめの警官だが、すでに腹が出始めていて男臭い顔立ちは中年男の雰囲気を醸している。

「また客をとっていたんだろ？」

警官はジロジロと洋輔の顔をにらんでいた。英良はぎょっとして、どうやってこの状況から逃げ出せばいいのか考えた。こういう時こそ、『ＲＥＤ』のような店に所属していれば守ってもらえるのに。警官は英良にもジロジロと遠慮のない視線を送ってきた。

「お前も立ちんぼか？」

「ち、違いますよ」

洋輔が英良の腕をつかんできた。

「このおまわりさんなら大丈夫だから」

「え？」

「お前、見張ってろ」

警官は英良をにらみつけ、茂みに入っていった。後から洋輔が続き、警官の足下に膝をつく。なんで？　と思っている間に警官の一物が洋輔の口に吸い込まれた。

「もっときつくだ、そう、ベロベロやれよ」

「ん」

「ふう、いいぞ……」

英良は自分の目を疑っていた。しかし警官は英良の目を見据えながら洋輔の頭をつかみ腰を振った。

「もう出るぞ、うー、全部飲めよ」

警官は最後につま先立ちになり、ぶるっと震えてから腰を引いた。暗がりでも、春町の看板に照らされて唾とザーメンで濡れた肉色のそれが制服ズボンから飛び出している様がはっきりと見えた。警官は洋輔のシャツの裾を引っ張って一物を拭い、しまい込みながら悠々と公園を出て行った。

英良が唖然としてその後ろ姿を見送っていると、口元を拭いながら洋輔が言った。

「あのおまわりさんね、ゲイじゃないみたいなんだけど、溜まるとくるんだよ」

「それって、上納金がわりってことかよ」

「うん、まあね。でも、強いこと言えないよ。悪いことしてるの、こっちだもん」

「ただいま」

英良が犬を連れて帰ってきた。赤西にリードを渡すと犬の頭を撫でそのまま出て行こうとする。赤西はぬれ雑巾《ぞうきん》で犬の足を拭きながら誘った。

「昼飯、食っていけばいい」

「いいの？」

犬の散歩をさせたのだから当然食べていくものと赤西は考えていた。しかし英良は赤西の横から部屋の中を覗きこんでいる。謙三はどうしたのかと気にしているらしい。

「遠慮する必要はない」

英良が部屋の中に入っていくとその足下に犬が絡みついた。暗い廊下から明るいリビングに出て行く英良の後ろ姿は光をまとっているように見える。謙三はキッチンでカップ麺を開けようとしているところだった。赤西は放っておこうと決めているが、英良が話しかけた。

「一緒に食えばいいじゃん」

「え、ウス……」

赤西が料理している間、二人はなにか話し込んでいた。自分とはろくに口をきかない謙三だが、やはり同世代だと話しやすいのか。ミョウガと鰹節《かつおぶし》をのせた冷や奴と作り置きしてあった無臭ニンニク餃子をおかずに、メインは英良の好物の生姜醤油味の焼きそばを出した。三人で食卓を囲むと、英良は以前とかわらず旺盛な食欲を見せるが、謙三は焼きそばから刻んだ野菜をひとつひとつ取り除いて少しずつしか食べない。

食後には冷茶を出した。英良は窓の外を気にしていた。最近、古いマンションが一棟まるごと取り壊されたおかげで、英良が住んでいた頃と窓からの眺めがずいぶん変わっていた。

「あー、ここからだと海が見える。四階上ってだけで見晴らしがちがうなあ」

英良はうれしそうな顔で遠くビルとビルの間に見える海を見据えている。赤西も一緒になって目を細めた。それまでずっと黙り込んでいた謙三が唐突《とうとつ》に口を開いた。

「ヒデさんってパトロンに家賃出してもらってるってほんとスか」

赤西は口をへの字に曲げた。しかし英良は平気でぺらぺらと話す。

「いちおうそうなってるけど、バーの売り上げから持っていかれるから、自分で払ってるのともう変わんないよ」

「ふうん……。でも、いいな、こんなマンションに一人暮らしできるなら」

そう言ってちらちらと赤西に視線を向けてくる。長谷川と自分の関係のことまで考えていると読めていた。赤西は諭《さと》すように言った。

「お前もきちんと客の相手をしていれば、金持ちが向こうから寄ってくるぞ」

「そこまでしてここに住みたいわけじゃねえし」

「だったらなんで売り専を続ける?」

「とりあえず他にすることがねえから。それだけ」

英良の時は春町の掟を聞かせれば、反発はするがまともに受け取っていた。しかしこの謙三はいつも白けた態度でかわしてしまう。赤西は英良と目をあわせた。このふやけた若造の態度はどうだ?と言いたいのに、英良はニヤニヤと笑っていた。

英良が食器をシンクに運び洗い出した。謙三は手伝わず、犬の部屋にこもって寝転がりスマホをいじった。赤西はため息を漏らし、小言を言う気にもなれなかった。どうしてあいつをこの部屋に連れてきてしまったのか。英良の時といろいろ似ていた。町で声をかけたら、金がないからアパートを追い出されそうと言い出した。『RED』の話をすると、すぐに金をくれるならやってみるとついてきた。以前の自分だったら、試しに雇うだけでここまで面倒を見るはずもなかったと赤西もよくわかっている。英良とのことを繰り返しているような気持ちになっていたということくらい……。

ちがう人間なのだから同じようにいくはずがない。ヒデ君は特別だったんだねと長谷川が言っていたことが思い出された。

食器を洗い終えた英良が犬の頭を撫でて玄関を向いた。

「もう行くのか」

「あ、うん、ごちそうさま」

「……たまには『RED』にも顔を出せ」

「いいの?」

「金を払えば男も買えるぞ」

英良は笑いながら出て行った。玄関まで追いかけた犬が、さびしげな様子で戻ってきた。赤西はダイニングの椅子に腰かけたまま犬を抱き上げた。英良がこの部屋に暮らしていた頃、毎晩のように英良の寝顔を眺めたことを思い出していた。

頭からザブンと海に飛び込むとがむしゃらにクロールして沖まで出た。波のゆったりしたところで仰向けに浮き、目を閉じて日差しを浴びる。

気持ちいいなあ。

プカプカと波にゆられる感触をしばらく味わった後、今度はのんびりと平泳ぎで浜に戻った。ビーチチェアのまわりでツアーの面々が思い思いに過ごしていた。

『Deo』主催でバスを貸し切り海に来ていた。長谷川、黒崎、文壇の連中が何人かと、出会いを求めて来たらしい新規の客が数人いた。タケシを誘ったら謙三を連れてきた。

二年前にも『RED』主催のツアーで同じ海に来た。あの時は楽しかったなあ、と英良は思い出す。長谷川や黒崎は別にして、あの時の連中は今頃どうしているんだろうと考える。あの頃『RED』にいた売り専のほとんどはもう辞めてしまったとタケシから聞かされていた。耀次は刑務所に入ったし、玄太は田舎に引っ込んだまま……。今回、赤西にも声をかけたが断られた。黄田は文壇のノンケ客を嫌がった。愛染は忙しくてドタキャンした。タケシがくるからと東ヶ崎はそもそも呼んでいない。二人は一年も前に切れていた。

ビールをもらって飲んでいると、謙三が話しかけてきた。紺色の海パン一枚になるとますます体の大きさが目立って若いプロレスラーのように見える。

「ヒデさん、実際のとこ、前はどうだったんスか」

「なにが？」

「だから、赤西さんみたいなガチのホモの部屋に同居して……」

なにが言いたいのかよくわからなかった。

「なんの話だよ」

「キモいスよね、研修とか言ってタダでセックスさせられて」

「まだ研修やってんの？」

「いや、もう終わったスけど」

もう終わったことなのに、どうしてまだ文句を言うのか英良にはピンとこなかった。話の途中から、日焼けオイルで全身をテラテラと光らせたタケシが横にやってきた。もちろん水着は最新のブランドもので、横はヒモしかないきわどいデザインだ。

「お前、研修って言ったってタチしかできねえくせに」

「受けはやらないんだ？」

英良が聞くと、謙三は気味の悪いものを見るような目をした。

「当たり前スよ、そんなのすげえキモい」

「キモいキモい言うんじゃねえよ、この馬鹿ノンケ」

タケシが謙三の頭を小突いた。体の大きさと反比例して、『ＲＥＤ』の中ではタケシの立場がずっと強いらしい。英良が聞いた。

「金が貯まったらやめんの？」

「もちろん。今だけスよ。でも、割はいいんスよね。男を抱くのはキモいけど、入れちゃえば気持ちいいし」

「クセになってんじゃねえか」

タケシがまた頭を小突いた。

「来月か再来月までスよ、絶対やめてやる」

「やめるまで赤西さんの部屋にいるつもり？」

「え、あ、はい」

タケシがちらちらと目つきを変えて見ていた。さすがの英良もなにか勘ぐられていると気づいた。

「泳いでくる」

砂浜を走って海に飛び込んだ。思いきりクロールして沖に出て仰向けに浮く。まぶしさに目を開けていられなかった。

あいつが出て行ったとして、それでなんなんだ？

もう気軽に赤西の部屋に上がり込んではいけないような気がしていた。以前の自分は図々しすぎたのかもしれない。長谷川に言われたことが今頃になって気になっていた。山神に似たようなことを言われた時には、そんなわけねえだろとしか思わなかったのだが、ストールの話を聞いてじわじわと考えが変わってきている。服装に気を遣うあの赤西が二年も前のくたびれたストールをまだ巻いている……。

浜から黒崎の声が聞こえてきた。

「おいヒデ！　お前も入れよ！」

黒崎お得意のビーチバレーだった。思いきり体を動かして汗だくになり、海で流してビールを飲んでバーベキューを食べた。夕方からはのんびり飲んで花火があがるのを待った。

文壇の男が浜辺で若い女の子をナンパして夜まで一緒にいた。ノンケの英良は素直にうらやましく感じるが、春町に生きるせいかどこか遠い出来事のようにも見えていた。不思議だった。『RED』時代には数え切れないほど男たちと肌をあわせたがゲイにはならなかった。今でもせんずりを掻く時は女の子をオカズにする。山神は英良に誰かと付き合うことを禁止していないし、『Deo』にくる観光客にはかわいい女の子もいる。常連になった女たちの中には脈のありそうなのもいる。

なのに自分からどうしようという気持ちになれない。どこか遠い出来事のように感じられている。

その夜、マンションに戻ると山神が来ていた。

テレビがついているが、山神は寝転がってあらぬ方向を向いていた。居眠りしていたらしい。以前は英良を抱きたくなった時にしか姿を見せなかったのに、最近は滅多《めった》に体を求めてこないのに前よりちょくちょくやってくるようになっていた。そしてただ眠ったり、テレビを見て帰っていく。

「水と風呂」

それだけ言われて、英良は風呂の火をつけグラスに水をくんだ。顎で使われてちぇっと思うが、山神は水を受け取ると英良の顔はろくに見ないが、ありがとうなと軽く頭を下げてくる。

「食いそびれた、なんかないか」

「お茶漬けしかねえよ」

「それでいい」

めんどくせえなあ、と英良は思うが、無視するわけにもいかなかった。山神はリモコンをいじってテレビをニュース番組に変えた。深夜ニュースは中国の領海侵入や年金問題と物騒な話題が続く。世界的な株安で日本市場も下がっていて、株を買い支えていた年金がいくら失われたという話がここしばらく話題の中心になっている。英良も最近は『Deo』をやっているせいでニュースに多少の興味を持っているが、株価がどうとか年金がどうとかは自分と関係のある話と思っていなかった。

お茶漬けをかきこむと山神は立ち上がった。英良が玄関まで見送りに出ると、一瞬抱き寄せられて耳元に囁かれた。

「ありがとうな」

山神は英良の目を見ないまま出て行った。ほんとヘンな関係だよなと英良は考えた。


長谷川の顔を赤西は横目でちらちらと見ていた。たった一日でよく焼けたもんだと考えていた。白髪交じりの頭で眼鏡をかけている、いかにもインテリらしい長谷川だが、日焼けした肌もよく似合っている。きっと英良がはしゃぐ姿を眺めながら一日ビーチチェアに寝転がっていたんだろう……。

赤西の考えを読んだように長谷川が言った。

「お前もくればよかったんだ」

「なんの話です?」

赤西がとぼけるせいか、長谷川もそれ以上言わなかった。二人は長谷川の豪勢な部屋のリビングにいた。赤西は長谷川に酒をつくってつまみを用意しようとしていたが、その手を長谷川がつかんで引き留めた。

「謙三君だっけ、呼んでみようか」

長谷川がなにを考えているのかわかって、赤西は首を横に振った。

「それだけは嫌です」

「ヒデ君ならよかったのかな」

「誰でも一緒です」

「前に親分さん相手に三人でしたって聞いたよ」

赤西が黙り込んでこたえずにいると、長谷川が立ち上がった。

「久しぶりに、あの部屋を使おうか」

あの部屋。赤西は反射的に体を震わせた。なにをされるのか予期して、許しを求めるように長谷川を見据えた。しかし長谷川はやさしく微笑んで赤西の腕をつかんで引っ張った。

それから五分後、赤西は全裸でハンモックに吊されていた。

六畳ほどしかない、壁も天井も床も黒塗りの異様な部屋の中央で、口枷《くちかせ》をされ、万歳の格好で腕を吊られ、大股を開いた格好でゆらゆらと揺れていた。

「んっ、んーっ！」

特大のバイブレーターが肛門に挿入された。赤西はブルブルと首を振ってその圧迫感にたえた。イボのついたそれは赤西の肉穴に快感と苦痛、その両方を与えてくる。

すぐ脇に長谷川が立っていた。

「お前をずっとここに閉じ込めておきたいと考えたこともあった」

「んあっ、んうっ！」

長谷川が手元のボタンを押すと、肛門の中でズルズルとバイブの首がうねりだした。赤西は生理的違和感を覚え、全身の皮膚にかたい鳥肌を立たせた。しかし同時に、感じやすい場所をグリグリと刺激されて、体の芯が熱を持ってくるのもわかる。

「勃ってきた。たまにこれが欲しくなるだろう？　ちがうか？」

赤西は長谷川の顔を見上げていた。うなずくことも、首を振ることもせず、ただじっと見つめていると、よだれの流れ出していた口枷がはずされた。

「キスして欲しいんだな?」

「はい……、んっ」

赤西は夢中で長谷川の舌を吸った。こういう扱いが好きだと思ったことは一度としてないのに、強引にこの部屋に連れ込まれ、縛られ、いたぶられれば、なぜか身体も心も燃え上がってくる。

「んう……」

長谷川の口からどろりと唾を流し込まれた。赤西ははっきりと嫌悪感を覚えながら、しかしその一物はビーンと反り返り、先走りを滴らせた。


「よお、久しぶりだな」

『Deo』のカウンターに座った目の前の客の顔を見ても、英良はなにが起こっているのかすぐにはわからなかった。その客は大柄で無精髭《ぶしょうひげ》を生やし、がっしりした体型の男臭い顔立ちはこの春町ではよく見かけるタイプだが、男好き独特のオーラをかけらもまとっていないし、その膝には小さな女の子を二人のせている。

「え、兄貴?」

「血を分けた兄弟をつかまえて、なんだその態度は」

「だって! なんでここにいるんだよ!」

英良は目を丸くして兄の顔をまじまじと見下ろした。母が死に、父が蒸発した後、英良はこの十歳年上の兄、英文《ひでふみ》の元から高校に通った。兄は結婚し子どももできて、英良は独立したが、売り専をはじめるまではたまに連絡をとりあっていた。

「近くを通りかかったから、一度くらい覗いてやろうと思ってな」

「なんでわかったんだよ」

「お前、テレビに出ただろう？　後はネットで検索した」

あの鳥飼も似たようなことを言って訪ねてきたと思い出した。

文壇の連中は別として、ゲイの男客は英文の登場にざわめいていた。カウンターの端から様子をうかがっていた黒崎は小さく口笛まで吹いてみせる。英文はこの町でとくにモテるタイプだった。三十代半ばでガタイがでかく男臭い。似たような男はこの町にも大勢いるが、膝に娘をのせたその「パパ」っぷりが男としての魅力を何倍にも見せている。

しかし英文の方は自分がどう見られているのかわかっていなかった。実の兄ということもあり、英良も『Deo』のざわめきに気づいていない。

「子連れでくるなんて信じらんねえよ。夜の町だぜ」

「しかしここはその、男が好きな連中の町なんだろ。一番安全な場所じゃないのか。誰も小さな女の子なんか狙わない」

言われてみればそうかもしれない。英良は姪《めい》っ子たちにジュースを出し、兄にビールをついだ。兄は『Deo』の店内をぐるりと見渡していた。感心した風だから、英良は得意な気持ちになる。

「それでお前も……、最近はやりのゲイってやつなのか？」

兄は渋い顔で聞いた。精一杯気づかっているのだと英良にはわかった。

「オレはちがうよ。ただ、流されてる内にこうなったっていうか……」

「テレビじゃ裸で踊ってたろ」

「仕事だよ、ダンサーというか、アイドルというか」

「お前がアイドル？」

英文はゲラゲラと声をたてて笑った。

「その顔で？」

「兄貴と大差ねえだろ」

「だから言ってるんだよ。こういう顔でアイドルって、なんだそりゃ」

「でも、けっこう売れたんだぞ」

兄はまだ笑っていた。信じていないらしい。英良は悔しく思った。『RED』ではナンバーワンになったんだと言ってやりたいが、身体を売っていたという話はやはりしたくない。

「ねむーい……」

下の子が父親に甘えてしがみついていた。その桃色の頬を上の子が指先で突っついていたずらする。その様を見て英良は思い出した。

「そうだ、兄貴さ、あの写真、覚えてる？　オレが赤ん坊の時の、家族四人で写ってて、兄貴がオレのほっぺたつっついてるやつ」

「あー、あれならパソコンに取り込んだはずだぞ……」

英文はスマホを取りだして画像を呼び出した。英良は小さなディスプレイを覗きこんだ。たしかにあの写真なのだ。しかし写真の中の若い父を見て思わず首をひねってしまった。あんなに似ていると思っていたのに、赤西と当時の父は顔かたちから雰囲気まで、まるで違っている。階段を踏み外した時のような、奇妙な不安感が胸を沈ませた。

「……まさかお前が自分の店を持つなんてなあ」

兄は腕を組んでうなっていた。

「親が悪いと子どもはしっかりするって言うけど、ほんとだな」

兄は笑って話していた。英良はカチンときた。たとえ兄貴でも家族の悪口は言われたくない。そんな英良の反応に気づいたのか、兄は店の奥の壁に立てかけてあるベースケースを見て言った。

「あれ、親父のか？」

「うん」

「まだ弾いてるのか」

「たまに、気晴らしにね……。親父のこと、なんかわかった？」

「さあなあ。もう死んじまってるんじゃないか」

兄はさもどうでもいいことのように話していた。英良は衝撃を受けた。蒸発した父がすでに死んでいるという可能性は考えたこともなかったのだ。家族写真を表示していたスマホがいきなり鳴り出した。兄が出て、もう行くよとこたえた。

「嫁さんが待ってるから、もう行くわ」

「義姉さんもくればよかったのに」

「遠慮したんだよ、女は邪魔な町でしょってさ」

「子連れできといて」

「この子らは俺にべったりだからしかたないんだ」

兄は立ち上がり、片腕に一人ずつ娘を抱きかかえた。二人とも半分眠っていて、その頬に兄は唇を押しつけて笑う。

「お前もはやいとこ結婚した方がいいぞ。家族って最高だ。こんな町にいたらほんとにホモになっちまうぞ」

英良は笑ってドアを開けてやった。近くにいたゲイの男たちが兄をにらんでいるが英良は気づかない。兄の方が自分の言葉の意味に気づいたのか修正をかけた。

「まあ、ホモならホモでいいんだけどな、俺はそういうの認めてるから」

「だからちがうって」

「いつでも連絡しろよ」

兄はエレベーターに乗り込んでからも、ドアの閉まるまでに三度も娘たちにキスをした。たしかにかわいい子たちと英良も思うが、兄のデレデレした態度に驚いていた。自分も結婚して子どもができればああなるのかな？　しかしもう何年もそうした未来像は英良の中から消えていた。

海で感じた不思議を思い返した。

自分はもういつだって女と付き合える。結婚して子どもをつくることだって夢じゃない。なのに兄と娘たちの姿を見ていっそう、自分がそうした世界から遠い場所にいると感じている。


『RED』はその夜も盛況だった。売り専のほとんどは出払っていて、残っているのはタケシと圭吾と謙三だが、タケシは予約の客を待っているし、圭吾はこの数ヶ月東ヶ崎がご執心で、ソファ席でいちゃついている。謙三だけ予約も指名もなく、スマホ片手にタケシとなにやらしゃべっている。

「……ヒデの兄貴、ほんとにいい男でなあ。ありゃあ男受けするタイプだぞ。パパっぷりがまたそそるんだ。『Deo』にいたゲイはみんなよだれ垂らしてたな」

黒崎が話していた。赤西はカウンターの中でグラスを磨きながらこたえた。

「ヒデより十歳年上じゃなかったか」

「ヒデに似てるから、おっさんでもイケるんだ」

「若専って言ってたのはどうしたんだ」

「なんだよ、妬《や》いてんのか？」

「誰が」

「おっさんでもイケるのはせいちゃんだけって言って欲しいんだろ？」

黒崎はカウンターに肘をついて、上目遣いにニヤニヤと笑っている。赤西は苦笑した。カウンターの反対側で、謙三がタケシに頭をはたかれているのが見えた。謙三はムッとした顔だが、タケシには逆らえないらしい。

「今日、宣言されたよ」

「ん？」

「来月頭には出て行くんだと」

黒崎も謙三を見た。

「もう？」

「もうって、二ヶ月はいたぞ」

「出て行ってどうすんだ、あいつ」

「さあな。もう部屋は見つけてあるらしい。それが来月頭まで入れないからそれまでおいてくれとさ」

「つまり、ここも辞めるってことか」

赤西がうなずくと、カウンターの端から長谷川が視線を送ってきた。なにを言いたいのかわかるような気がして、それがうっとうしい。グラスを磨き終えると店内をぐるっと見渡した。余裕があると判断して、非常階段に出て煙草をくわえた。後から黒崎も追いかけてきた。

「またさびしくなるな」

「せいせいするさ」

「ヒデの時とはちがうか」

「ああ」

　こたえてしばらくして、あ、と気がついた。黒崎を見ると、してやったりと言いたげにニヤニヤ笑っている。赤西は首をすくめ、ビルの間から春町の狭い通りを見渡した。煙草を吸いながら無意識にストールをいじっていた。黒崎が言った。

「後でヒデの店に行ってみるか？」

　結局今まで一度として『Deo』には顔を出していない赤西だった。付き合いもあるのだから一度や二度行ってもよかったのに、行きそびれてしまったのだ。いい機会かもしれない、そう思いながら、口からは反対の言葉が出た。

「やめとくよ」

「意地っ張りが」

「そうじゃない、あ？　んう……」

　キスされていた。黒崎の巨体に抱き寄せられ、唇をむさぼられ舌を吸い出された。そう暑くもない夜だが、太った白人の体は熱をため込んでいて汗ばんでいる。独特の体臭がなつかしかった。

「んっ、……ふう」

　顔がはなれると、目と目を見つめ合った。まるで十六年前のあの頃に戻ったような気がした。しかし酒の味のする唾を飲むと、戻ったのは気分だけで、想いは遠い彼方へ消えているとわかる。

　黒崎が赤西の股間を見下ろしていた。スラックスが左に寄って盛り上がっていた。黒崎の短パンの前も盛大に盛り上がっている。しかし互いに、そこに手をのばそうとはしない。黒崎が笑った。

「もっとシンプルに生きられたらなあ」

「ゲオさんは十分、シンプルに生きてるんじゃないか？」

「それもそうか」

黒崎は笑いながら、やさしい目をして赤西を見つめていた。赤西はその潤んだ目から逃れたくて、指にはさんでいた煙草を消して店の中に戻った。


小さなプールにすさまじい勢いの波が立っていた。人工の水流にボードを浮かべサーフィンのように遊ぶ。昨日から英良はこの「サーフライダー」に夢中だった。

巨大なテーマパークがまるごと詰め込まれたような豪華客船だった。カジノ、劇場、映画館などの遊《ゆう》戯《ぎ》施設はもちろん、プールだけで露天《ろてん》と室内といくつもあり、ボルダリング、スカッシュ、ボーリングなど、体を動かせる施設もたっぷり用意されている。

英良は子どものようにはしゃいで何度もサーフライダーに挑戦している。体つきはジムで鍛え上げられ見栄えがするが、運動神経の鈍い英良は波に乗ってもすぐに投げ出され水に落ちてしまう。しかしそれもおもしろいのだ。

「ヒデ君！」

サンドレス姿の愛染が呼んでいた。両手にカクテルの入ったグラスを二つ持っていた。英良はプールからあがって駆け寄った。

「エステ終わったの？」

「見ればわかるでしょ、この肌の艶を見てよ」

デッキチェアに並んで腰かけ、酒を舐めた。日差しがきついからと、二人ともサングラスをかけた。

豪華客船にのりたいからエスコートして、と最初にたのまれたのはもう一年半も前のことになる。それから何度も誘われたが『Deo』を言い訳に断ってきた。しかし今となっては愛染の連れてきた作家仲間や文化人たちが常連になったおかげで『Deo』は続いている。いつまでも渋るわけにいかなかった。それに、売り専と客という関係でなくなって、かえって愛染とは楽しい仲になっていたから、今回は英良も喜んでついてきた。旅行代金はすべて愛染持ちだし、久々に『Deo』から解放されて気分もいい。旅の間、『Deo』はタケシと黒崎に任せてきた。

愛染は仕事を抱えていてキャビンにこもる時間も多いが、英良が退屈することはなかった。遊べるところがいくらでもあり、三度の食事以外にもティーパーティやカクテルパーティが催されるし、一日中スナックや飲み物があちこちで供されている。若く体を鍛えた英良が薄着でフラフラしていると、妻を連れた年配の紳士たちが目配せしてきた。一度、愛染を待ってデッキに一人でいると日本人の中年男が声をかけてきた。

「君、テレビで見たよ。どうだい、部屋にこないか、女房は美容室だから大丈夫だよ。……いくら払えばいいのかな」

「もうそういう仕事はしてないんスよ」

「いいじゃないか、減るもんじゃなし」

腕をつかまれ、強引に引っ張られそうになった。ちょうどその時愛染がやってきたから男は去ったが、モノ扱いされて英良は悲しくなった。

「ついさっき日本から電話があったのよ。澤辺賞の選考委員から」

デッキチェアに寝そべった愛染が、真っ青な空を見上げながら言った。

「それ、なんスか」

「知らないか、ふふ、けっこういい文学賞なのよ。私の作品が受賞したって連絡」

英良にはまるでわからない世界だが、この愛染が言うのだからすごいことなのだろう。英良は自分のことのようにうれしく思った。

「すげえ！　おめでとう先生」

「ありがと。実はね、私の目標だったの。今までいくつか賞はもらったけど、一番欲しかったのは澤辺賞。やっと……」

愛染の顔に疲れたような表情が浮かんでいた。サングラスごしに見るからそう見えるのか。

「私ね、こう見えて、ずっと打ち込んできたのよ、文学ってものに。そのためにいろんなものを捨ててきた。プロポーズされたこともあるのよ。すごくいい人だった。きっと結婚していたら今でも続いていたと思う。でも断った」

「どうして？」

「馬鹿な話と思うでしょうけど、幸せになっちゃいけないような気がしていたの。そうでないと書くものがちがってしまう」

「そんなことあるのかな」

「実際にはわからない。そこが問題。それに、だったらなんだって話なのよ。賞はとれなかったかもしれない。だけど、幸せになれたかもしれない。どっちがよかったのか、もうよくわからない。最近、ほんとにね、わかんなくなっちゃったのよ……」

愛染は腕を組んで顔をけわしくしていた。英良は愛染の言うことにピンとこなかったが、自分のわかることを言った。

「結局、どんなお話が書けるかってことになるんだな、先生の場合」

「そうねえ」

愛染はケラケラと笑い出した。

「ほんとにね、お話なのよ、作り話。なのに、馬鹿みたいね」

「それだけ夢中になれるものがあるってことだろ。一生の仕事って、やっぱかっこいいよ」

英良は『Deo』のことを思っていた。一生をかける自分の店と考えているのだ。愛染がにっこりと笑いかけてきた。

「ヒデ君は本当にやさしい子ね」

その二日後、船を下りたその日の飛行機で日本に帰った。空港から一緒にタクシーにのり、英良をマンションに下ろした時には、愛染は笑っていた。

「ありがとう。楽しかった。近いうちに『Deo』でね」

だから翌朝のニュースで愛染が自殺を図ったと知った時、英良は別の誰かの話としか思えなかった。


赤西が病院の受付で面会の申し入れをしているところに英良もやってきた。ひどく不安そうな表情を浮かべていた。電話で話した時にも聞かされたが、愛染が自殺する理由が思い当たらず混乱しているらしい。二人でしばらく待っていると、やがて事務員が奥から戻ってきて、親族以外の面会はすべてお断りさせていただいておりますと告げられた。

英良はなにか言いたそうにしていたが、赤西は内心ホッと息をついた。愛染は『RED』開店当時からの上得意で客としては大切に扱ってきたつもりだが、個人的に好きな人物とは言えない。

「なんで先生、自殺なんかしようとしたのかな」

病院を出てタクシーに乗り込んだ。英良の言葉はまるで独り言のように聞こえてくる。横目で若い顔を見ると、なにかしら感じるものはあるんだろうとわかった。二人でその直前まで一緒に旅行に出かけていたのだから……。しかし英良に原因があるわけはないと赤西は確信していた。

「死にたくなる理由なんかいくらでもあるだろ」

「そうかな？」

英良はシートに手をついて赤西の顔を見つめた。その目はなにか必死な表情を浮かべている。それで赤西は気がついた。死んだ母親のことを思い返しているのか。もしや、おれの後輩のことまで考えているのかもしれない。

「どういう風に尽くしても必ず悔いは残るものだぞ」

「なんの話だよ」

「もしなにかで一日、二日よけいに生き延びたとしても、かえって長い間苦しめてしまうことになるのかもしれない」

「先生はたすかったたって……」

「だからだ。お前がどんな風にしていても、してなくても、先生の人生なんだ。先生の決めることだ」

英良は黙り込んだ。にらむように窓の外を見ていた。

白いタンクトップの後ろ姿が見えた気がした。

当時、自分の言って欲しかったことをそのまま言ってるな、と赤西は思いついた。恋人同士だったわけでもない。ただ同郷というだけで、それほど親しくもしていなかった。完全に片想いだったのだ。自殺の原因ははっきりしているのに、赤西を悪く言う人間が何人もいた。なにかしてやれたはずなのに、あいつはなにもしなかった、と。

おそらく英良も似たようなことを言われるだろう。すでに噂になっているかもしれない。なにしろ二人で旅行に出かけて、その帰国した直後に先生は自殺を図った。旅行中、なにかあったと考えるのが普通だ。

人の口に戸は立てられない。


「一緒に旅行してたんだろ？　なにか感じなかったのか？」

英良は何度となく似たようなことを聞かれていた。お前がなにかよけいなことを言ったんじゃないのか？　と口に出して言う者はなかったが、責められているような気持ちになってくる。『Deo』では連日、作家たちが愛染の噂話を続けていた。おかげで、ウッドベースのライブもできなくなった。

なにか予兆があったのではないか。英良も何度となく自分に問いかけていた。母が自殺した時のことを思い出していた。人一人が自殺するのだから、サインがあったはず。それを見逃したせいで死なせてしまった。母の自殺には自分にも責任があるのではないかと考えていた時期もあった。

しかし愛染の場合、肉親でもないし、なにか自殺につながるようなサインはなかったように思う。船の上で、先生はなんとかいう賞をもらってうれしいとはしゃいでいた。作品作りについて難しいことを語っていたが、それがどう自殺につながるのか英良にはよくわからない。

「いらっしゃいませ、……あ」

『Deo』のドアを開けて顔を覗かせたのは、警察の制服を着た男だった。愛染のことで聴取にきたのかと英良は考え、店の外に出て話をすることにした。この雑居ビルにはゲイバーが何軒も入っているが、一つ上の階の店は先日閉店して、階段を通る者はいなかった。もっと上の階の客はエレベーターで直接上り下りする。だから踊り場の先まで階段をのぼって、電気の消えて薄暗い通路のそばまで警官を案内した。

「あの、先生とは旅行の間ずっと一緒だったけど、オレ、なんにも知らないんスよ」

英良が話している間から、その警官はニヤニヤと笑い出していた。

「覚えてないのか？」

「え？」

制服を着た男臭い顔を見直して、ようやく英良は思い出した。立ちんぼの洋輔に公園で見張りをたのまれた時の、あの警官だった。

「風営法、知ってるよな？　たとえば客のとなりに座って酌《しゃく》をする行為は、このビルの場合、違法になる。お前、いま、客のとなりに座ってたよな？」

英良はカウンターの中に立って作家たちの話を聞いていた。それをこの警官も見たはずだ。英良はぶるぶると首を横に振った。

「いいや、となりに座っていた。俺が署で報告書を出せばすぐに営業停止になる」

「だから、そんなことしてないって！」

「俺がしてたと言えばそうなるんだ。わかんねえかな。あの男の立ちんぼみたいに聞き分けのいい奴かと思ってたんだけどな」

言いながら、警官は制服ズボンのファスナーを下ろしていく。

「先週からずっとあの立ちんぼの姿が見えなくてな。そこで思い出したのがお前のことでさ」

警官は半勃ちの一物をつかみだした。なにを求められているのか英良にもわかった。愕然として、マジマジと警官の顔を見つめた。

「お前も前は立ちんぼしてたんだろ？　できるよな？」

「オレはちがう」

「店の中で売ってても売春は売春だぜ？　お前の『Deo』って店もそういう店か？」

「ちがう！」

警官の手が英良の肩をつかんでいた。英良は警官の目をにらみつけるが、結局、自分から膝を折った。『Deo』に嫌がらせでもされたらと考えてこわかったからだ。

「口開けろ」

「んう……」

小便くさい、滓のついた一物だった。英良は鳥肌をたてながらも、売り専時代に培った技術でそれを舐めまわした。警官の肉は瞬く間に太くかたく反り返った。

「おっ、いいぜ、あの立ちんぼよりうまいんだな、お前？　く、すげえな、あー……」

警官の手が英良の頭をつかんでいた。髪を鷲づかみにして腰を振り、喉まで突き上げてくる。英良は何度も嘔吐《えず》いたが、必死に我慢して塩辛い一物を頬張った。警官の足にしがみつくようにしながら、太い根本に指をそえて刺激を強くして、少しでもはやくイカせようと工夫した。

「うー、たまんねえ、もう出ちまう、汚れるから、全部飲めよ。うっ、おっ！」

ずるりと歯茎《はぐき》に亀頭をこすりつけながら警官は射精した。その生臭いザーメンを英良は喉鳴らして飲んだ。すえた汗の匂いの染みた陰毛が鼻の穴の中に入り込んでいて、何度もくしゃみが出そうになった。

警官は腰を引くと、英良のシャツの襟首をつかみ、唾で濡れた一物を無造作に拭き取った。それを制服ズボンの中にしまいこみながら言った。

「また溜まったらたのむな。あの立ちんぼよりお前の方がいい。テクもいいし、いつもこの店にいるし……。ご協力、ありがとうございました！」

警官はニヤニヤと笑いながら敬礼をしてみせた。英良は一人階段に座り込んで、口のまわりにまとわりついた男の匂いを手でこすりとろうとした。

「ヒデ君！ いないのか？」

黄田の声だった。あわてて階段を降りていくと、黄田は眼鏡を直しながら笑っていた。

「お客さんがいっぱいだよ」

「え？」

『Deo』に戻ると狭い店の中が人で埋まっていた。常連客は二割ほどで、後はみな知らない顔ばかりだ。年代も性別もバラバラで、いったいなにが起きたのかわからない。とにかく急いで注文を聞いて飲み物を出した。

「開店パーティ以来だね、こんなに混むのは」

黄田がうれしそうに言うから、英良も笑い返した。


赤西は黒崎と並んで春町の通りを歩いていた。『Deo』の入ったビルの前に今夜も人があふれていた。愛染の自殺未遂の後、愛染が通い詰めていた文壇ゲイバーと騒がれて、客が押しかけているのだ。

「夕べより多いぞ、こりゃ」

黒崎があきれたように言った。

「だからおれはいい」

赤西はさっさと向きをかえ、『ＲＥＤ』の方に歩き出す。黒崎もしかたないという風にうなずいたが、一人で『Ｄｅｏ』のビルに入っていく。

「顔だけ見せて、後からそっちに行く」

『ＲＥＤ』に戻ると、タケシがカウンターに入って店を守っていた。入れ替わりに赤西がいつもの場所におさまり、タケシはカウンターを出て長谷川のとなりに座る。

「どうだった？」と長谷川。

「ビルから人があふれてましたよ。あれじゃもう長くはもたないかもしれない」

「そんなに流行ってるのに？」

「一時のものですよ、あんな流行り方。常連はもうみんな逃げ出してるでしょう。物見遊山《ものみゆさん》の客がこなくなった後に、常連が戻ってくるかどうか。あそこの常連はノンケの作家連中だ。ヒデのファンってわけじゃない。しかも愛染先生がいないんだから……」

「そういうことか」

長谷川はグラスを手に持って、まっすぐ前をにらんで酒を舐めた。タケシが横から口を出した。

「でも、ＧＯＧＯのファンとか『ＲＥＤ』にいた時の客とか、また戻ってくるんじゃないスか」

「そこまで義理堅い客がどれだけいるか……。あいつは結局はノンケだぞ。もう売り専でもない。いくら言い寄っても甲斐のない男に金を落とす奴がいるか？」

「店としての魅力というものもあるよ」

長谷川が言い返していた。赤西は苛立った。

「それこそ、一朝一夕にできるあがるものじゃない。もうあいつの店はレッテルを貼られてるんですよ。人の生き死にで繁盛した店だって。この後は同じ理由で廃《すた》れていく」

言い過ぎているると赤西も思った。どうしてこんなに苛立つのか。あいつを責めたい気持ちなどないのに、それでも、どうしてもっとうまくやれなかったんだと考えてしまう。なんとかしてやれたらという気持ちもあった。しかしもうどうにもできない。そもそも山神をたよって自分の手を離れたあいつなのだから……。赤西は無意識に首のストールを引っ張っていた。

「……だとしたら、山神さんが気の毒だね」

長谷川の言葉にタケシが言い返した。

「それも今になってみると、ヒデにとっちゃ損しちゃったのかも」

「どういう意味だい？」

「だってさ、あいつはノンケのくせに、山神さんとかいろんな男を手玉にとって金を引き出したわけでしょ。黙っててもみんなあいつに金を払った。ノンケのあいつに。そういうの、やっぱりおもしろくないよ、まわりのゲイから見てたら」

「君もおもしろくなかったのかい」

「おれは友だちだもん、そんなことないけどさ、でも、ヒデをうらやましがって悪く言う奴はゲイでもノンケでもたくさんいるし」

タケシがちらちらと謙三の方に視線を送っていた。謙三はずっと客がつかず退屈そうにソファ席のテーブルに突っ伏してスマホをいじっていた。

「む、んうう……」

「もっと根本までくわえろ。よし、そうだ、俺の好みがわかってきたか？」

警官の手が英良の髪の毛を鷲づかみにしていた。太い肉棒がせわしなく口を出入りして、英良の顎にはよだれが伝っている。こうして口を使われるのももう四度目になる。警官は連日満員状態の『Deo』にやってきて、当たり前のような顔で英良を階段に呼び出し無料の奉仕を要求した。

このことは誰にも話していない。山神にはもちろん、赤西、長谷川、黒崎、そして立ちんぼの洋輔にも言えなかった。言ったら、洋輔を責めることになる。誰かに話したところで、どうにかできることとは思えなかった。相手が相手なのだ。『Deo』を守るためならこのくらい我慢できると英良は考えていた。

オレの店を守るためだ。やっと一生かけてやりたいことを見つけたのだ。ウッドベースはダメだったけど、この店だけは……。

「もう口はいいぞ」

「ん？」

「男のケツは具合がいいって話、確かめてみたい」

警官が腰を引いた。英良の口から唾で濡れた一物がずるりと抜けていく。

「さっさとケツ出せ。店が混んでるんだ、はやく戻った方がいいんだろ？」

警官はニヤリと笑って英良の腕をつかんだ。英良は必死の思いでベルトをはずし、ジーパンとトランクスを膝まで下ろした。壁に手を突いて警官に尻を突き出した。あわてて手に唾をとり、尻の穴になすりつける。指で慣らそうとしたところで、警官の一物が押しつけられた。

「こんなとこにほんとに入んのか？」

「う、あ……」

どうしてここまでしなくちゃいけないのか。

英良は情けなくて泣きたい気持ちになっていた。しかし店を守るため。せっかく満員が続いているのだ。ちょっとの我慢じゃないか。売り専時代は一日に何度もここに男のものを受け入れていたのだから、このくらい……。しかし、そういうのが嫌で『Deo』を始めたんじゃなかったのか。

「きっついな、おい、ゆるめろよ、お、なんかずるっと入ってきた、うー……」

「はあ、はあ、はあ……、う」

警官の一物が根本まで突き刺さっていた。ここしばらく山神も英良を求めてこなくなり、力の抜き方も忘れていた英良だった。息苦しく、圧迫感が強かった。警官のそれは太く、油断すれば裂けてしまいそうで、英良は大きく息を吐いてなんとか締めつけをゆるめようとした。

「あっ、あっ！ ゆっくりたのみます、ひっ！」

「うるせえ、黙ってろ。くっ、こりゃあ、なかなかいいぞ、女とはぜんぜんちがうもんだな、あー……」

警官は英良の背中にのしかかるようにして、腰だけスコスコと振った。ストーブのような体温と男臭い体臭に包まれて、英良は鳥肌を立てた。しかし肛門をずるずると濡れた肉にかきまわされる感覚はなつかしく、すぐにせり上がるような快感に体が熱くなってくる。

「あ、やだよ……」

英良は感じていた。

ずっと萎えていた一物がムクムクとふくれあがった。警官に奥を突かれるたびに、鎌首を振り上げて先走りをトロトロと滴らせた。

「うー、なんだよお前、また変わったぞ、絡みついてきやがる。たまんねえ、ハッ、ハッ……」

「あ、だめだよ、やめてくれよ、オレ、オレ」

忙しいのが続き疲れていて、この数日は自分で抜くことさえしていなかった。英良は快感の高まりを押さえられなかった。警官の一物は柔らかい場所を何度もえぐって英良を責め立てた。摩擦熱《まさつねつ》ではなく、体の芯に火がついたように熱くなっていた。せつないような、泣きたいような気持ちで頭がおかしくなりそうだった。

英良は汚れたコンクリートの壁に顔をこすりつけ、だらしなく口を開いてよだれを垂らした。

「あ、あ、だめっス、オレ、こんなの、こんなの……、うう」

英良の一物の先からドロリとザーメンが流れ出した。警官は顔中から汗を噴き出させながら、獣のように腰を振っていた。英良の肛門に音立てて一物を抜き差しした。

「出るぞ、くそっ、ふっ、うーっ！」

「あ、あ……」

警官が最後の仕上げとばかりに激しく突き上げていた。そのたび、英良は全身を人形のように痙攣させて、鈴口からザーメンをにじませた。

「あー、すげ……」

「ひいいっ！」

警官は無造作にまだかたいままの一物を抜き取っていた。唾とザーメンと腸液とで濡れて匂い立つそれを、英良のTシャツの裾を引っ張って拭う。英良もイッたことには気づいていないし、感心もない。それ以上一言も言わないまま、制服ズボンに一物をしまいこみながら階段を降りていった。

「ちくしょう……」

英良は裸の尻のまま階段に尻餅をついた。涙が出てくるが、手の甲でこすると身支度をすませ、急いで『Deo』に戻った。

　その深夜、英良が『Deo』を閉めて春町の通りに出るとタケシと出くわした。一緒にタクシーの走る表通りまで歩いていくと、途中で洋輔にも行き会った。

「もう帰るんだ？　なんか疲れた顔してるね」

　洋輔はいつもどおりののんびりした様子で話している。英良がなにも言えずにいると、タケシが聞いてきた。

「え？」

「『Deo』ってすごい繁盛してるんだろ？　でも、そういうの続かないいんじゃねえ？」

「赤西さん言ってたぜ。好奇心で集まった客はすぐにいなくなるってさ」

「なんだよ、それ」

　言い返しはしたが、英良はほとんど頭がまわっていなかった。洋輔が言った。

「でもさ、すぐに元通りに戻るんじゃないの」

「そうはいかないんだって。一見さんで混んでたら常連は逃げちゃうだろ。一度逃げた常連はなかなか戻ってこない」

　タケシは得意げな顔で受け売りを話している。

「でもヒデ君は人気あるんだから」

「どんなにモテ筋でも、ヒデはノンケだぜ。売り専ならともかく、どんなに口説いても落ちないってわかってる相手じゃ……」

　二人のやりとりはほとんど英良の耳に入っていなかった。疲れていた。とにかくはやくタクシーで帰りたい。一人になって眠りたい……。表通りに出るとすぐにタクシーが停まってくれた。英良は、お先に、とだけ言って乗り込んでしまう。タケシも続いて来たタクシーに乗って行ってしまう。

残された洋輔はゆっくりと春町の通りを戻っていった。公園のそばまでくると、トモが立っていた。かつて『ＲＥＤ』にいて『スレッジ・ハマー』に移り、その後は洋輔と同じように立ちんぼをしているトモだ。

「さっきヒデと話してたろ？　なに話してたんだよ？」

「うん、それがね……」


いつもどおりの時間に玄関のチャイムが鳴った。英良が犬の散歩を引き受けてくれるのだ。赤西はドアを開けると、おや？　と思った。英良の顔にいくらか疲れがにじんでいた。しかし待ち構えていた犬が飛びつくとうれしそうに笑うし、犬の首にリードをつけながら聞いてくる。

「あいつ、どうしてる？」

謙三のことだとすぐにわかった。赤西は一瞬迷ったが、隠してもしかたないとため息を漏らした。

「今朝、出て行ったらしい」

「らしいって、どういうこと？」

「荷物がなくなってるし、おれの財布から五万抜かれてるから、まあ、出て行ったんだろう」

「盗まれたってことかよ！」

「そのくらいなら被害とも言えないがな」

英良は顔を怒らせていた。しかし犬がはやく散歩に連れて行けと騒いでいた。

「とにかく行ってくる」

「たのむ」

一人で部屋の中に戻ると、リビングとキッチンと犬の部屋をぐるりと見渡した。赤西はせいせいしたような気持ちで大きく息を吸い込んだ。謙三はでかすぎた。体も、態度も……。赤西はキッチンに入り冷蔵庫を覗いた。

「なにつくってやろうか……」

不思議と気分がよかった。売り専に金を盗まれ、勝手に『RED』を辞められた。なのにこんなにすがすがしい気持ちになれる。

三十分後、英良が犬と戻ってきた。テーブルに並んだ料理の数々を見て、案の定、目を丸くした。

「なんかすげえ豪華！」

その無邪気に喜ぶ様を見て、赤西も目を笑わせた。とっておきのワインまで開けてテーブルを囲んだ。

「持ち逃げされて乾杯なんておかしいよ」

「厄介払いができたんだ、めでたいさ」

「でも、けっこう売れてたんだろ、あいつ」

「あのガタイとタチっぷりに惚れた客もいたが、一番人気にはほど遠い。お前のかわりにはなれない」

英良が顔を赤くしていた。昼から飲んだせいか、赤西も体を熱くしていた。

「お前はおれがスカウトした中で一番だ。おそらくこれからもお前以上の男はあらわれないだろう」

「そんなことねえだろ」

「いいや、間違いない。ただ見た目が恵まれただけじゃない。お前は男たちに好かれるんだ、自然と好かれる」

「オレは普通にしてるだけだよ」

「それがいいのさ」

酔ってるな。

赤西は自分で気づいていた。しかしたまにはこのくらいいいだろう。英良は照れ隠しか、もりもりと食べている。その様子からして、さっき疲れのにじんだ顔はただの見間違いだったらしい。若く好ましい姿を眺めながら赤西はワインをすすった。

これで十分なのかもしれない。お前とおれとでは住む世界がちがう。お前はノンケだし、おれはどこまで行ってもおれだ。だがこれ以上、なにがいる？

これ以上のものなど考えつかない。


しわになった布団の上に二人の男が倒れ込んでいく。山神はワイシャツにネクタイを締めたままだが、珍しく汗臭い。英良はきつく抱きすくめられて、なにかおかしいと気づいていた。

「ちょっと、まだ……」

「そのままでいい」

『Deo』をはじめてからずっと、パトロンと愛人という関係を続けてきたが、常にさっぱりとした態度を貫いてきた山神だった。体を重ねる時でも、こんな性急な求め方はなかったし、最近は英良の部屋に来てもただ眠ったりテレビを見たりで体の関係はなくなっていた。なのに今夜は布団を敷いている最中から抱きついてきた。

「んっ、んあ……」

唇が押しつけられ、ぬらぬらと舌が口の中を舐める。煙草の味のきつい唾が流れ込んできた。英良はいやいやと首を振った。山神は体を起こし、英良のズボンとパンツを強引にはいだ。英良の足首をつかんで持ち上げて、夢中の様子で肛門に吸いついた。

「あっ、だめだって、洗ってないのに……」

「かまうもんか」

「あーっ！」

いきなり指二本をねじこまれていた。英良は足をふらふらと揺らし、身をすくませた。赤ん坊のような体勢で山神の責めにたえていると、ツンと小便臭い匂いが鼻先まで流れてきた。山神がスラックスのファスナーから一物をつかみだし、そこに唾を落としていた。

「もう入れるぞ、いいな？」

「……はい」

英良は自分で足を抱え、意識して力を抜いた。山神の一物がぬらりと肛門にこすりつけられ、たまらず体を震わせる。何度も何度もこすりつけられていれば、じれったくて自分から尻を突き出してしまう。思わず見上げると、こういう時、いつもならニヤけているはずの山神が真顔のままだった。英良はハッと息を飲んだ。

「う、はあ、はああ……」

太い一物がズルズルと肛門に入り込んできた。英良はすでに燃え上がっている自分を押さえられなかった。

やっぱこの人に抱かれると、なんかヤバイ……。

「あっあっ、ヤバイよ、このまま……」

「漏れそうなら我慢するな」

「うん、うん……、あーっ！」

「もう出てるぞ。このまま続けるからな」

「はい、……お願いします」

なぜそんな風に言ってしまうのか英良は自分に驚いていた。しかしこの山神にならどんな姿を見られてもかまわないような気がする。山神の方もそんな英良をからかうこともせず、ただマジマジと英良の感じる様を見下ろしてくる。顔中に汗を浮かべて腰を振り、しだいにこわいような表情を浮かべ、荒々しく燃え上がっていく。

「舌を出せ」

「え？　あ、んう……」

山神が痛いくらいに英良の舌を吸い出していた。鼻息が顔のまわりで吹き荒れる。それがいきなりピタリと止まり、肛門の中で太い肉がドクドクと脈打つのがわかった。じわりと熱い感触が奥の方に広がるのを感じて、英良もまた、穴の奥から一物へと快感が伝わって二度目の射精を迎えた。

「んっ、んんっ……！」

英良がイッている間も山神は口をはなしてくれなかった。いつまでも英良の舌を吸い出してぬるぬると絡ませていた。

いつもなら体を重ねた後は必ずシャワーを浴びていく山神だった。しかしその夜はただティッシュで一物を拭き取っただけで身支度をすませ、まだ布団でのびている英良をちらと見下ろした。

「ごめんな」

山神はそれだけ言うと部屋を出て行った。やっぱりおかしい、と理性ではわかっているが、英良は久々に抱かれて心も体も伸びきってしまい、結局、そのまま寝入ってしまった。

翌朝、電話の音で目が覚めた。寝ぼけまなこをこすりこすりスマホを耳に押しつけた。相手は『Deo』のことで世話になった不動産屋だった。

『……退去の日はもうお決まりですかね？』

「はい？」

『テナントの引き渡しは今月いっぱいですが、もしお決まりでしたら教えていただけるとたすかるんですがね。いつ閉店されるかだけでも……』

なんの話かちっともわからなかった。

「閉店？　なんなんスかそれ？」

『お聞きでない？　困ったな……。もめ事は避けたいんですがね。とにかく、もう保証金の払い戻しはすませたので』

「なんだよ、どういうことだよ！」

とにかく山神と話すと言って電話を切った。すぐに山神にかけるがつながらず、現在使われていない電話番号です、とアナウンスが流れ出した。英良は混乱した頭のまま山神の名刺を探した。名刺に書かれた会社の番号にかけると、留守電に切り替わり自動音声が聞こえてきた。

『たいへんご迷惑をおかけしております。現在、倒産法に基づきできるかぎりの対応をさせていただいております。債権者のみなさまにはあらためて説明会を開く予定でおりますので……』

いてもたってもいられず山神の会社まで出かけていった。ビルの前に人が集まっていて、金返せ！と叫んでいる連中もいた。英良は近くにいた中年男をつかまえて聞いた。

「山神さんはどこに行ったんスか」

「しらねえよ、雲隠れしちまった。あの詐欺師が……」

英良は途方に暮れて立ち尽くした。

第六章　奈落

クリスマスデコレーションの施された『ＲＥＤ』の店内には、いつにも増して華やかな雰囲気が漂っていた。

その日の昼間に業者がやってきて、赤西の指示の下、飾りつけがなされていた。ただ楽しげだったり、派手だったり、反対にシンプルで品のよすぎるものを赤西は嫌っていた。センスはいいが、どこか毒のある味つけを選び、客に夜遊びの怪しさというものを感じさせようとする。

カウンターの端に、長谷川、黒崎、タケシと集まっていた。赤西は口を閉ざし、カウンターの中でグラスを磨いている。

「……でも、保証金ってのは、普通、店子が出て行った後に返すもんだろ」

黒崎が話していた。長谷川が解説するようにこたえる。

「あのビルの大家さんは人がいいからね。山神さんとも前から親交があったはずだから、山神さんにたのまれてすぐに振り込んだんだろう」

「その金を持ってあのおっさん、雲隠れしてんのか」

三人は英良のバー『Ｄｅｏ』がどうなるのか、噂話を続けていた。『Ｄｅｏ』のオーナーである山神は事業に失敗し姿を消した。外国に逃げたと言われているが、自殺したという説も流れている。

「『Ｄｅｏ』はどうなるの？」

タケシが聞いた。これにも長谷川がこたえた。

「ヒデ君が保証金を払って、あらためて契約すれば続けられるだろう」

「保証金っていくら?」

「家賃の十ヶ月分ってところかな」

タケシは目を丸くした。

「それって何百万ってこと?」

「それ以外にも不動産屋に払う礼金もあるし、保証金以外に家賃を前払いすることも多い。居抜きで借りても、店をはじめる時には一千万程度かかるのが普通なんだよ」

「……そんな金、あいつ、持ってんのかなあ」

三人が話している間、赤西はずっと黙り込んでいた。首にゆったりと巻いたストールを神経質に気にしながら、一度磨いたグラスをまた磨き直していた。


『Deo』の店内はシンと静まりかえっていた。クリスマスの飾りつけもされていない。業者には頼んであったが、予約はキャンセルした。

英良は預金通帳を見下ろしていた。残高がやっと百万をこえた程度だということは、もちろんわかっていた。一桁《ひとけた》まで数字は覚えているし、次にどんな引き落としがあるかも確かめてある。それでも通帳を見返して念じてしまう。増えろ、増えろ、増えろ……。

大家と不動産屋と三人での話し合いは済んでいた。英良は土下座して、なんとかして金を用意するから待ってくれと頼み込んだ。不動産屋は相手にしてくれなかったが、大家は一ヶ月待ってもいいと言ってくれた。来月末までに保証金を用意できれば契約してもいい。もちろんそれまでの家賃は前払いで払ってもらいますけど……。その条件ではなんの得もない不動産屋は文句を言ったが、結局、大家の提案が通った。

　家賃が前払いということさえ英良はそれまで知らなかった。保証金がいくらということも。『Deo』を始めるための雑務はすべて山神に丸投げで、英良はただ店に立ち、客とおしゃべりをして酒をつくることしかしてこなかった。

　未払いだったその月の家賃と来月分の家賃を払ったら、手元にあった『Deo』の売り上げはほとんど消えてしまった。あんなに客が詰めかけていたはずなのに、それほどの売り上げにもなっていなかったとあらためてわかってきた。

　ドアの開く音がして、黄田が入ってきた。黄田は『RED』時代から続く唯一の常連客で、愛染の自殺未遂騒動の後も顔を出してくれていた。英良はいらっしゃいも言わずに、あの混雑の割に売り上げが伸びなかったことを言いつのった。

「あんなにお客さんいたのに、なんで……」

「あー」

　黄田は面食らった様子だが、英良の言いたいことを察してくれた。

「野次馬みたいな連中も大勢いたからね。なにもたのまずに店の中でしゃべってる奴もいたんじゃないかな」

「そんな……」

「まだ、誰も？」

　黄田が店の中を見回していた。二人の他に誰もいなかった。まるで開店前のようにBGMさえ流れていない。

　この間までの大入り満員が嘘のようだった。ある日を境に、客がそれまでの半分になり、次の日にはその半分に、そしてこの数日はほとんどこなくなった。愛染の自殺未遂の影響でやってきた一見の客はブームが去り消えてしまった。以前の常連客は戻ってこなかった。そして通帳には百万と少しの金しかない。

「保証金のこと、どうするんだい？」

七三に分けた黒縁眼鏡の角張った顔が心配そうな表情を浮かべていた。

「わかんないよ」

「銀行に融資はたのんだ？」

「三カ所まわって断られた」

「誰か銀行員の知り合い、いないのかい？」

『ＲＥＤ』時代の客で銀行の支配人がいて、三日前に会っていた。でっぷりと太った支配人は銀行の応接室で、監視カメラに写らない角度で英良の手をとりながら言った。君は本当にかわいいけど、たすけることはできそうもないよ。なにしろ君には実績がない。担保がない。保証人もいない。『Ｄｅｏ』がどういう状況か調べればすぐにわかる。君に金を出す銀行はないだろう……。

ドアが開き、長谷川が入ってきた。ＢＧＭさえ鳴っていないことに首をかしげてみせる。英良は音楽をかけ、二人に酒をつくった。気を遣ったのか、二人は世間話をはじめた。英良は黙り込んだ。

その翌日の午後、カフェで黒崎と落ち合った。黒崎指定の店で、どうやら常連らしい。

「ここはこの時間からビールがたのめるんだ。お前も飲むだろ？」

「いいよ、コーラかなんかで」

「落ち着いて話すには一杯引っかけるのが一番だぞ」

黒崎はピッチャーでビールを注文した。英良は渋々と乾杯に付き合った。グラスに半分飲んだところで酌をされ、思い切ってそれも一気に飲み干してしまう。酔いがまわりだすかどうかのタイミングで頭を下げていた。

「金貸してもらえませんか」

なぜ一番はじめに黒崎に頼もうと思ったのかはよくわからない。頼みやすいような気がしたのか。黒崎の方もこの流れを読んでいたような顔で懐を探り、分厚い封筒を取りだした。

「そうくると思ったよ」

テーブルの上におかれた封筒の中に、札束が見えていた。百万は入っている。英良は目に涙をにじませた。

「お前さんに貸してやれるのはこれだけだ。僕は金持ちってわけじゃないから、これで精一杯だぞ」

「すんません……」

「それで、集まりそうなのか？」

「わかんないよ、そんなこと」

「少ない額でもいいから、あちこちからとにかくかき集めろ。それしか手はないぞ」

英良はうんうんとうなずいた。

その日の深夜、『Deo』を閉めた後、春町の通りに出ると、立ちんぼの洋輔と出くわした。英良は洋輔の顔を見るなり聞いてしまった。

「なあ、立ちんぼってどのくらい稼げる？」

洋輔は面食らったように目を大きくしたが、いつもののんびりした調子で言い返してきた。

「それがね、まずいことになってるんだよ。前に会った警官の人、覚えてる？」

忘れられるはずもない。混み合った『Deo』に何度も押しかけてきて、階段でフェラチオを強要したあの男。英良は肛門を犯された時の屈辱を思い出し体を熱くした。そういえばあの晩以来、あの警官は姿を見せていない。

「あいつがなんだよ？」

「異動があったみたいで、どこか遠いところに行っちゃったみたいなんだよ」

「よかったじゃんか、あんな悪徳警官」

「それがちがうんだよ。かわりに担当になった警官っていうのがすごく真面目な人で、取り締まりが厳しくなっちゃったんだ。お客さんも寄りつかないし、しょっちゅう職質受けるしさ。前の人はたまにサービスしてやれば見逃してくれたし、用心棒みたいにトラブルの時に頼りにできたし……」

そういう見方もできるのかと英良は驚いた。洋輔と別れて歩き出すと、大通りの手前まできたところでようやく思いついた。立ちんぼしてでも金を用意しようと考えていたのかな、オレ？『RED』で体を売るのが嫌で『Deo』をはじめたのに……。

大通りまで出てタクシーがこないかと目を凝らしていると、こうなったらタクシー代だって馬鹿にならないと思い直した。歩いたって三十分はかからないはずだ。英良は方角を考えて、春町を引き返した。すると公園のそばで、今度はトモと出くわした。『RED』から『スレッジ・ハマー』に移り、今は立ちんぼをしているトモだった。

「お前の店、潰れそうなんだってな」

トモはニヤニヤと笑っている。しかし、以前、みなの前で英良の家族を悪く言った時のように酔っている風でもない。英良は思わず立ち止まり、言い返した。

「こないだまでは大入りだった」

「自殺した作家のおかげで集まった客だろ」

「先生は死んでない。たすかったんだ」

「一緒じゃん。自殺しようとした、お前のせいで」

「オレは関係ない！」

英良はうなるように言った。うんざりしていた。何度思い返しても、自分に愛染の自殺の責任があるとは思えない。なにかしら予兆はあって、それは見逃したのかもしれない。だとしても、自分にはどうにもできなかった。

「でもみんなそう思ってんだろ。だから押しかけてきた。有名な作家を自殺に追いやった男がどんな奴か見てやろうってさ」

あの狂騒はそういうことだったのだと、今は英良にもわかっていた。

「……だからなんだよ？」

「そういうんじゃ続かないって赤西さんが予言してたんだってな」

ハッとした。どこかでそんな話を聞いた気がする。あの警官に尻を使われてぐったり疲れきったあの晩、タケシが話していたことが記憶の底から戻ってくる。それでも英良は言い返していた。

「常連さんだっているんだ」

「逃げちゃったんだろ。そういうの、なかなか戻ってこないんだよな」

そんなこともタケシがあの時話していた。赤西さんが言っていた、と……。それで、トモが赤西の話をどこかから聞いたのだとわかった。

「まだ、ずっと来てくれてる人だっている」

黄田のことを思い浮かべていた。

「そいつにヤらせてんのか？」

「なっ」

「せいぜいサービスしてやんなきゃな。お前、ノンケなんだから、体だけでもつなぎとめないと」

トモはケラケラと笑いながら立ち去った。英良も歩き出した。苛立っていて、喉も渇いていたから、通りかかったコンビニに入り、コーラを手に取った。それから、それをビールにとりかえた。外に出るとすぐに飲んだ。タクシー代よりはずっと安いと考えていた。


「……だから、つまりさ、紹介してくんないかな、手っ取り早く金になる相手」

マンションの玄関で話していた。赤西は英良の顔をまじまじと見下ろした。英良の方は犬の頭を撫でて赤西から目を逸らしている。

金が必要だからまた体を売りたい、という話だった。まともに相談するのが嫌なのか、英良は犬の散歩をたのまれた後、こうして立ち話で済ませようとしている。赤西はため息を漏らしてこたえた。

「お前はもう『ＲＥＤ』の人間じゃないんだぞ」

「そうだけど、お願いします」

英良が頭を下げた。卑屈な態度で、かえって本気ではないようにも見える。どうして素直に「金を貸してくれ」と言わないのか。こいつなりのプライドということなのか。黒崎が百万ほど貸してやったということはもう聞いていた。

「じゃあ」

英良は犬のリードを手渡してきて、通路に出ていった。

「飯はいいのか?」

赤西が呼び止めても、そのままエレベーターに乗り込んだ。なにか怒っているような雰囲気もあるが、赤西にそれ以上のことがわかるはずもない。

首をひねりながら犬の足を拭き、リビングに戻った。ダイニングテーブルの上に並んだ二人分の料理を見て、またため息が漏れる。やっと謙三がいなくなって、前のように気兼ねない関係に戻れると思っていたのに……。

犬にせがまれておやつをやった。犬はそれをあっという間にたいらげて、さっさと自分の部屋に行き、犬のベッドで丸くなる。無邪気なその様子を、壁に掛けっぱなしのままの、英良のおいていったエスペランサのポストカードが見下ろしている。

英良が毎晩そこに眠っていた頃がなつかしかった。子どものようなあの寝顔はもう見られないとあらためて思い知らされる。客を紹介してくれと言った時の、あの卑屈な横顔がよみがえった。

変わってしまったということか。

赤西は三度ため息を漏らした。

その晩、英良が『Deo』を開けようと準備をしていると、長谷川がドアを開いて入ってきた。まだ看板はつけていないし、いつも顔を出してくれるのはもう一時間は後の時間だから、英良は期待した。というのも、その前の日に金を貸してくれないかと相談していたからだった。

長谷川はいつもの席に座り、英良はいつもの酒を出した。カウンター越しに向かい合うと、長谷川は懐から封筒を取りだした。

「悪いんだけど、ヒデ君に融資はできない」

英良はショックを受けた。長谷川なら間違いなくたすけてくれると思い込んでいたのだった。カウンターの上に置かれた封筒が気になっていた。

「じゃあ、それは？」

「ヒデ君を応援したいから、この五十万はカンパだ。……私が援助するのは赤西だけと決めているんだよ。だから金は貸せない」

長谷川の赤西への想いを知っているだけに、英良はあきらめがついた。しかたがない、それでも五十万ももらえるのだから……。いつか返そう。ちゃんと儲かるようになったら。

その時、ドアの開く音がして振り返った。赤西が戸口に立って、『Deo』の中をぐるりと見回していた。英良は驚いてすぐには口がきけなかった。

赤西が『Deo』にやってきたのはこれが最初だった。英良はずっと赤西に自分の店を見せてやりたかった。しかしそれは満員の『Deo』であり、ウッドベースのライブで盛り上がっている『Deo』だった。開店前なんだからしかたない、そうは思っても、最近は開店中も大差なく客がいないのだ。惨めだった。思わずぶっきらぼうな口のきき方をしていた。

「なんだよ、急に？」

「客が見つかったぞ。五十万払うって言ってる」

英良は目を見開いてうなずいた。

「やるよ、オレ、なんだって」

「相手はあいつらだぞ。お偉い役人どものサークルのこと、覚えてるだろ」

『スレッジ・ハマー』が閉店に追い込まれた後、赤西に頭を下げられて引き受けた客のことと英良も思い出した。集団で英良一人をもてあそんだエリートたちのセックスサークル。忘れたくても忘れられなかった。さまざまな男たちに体を売った英良だが、山神に初めて犯された時と同じくらいに、あの集団プレイは屈辱的で心に傷を残していた。あんな思いは二度とごめんだと英良は考えていた。

「どうする？」

赤西が暗い顔でたずねていた。英良はまっすぐとその目を見返した。

それから48時間後、英良はスーツの男たちに囲まれて、一人裸で、絨毯敷きの床に膝をついていた。腕をねじられ、後ろ手に結束バンドでくくられていた。足首には手錠がかけられていた。どうしても山神にレイプされた、あの初めての時の恐怖がよみがえってくるが、必死に胸の内に押し込めた。

「どこまでやっていいのかね？」

白髪頭の、年配の男が言った。それに、脂の浮いた顔の五十男がこたえる。

「前の時よりずっと金を積んでるんだ。痛い思いをさせなきゃ、文句はないだろ」

四十代の、子どもが何人もいそうな、やさしそうな顔をした男が言った。とたんに男たちの中に笑いが起こった。酒を飲んでいるのもいるせいか、まるで宴会で笑い話でもしているような、和やかな雰囲気がホテルの最上階にあるスイートルームに広がっていた。

まだ二十代の、いかにもエリートといった雰囲気の銀縁眼鏡をかけた男が英良の尻を覗きこんでいた。

「あれ、今日はオモチャ入れてないぞ」

「でも、前の時よりきれいになったんじゃないか。ほら、比べるとよくわかる」

三十代の短髪の男がスマホをかかげていた。精細なディスプレイに、毛におおわれた肛門が映し出されていた。前の時に撮られていたのかと英良にも察しがつく。

「おい見てみろよ、ほら、前の時はもっと襞が乱れてた」

「しばらく商売をやめてたらしいからな」

「金を積んだらまたやってもいいって？」

「金の力は偉大だな」

また笑いが起こった。それから、今度はちがう種類の、クスクスと小さな笑いが起こった。なんだ？と英良が思っていると、肛門になにかが押し当てられるのがわかった。それは細くてかたくて、尻の中に冷たい感触がじわりと染みてくる。

「なっ、なにしたんだよ？　う」

「すぐにわかるさ」

腹がグルグルと鳴り出していた。強烈な痛みに体をねじってしまう。浣腸されたのだと予想がついた。生まれて初めての経験だが、それしか思いつかない。

「便所に行かせてくれよ」

「わかってるよ、絨毯を汚されたらクリーニング代をとられるしね」

腕をつかまれ引っ張られた。今にも漏らしそうで、股を閉じて、すり足でしか進めない。足首をつながれた手錠がジャラジャラと鳴っていた。全身から脂汗を噴き出させながらバスルームに入ると気がついた。便器がないのだ。トイレとバスが別になっている造りだった。英良は呻いて訴えた。

「漏らしちゃうよ！」

「大丈夫だ」

英良のすぐ目の前で五十男がスラックスから一物を引っ張り出した。こんな時にできるもんかと、英良は男を見上げてにらみつけた。すると男は脂で光る顔をニヤニヤと笑わせて半勃ちの一物を英良の顔に向けた。鈴口から小便が飛び出してきた。

「やっ、やめろよっ！」

英良は顔をそむけて怒鳴り声をあげた。しかし男はまるで怯まずに、笑ったまま言い返した。

「口開けろ。俺の小便飲んだら糞させてやるぞ？」

英良は耳を疑った。信じられなかった。怒りと惨めさに頭がどうにかなりそうだった。しかし腹が痛かった。五十男の小便は酒を飲んでいるせいか強烈に匂った。

「素直じゃないな」

白髪頭の年配男と、二十代の銀縁眼鏡がバスルームに入ってきた。そして五十男と同じように折り目正しいスラックスから一物をつかみだし、英良に小便を浴びせた。若い男が英良の髪の毛を鷲づかみにして顔を上に向けさせ、口に指をねじ込んだ。小便のついた指だった。英良はヒクヒクと肛門をふるわせていた。泣き出しそうな気持ちで口を開けた。

「ちゃんと飲めよ！」

怒鳴られて、喉を鳴らした。小便ってこんなにしょっぱいのかと衝撃を受けた。

「もう無理だよ、もっ、漏れちゃう……」

「ようし、じゃあ、糞してもいいぞ」

五十男が排水溝のカバーをはずした。その暗い穴を見て、ここでしろと言われているのだと英良にもわかってくる。嘘だ、こんなこと……、そうは思ったがもう我慢の限界をとうに超えていた。「仕事」前の準備としてここへくる前に一度すませていたが、浣腸液にまみれた細い便が英良の肛門からひり出された。バスルームの外から誰かが手を伸ばしスマホでその様子を撮影していた。

「はあ、はあ、はあ……」

いつのまにか白髪頭の男がスーツを脱ぎ、全裸になって英良の前に立っていた。他にも四十代のやさしい顔つきの男が裸でバスルームに入ってくる。便はシャワーで流され排水溝に消えていたが、匂いは残っているし、まして小便はほとんどそのまま英良の全身を濡らしている。なのに裸になった中年男たちはむしろ興奮した様子で英良の体をまさぐった。白髪交じりの陰毛から突き出した勃起を顔にこすりつけてきた。もう一人は英良の首筋にこすりつけながら乳首を痛いほどつねりあげた。

「しゃぶってくれ」

「ん、んう……」

銀縁眼鏡の男も裸になって戻ってきた。英良の縮こまった一物に手を伸ばし、体をかがませて小便にまみれたものを口に含む。その異様な絡み合いを、上等なスーツを着込んだままの男たちがバスルームの外から覗きこんでいた。

英良は全身に鳥肌を立てていた。小便の匂いもきついが、その中に男たちの一物の匂いやワキガの匂いも混じっている。べとついた一物を舐めさせられながら英良は寒気を覚えた。若い男にしゃぶられていたが、縮こまった一物はピクリとも動かない。

「んんっ！」

誰かの指が英良の肛門に触れていた。唾かローションを含ませてあり、ヌルヌルと表面をこすってから、ゆっくりと中に入ってくる。それは思いがけずやさしい愛撫だった。指は中を探るように動き、英良の肉穴がゆるむと二本に増えた。

「んっ！」

英良の体が震えた。肛門の奥からあの熱がわき起こるのがわかった。それは小さな火のように英良を体の中から炙りはじめる。全身の感覚が、その火によってまるで違って感じられてくる。ただ痛いだけだった乳首をつねられる感覚がチリチリとこそばゆいものに変わり、口を出入りする肉のすべる感触でさえ、なにか官能を感じさせる。英良の一物がビーンと勃ってきた。

「さすがだな、ここをいじられたとたんだぜ」

「んっ、んふうっ！」

「いい声で泣いてる」

腕をつかまれ立たされた。湯船の縁に上体を押しつけられ、尻だけ突き出す格好にされて犯された。白髪頭の男が小便まみれの体をこすりつけてくる。なのに体の芯であの火が燃えさかっている。年の割にかたい一物が肛門を出入りするたびに、英良の一物も反り返って先走りを垂れ流す。

「どうだよ、見てみろ、この顔。すげえ感じてるぞ、この坊主」

英良は顔をくしゃくしゃにしてあえいでいた。その顔をつかんで五十男がキスをした。小便の塩辛さと匂いの残る口の中を舐めまわした。頭では嫌だと思うのに、英良はせつなさのあまり男の舌を吸い舐めた。

「もう出るぞ、ふっ、うっ……」

熱くてヌメヌメとしたザーメンが肛門の奥に広がっていた。引き抜かれる時の感触がまた刺激になり、英良はあおられた。銀縁眼鏡の若い男が続いて英良を犯した時、たまらずザーメンを迸らせた。

「おい、イッてるぞ、この坊や」

「ほんとにノンケなのか？」

「ノンケかどうかはともかく、本物の淫乱だってことは確かだな」

ゲラゲラと笑う男たちの声は英良の耳に届いていなかった。まだ快感のただ中にあり、かぼそい悲鳴を上げ続けていた。前立腺を若い一物にえぐられて、快感の絶頂に押し上げられたまま、降りてこられないでいた。

「おい、そろそろこっちに連れてこいよ」

銀縁眼鏡が射精した後、熱いシャワーを頭から浴びせられた。小便を流され、ふかふかとしたタオルで包まれてスイートのリビングに運ばれた。英良は床に押し倒された。今度はスーツを着たままの男たちがファスナーを下ろし、次々と英良を犯した。後ろ手にくくられたままの英良は絨毯に額をこすりつけてあえいでいた。すると髪の毛をつかまれて顔にべとついたものをこすりつけられた。

「う……」

排泄物の匂いがいったん流されたせいで、濃厚な三十男のすえた匂いが鼻孔を刺すようだった。以前、誰の一物か味と匂いで当てるゲームを強要された時、唯一英良が言い当てた、体臭のきつい男の一物だった。

「口開けろ」

「んうっ」

まだ口の中には小便の匂いも残っている。それでも、粘るような滓の味とイカ臭い匂いはまた別物だ。髪の毛をつかまれて頭を揺すられた。生ぬるいザーメンが喉に注ぎ込まれた。

「んーっ!」

いったん一物が引き抜かれ空になった英良の肉穴に、ひときわ太い一物が一気に押し込まれていた。英良は強烈な快感に痺れ、二度目のトコロテン発射をした。

「んっ、ん……」

ボトボトと絨毯にねばついたザーメンを放ちながら、英良は泣き出していた。惨めだから泣くのか、快楽のせつなさに泣けてくるのか、もうわからない。英良は自分を憎んでいた。こんな目に遭《あ》いながら感じてしまう自分の肉体が憎かった。

「へそくり全部だよ」

黄田が角張った顔を笑わせて、カウンターの上で封筒を押し出していた。英良はぶるぶると首を横に振った。

「そんなお金、借りられないよ」

黄田はごく普通のサラリーマンで、妻と子どもが二人いて、犬まで飼っている。貧乏ではないにせよ、裕福でないことはよく知っていた。だから英良も黄田に金を借りようとは思わなかった。黄田はニコニコと笑って、鼻先にずり落ちた眼鏡を引き上げた。

「かわりにさ、しばらくの間でいいから、恋人になってほしいんだ」

「恋人？」

「ごっこだよ」

デートしようと言われて、その晩ははやめに『Deo』を閉め、二人で居酒屋に行った。『RED』で英良を買っていた頃も、黄田はホテルに行く前に決まって英良に飲み食いさせた。チップをくれない黄田だったが、素朴な人柄もあって英良は黄田が好きだった。久しぶりに楽しい酒を飲み、英良は気を緩ませた。

金を借りたこともあって、英良は自分から黄田をマンションに誘った。まるで若い恋人に誘われたように、黄田は喜んだ。英良の殺風景な部屋の中を黄田は遠慮がちに見て回り、英良の手をやさしく握って口説いた。

「一緒に風呂入ってくれないか」

湯船にぬるめの湯を張って、二人でつかった。黄田は英良の若い裸体を背中から抱きすくめた。さすがの英良も気恥ずかしくなった。何百人という男たちを抱き、抱かれてきた英良だが、男と一緒に風呂に入ったのは初めてだった。

「いい気持ちだ……」

黄田は顔を火照らせ、七三に分けた髪を湯気で乱れさせていた。英良の肩に唇を、尻の肉に勃起した一物を押しつけていた。だからてっきり、今夜は黄田に抱かれるのかと英良は考えていた。

しかしそれから五分としない内に、黄田の態度は入れ替わっていた。

「……いいだろ、たのむ、小便かけてくれ、汚してくれ」

『RED』で買われていた頃から、黄田のマゾ性は何度も見せつけられていた。それでも、久々に目の当たりにすると面食らってしまう。黄田は洗い場の床に額をこすりつけるようにして、英良の足指の間を舐めまわした。唾を飲ませてくれと口を開き、間の抜けた顔をした。

「小便かけてくれ、このとおりだから」

黄田は狭い洗い場で土下座した。正座した股から勃起した一物が飛び出していた。英良は逃げ出したいような気持ちになったが、黄田のへそくりを思って萎えた一物の根本をつかんだ。

「ほんとにいいの？　出るよ？」

「いいんだ、汚してほしいんだ、いや、ヒデ君のしょんべんなんだ、汚くない、清いんだ」

苦笑しそうになりながら英良は腹に力を入れて、なんとか小便をした。黄田の胸板や中年太りの腹に浴びせていく。黄田は自分からかがんで英良の小便を顔に浴びた。

「あー、いいよ、熱い、気持ちがいい……」

黄田の股間で一物がビクビクと反り返っていた。英良の小便が止まると、黄田は自分で指に唾をまぶし、肛門に挿し入れた。

「たのむよ、このまま……」

「あっ、う」

黄田がしがみつくようにして英良の一物を飲み込んだ。英良のそれはずっと萎えたままだったが、ヌメッた舌に舐めまわされてすぐにかたくなった。

「んっ、……ほら、このまま、たのむから」

黄田が小便の溜まった洗い場に寝転がっていた。自分で足を抱え上げ毛の生えた肛門をあらわにする。唾がなすりつけられ、指で慣らして赤い粘膜が見え隠れしている。英良はゾッとした。しかしへそくりの入った封筒のことを思って、覚悟を決めた。

「あっあっ、ヒデ君のが入ってくる、うう、すごいぞ……」

「う、あ、すげっ」

床に膝をつき、黄田と体を密着させるのだから、当然、英良も小便にまみれることになった。だが黄田の尻の穴は名器で、熱い肉襞がずるずると英良に絡みつき、締め上げてくる。

それに、奇妙な興奮が英良の体の芯で熱を持ち始めていた。

狭い風呂場にこもった小便の匂いが、英良に、役人たちに遊ばれた時のことを思い出させていた。あれからもう一週間が経つ。ただただ嫌悪感しかなかったはずなのに、それでも悶え狂ったあの時の自分を思うと恥辱に息苦しさを覚えていた。

いま、英良はあの時の自分を見るように黄田を見下ろしている。

小便にまみれ、肛門を犯されて獣じみたあえぎ声を漏らしている、黄田の無様で淫らな姿。

「ハッハッ、ヒデ君、すごいよ、そんな、きつい、う……」

「はあっ、はあっ、はあっ……、ちくしょう」

黄田が自分で一物をしごいていた。英良はその手を振り払い先走りでヌメッたそれをこすりあげた。そうして雄犬のように腰を振った。黄田の肉穴を痛いくらいにかたくなった勃起で突いた。

異様な興奮があった。罪悪感があった。怒りがあった。

「イクッ、イクッ、ヒデ君、あーっ！」

黄田の一物から驚くほどの量のザーメンが漏れ出していた。派手に飛び散るのではなく、ダラダラと流れ出すようで、それは腹の上に溜まりをつくり、どろりと脇腹を流れていく。それでも英良は黄田をしごくのをやめなかった。

「ヒデ君、死んじゃうよ、死ぬっ、ぐ」

「死ねよ、くそっ、オレも出るっ！」

体を清めると二人で布団の上に寝転がった。英良も疲れ切ってぐったりしていたが、黄田の方が先に寝息を立てていた。英良は黄田の寝顔を眺めて、いつか動物病院で出くわした黄田の家族を思い出した。地味だが幸せそうな顔をした奥さんと元気のいい男の子が二人、そしてのっそりとした大型犬。

家に帰らなくていいのかな？　英良は心配になった。帰ってほしいと考えたわけではない。むしろ、このまま起きなければいいのにと思っていた。

「うーん……」

黄田が横向きになり、英良の体に腕をまわしてきた。英良はその腕を抱えて目を閉じた。こんなの変だと思うのに、妙に安心できるような気もして、そのまま眠ってしまった。

「入っていいのか？」

「あ、うん、どうぞ」

そう言って英良は赤西を部屋の中に招き入れた。赤西は『Ｄｅｏ』にやってきた時と同じように、英良の部屋の中をぐるりと見回している。赤西が英良の部屋を訪ねるのは、二年前、赤西の部屋から四階下のこの部屋に引っ越しをしたあの日以来初めてのことになる。

いよいよ借金をたのめる相手がいなくなり、その前日、ついに赤西に頭を下げたのだった。赤西は即答で了承してくれた。銀行でおろしたらそのままお前の部屋に寄ると言ってくれた。

どうして赤西にたのむのを最後の手段と考えたのか、英良にもよくわからない。断られるのが怖かったのか。

赤西の前には、あの愛染にたのんでみようかとも考えた。あの自殺騒ぎの後、一度も話してさえいないから、挨拶くらいしておきたいという気持ちもあった。だが、やはり自殺未遂の後に借金をたのめるわけはなかった。それに、もしも自殺の原因はあなたにあると言われたらとも考えて怖かった。そんなわけはないとわかっていても……。

タケシにも金貸してくれないかと声をかけていた。しかし予想どおり、そんな金あるわけないじゃんとはねつけられた。立ちんぼの洋輔にもたのんでみた。洋輔は大会社のエリートサラリーマンという噂もあるし、と。しかし、そこまでしてお店を続けたいのがわかんないなあ、とのんきな調子ではぐらかされた。

英良は赤西にペットボトルのお茶を出した。一人用の小さなダイニングテーブルに向かい合って座り、自分は飲みかけだったグラスに口をつける。赤西が分厚い封筒をテーブルにおいた。英良は頭を下げた。

「本当にすんません」

赤西はまじまじと英良の顔を見つめていた。それから、英良の触っている、汗をかいたグラスを。英良は緊張していた。どうして赤西に借金を申し込むのを後回しにしていたのか、わかった気がする。親に金を借りたらきっとこんな気分になるだろう。

緊張のせいで急に小便がしたくなった。

「ごめん、ちょっと」

英良は便所に入り、用を足した。出てくると、赤西が顔をかたむけて英良を見上げた。

「また派手に音を立てていたな」

なにを言われているのか英良にはわからなかった。小便をすればジョボジョボと音の鳴るのは自然なこと。生まれてこの方、気にしたこともない。

「音させないでするなんて、できないじゃんか」

「できるさ、おれはやってる」

赤西は苦笑して、封筒をテーブルの上ですべらせた。

「返すのは余裕ができた時でいい」

「すんません」

その時だった。赤西の首にまたあのストールが巻かれていることに英良は気がついた。赤西が立ち上がりながら、英良のグラスの中を覗きこんだ。すぐ間近に、プロレスラーのように盛り上がったガタイが迫っていた。

「お前、酒を飲んでるのか」

「うん、……う？」

赤西の手が英良の股をつかんでいた。

赤西の手の中で英良の一物はすぐにかたくなった。ファスナーを下ろし、生身をつかみだし、かがみこんでしゃぶると英良の手が赤西の頭をつかんできた。

「う、はあ……」

ここに来るまで、そんな気はなかった。英良の小便の音を聞いて、その気になったのか。英良が昼間から酒を飲んでいるとわかって、ハードルが下がったような気もしている。百万単位の金を貸すのだからこのくらいは、とも考えている。

「んう……」

英良の股ぐらは若い男の汗の匂いを発散させていた。赤西は久しぶりのその匂いを何度も吸い込んだ。濃厚な味を舐めとった。

「うっ、はあっ、そんなにしてると、オレ……」

「いいだろ？」

赤西が吐き出すと、目の前で肉が跳ね返った。赤西の唾と先走りの混ざったものが顔に飛び散ってくる。英良はなにも言わなかった。うなずきもしない。それでも拒絶されている感じはなかった。赤西は急いでスラックスとボクサーブリーフを脱ぎ捨て、英良の手首をつかんで導いた。

赤西は床に仰向けに寝転がり、そばにあったクッションを腰の下に押し込んだ。手に唾を落とし、自分の肛門になすりつける。英良も目の前に膝をついていた。

「犯ってくれ、……はあぁ」

「う」

赤西の熟《う》れた肉穴に、はち切れそうなほど張り詰めた若い英良が入り込んでいた。ゆっくりと、しかし確実に根本まで犯されると、赤西はたまらず英良の体を抱き寄せた。英良も素直におおいかぶってきて、赤西にのしかかる。

二人の男の肌と肌がぴったりと吸いつきあった。

「あ、ああっ、当たるぞ……」

「ここだろ?」

英良は赤西にのしかかったまま器用に腰を振っていた。暖房が効きすぎている部屋の中で、英良の肌は汗ばんでいた。赤西の鼻先に、英良のうなじや頭から立ち上る汗の匂いが漂ってくる。キメの細かい肌の感触もしっとりとしてたまらなかった。

おれが仕込んだ男だ。

「ふう、ふう、うっ、はあ」

一から十まで、おれ好みに動く。

「あー……」

実際にはそれ以上だった。赤西の上で、英良は汗ばんだ肌をこすりつけるように動いた。顔をあげ、酒臭い息を吐きかけてくる。赤西を見下ろすその顔はこわいくらいに男っぽくなっていた。自分でバーをはじめ、愛染の自殺や金策で苦労したせいか、前よりずっと男としての迫力が増していた。

「すげえかたくなってる」

「あっ、ヒデ……」

英良の手が赤西の肉をつかんでいた。先走りでヌラヌラになったものをゆっくりといたぶるようにしごいた。前をしごかれると、また、肉穴の奥が熱くなってくる。そこを英良のかたいものがゴリゴリとこすりあげて、それが一物の快感をきつくする。下半身がジンジンと痺れるようだった。柔らかい場所をえぐられるたび、痺れと熱が背筋を何度も這い上がった。

「ヒデ、そのまま、たのむ……」

「わかってる、くそ、オレももう我慢できねえよ！」

ズルズルと英良のかたいものが根本まで差し込まれていた。英良は赤西におおいかぶさって腰を突き出している。英良の縮れ毛が赤西の玉や尻のまわりにごわごわと触れる。英良の指はただ赤西の根本をつかんでいただけだが、ピンピンと張り詰めてドロリとザーメンを漏らした。

「あ、あ、あ……」

赤西が口を開けてあえぐと、一拍遅れて英良も赤西の中に精を放った。かすかに伝わってくるそのヌメリと拍動に、赤西はせつなさのあまり英良の目を見つめて唇を舐めた。

「はあ……」

「ハッ、ハッ、ハッ……」

しかし言葉にしてキスをせがむことはさすがにできなかった。英良に伝わったのかどうかはわからない。ただ酒臭い息を荒くして、ぐったりと赤西の上にのしかかってくる。赤西の分厚い肩に口を押しつけて息を整えようとする。赤西は英良の肩に手をのせた。それだけでも、もはや精一杯のことだった。

二人の腹の間で、赤西の一物はいつまでもだらしなくザーメンを滴らせていた。

赤西は悔いていた。

―金を貸すのも体と引き替えにしてしまった。

一番最後に自分のところにやってきた英良とわかっていた。自分にだけは借りを作りたくなかったのか、なにか男の意地があったのか。どういうつもりかはわからない。だが、一番はじめに頭を下げにきていいはずと赤西は考えていた。おもしろくなかった。しかしそれだけでもない。掟のことを思い出したせいか。金が欲しければ体を売れ。できるだけ高く……。だから体を求めてしまったのか？　だけどあいつはもう『ＲＥＤ』の売り専じゃない。おれのものじゃない。未練ということなのか。

「これ、もう見たかい？」

長谷川の部屋に呼ばれていた。飲み物をつくり、のんびりと飲みながら、赤西は英良に金を貸したという話をしていた。もちろん関係を持ったことは黙っていたが、長谷川は赤西の目を覗きこむように見ていた。そしておもむろにリモコンに手を伸ばし、テレビをつけたのだった。

豪華なリビングの壁にかかった巨大なテレビに、小さなサポーター一枚しか身につけていない英良の肉体が画面いっぱいに映し出されていた。

「なっ……」

赤西は目を見開いてテレビの中で行われていることを見つめた。

英良は尻の割れたサポーター一枚の裸体で、コンクリートの床に膝をついていた。そのまわりに、サングラスをかけたジーパンやチノパンの男たちが七、八人並んでいた。男たちはファスナーをおろし、一物をつかみだすと、順番に英良の口に押し込んだ。一人目の男が英良の口の中に射精すると、続いて二人目の男が英良の口をふさぐ。順番待ちをしている男たちの一人が黒々と光るバイブレーターにローションをつけているのが画面の端に映っている。それを、正座して尺八を続けている英良の肛門に押し込んでいく。

『んうっ！　フンッ、う……』

英良の顔が歪んでいた。しかし二人目の男が口中射精する頃には、英良のサポーターの股間は左寄りに膨らんで一点染みを作っていた。

「お前も知らなかったのか」

長谷川がため息まじりに言った。赤西は黙ったままうなずいた。

金を用意するために？　だったらどうして先に言わないのか。あいつはどうして……。

テレビの中に白いタンクトップが見えてくるようだった。赤西は思わず画面から目を逸らした。

「あ……」

いつのまにか長谷川がすぐ間近に迫っていた。赤西の腕をつかみ手錠をかけた。肩を押され、ひざまずくように促された。嫌悪感に体が震えるほどだった。しかし顔の上に汗でべとついた一物を転がされると、赤西は結局口を開いた。塩辛い味のついた唾を飲み込んだ。

「んう……」

「見てみろ、ヒデ君、もう四人目だ」

三人目の男の一物が英良の口から引き抜かれたところだった。その直後に四人目の肉を口に押し込まれ、ザーメンを吐き出すこともできないようだった。カメラが英良の喉元に迫った。ゴクリと喉の鳴る音まで収録されていた。

「しかしヒデ君は感じやすいんだね」

長谷川が赤西の頭をつかみ、腰を振っていた。赤西は嘔吐きそうになりながら、横目でテレビを見た。男の手が英良のサポーターを引っ張り、勃起した一物が飛び出した。肛門をバイブレーターで刺激されているだけだというのに、英良の一物は先走りを滴らせてビンビンと反り返っている。ディレクターの指示なのか、まわりの男たちの誰もそれに触れようとしない。

「ふっ、ふっ、もっと吸いつくんだ、そうだ、お前だってしゃぶるのが好きだろう?」

長谷川が呻いていた。尺八だけで漏らすことは滅多にないが、このまま出すつもりだと赤西にはわかった。英良の痴態を見て興奮したのか、それとも惨めな自分をいたぶって……。赤西は怒りと屈辱に体を熱くした。それでも長谷川の太ももにすがりついた。

「五人目だ。ほら、見てろ、この後だから」

「んう……?」

言われるまま横目でテレビを見た。英良は五人目の太い一物をくわえながら、四人目の男のザーメンを飲み込んでいるところだった。ジーンズに白いポロシャツを着た男が英良の肛門にバイブレーターを出し入れさせていた。英良は口いっぱいに肉を頬張りながら身をよじった。顔と首筋が真っ赤に染まった。その直後、英良の一物からトロトロと白濁《はくだく》したものがあふれだした。

「バイブだけでイクなんて、ヒデ君は本当にすごい……、はあ、たまらん、出すぞ」

「んうう……」

口の中に生臭い匂いが広がっていた。赤西は悔しい気持ちになりながらそれを飲み下した。半勃ち程度まで萎えてから、ようやく長谷川が腰を引いた。

「立て。そうだ、ほら、お前のことも同じようにしてやる」

「く、あう……」

腕をつかまれ立たされると、長谷川の手が赤西のスラックスにのびてきた。ベルトをゆるめファスナーを下ろし、唾でヌメらせた指を睾丸の下にくぐらせてくる。二本の指が赤西の肛門をなぶっていた。赤西は手錠され、がに股でリビングの真ん中に突っ立っていた。長谷川の指に犯されて、一物を振り上げていた。

テレビの中では、英良が六人目の一物を口に押し込まれているところだった。英良は髪の毛をつかまれ、朦朧とした顔つきで男の肉に吸いついている。股間の一物の先から、まだザーメンが糸を引いて流れ出している。

「自分でしごけ」

長谷川に命令されるまま、赤西は手錠された手で自分の一物をしごいた。肛門を指でなぶられながらシコシコと皮を動かすと、今にも漏らしそうなほど高ぶっていることに気がついた。英良にあおられたというのか。あんなに惨めで哀れな英良に……。

「もったいぶるな、イケ」

「はい、う、はあっ、出るっ！」

赤西はシャツの裾にザーメンを飛び散らせた。最後の一滴まで出し切るまで、長谷川の指は執拗《しつよう》に赤西の肛門を中からこすりあげた。

「う、はあ、はあ……」

赤西はあえぎながらテレビを見ていた。第一パートが終わったのか、英良が寝転がって股を広げている。ローションで濡れた赤黒い肛門が大写しになり、そこに男の一物がゆっくりともぐり込んでいく。

「私のことを見るんだ」

長谷川の声にハッとした。見ると、白髪頭の渋い顔に苦悩の表情が浮かんでいた。唇が重なり、舌を吸いあった。

さっきまで燃え立っていた長谷川への怒りが消えていった。

手錠をはずされ、バスルームに歩き出そうとしながら聞いた。

「あいつに金を貸してやらなかったって聞きましたよ。なぜです？」

ずっと聞きたかったことだった。

「あげたよ、五十万」

「あなたならたとえ一千万でもすぐに貸せたでしょう？　なぜです？」

「お前に悪いと思ったから」

意味がわからなかった。

「それは……」

「ただやるだけなら五十万が限度さ。百万もやったらやはり返さないといけないと思うだろう、あの子は。真面目な子だからね」

「だったら二百万でも三百万でも貸してやればよかったんですよ」

「それはできない。私が手を貸すのはお前だけと決めている」

赤西は長谷川の顔をじっと見つめ返した。長谷川は無表情を装っているが、出会って二十年も付き合いの続いている赤西には、その目が苦悩を語っているのがわかった。

赤西は胸が苦しくなって、どうしていいかわからなくなった。すると体の方が勝手に動いて、ほとんど無意識に長谷川に抱きすがった。らしくない、そう思いながらも、長谷川の肩に顔を埋めていた。

長谷川の方が体は小さいが、そんな赤西を抱きとめていた。


誰もいない『Deo』で英良は酒を飲んでいた。

その日の昼間、保証金や礼金をまとめて不動産屋に渡し、ようやく正式な契約を済ませることができた。実印がいくつも並んだ書類を手にした時には気持ちが浮き立ったが、一人になると力が抜けてしまった。

結局、また体を売って稼いだ金なのだと思い返していた。

役人連中に遊ばれて、黄田と恋人ごっこをし、ＡＶに出て、赤西を抱き……。

赤西に裏切られたような気がしていた。自分から頼んだこととはいえ、あの役人連中にまた売られたことも堪えていたし、金を貸すかわりに体を求められたこともショックだった。

英良は『Ｄｅｏ』の中をぐるりと見渡した。看板をつけてもう三十分は経つ。

なんとか契約はできたが、次の家賃の支払いまで間がなかった。このままでは、なんのために金を集めたのかわからない。手放したくないと必死で金をかき集めたが、そもそもこの『Ｄｅｏ』がうまくいかなければ家賃など払えるはずがない。家賃を払うためにまた金を借りることはできないとよくわかっていた。ひとつだけ手立てがあることもよくわかっていた。

店の奥の壁にベースケースが立てかけてあった。英良はそれをにらみつけるように見つめた。

『Ｄｅｏ』はオレの店だ。

英良は胸の中で自分に言い聞かせた。

この店だけは守る、どんなことをしても。だってオレにはこの『Ｄｅｏ』しかないんだから……。

その翌日の夜、英良は体にぴったりと貼りつくようなＴシャツにジーパンという格好で『ＲＥＤ』のカウンターの中に立っていた。

その晩、『ＲＥＤ』にはいつにも増して華やかな雰囲気が漂っていた。年明けの仕事始めの日で、客もまだ正月気分で顔を緩ませている。

「ヒデ君、復帰したんだって？」

昔の常連客から次々と予約が入っていた。ここしばらく『ＲＥＤ』から足の遠のいていた客まで、どこかから噂を聞きつけてやってきた。

忙しく『ＲＥＤ』を出入りする英良の姿を見て、赤西は満足した。

自分の胸の内を覗きこんで、奇妙だなとも感じていた。山神一人のものになっているより、大勢の男に抱かれる今の方がいいということか？　誰かのものであるより、いっそ誰のものでもある今の方が……。

しかし昔に戻ったようでうれしかった。英良は二年のブランクのせいか、初めて春町にやってきた頃と同じく、戸惑っているように見える。その分、新鮮に見える。この賑やかで怪しげな、男たちの夜の世界に戸惑うノンケの英良は初々しい。

三人の客の相手を終えて戻ってきた英良に、赤西は酒を出してやった。次の客は決まっているが、予約の時間までまだ十五分ある。

「おれの部屋に戻ってきてもいいんだぞ」

赤西は英良にだけ聞こえるように、小さな声で囁いた。

「え？」

「家賃が浮くだろ」

自分でも、どうしてそんな提案をするのかわからなかった。ノンケの英良と心までつながれるはずはない。それでも、もう一度、あの頃が戻ってくるような気がしていた。自分と英良と犬で暮らすあの生活が……。

英良は考え込むような顔をしてこたえなかった。そこに予約の客がやってきて、あわててグラスに残った酒を飲み干した。英良は腕を引かれて立ち上がりドアの方に歩いていく。入れ替わりに黒崎が入ってきた。英良は黒崎に笑いかけている。黒崎も笑い返している。

なのに黒崎はカウンターに手をついてスツールに腰かけるなり言った。

「自分で商売なんかするからだな」

「なんの話だい、ゲオさん？」

「ヒデだよ。顔も体も前のままだが、なんていうか、オーラがな。……苦労すると若い男は魅力がなくなる」

赤西は思わず息を詰《つ》めた。カウンターの端から長谷川が見ていた。

今日は売れないなあ。

英良はのんきに思いながら『RED』のカウンターに立っていた。予約の客は三時間も先だし、これならいったん『Deo』に戻っていようかと考えていた。『Deo』は英良が留守の間、洋輔や黄田に頼んであった。黒崎やタケシもちょくちょく様子を見てくれる。それでも自分の店なのだから気になった。

英良はあくびをした。すぐ横でタケシもつられてあくびをする。

「あれ、お久しぶりですね」

赤西の声に二人そろって振り返った。東ヶ崎が若い男を連れ立って店に入ってきたところだった。

『ＲＥＤ』の常連客である東ヶ崎はその時その時で一人の売り専に入れあげてきた。英良の知っているかぎりでも、傷害で刑務所に入っている耀次、田舎に引きこもったままの玄太、タケシ、一度『スレッジ・ハマー』に移籍して戻ってきた圭吾と相手を変えてきた。この何ヶ月か、東ヶ崎は『ＲＥＤ』にも『Ｄｅｏ』にも姿を見せていなかった。

「そちらの男前さんは？」

赤西が軽い調子で聞いていた。よその店の売り専と英良は思い込んでいた。

「今度こそ本物の恋だよ」

東ヶ崎は頬を赤らめて話していた。若い男と並んでスツールに腰かけ、バーテンに飲み物を頼んでいる。英良はタケシと目を見合わせて舌を出した。東ヶ崎は英良の存在に気づかず、タケシのいることも気にしない風で続けた。

「売り専じゃないんだよ、カタギの子さ。金で買った体じゃない。心と心で求め合ってるんだからね、本物の相手ってことさ」

赤西は顔を笑わせたままうなずいていた。なにをどう思っているのか、その横顔だけでは英良にはわからない。その時、ようやく、東ヶ崎が英良に気づいた。タケシのこともわかっていなかったらしい。

「あれ、戻ったの、ヒデ君？」

「あ、はい」

「タケシ君も元気かい？　……マスター、ソファの席に移ってもいいかな？」

「どうぞ」

東ヶ崎は若い男の肩を抱いてソファに並んで腰かけた。二人は顔を寄せ合って話し酒を飲んだ。赤西がちらとタケシの顔を見て、非常階段に出て行った。煙草を吸うのだろう。

タケシがつぶやくように言った。

「結局さ、僕も耀次もあの玄太も、なんていうか、噛ませ犬っての？　そんなもんだったんだろな」

「なんだよ、それ？」

「ちゃんと言えないけど、捨て駒《ごま》っていうかさ、使い捨ての、引き立て役？」

タケシは笑っていた。しかしその目は潤んで光っている。いつも強気だったタケシの涙に、英良は言葉を失った。タケシは東ヶ崎さんのこと、本気で好きだったのか……。

タケシと二人、東ヶ崎たちの後ろ姿をぼんやり眺めていた。耀次のことが頭に浮かんでいた。耀次を思い出したのはずいぶん久しぶりのことで、英良は罪の意識を覚えた。英良が『ＲＥＤ』に入った頃から東ヶ崎は耀次に入れあげていた。そばで見ていて嫌になるほどだった。それに対していつもつれない態度の耀次だったけれど、玄太に乗り換えた東ヶ崎が許せずに刃物沙汰を起こした。東ヶ崎は重傷を負って三ヶ月も入院した。一歩間違えば本当に死んでいたのだ。だから耀次が刑務所に入れられたのは当然とは思う。耀次のしたことは決して許されない。だが、耀次がどれだけ東ヶ崎に惚れていたのか、その証明でもあるとも思う。

なのに、元が金でつながった客と売り専だから「本物の相手」にはなれないというのか。だったら耀次はなんのためにあんなことを？　どうして刑務所に入っているのか……。

英良が『ＲＥＤ』に復帰してナンバーワンに返り咲いたのはわずか数日のことだった。昔の常連が一回りした後、ＧＯＧＯ時代のファンが数人と、例のＡＶを見たという客が五、六人やってきて、その後はきれいに客足が途絶えてしまった。

「なんでだろ？」

英良はわけがわからなかった。タケシが悩ましそうな顔をしながらスマホを見せてくれた。『ノンケの売り専としてかつて人気を誇った自称青年実業家ヒデ君を応援するサイト』と書かれていた。その下に、英良が口からザーメンを垂らしている画像が大きく貼りつけられている。英良は目を見張った。

パトロンに出してもらったゲイバーは閑古鳥。そのパトロンは詐欺と脱税に問われ逃走中。常連客の人気作家が自殺未遂。自殺の前日まで一緒に豪華客船に乗っていたヒデ君は自殺との関係を否定しているが果たして……。

コメント欄も英良を中傷する内容の書き込みで埋まっていた。

『あいつはただの雇われママで実業家なんかじゃない』

『だけどいい男だなあ。で、いくらで買えるの？』

『五千円で十分でしょ』

『オレ、二万払ってもいいけど、どこまでさせてくれんのかな？』

『二万もやれば小便だって飲むだろ』

英良は自分のことが書かれていると信じられなかった。

「あんまり読まない方がいいぜ」

タケシがそっと英良の手からスマホを取り上げた。

赤西が休憩に出ている間に英良は『ＲＥＤ』を抜け出し『Ｄｅｏ』に戻った。

ドアを開ける寸前に、客がいるのが気配でわかった。英良はうれしくなって自分の店に入った。

カウンターの横で、店番を頼んであった洋輔が中年男の一物をしゃぶっていた。洋輔はあわてて吐きだして立ち上がった。

「あ、ご、ごめん、さっきさ、ここにいるって話したら、来てくれてさ……」

立ちんぼの客と一目でわかった。飲み物も頼んでいない。いつか、伐採された公園で見張りを頼まれた時のあの中年男だった。

「……悪いけど、続きは外でやってくれるか」

「う、うん」

二人が出て行くと、英良はスツールに腰かけた。ずっと店番を頼んでいるのだから文句は言えないと自分に言い聞かせていた。だがそれより、客がいると喜んだのに違ったのがショックだった。英良は誰もいなくなった『Deo』をぐるりと見渡した。

その時、スマホが鳴り出した。黄田だった。

『なあ、ヒデ君の背中にほくろがいくつあるか知ってるかい？』

最近、ちょくちょくこういう電話を黄田がかけてくる。金を借りた時から続いている「恋人ごっこ」だ。セクシーなやりとりをしたくてかけてくる、甘えた電話。セックスの時はマゾ丸出しの黄田だが、それ以外の時はこんな風にエロチックで、ロマンチックなやりとりをしたがる。

しかし実際には、黄田が会社からの帰り道、自宅のそばの誰もいない公園から電話をかけていると英良は知っている。奥さん子どものいる家に帰る前に、少しでも恋人気分を味わいたいのだ。

いつもは、それに付き合うたびに自分が馬鹿になったような気がしていた英良だった。しかし今夜はずっとやさしい気持ちで言葉を返していた。

「またマンションに泊まりにくれば？」

半分、本気の誘いだった。黄田が来てくれれば慰められるような気がしていた。

『うれしいこと言ってくれるなあ』

「だってさ、一人はさびしいだろ」

タケシに見せられたあのサイトから受けたショックが、ほんの少し和らぐようだった。


昼を過ぎた頃、英良は電話の音で目を覚ました。電話は長谷川からで、お昼を食べにおいでと誘われた。五十万も「カンパ」をもらって感謝していたし、しばらくマンションの家賃を待ってもらっているから断れないというのもあるが、体を求められるかもしれないと考えて気が重くなった。

最上階に上がって広々としたダイニングに通されると、テーブルの上にケータリングの豪華な料理がずらりと並べられていた。テーブルの中央には巨大なホールケーキがのっていて、『ヒデ君おめでとう』とデコレーションされたチョコレートのシートが刺さっている。

その日が自分の誕生日であることを英良は忘れていた。

「すげえ！　……オレのために？」

長谷川は笑ってうなずいた。英良もうれしくなってテーブルの上をぐるぐると見回した。

「さあ、座って。お祝いしよう。乾杯」

どれから食べようか迷うほど料理が用意されていた。しかしつまんだのは最初だけで、英良は酒ばかり飲んだ。酔っていないと不安感が強くなってしまう。落ち着かない。

英良に付き合うように長谷川も昼からずいぶん飲んでいた。

「……みんなが君とあれがうまくいくのを願っていたんだよ」

『Ｄｅｏ』のこと、『ＲＥＤ』のことと話題は次々と移っていった。しかし二人そろって酔いがまわってくると、長谷川は赤西の話をしたがった。

英良はそれが嫌だった。しかし、長谷川の言う「みんな」の顔は頭に浮かんでいる。黒崎も、愛染も、あの山神さえもそういうことを口にした。

「なんでそんなこと」

「どうしてだろうね……、たぶん、みんな、自分の代わりと思っていたんだろう」

「代わり？」

「身代わりさ。自分の人生がさびしくむなしいから、せめて自分の好きなあの二人にはうまくいって欲しいと願うのさ」

酔いもあって、英良にはよくわからなかった。

「でも、赤西さんは長谷川さんとずっとやってきたんじゃないか」

「私たちがそういう風になれないって話は前にしたろう」

「でもさ」

「私はこれでいいんだよ。どうせ時間つぶしの人生なんだから。……だから、君たちにうまくいって欲しかったんだよ」

長谷川の真剣な目に英良はたじろいだ。夜は毎晩飲み明かしながらまるで酔った姿など見せたことのない長谷川なのに、珍しくその顔は赤らんで目は充血している。

しかし英良にはやはりわからない。自分の得られなかったなにかをオレと赤西さんに求めてる？　そんなことをしてなんになる？

リビングの方から物音が聞こえてきた。二人そろって振り返ると、戸口に赤西が姿をあらわした。テーブルに並んだ料理を見て首をひねり、英良をまじまじと見つめた。

「来てたのか」

「ほら、誕生日」

長谷川が言って、赤西は、あ、と声を上げた。

「今日だったか……、おめでとう」

手を差し出されて握手をした。赤西の手はあいかわらず大きく力強い。だが、熱く乾いた手のひらの感触はどこか遠く感じられた。この間、金を借りるので体を重ねた時とはまるで態度がちがう。

赤西は手をはなすとすぐに長谷川のそばに寄った。長谷川のグラスにワインを注ぎ、その肩に手を置いて囁きあうように話す。赤西の首に例のストールが巻かれていないことまでは気づいていないが、それでも英良は違和感を覚えた。

「……今夜も？」

長谷川の声だった。どういう意味なのかははっきりしない。二人の親しげな様子を見て、不意に、二年半も前の夜の記憶がよみがえった。泊まりで英良を買った客が急用で帰ってしまい、閉店直後の『ＲＥＤ』に戻ると、赤西が黒崎に抱かれていた。あの時と同じ、なにかもやもやとした感触が英良の胸によどんでいた。

その晩、客の指名がついたと呼ばれて『ＲＥＤ』に行くと、女性客が英良を待っていた。

キャバ嬢やホストクラブで遊び慣れた人妻が『ＲＥＤ』に来て売り専を買うことは珍しくもないが、その中年女は一目見てタイプが違っていた。赤西に引き合わされた時には、どこか思い詰めたような顔をして英良を見た。女はまず英良を食事に連れて行った。英良が続けて酒を飲む姿を見て、女は徐々に緊張を解いていった。

どうしてこんな仕事をしているの？

食べながらポツポツと話をした。男の客で、この手の話から始めて延々と説教を続けるのもいるから、英良はてきとうにあしらおうとした。しかしこの女の場合、なにかがちがっていた。上から目線ではなく、純粋な好奇心から聞いているようにも見えた。

英良の方から促してホテルへ行った。ドアを閉めると、英良は手早く済ませようと女を抱き寄せた。

「いやっ！」

叫ぶような声に、英良は両手を挙げて後ずさった。

「すんません、あの、どういうやり方がいいの？」

「あなた、あの人相手の時はどっち役をするの？」

「え？」

「黄田よ、うちの主人」

英良は目を見開いた。よくよく女の顔を見ると、いつか動物病院で出くわした、あの中年女だった。

それから三十分後、英良は一人で夜の町を歩いていた。

それまで自分がなにをしていたのか、思い知らされたような気持ちがした。黄田からかかってくる電話にいい気になっていた自分がもはや信じられなかった。

黄田の妻は英良の顔に万札を叩きつけて去っていった。

「どれだけ馬鹿にすれば気が済むのよ……」

うなるように言って目から涙があふれだしていた。その後ろ姿がまだ英良のまぶたの裏に焼きついている。

その日以来、黄田は『ＲＥＤ』にも『Ｄｅｏ』にもこなくなった。電話もかけてこなかった。

「……うん、え？　ああ、そうなんだ、ふうん、兄貴も大変なんだな。あ？　いや、オレは大丈夫だよ、うん、じゃあ、また」

電話を切ると、英良はカウンターに突っ伏した。電話の相手は十歳年上の兄で、いくらか金を貸してもらえないかと頼むつもりでかけたのだった。しかしその話を持ち出す前に、子どものことで金がかかって苦労してるというような話を兄から聞かされてしまった。借金を頼むことは結局できなかった。

ボン、ボン、ブーン。

誰もいない『Deo』の中で、英良はウッドベースを弾いた。

数日前から、『RED』には行かなくなっていた。どうせ客はとれないし、『Deo』の店番もある。洋輔には頼みづらくなっていたし、黄田はこなくなった。

ポケットのスマホが振動しているような気がした。しかし電話もメールも来ていない。最近のくせで、スマホを持つと家族写真を表示する。まだ赤ん坊の英良が母に抱かれ、その横に父が立ち、十歳年上の兄が英良の頬を指で突いて笑っている。

その画像を見るたびに英良は不思議な気持ちになる。たしかにあの写真なのだ。ずっと記憶に残っていた写真。記憶の中では、この写真の中の父は赤西にひどく似ていた。なのにこうして実物を見るとまるで似ていない。

死んじまってるんじゃないか？

兄の声が耳元に聞こえてきた。『Deo』にやってきた時、親父のことなにかわかったか？　と聞いたらそうこたえてきた。さも、なんでもないことのように。そんなこともうどうでもいいじゃないか、と言いたげに。

英良は父がいつか帰ってくると考えていた。すでに死んでいる可能性は少しも頭に浮かんでいなかった。しかし、もし生きていて帰ってきたとして、それでどうなるのか。謝ってくれるとでも考えていたのか。家族が元通りになるとでも？

「母さんは自殺した」

英良は酒にしわがれた声で呻いていた。

「親父はウッドベースを捨てて逃げた……」

元通りになれるはずがない。

英良は発作的に立ち上がり、ウッドベースを床に叩きつけた。ドンッと響くような低い音が鳴った。

「わーっ！」

英良は大声を出し、あわててベースを起こした。疵《きず》が何カ所かについていた。鳴らしてみると音がズレていて、調整してもいつも通りにいかなかった。自分みたいだ、と英良は思った。

自分みたいだ。

英良は『Deo』を戸締まりしてふらふらと春町の通りを歩いた。公園のそばで立ち止まり、洋輔がいないか辺りを見回した。すると、背の高い中年男が声をかけてきた。

「君、ビデオに出てるよね？」

「あ……」

「相手、してくれるのかな、ここに立ってるってことは。いくら払えばいい？」

前に洋輔に聞いた相場の値段を英良はつぶやくようにこたえていた。

男は英良を公園の茂みに連れ込むと、英良のズボンとパンツを足首まで下ろし、股の間に指を入れてきた。唾をつけた指が睾丸の下にもぐりこんだ。

「ビデオで見たけど、ほんと柔らかい穴だね？」

「う、あっ……」

男の指がずるずると英良の肛門をかきまわした。英良は酔っていて、体を揺らしていた。指が二本に増えて前立腺をえぐられると、それまで縮こまっていた一物が一気にかたく反り返った。それから、いったん半勃ち程度まで萎えてくる。英良は感じていた。目を閉じて体を揺らしながら、後ろの快感に素直に声を上げた。

「あっ、うっ、はあぁ……」

「気持ちがいいだろう?」

英良はうなずいた。ほんの数分の出来事だった。うなだれた一物の鈴口からたらりたらりとザーメンが流れ出した。

「あれ、まさかこれ、ザーメンかい? 指だけでイッちゃったのか」

男に言われて、英良も驚いた。一物は半勃ちなのだ。なのに肛門を指でいじられただけで漏らしてしまった……。

「あっ、うっ、感じる……」

「最高だよ。僕のことはしゃぶってイカせてくれるかな」

男の一物はひどく匂った。そのべとついて汗臭い、汚れたものを頬張りながら、英良は自分に問うていた。自分はいったいなんなんだ? と。

男が好きなわけでもないのに、体はあんなことに感じてしまう。

もう普通の男とは言えない。だけど、ゲイにもなりきれない。

オレはいったいなんなんだ?

「お前、どんだけ飲んだんだ？」

黒崎と並んで春町の通りを歩いていた。英良は黒崎の太った体に肩をぶつけてこたえた。

「いつもと同じくらい」

「毎晩、酔いつぶれるほど飲んでるのか」

誰もいない『Ｄｅｏ』でつぶれていた英良を黒崎が起こしたのが、三十分ほど前だった。金が必要だからまた『ＲＥＤ』で買ってくれよと英良は言った。だったら直接買ってやる、ついてこい、と黒崎はこたえた。

英良は千鳥足で黒崎の横を歩いた。離れてふらふらすると黒崎が肩を抱き寄せる。寒い夜で、二人の息は白く濁っていた。

「どこ行くの？」

「僕の部屋でいいだろ」

「初めてだ、このそば？」

ろれつがまわらず口の中で舌がもたもたとしか動かない。そんなに飲んだかな？　と英良は考えた。

その時だった。春町の通りを横切って渡っていく中年男が見えた。

「……父さん？」

英良は走り出した。が、酔って力の入らない足がもつれて転びそうになる。それでもよろけながら男を追いかける。男の姿は狭い道に入って見えなくなっていた。英良も右に左に足をふらつかせながら道を曲がる。

しかし男の姿はどこにもない。

後から黒崎が追いかけてきた。

「おい、お前の親父はもうのたれ死んでんだろ?」

「生きてるよ! だから来たんだ」

「ヒデ……」

「オレのことテレビで見て、鳥飼だって来たし、兄貴だって来たんだ。父さんが来たっておかしくないじゃないか」

英良は叫んでいた。その声は震えていた。

父に、どうしても聞きたいことがあった。なんであんなことになったのか? どうして母さんを殴ったのか? 幸せではいられなかったのか……。

英良は泣いて、ビルの入り口そばにあったゴミ箱を蹴飛ばした。コンクリートの壁を殴りつけた。黒崎があわてて英良を抱きとめた。

「わかった、さっきのはお前の親父だ。きっとそうだ。近いうちにまたあらわれるさ。お前の店を探してたんだろう……」

キスされて、英良は体から力が抜けていくのを感じた。

目が覚めると、裸で薄暗い部屋にいた。ダブルベッドの端に丸くなっていて、すぐ横に黒崎が大の字で寝ている。黒崎も裸で、腹の辺りにだけ毛布をかけて一物は丸出しになっている。

英良は起き上がって部屋の中を見回した。狭いワンルームマンションのようだった。まるきり記憶にないが、尻の中がヌラヌラとするから、きっと犯られたんだろうとわかる。壁に貼りついている小さなキッチンにウイスキーのボトルが置かれていた。英良は瓶の口からじかに酒を飲んだ。

床にパンツとズボンが一緒に丸まっていた。英良は朦朧とした意識のままなんとかズボンをはいた。

しかしセーターや上着が見当たらない。椅子の背に山のように服がひっかけられているが、そこを探す気はしなかった。クローゼットを開き、目についたシャツをとった。上等だがリネンで、冬に着るものではないが、英良は気にせず袖を通し、腕まくりまでした。それから、今が冬だと思い出して、その上に革ジャンを羽織った。黒崎の体にあわせたものだから、いくら鍛えていても英良には大きすぎる。しかしそんなことも今は気にならない。

外に出ると春町のはずれにいて驚いた。こんな場所に住んでいたのかとマンションを振り返る。凍えるほど寒かった。自分の部屋に帰ろうと歩き出した。春町の通りを突っ切って公園の横まで来たところで、トモと出くわした。

酔った頭でも、嫌な奴に会ったと身構えた。

「おい、ヒデ、お前も立ちんぼしてるってマジ？」

トモはくっくっと笑っていた。

「やっぱお前の店がもう終わってるって噂、本当だったんだ」

「ちがう、ちゃんと毎晩、店開けてる」

「でも、客が誰もこないんだろ。やっぱ赤西さんの予言って当たるんだな」

赤西の名前が出て、英良は息を飲んだ。

「なんだよ、それ」

「ノンケのくせにこの町でバーをやろうなんて、身の程知らずだって」

ピンとこなかった。どういう意味なのか英良にはわからない。それでも、赤西がそう言ったということは本当だろうと思えた。トモは嫌な奴だが、嘘つきじゃない。

「もしかしてさ、お前の店も『スレッジ・ハマー』みたいに赤西さんが潰そうとしてんじゃねえの？」

「そんなわけないだろ」

すぐに言い返していた。だが、言ったそばから頭の中では反対のことを考えていた。まさか、でも、もしかしたら……。

山神の言葉が耳元によみがえってきた。

『スレッジ・ハマー』を忘れるな。あいつはお前に惚れてる。だからお前に裏切られたと思ったら、どんな手を使ってもやり返してくるぞ……。

目の前でへらへらと笑っているトモの顔を、英良はまじまじと見つめていた。

事実、『Deo』がダメになって自分はまた『RED』で体を売った。赤西を裏切って『スレッジ・ハマー』に移ったトモはどこの店にも入れず立ちんぼをしている。このトモとどんな違いがあるのか。そしてすぐに売れなくなって、立ちんぼまでしている。それも赤西にやり返されたということだ。

英良はふらふらと歩き出した。トモがまだなにか言っていたが、もう耳には届かない。マンションに向かう道で、この間、長谷川が英良の誕生日を祝ってくれた時の、二人の様子が思い出されてきた。

ずいぶん仲が良さそうだった。

長谷川はうなるほど金を持っている。なのに借金をさせてくれなかった。それももしかしたら、赤西があらかじめ手を回していたからなのかもしれない。

頭に血がのぼっていた。ますます酔いがまわっていた。

マンションの前まで来て、英良は建物を見上げた。深夜、すでに明かりの消えた窓がほとんどだった。赤西の部屋の窓も暗い。とうに帰っているはずだし、まだ寝ていない時間だ。それで、最上階に目をやった。電気がついていた。

あそこにいる。

エレベーターで最上階に上がり、チャイムを鳴らした。ドアを開けたのは赤西だった。シルクのガウン一枚の格好で、驚いた顔で英良を見下ろした。

「どうかしたか?」

「あんたが仕向けたのか!」

英良は赤西を突き飛ばして部屋の中に入った。赤西は目を見開いて後ずさっていた。

「なんの話だ?」

「スレッジ・ハマーみたいに!」

リビングまで入っていくと長谷川も寝室から顔を出した。色違いだが、赤西と同じシルクのガウンを着ている。その意味を思って、英良はますます激昂《げきこう》した。

「全部、あんたたちの手のひらで踊ってるってことかよ!」

「なにを言ってるんだい」

長谷川が戸惑った顔で見つめていた。しかし英良の目は涙で曇っていて、二人の顔に浮かんだ表情を見定められなかった。

アルコールのせいで、記憶と想念がバラバラに浮かんでは、広い部屋の中に飛び散っていくようだった。

愛染、山神、黄田の顔が目の前に漂っていた。その顔がトモに変わり、耀次になり、タケシになって、東ヶ崎に変わっていく。

「オレのことなんかただの噛ませ犬としか思ってないんだろ!」

ダイニングテーブルの上に、果物を切るためのナイフが見えた。

耀次の幻がすぐそこに見えているようだった。その手にはナイフが握られている。

気がついた時には、英良もナイフを握っていた。

春町の公園の茂みで、指だけでイカされた時のことを思い出していた。

「オレはノンケだったんだ、オレがこうなったのはあんたたちのせいだ！」

赤西の懐に飛び込んでいた。倒れ込んだ赤西の上にもう一度ナイフを突き立てようとした時、長谷川が迫った。

記憶が飛んでいた。

英良は血のついたナイフを手に立ち尽くしていた。すぐそこに赤西がうずくまっている。ピクリとも動かない。そのとなりで長谷川が腹を押さえうなり声を上げている。床に血が広がっていた。

椅子の背にあのストールがかけられていた。英良はそれを手にとって赤西の顔にかけた。寒いかもしれないと思いついて、黒崎の革ジャンを脱いで体にかけた。


上等なリネンのシャツが血に染まっている。

英良は黒いスラックスからシャツの裾をはみ出させて夜の町を歩いていた。元は淡い生成りのシャツは長袖だが腕まくりされていて、毛の生えたたくましい前腕が見えている。シャツの下は素肌で適度に鍛えられた肉体の線が目立つ。だから遠目には、体自慢の男がわざとシャツの裾を入れずにラフな格好を装っているようにも見える。

しかし今は真冬で、英良は靴を履かず道路を歩いている。

太った三十代の男たちばかりの集団が英良を指さしている。やっと二十歳の若い男の肩を抱きキスを迫っていた禿げ頭の男が、あっ、と声をあげる。道の向かいでは女装をした背の高い男たちが口に手をあてて、模様のように血の染みたシャツを見つめている。

「おい？」

誰かが声をかけた。しかし英良はこたえずに歩き続けた。

夜の町は雨上がりでなにもかもが濡れている。黒々としたアスファルトは外灯やネオンの看板の光を鮮やかに反射させる。道路を歩く英良にタクシーがクラクションを鳴らし、すぐ脇を通り抜けていく。水気を含んだ風に吹かれて、英良は顔をあげた。

すぐそこにポルノショップの明かりが見えていた。まぶしいくらいの店内に、妙に真剣な顔つきの男たちの顔が並ぶ。店の脇の暗がりには若い男たちが突っ立っていて、みなその手にスマートフォンを持つ。ディスプレイの明かりが夜の闇から、人待ち顔の、若い顔を浮かび上がらせている。

英良は水たまりに足をすべらせた。ガードレールをつかみながら地面に膝をつき、泥水を顔にはねさせる。その無様さに気づいて、通りがかりのサラリーマンたちが声をあげて笑った。本来この町の住民ではない男女のグループで、観光気分が高まってみな酔っ払っているらしい。

しかし英良の耳に笑い声は届かない。

頭の中でウッドベースがリズムを刻んでいる。

第七章　懺悔

大きく引き延ばされた写真の中で長谷川が笑っている。

写真はカラーで、頭は白髪が目立っても肌はよく手入れされているから、実年齢よりずっと若々しく見える。いくぶん斜に構えたような皮肉を感じさせる笑みは、長谷川の人柄をそのままにあらわしている。

ただその黒い額縁だけが、中の人物を遠い世界に追いやっている。

赤西は車椅子にのせられ、サングラスごしに遺影を見上げていた。

読経の声が虫の唸りのように聞こえていた。焼香の匂いが本堂の中だけでなく、境内の敷地いっぱいに広がっていた。

タケシや玄太が赤西の後ろに控えて、声を出さずに泣いていた。後からやってきた黒崎が愛染を連れていて、二人は夫婦のように並んで立ち、目にハンカチを押し当てている。

赤西も顔を隠すためにサングラスをかけてきたが、涙はまるで出てこない。

病院で意識を取り戻した時、ベッドサイドに黒崎がいて、長谷川の死を告げてきた。あの人が死んだ？　と赤西は繰り返し確認した。あの人が？

『……ヒデはどうなった？』

『逮捕されたらしい。ちくしょう、僕が引き留めておければ……。買ってくれってたのまれたんだ。それで僕の部屋に連れて行った。僕が寝込んだ後にあいつ出て行って。あいつ、おかしくなってたんだ。すごく酔っ払ってて、春町の通りで親父に似たおっさんを追いかけたりして』

『親父さん？　蒸発した親父さんが？』

『酔っていたからそう思い込んだだけだ。赤の他人だよ。それで泣いてわめいて、……だからまともじゃなかった』

英良が泣き叫びながら襲ってきた時の記憶が飛び飛びに戻ってきた。支離滅裂《しりめつれつ》なことを言っていた。まず自分が刺されて、長谷川さんが止めようと飛び込んできた？

『それで……、本当に、あの人が死んだのか？』

黒崎は苦悩に歪んだ顔でうなずいた。赤西は目を見開いて天井を見つめた。

信じられない。信じない。頭ではそう考えた。しかし長谷川がもういないということは感覚でわかった。生々しい喪失感が赤西の頭を冴えさせていた。

不思議と英良を責める気持ちはわいてこなかった。それより、自分が死んで、長谷川が生き残ればそれでよかったのに、と考えていた。

おれならかまわなかったのに。

いつ死んでもかまわないとずっと考えて生きてきたのに。

写真の中の長谷川は皮肉な笑みを浮かべて参列者の列を見下ろしていた。

葬式は長谷川の遠い親戚が取り仕切っていて、赤西はただの客の一人として焼香を済ませた。車椅子にのっていることもあり、棺《ひつぎ》の中は見られなかった。タケシに言って車椅子を動かし、待たせていたタクシーに戻った。介護タクシーの運転手は手慣れた様子で赤西を後部座席に移し、寺を後にした。傷が痛み出していた。無理に病院を抜け出してきたのだ。まだベッドから出られる状態ではなかった。意識が遠のきそうになるのを感じながら、赤西は何度も寺を振り返った。

消灯後の居室には男たちの体臭とむき出しの便器から漏れる排泄物の匂いが漂っている。日本の刑務所はどこも過剰収容が常態化しており、八畳ほどの広さの部屋に七人の男が布団を並べて横たわっている。同じ舎房のよその部屋から、誰かが咳き込む音が遠く聞こえている。

「んっ、んう……」

「うー、よかったぜ」

「次はおれだぞ」

「やだよ、僕にだって好みがある」

「うるせえ、あんこのくせして」

英良はうつらうつらしていたが、同じ部屋の男たちの声に目を覚ました。布団の中で囁くように言い合っているが、それだけに緊迫したものを感じさせた。

「やめとけよ、親父さん呼ぶぞ」

英良が声を低くして呼びかけた。親父さんというのは舎房を担当する刑務官のことだ。

「なんだお前、新入りのくせに」

すぐとなりの男が布団をはねのけた。英良も体を起こして男をにらみつける。誰かが背後から英良を羽交い締めにした。叫び声をあげようとした時には、口の中に雑巾が詰め込まれていた。

「んっ、んーっ！」

すぐ目の前に矢作《やはぎ》という三十男の顔が迫っていた。まだこの居室に馴染んでいない英良でも、その男がこの部屋の主であることはもうわかっていた。

「お前が身代わりになりたいってことか？」

英良は首を横に振った。しかし矢作は英良の坊主頭をたたいて、囁き声で続けた。

「お前が金で体を売ってたオカマだって話は聞いてるぜ。しかも客を刺して殺したんだって？」

英良は暗い部屋の中で矢作をにらみつけた。その間にもまわりから男たちの手がのびてきて、英良をうつぶせに引き倒し、ズボンをはがし、肉のついた尻たぶを引っ張って、肛門の上に熱い唾を垂らしてくる。

「んーっ！」

英良ははじめ男たちの腕を振り払おうとした。しかし誰かの一物がヌルリと肛門の上をすべり中に入り込んでくると、体から力が抜けていった。久々に割られた肉の穴も、体に染みこんだクセで自然とゆるみ、痛みはすぐに引けた。違和感はほとんどなかった。悔しさは本物だが、結局はされるがままになった。

これは罰だ。

英良は布団に顔を押しつけて自分に言い聞かせた。

あんなに世話になった人たちを逆恨みして、傷つけ、殺してしまった。自分は取り返しのつかないことをやったのだ。だから自分には罰が必要なのだ。

赤西の顔がまぶたの裏に浮かんで見えた。青ざめた顔にストールをかぶせたあの時のことが、他はすべて酔いのせいでぼんやりした記憶しかないのに、まざまざとよみがえってくる。長谷川の苦痛に満ちたうなり声がすぐそこにあるように耳に聞こえてくる。

「んっ、んっ、んあ……」

男の一物がずるり、ずるりと英良の肛門を出入りしていた。

「もう出るぞ、く」

「次は俺の番だ。よっと、う、ふう、こりゃ、上等だな。今まで何人かあんこのケツを借りてきたが、こいつは……」

三人の男たちによってたかって輪姦《まわ》される英良を、矢作が間近に見つめていた。その目は冷たく、射るように厳しかった。

「おい、このあんこ、ちんぼ勃ててるぜ」

「なんだよ、遠慮なんか必要なかったな」

「こういうのが好きなんじゃねえのか？　無理にされるって雰囲気に燃えるとかよ」

男たちの言葉に英良は胸を苦しくした。事実、英良は感じていた。肛門に出入りする肉棒の熱が、体の芯に火をつけるようだった。ザーメンですべりがよくなった肉の穴は、男たちのかたさと太さにいっそう敏感に反応するし、英良の一物はとろとろと透明な先走りをにじませ、喉の奥からは甘えるような吐息まで漏れている。

しかし、体が感じれば感じるほど、心の懊悩《おうのう》は燃えさかる。

心の底から嫌だと思っても、自分は男に抱かれれば感じてしまう。男好きになれたのならまだしも、やはり自分は自分、ゲイにはなれない。なのに、むせ返るような男の匂いに包まれながらでも、犯されると悶え狂ってしまう。

これこそが罰なのか。

英良は横目で矢作をにらみつけた。矢作は少しも怯まず、その目は黒々として光を映していない。

こんな体のままであることが罰なのかと英良は思いついた。ノンケでありながら、ゲイのように、いや、ゲイよりもよほど深く、男の欲望に身を任せてしまう。自ら地獄のような快楽の淵《ふち》に身を投げ込んで、泣きながら溺れ、股を開く。

「出るぞ、もっと締めろ、く、そうだ、はうう……」

「んんっ！」

「次はおれだ」

「んああ……」


工場の中は熱がこもって蒸し暑い。木材をカットする機械が叫び声のような甲高い音をたて、やすりをかける機械は低いうなりをあげている。高い天井まで木くずが舞っていて、汗をかいた肌に粉を振ったように貼りついてくる。英良は赤くなるまで腕を掻きながら、機械の調整をし、図面を見て木材をカットした。

前の晩のことを思い返していた。

身代わりになるつもりなどなかった。しかしあんな場面で刑務官を呼ぶぞと言えば、ああなるのはわかりきったことだ。自分は誘導したんだろうかと英良は疑っていた。罰が欲しくて？　浅ましさに鳥肌が立ってきた。

自分が死ねばよかったのに。

英良は毎日、一日中、頭の中で何度となく自分に言いつのっていた。

どうしてあの時、死んだのが長谷川さんだったんだろう？

自分で自分にナイフを突き立てればよかったのだ。赤西さんや長谷川さんではなく、自分を刺して死ねばよかった。

どうしておれはあんなことをしてしまったのか。

となりで木材にかんなをかける機械を動かしていた男が、いつのまにかすぐそこに近づいていた。前の晩「あんこ」として使われていた指田《さしだ》という男だ。

「夕べはごめん」

こうして日の光の下で見ると、どうしてこの男をあんこにしようと男たちが考えたのかわからない。ゴリラ坊主というあだ名のついた指田で、あだ名のとおりに顔はいかつく、ゴリラに似ている。背は英良とどっこいだが、筋肉にはボリュームがある。しかし体つきは全体に丸みがあって、英良と同年代でまだ若く、女っ気のない刑務所の中では、そのもちもちとした肉感が男たちをその気にさせるのか。なによりゲイだから求めやすいということか。

「いいよ、慣れてる」

「慣れてる?」

英良はこたえなかった。その時、担当の刑務官が二人を見ていることに気がついた。二人とも手を動かして、機械をわざとうならせ、口の動きでやりとりを続けた。

「でも、まずいことになっちゃったな」

指田が言った。

「なにが?」

「君、イケメンだから、あんな風に乱れると、その気のない連中にも目をつけられるかも」

「なんでそうなるんだよ」

「やっぱりノンケだって整ってる方を選ぶよ。……ちょっと悔しいなあ」

英良は首をかしげてゴリラのような顔をまじまじと見てやった。顔は似ても似つかないが、どこかタケシを思い出させる男だった。

工場での作業を終えると検身場に移動して工場着から舎房着に着替える。工具や部品など持ち出されていないか、身体検査も行われる。収容者は工場単位で動くことが決まっていて、担当の刑務官がついていた。

年配の刑務官が英良の体を探っていた。規則通りの身体検査だが、どこか触り方がべったりとしてしつこい気がするし、守野《もりの》刑務官はいつも英良にだけ笑いかけてくる。愛想がいいというより、気味が悪いと英良は感じていた。

工場から舎房への移動時は隊列を組む。居室に戻されると休憩時間があり、夕飯となる。食事は服役者にとって数少ない楽しみだから、配膳《はいぜん》係はとくに気を配る。量の多い少ないで喧嘩《けんか》になりやすいからだ。英良も自分の分をもらい座卓に運ぼうとした。そこで足を引っかけられた。転びはしなかったが皿に盛られた焼き鮭《しゃけ》と漬《つ》け物が畳の上に飛び散った。

「なんだよ！」

足を引っかけたのは矢作だった。英良は思わず声を大きくした。廊下から守野刑務官が居室の中を覗きこんできた。

「どうした？」

「なんでもありません！」

指田がこたえていた。指田は床に飛び散った鮭を拾い、英良の皿に戻した。

「拾えるだけ拾うんだ。あとは分けてやるから」

英良は矢作をにらみつけた。その様子を守野が見ているが、結局、それ以上なにも言わず通路に引っ込んだ。矢作はニヤニヤと笑って自分の飯を食べている。狭い居室の中に険悪な空気が流れていた。

「点検用意！」

夕飯の後は通路から号令の声が聞こえてくる。男たちはすぐに居室の扉に向かって正座して待つ。守野刑務官が扉を開き、称呼番号を確認し、点呼する。閉房点検が終わると扉に鍵がかけられる。

鍵のかかった後も自由時間があってテレビがつく。読書するのもいるし、手紙を書いている者もいる。英良は部屋の隅で指田と囁き声で話していた。

「坊主の息子?」

指田から身の上話を聞かされていた。指田の家は代々続く古い寺で、指田もいずれ坊主になるのだという。刑務所ではみな坊主頭にされるが、なぜ指田のあだ名がただのゴリラではなくゴリラ坊主というのか、それでやっとわかった。

「ムショ帰りで坊さんになれるのかよ?」

「僕は事故の責任をとらされただけだしね。それに仏の心は広いって言うだろ」

「事故って?」

その時、矢作が話に割り込んできた。

「暗くなったら、夕べできなかった男の面倒をみろよ」

英良は矢作の顔をにらみつけた。だが、言い返すことはしなかった。矢作がテレビに向き直ると、指田が言った。

「手伝ってやろうか?」

「手伝うって……」

「僕は男好きだから、まあ、本当に苦手なタイプじゃなきゃできるのさ」

「それを言うならオレの方が慣れてる」

「夕べ言ってたこと、ほんとなのか。その、体売ってたって」

「うん」

「よくできたなあ、僕なんか好みじゃないとその気にならないのに」

「好みなんかない。ゲイじゃないから」

指田は目を大きくして驚いた。

「じゃあ、ほんとにただ金が欲しくて体売ってたってこと？」

「だからそうだって言ってるじゃんか」

「ビジネスってことかあ、僕には考えられないなあ。……でも、ビジネスなのに客を刺した？」

指田が覗きこむような目で英良を見ていた。

「いろいろあってね」

「ふうん……。今夜、本当に嫌だったら、騒げば逃げられるぞ」

「逃げるって、どこに？」

「ゲイだってバレると雑居房にはいられないんだ。そういう決まりがあってさ。独居房入りになる」

「オレはゲイじゃないよ」

「そうだけどさ」

「それに、オレがいなくなったらあんたがまた犠牲になる」

「てきとうにあしらってこれたんだから、大丈夫だよ」

「べつにオレなんかどうなったっていいんだ。だから、どっちだってかまわない。ここで好きなようにされても、殺されても」

指田は英良の目をじっと見据えていた。

「厄介な男だね」

「なにが？」

指田は肩をすくめてテレビに向き直った。

暗くなると矢作がわざとらしく咳をした。となりになった男が布団から顔を出して英良を見ていた。三十代の、子どもでもいそうな、大人しそうな男だが、英良と同じ傷害致死で服役していることはなんとなく知っていた。英良は指田の視線を感じながら、男の布団の中に顔を突っ込んだ。

刑務所では、冬場は週に二度、夏場でも三度しか風呂に入れない。パジャマに着替えたばかりだというのに、男のズボンの股間はムッと男の汗の匂いを放っていた。男がゴムを引っ張ってズボンを下ろすと、英良は暗い中で口を開いた。

「う……」

男が深々とため息を漏らしていた。英良の舌技に驚いていることが、体の震えで伝わってくる。滓のついた太い一物を英良はずるずると舐めた。赤西や黒崎、山神に教え込まれたテクニックを披露すると、男は英良の頭をつかみ、ビクッビクッとたくましい体を痙攣させた。はじめて一分と経たず、英良の喉に生臭いザーメンが絡まった。

「すごいな、ふう……」

男の正直な感想に、居室の中の男たちは耳をそばだてた。英良は口に溜まったザーメンをどうすればいいのか迷っていた。便器の中や流しに吐き出すこともできたが、その気配を男たちに悟られるのが嫌だった。結局、これも罰かと思い直して飲み下した。

英良が自分の布団に戻ると、矢作の声が小さく聞こえてきた。

「ザーメン飲んだのか、お前？」

それは軽蔑をあらわにした言葉だった。英良はこたえなかった。

「気味の悪い奴」

もちろん居室の全員が聞いているのだった。英良は屈辱に体を熱くした。鼻から抜ける生臭い匂いにゾッとしながら、必死になって自分に言い聞かせていた。

これも罰だ。


午後の勤労時間中、入浴のない平日はグラウンドに出て一時間運動することが決められている。野球、フットサル、ジョギングなど自由にできるし、この時は声を大きくして雑談しても怒られないから、運動時間を楽しみにしている者も多い。

英良は拘置所にいる間は無気力状態で一日中寝ていたが、刑務所に移されてからはストレス解消に筋トレを再開していた。腕立て伏せを続ける英良のとなりに指田が立っていた。

「こないだ、客を刺したって言ってたろ。どうして？」

面倒だなと思うが、タケシを思わせる指田には話してもいい気になっていた。

「酒に酔ってたんだ。世話になった人を刺してしまった。それをかばったもう一人も刺して、殺してしまった」

「最初に刺した方は？」

「たすかったけど、歩けなくなったって聞いたよ」

「まだ殺したいって考えてる？」

「まさか。オレはあの時、まともじゃなかった。いろいろあって、どうかしてたんだ」

あの瞬間の記憶が渦を巻くようによみがえってくる。アルコールの影響でぼんやりとしか覚えていないが、死んだと思った赤西の顔を見るのが怖くて、ストールをかけたことは忘れていない。そのすぐ横で、血だまりに横たわり腹を押さえていた長谷川の唸り声も耳に残っている。

それでも、あれが本当にあったことだという実感はなかった。まだ、悪夢を見たのではないかと疑ってしまう時がある。

しかし高い塀に囲まれたこのグラウンドを見渡せば、長谷川が死んだのは事実なのだとわかる。自分が殺したのだ。

だから自分はここにいる。

目を閉じると、英良は腕にずっしりと重たさを感じた。

十キロの米袋をぶら下げて歩いていた。

すぐとなりを、赤西と長谷川が歩いていた。英良と三人、スーパーからの帰り道、そろってサングラスをかけ、マンションに向かっている。

英良は目を閉じたまま笑みを浮かべた。

長谷川にリードを引かれて犬が前を歩いていた。ときおり、赤西と英良を振り返った。英良は犬に笑いかけた。

次の瞬間には、犬のいた場所に赤西が横たわっていた。

英良はその顔にストールをかけた。すぐ横の床に血だまりが広がっていて、その真ん中で長谷川が横たわり笑っている。

『どうせふらふらと遊び歩いて人生をつぶした男さ。気にすることはないよ』

「ごめんなさい」

英良は土下座して謝っていた。広々とした豪勢なリビングの中にいた。大音量で音楽が鳴っていた。英良の父の参加したジャズセッションだった。

「ごめんなさい」

そうつぶやいた時には目が覚めていた。誰かの足が英良を蹴飛ばしたのだった。だから実際には口の中で小さくうめいただけだ。それでもごめんなさいと口の中で繰り返した。

「おい、はやくしろよ」

となりで寝ていた男の声だ。四十代の太った男で、脅すような言い方に腹が立つが、矢作が聞き耳を立てている気配がしている。英良は布団の中に顔を突っ込み、皮をかぶったイカ臭い一物を頬張った。塩辛いヌメリを舐めとりながら、夢を思い返した。

英良は自分が死に神であるかのように感じている。

自分がいたから母は父から逃げられず自殺した。愛染先生が自殺未遂を起こしたのもやはり自分のせいなのかもしれない。あれだけ世話になった長谷川さんを刺し殺し、赤西さんを半身不随にしてしまった。赤西の母の顔まで浮かんできて、申し訳なさに英良は胸を苦しくした。

「う、もう出る、く……」

一人目の男のザーメンを飲み下していると、反対側の布団から手がのびてきた。頭をつかまれ勃起したものに顔を押しつけられ、あわてて舌を出すと、囁くような声で言われた。

「濡らすだけでいい、ケツさせろ」

三十代の、生え際の後退した男だった。骨太の体つきで、顔からも体からも、有り余る精力というものを感じさせる。英良は布団の中でうつぶせになりズボンを脱ぎ、指に唾をとって肛門に塗りつけた。

男の体がずっしりと背中にのしかかってきて、酸っぱいような熱い体臭に全身を包まれた。

「あっ、……ん」

太さはそれほどでもなかった。だが、長い一物で、ずるずると奥の方まで入り込んでくる。英良は歯を食いしばった。しかし男の一物は英良の体の芯まで届き、強引に火をつけてくる。

「う、く、あ……」

「ふう、すぐ済ませるから、二発やらせろ」

「やだよ、う」

一発目のザーメンが穴の奥に放たれた。男は英良を組み敷いたまま一分ほど休んで、再び体をゆすり出した。肉襞の隙間にヌメッたザーメンがすり込まれているようだった。

英良は今にも漏らしそうになっていて、それを我慢するので必死だった。絶対にイキたくなかった。布団の中は息苦しく、頭を振って掛け布団をはがした。ほんの一メートル先から矢作が英良を見つめていた。その目はぎょっとするほど冷たいものだった。

矢作がちらと扉の方を向いた。英良もつられて覗き窓を見上げる。ガラスの向こうは暗く、なにも見えない。英良は目を閉じて肛門を犯される快感にたえた。が、本来、通路の常夜灯の光がもう少し強く見えていていいはずと気がついた。背中にのしかかる男の体重にあえぎながら、英良は扉の覗き窓をもう一度見上げた。その時、ガラス窓の向こうではっきりと影が動いた。

英良が独居房に移されたのは夏の盛りの頃だった。そのきっかけを作ったのは、皮肉にもあの矢作だった。

連日の猛暑にもかかわらず刑務所内ではほとんど冷房が使われていなかった。何人か年寄りの受刑者が勤労作業中に熱中症で倒れ、その介護をした矢作が怒りを爆発させた。あっという間に喧嘩騒ぎになり、男たちが殴り合いをした。

英良もそれに巻き込まれた。

すぐに刑務官が集まってきて騒ぎはおさまったが、誰がはじめた喧嘩なのかという話になると、自然と立場の弱い英良に視線が集まった。英良は矢作をにらんだが黙り込んだままで、責任を負わされた。

守野刑務官に付き添われ、英良は荷物を抱えて独居房に移動した。畳一畳ほどしかない狭い空間だが、壁の棚にはテレビとラジオが置かれているし、むき出しの便器も専用ということになる。ただし、独居房の収容者は工場にも出られず、運動も専用の狭い塀の中と決まっていて、一日中コンクリートの壁を眺めて過ごす。狭い居室に入ると英良は息を詰めた。

こんなところに閉じ込められて、正気でいられるだろうか？

「勤労作業は明日からになる。袋貼りとかその手の内職仕事しかできないぞ」

守野が新しい規則の説明をしていた。

「ここでするんですか」

「そうだ。ここを出るのは風呂と運動の時だけだ。そのための独居房だからな」

守野が同情するような顔で見つめていた。説明事項を伝え終えても、居室を出て行こうとしない。英良は違和感を覚えて見つめ返した。

「やっぱり覚えてないのかなあ？」

守野がいきなりくだけた話し方をした。英良は面食らった。

「え？」

「ヒデ君は売れっ子だったからなあ。俺が買えたのは一度きりだったし、しかたないかあ」

英良はマジマジと守野の顔を見直した。売り専時代の客ということか。

「ファンだったんだぞ。GOGOやってるとこも見に行ったし、グラビアの出た雑誌も買ったし、AV見るためにパソコンまで新調した。あのAV最高だよなあ、あれで何度抜いたことか」

守野はいつもの刑務官らしい厳しい表情から、一転して、顔をくずして笑っていた。その人のよさそうな笑顔はぼんやりと覚えていた。しかし買われたのが一度きりとなると記憶はあやふやなままだ。

「やっと二人きりで話すことができた。ハハ、ヒデ君は独居房なんか嫌だろうが、俺はちょっとうれしいよ。……なあ、変な意味じゃなくて、その、ハグだけさせてくれないか？　ファンなんだ、たのむよ」

「え、ああ、うん……」

本当にただ抱きしめられただけだった。守野は英良より背があってガタイもよく、包み込まれるように抱かれて英良はハッとした。その感触は山神を思い起こさせた。

「ありがとうな。じゃあ、また後で様子見に来るからな」

「はい」

守野が出て行った後も、英良は体に残ったぬくもりに慰められているような気持ちでいた。山神のことを思い出していた。はじめは英良を力尽くに犯した山神だったが、最後の方はセックスもせず、ただ英良を一瞬抱きしめて英良の部屋から帰っていった。

山神が事業に失敗し『Deo』の保証金を抜いて逃げたから、英良は金策に苦労した。誰彼かまわず頭を下げて金を集めた。結果として追い詰められてあんなことになった。しかし山神が姿を消したその前の晩、英良を抱いて囁いた、ごめんな、という言葉がいまだに耳に残っていて、恨む気にはなれない。蒸発して姿を消したところが父とそっくり同じという理由もあるだろう。

英良は畳にあぐらをかいてぼんやりと部屋の中を見回した。ラジオを手に取り、小さく鳴らした。チューニングのつまみをゆっくりまわしているとジャズが聞こえてきた。ウッドベースの低い音に耳を澄《す》ませた。

ボン、ボン、ブーン。

長谷川の髪の毛は黒々として白髪の一本もまだ混じっていない。

「君みたいな子なら応援したいね」

「応援？」

「パトロンというのかな。私なら君の面倒を見てやれる。店を持ちたいなら資金を出すし、遊んで暮らしたいなら十分な小遣いをやろう」

赤西は信じられず長谷川を見つめ返した。金持ちだという話は聞いていた。しかし長谷川はまだ三十代で、体も鍛えられて顔つきは渋い。若い男を金でかこうのは手足が細くて腹ばかり出た醜《みにく》いスケベジジイと決めつけていた赤西には、驚きの提案だった。

赤西は二十歳になったばかりで、この長谷川に買われたのもまだ二度しかない。

実際にそういう関係になったのはこの後、何年か経った後だったと、赤西は夢の中にいながら思い返している。これが夢だとわかっても、自分からなにかできるわけではない。ただ見ていることしかできない。

頬を桃色に染めた若い赤西が、いかにも生意気そうな態度で長谷川に言い返している。

「おれみたいな奴なら他にいくらでもいますよ」

「君みたいな子ならね。でも、君は一人だけだ。君しかいない」

若い赤西は得意げに笑っている。

「そんなにがっつかれても、あなたを好きになれるかわからない」

「それは問題じゃないんだ。私はワガママな男だからね」

「なにそれ?」

「私がいいと思えばそれでいい。君がどう思うかなんて気にしないさ。そばにいてくればいいんだよ」

「そんなことで満足できるのかなあ」

「満足だって?」

まだ壮年の長谷川が笑っていた。いかにも愉快なことを赤西が言ったかのような態度だった。赤西は意味がわからず聞き返した。

「満足できるかどうかって大事なことですよ」

しかし長谷川はこたえてこなかった。今でも、あの時、なぜ長谷川があんな風に笑ったのかわからない。

そこで目が覚めた。

赤西は病室の暗い天井を見つめた。

なぜあんな風に笑ったのか。あの人は謎だった。最後までよくわからない人だった。それでもおれを愛してくれたのは確かだ。ただの執着心だったのかもしれない。モノのように、自分の手に入れた財産のひとつと考えていたのかもしれない。しかしそれでも……。

ベッドの脇の可動式テーブルの上に大きな封筒がのっていた。長谷川の遺言状に則った、財産分与に関する書類が入っていた。長谷川には直系の親族がいなかったため、遺言通りに赤西にもかなりの額が残された。マンションはもちろん、『ＲＥＤ』の入っているビル一棟の所有権、株式、現金。しかしその額の大きさが赤西にはピンとこない。もうどうでもいいとさえ思えている。あれほど金や『ＲＥＤ』に執着していた自分だというのに……。

十七年、共に過ごした。その中で、二人の気持ちが向かい合った時間はとても短い。それでも、まるで自分の一部が強引に引きはがされ、どこかに持ち去られたような感じがしている。

こういう感覚には覚えがあった。

しかし若い頃はまだ自分の将来に夢を見ることができた。あの後輩が自殺した時、大きななにかを失ったとは感じても、野心が赤西を支えた。『ＲＥＤ』を開店させ、春町一に、日本一にしてみせるという野心が。

しかし四十代に入った今の自分にはもうなにもない。

赤西は目を閉じた。とても眠れそうもないと思うのに、スッと眠りに落ちていく。不眠症に悩まされていたのが嘘のようだった。長谷川が死んだと聞かされてから、一日中眠ってばかりだった。いくら眠っても疲れがとれなかった。

車椅子にのせられた赤西が看護師の手で光あふれるラウンジに入っていく。そのすぐ後ろから、もう一台、車椅子が続く。赤西の母がのせられていて、付き添いの介護士が押している。二人とも窓の方に向かされて並ぶが、介護士たちがいなくなると、母の方は立ち上がってガラスの壁に手をつき、はつらつとした様子で街を見渡した。

赤西の母はリハビリが進み、認知症の症状も軽減されていた。奇跡的な回復だった。それに対して息子の方は、手術が済んですぐにベッド上でのリハビリがはじまっていたが、本人に意欲がなく、年齢や体格から見込まれた回復にも遠く及ばなかった。

「いい病院だね、見晴らしがいい」

「ああ」

息子の気のない返事に母は鼻白んだ。

「情けないね、でかい図体して、いつまでもくよくよと」

赤西は思わず苦笑した。

「長谷川さんは残念だったね」

「ああ」

「まだヒデちゃんを許せないのかい」

ずばり聞かれて、赤西は考え込んだ。不思議な話だが、英良を責める気持ちは一度もわいてこなかった。

「いいや」

英良に刺されたあの時のことは何度となく思い返していた。あの瞬間、こいつになら殺されてもいいのかもしれないという思いは確かにあった。奇妙と思うが、実感はそうだった。しかし死んだのは長谷川だった。どうして自分が生き残ったのか。それだけがわからない。

母が聞いた。

「ヒデちゃんはどうしてるの？」

「もう刑務所に移されたらしい」

英良はどんな刑罰でも受け入れると申し立てをして、珍しいほどのスピード判決が下されていた。

「何年入るのかしら」

「酔っていて衝動的な犯行とおれも認めているから、きちんと勤めれば十年もしないで出てこられるはずだ」

「十年……。元気にやってるかしら」

自分の息子を刺した相手だというのにと考えて、赤西はまた苦笑した。

「出てきたらきちんと謝らせないとね」

「あ？」

「あの子は悪い子じゃない。だけど悪いことをした。罪を償《つぐな》って出てきたら、きちんと頭を下げさせて、それで終わりにしてやりなさい」

「人が一人死んでるのに？」

「だけどどこかで終わりにしないと」

母の言うことはよくわかった。しかし終わりにしてどうなるというのか。十年待っても長谷川は戻ってこない。自分だって再び立って歩けるかわからない。

窓から日差しが入ってきて、赤西は思わず目を閉じた。するとまぶたの裏に英良の顔が浮かび上がった。

おれはお前が好きだったんだぞ。

赤西は心の中で英良に呼びかけていた。自分に認めていた。

おれはお前に恋していた。愛していた。

「立派なところだなあ」

黒崎が受付前のロビーをぐるりと見回していた。病院という施設にはおよそ似つかわしくない洒落たシャンデリアが高い天井からつり下げられている。黒崎の横に並んだタケシが言った。

「赤西さんのお母さんもここに入っていたんでしょ？」

「それもあって優先的に転院できたらしい」

赤西がこたえて、ロビーの横にあるカフェを指さした。タケシが車椅子を押し近づくと、中年女性のスタッフが三人に席を用意した。まわりでは入院患者や面会客がくつろいで話し込んでいる。

「本当によかったのか？」

黒崎が深刻な顔で聞いていた。赤西はなんの話か心得ていて黒崎の顔を一瞬見つめるが、すぐにタケシに向き直って言った。

「オーナーがかわって、なにか不便はないか？」

「売りはやめたよ、僕。かわりにフロアマネージャーっての？　そんなことしてる」

黒崎が言い足した。

「おっかねえんだぞ、こいつ。若い子をビビらせて偉そうにしてやがる」

「だってそれが仕事だもん」とタケシ。

赤西は苦笑した。その顔を黒崎が心配そうな表情で見つめている。

「しかしなんだってよりによってあんな奴に売っちまったんだ？」

その数週間前、まだ総合病院に入院している間に、赤西は『ＲＥＤ』を売却していた。買ったのは関西の色街で名を馳せ、春町で『スレッジ・ハマー』を経営していたあの前原だった。『スレッジ・ハマー』が閉店に追い込まれた後も再起のタイミングを伺っていた前原だから、赤西の売却提案に飛びついてきた。

赤西は黒崎の目を見ずにこたえた。

「一番欲しがってた奴に売った。それだけさ」

「どんなことがあっても、あの店だけは絶対に手放さないと思ってたんだけどな」

赤西はこたえずにコーヒーの入ったカップを口に運んだ。黒崎はタケシと目配せした。

しばらくして白衣を着た若い男性スタッフが三人のそばにやってきた。半袖の肩に名札が貼られていて、若林《わかばやし》倫太郎と書かれている。

「赤西さん、そろそろ運動療法の時間ですよ」

黒崎は若林の顔を見て、あからさまにニヤリと笑ってみせた。若林は二十代後半の青年で、体は筋肉質でたくましく、その顔は朗らかで整っている。黒崎の笑みに若林が笑い返すと、その横でタケシが唇をとがらせた。

黒崎のニヤケ顔を見て、赤西も若林をあらためて見返した。リハビリのスタッフは何十人といて、若林もその中の一人に過ぎないから、その時まで意識したこともなかった。たしかにゲイに受けるタイプだった。年がいってるが『ＲＥＤ』に入ればまだ売れそうだ……。

そこまで考えて赤西は小さく首を振った。

もう自分には関係ない。『ＲＥＤ』はもうおれのものではないのだ。もう、こんな風に男を見る必要はない。

リハビリ病院での生活は赤西の予想とちがって忙しいものだった。

起床の後、介護士の見守りはあるが、たいていは自分一人の力で車椅子への移乗をさせられ、洗顔や歯磨きはもちろん着替えも一人でしなければならない。まだろくに動かない足から寝間着ズボンを脱がすのは一苦労だった。朝食はラウンジでとり、休憩の後、すぐにリハビリが始まる。

リハ室でジムにあるようなマシンを使ったり、寝転がりながらスタッフの力を借りての筋トレや、一般家庭の台所や風呂場が再現された設備で実際に家事をやる作業療法など、休憩時間を挟んで一日に何度も病室から連れ出され、いろいろとやらされる。

赤西のように、リハに前向きでない患者は珍しくなかった。そういう患者に慣れたスタッフは、赤西がリハをやりたがらなくても、粘り強く説得した。中でも、若林は赤西に無理強いはせず、決まったリハの時間、赤西のベッドサイドに座って話しかけてくる。なにを聞かれてもろくにこたえない赤西だったが、若林の方が黙り込むと、気まずさを覚えてつい声をかけてしまう。

何歳だ？　いつからこういう仕事に？　なぜこの職種を選んだ？

若林は赤西の質問にいちいちうれしそうに笑い、父が放射線技師で母が内科医で、伯父も従兄弟たちも医療に携《たずさ》わっているから、自然と自分も誰かの役に立てる仕事につきたいと考えたのだとこたえてきた。

お坊ちゃんか、と赤西は思った。めぐまれた環境でまっすぐに育った男。それでも若林の目の中に赤西はそれを見て取っていた。自分を見る目つき、ノンケの社会人にしては不必要に鍛えられた体つき。

「……で、赤西さんは？　お仕事、なにされてたんです？」

「バーをやってた」

「マスターだったんですか。どこで？」

「春町だ」

一瞬、間が開いた。目と目のやりとりがあった。若林の頬が赤らみだした。間違いないな、と赤西は思った。からかってやりたいという気持ちもあって、はっきり言ってやった。

「売り専バーをやってた。わかるよな、売り専がなんなのか」

「あの……」

若林は口ごもったが、それでも好奇心が勝ったようだった。

「どうして?」

「どうしてって……、うちの母親がスナックをやってたからな。自然とおれも水商売の世界に入ったってだけさ」

「お母さんからはいろいろお話を聞きました。でも……」

若林の顔が見る間に赤く染まっていた。首筋まで赤くして、目が泳いでいる。なにか様子がおかしかった。

「お前もゲイだろう?」

小声で聞いてやると、若林は廊下の方を振り返った。個室だが廊下への扉は開きっぱなしになっている。

「あの、僕……、はじめてなんです、ゲイの人と話すの」

赤西は思わず目を見開いた。つまり、この年まで実体験なしにやってきたということか。どこまでもお坊ちゃんと言うべきか。

「……ゲイの人ってかっこいいんですね」

若林は恥ずかしそうに言い、目を伏せた。赤西はあっけにとられた。

「お前の方がよほどいい男だ。お前みたいのならすぐにでも金持ちの男を紹介してやれる」

「なんですか、それ？」

「お前さんみたいなお坊ちゃんタイプが好きな金持ちの中年ならわんさかいるってことさ」

「や、やめてくださいよ」

困り顔の若林を見て、赤西はくっくっと笑った。若林は話題を変えたいのか、唐突に聞いてくる。

「でも、バーをやるって大変なことでしょう？　最初はお金もかかるだろうし、開店資金っていうのかな」

「パトロンが資金を出してくれたからな、おれの場合は楽に出店できたのさ」

「パトロン？　そういうの、本当にあるんだ」

若林は目を丸くして笑った。赤西は長谷川を思い出して黙り込んだ。


若林が担当すれば赤西も素直にリハビリをする、という話が病棟に伝わったことを、もちろん赤西は知らなかった。ただ、それまでは毎回違うスタッフが入れ替わりで来ていたのが、ほとんどのリハを若林が受け持つようになったことには気がついた。

うまくのせられていると思うと癪だが、やはり若く見栄えのする男に世話されているとやる気が違う。こんな状態になってもまだスケベ心が残っていたのかと赤西は自分にあきれていた。

リハビリ室の壁は一面が鏡張りになっている。患者やスタッフが体の左右差を見たり、バランスをとるためだ。マシンはガラス窓に向かっていて外の畑が見渡せるが、移動の時など、どうしても鏡の中に自分の衰えた肉体を見てしまう。赤西の体にはまだ十分な筋肉が残っていたが、事件前と比べればボリュームが減っていた。どうせやるならと自主的に筋トレも再開した。

「やっぱりもともと鍛えていた人は、ちゃんとやればば回復がはやいですね」

若林が車椅子を押していた。リハ室からの帰りで、赤西は汗だくで太い首筋にタオルを押し当てている。

「はい、じゃあ移りますよ？」

ベッドの手すりにつかまり、立ち上がった。しかし赤西の脚はまだ十分に踏ん張れず、若林が脇の下に手を差し込んで体を支え、なんとかベッドの端に腰かけた。二人はほとんど抱き合う形になり、赤西の汗が若林の体のあちこちに染みて移った。

「汗臭いだろ、悪いな」

「いえ……」

若林はまだ赤西の汗ばんだ腕に触れている。汗で貼りついた腕の毛を、そっと指先で撫でている。目が合ったとたん、若林は首筋まで赤くした。若林は鼻の穴をいくらか膨らませていて、匂いを嗅いでいるのが見てわかった。嗅がれていると思うと赤西も体を熱くした。

リハビリのスタッフはみな白いジャージのズボンをはき、半袖の白衣シャツを着ている。薄いジャージは下半身の線をあらわにして、たくましく盛り上がった太ももや張り出した尻の形はもちろん、股間の膨らみも目立ってしまう。そこに若林の雄の形が浮き出ているのを見て、赤西は思わず息を飲んだ。手を出そうとは思わない。だが、若くハンサムな男のそんな姿に見とれるくらいの色気は残っていた。

「あ」

若林も自分の「変化」に気づき、あわてて腰を引いた。それでも赤西から体をはなそうとはしなかった。顔は真っ赤に染まっているし、その目は怯えているが、まだ赤西の汗で湿った腕をつかんでいる。

赤西は間近に若林の顔を見上げた。お坊ちゃんだが、素朴で田舎っぽいところは英良と似ているかもしれない。あいつはノンケでこいつはゲイだが……。

「おい？　……んう」

若林の唇が赤西の唇に押し当てられていた。赤西が戸惑っている間に柔らかい舌が口の中に入り込んできた。おずおずとした動きだが、赤西の舌をとらえるとぬるりと絡みつく。ほんの数秒の出来事だったが、それは場数を踏んだ赤西にとっても十分に官能的な口づけとなった。

口がはなれると、まるで赤西の方からキスを迫ったように若林が言った。

「困ります、ずっと我慢してたのに」

「あ？」

「患者さんに恋するなんていけないって……、でも」

お前がキスしてきたんだろと言い返したかった。だが若林は恥ずかしそうに口を押さえながら病室を出て行ってしまった。

それ以来、若林の態度が明らかに変わってきた。赤西を見る目は恋する男のそれだった。赤西は何度もはっきりと言い渡した。

「おれは恋愛向きの男じゃない。そういう気持ちにならないんだ」

しかし若林は赤西のつれない態度など気にもしていない風だった。

「いいんです、いつか振り向いてもらえれば」

「おれがここを退院したら終わりだ」

赤西の冷たい物言いに顔を暗くする若林だが、すぐに言い返してくる。

「自分、尽くすタイプなんだって今回のことでわかりました」

「なんだそれ」

「こうして一緒にいて、尽くせれば、それだけで幸せになれるんです」

若林ののんきな言いぐさに、赤西は苛立った。

「おい、おれは売り専バーを経営してた男だぞ、わかってるのか？　若い男を集めて、体を売らせていたってことだ」

若林も考え込む顔をする。

「でも、もう昔の話なんでしょう？」

「店は手放した。だが、今だって電話一本で金持ちの男に若い男をあてがうくらいのことはできる」

「どうしてそんな言い方するの？」

「事実を話してるだけだ」

「悪ぶってるんだ。あなたはいい人だよ。間違いない」

「……お前もその気があるなら、金持ちを紹介してやるぞ」

「なに言ってるの？」

「ちゃんとお前一人を大事にする男を選んでやる」

「そういう人ならもうここにいるもの」

ベッドの端に腰かけていた赤西に若林が抱きついた。赤西はため息を漏らした。付き合いきれない、そうは思うが、若林を突き放すこともできない。若い男の弾力のある体の感触と胸元から放たれる体臭には、どうしても欲望を刺激される。事件の後、赤西は一度も抜いていなかった。体力が戻り、精神的にもいくらか安定してきて、気持ちはなくともそそられるのは男として当然のことだった。

若林の手が赤西の太ももにおかれていた。思わずその手をとって股間に持っていった。若林は体をこわばらせたが、その手はスウェットズボンごしに赤西のそれを握りしめた。

「体だけの関係ならかまわない」

赤西の言葉を聞いて、若林は顔を引いた。いかにも悲しげな表情を見せるが、床に膝をつき、赤西の股間に顔を寄せていく。腰のゴムを引っ張って、半勃ちのそれを口に含んだ。

「ふう……」

初めてだけあって、まるであめ玉でも舐めるような舌使いだった。それでも頬を赤くして一物を頬張る若い男の戸惑うような顔はひどくエロチックだ。若林の口の中で完全にかたくなると、今度は出したいという気持ちが高まってくる。そして同時に、若い男の味を想像して口の中に唾がわいてくる。

「立ってみろ」

「んっ……、はい」

若林が立つと、太ももをつかんで引き寄せた。もっこりと盛り上がったジャージの上からそっと撫でさすると、ひどくボリュームのある一物とわかる。若林は口のまわりを濡らしたまま、首筋まで赤くして体をこわばらせていた。

「でかいな……」

「あっあっ！」

ジャージを引き下ろし、生身にしゃぶりついた。若い男の汗の匂いがこもっていて、味も濃厚で塩辛い。長さも太さもかなりのものだった。赤西は思わず夢中になって舐めまわした。あまった皮の隙間に残った小便滓の塩気まできれいに舐めとっていると、それまでまるで意識していなかったはずなのに、尻の穴が疼きだした。

　赤西は吐きだして、ドアに鍵をかけろと若林に言った。若林がかたく反り返ったものをブラブラさせながら戻ってくると、自分でスウェットズボンを脱いでベッドに横たわった。

「欲しくなった。こいよ」

「なにを……」

「おれは受けだ。わかるよな？　おれみたいのを犯りたくないか？」

　若林の一物がビンッと反り返り、腹に張りつきっぱなしになった。生唾を飲んでいるのか喉仏が大きく動いている。

「その気はあるってことだな」

　赤西はサイドテーブルにあった手荒れ用のクリームをとり、肛門に塗りつけた。そうして自分で太ももを抱え上げた。毛深い肉穴を見せつけられて、若林は見るからに息を荒くしてベッドの上にあがってきた。

「こ、こんなところに、本当に入るの？」

「ネットや雑誌で見たことくらいあるだろ？」

「あるけど、でも。あ」

「そこだ。そのまま腰を突き出してこい」

「うう、すごい、あっ、吸い込まれるみたいだ……」

　太い一物がずるずると奥にまで入り込んできた。赤西は久々の感覚に歯を食いしばった。痛みはそれほどでもないが、違和感が大きい。だが、それにも増して、体の奥底で火のような熱が身を炙《あぶ》る。力を抜いて集中するとコツが戻ってきた。犯される快楽の波にあっという間にさらわれた。

「はあっ、はあっ、たまらん……」

「ほんとに？　赤西さんも感じてるの？」

「ああ、そうだ、いいぞ、もっとかきまわしてくれ、うーっ、そこだ、そこをたのむ……」

「こんなの、すごい、……やらしいよ」

赤西が自分の一物をしごいていた。その様を若林が食い入るような目で見つめている。初めてにしては腰使いは力強く、勢いあまって抜けてしまうこともない。暴発もさせずよくたえていた。しかし若い顔は必死の表情を浮かべていて、鼻息も荒くなっていた。

「ふっ、ふうっ、もう、我慢できないよ」

「いいぞ、そのまま出せ」

「いいの？　そんなの、うっ、だめだ、出ちゃうよ！」

腰を引いたタイミングで若林は射精したらしい。入り口の方にヌルヌルとヌメリを感じて赤西は悲鳴を上げた。というのも、射精した後も若林の一物はずるずると動いて赤西の感じやすい場所をえぐったからだった。若林は息を詰めて目を閉じて、射精しながらも赤西の肉襞をゴリゴリとこすりあげた。

「うーっ、だめだ、おれも、う……」

赤西がたまらず玉袋をつかんだ。手放しで黄ばんだザーメンをまき散らす一物の卑猥さを、若林が見つめていた。

「はあっ、はあっ……、スマホで撮っておきたかった」

「馬鹿」

「好きです」

若林がかがみこんできて唇が重なった。柔らかい舌が口の中に入り込み、赤西の舌を誘うように絡め取る。若林のキスは初めての時から上等で、赤西は悔しく思いながらもうっとりしてしまう。

唇がはなれても、若林は赤西の額に額をのせて目を見つめてくる。まいったな、と赤西はため息を漏らす。

「体だけって言ったろうが」

「でも、僕は好きなんです。迷惑ですか」

赤西はこたえられなかった。若林の熱い息が唇に吐きかけられていて、つい、自分から口を開いて舌を吸い込んでしまった。

それから三ヶ月後、ロビーで聖歌隊が賛美歌《さんびか》を歌っていた。

シャンデリアにまでクリスマスの飾りつけがなされていて、ますます病院らしくない佇《たたず》まいに赤西は驚いた。若林が車椅子を押して、満員状態のカフェのわきに落ち着いた。ミニコンサートを見に来ているのは患者たちだけではなく、近隣の住民も招待されていて、にぎやかな雰囲気が漂っていた。

車椅子の脇にしゃがみこんだ若林が、人目を忍んでそっと赤西の手を握った。赤西が辺りをぐるりと見回すと、すぐそばのテーブルにいた小さな女の子に気づかれていて、あわてて手をはなそうとする。しかし若林は強く赤西の手をつかみ直した。赤西はため息を漏らし、結局、若林の好きにさせた。

車椅子はまだ必要だが、通いのリハビリでなんとかなるだろうと、その日の午後、医者から説明されていた。退院の日が近づいていていた。

独居房の収容者は工場に出られないと決められている。勤労作業は居室でできるものに限られ、買い物袋の取っ手貼りなどの軽作業になる。

それでもなにもしないよりはマシだった。

毎日ほとんどの時間を一人きりで過ごす生活は思っていた以上につらかった。運動時間でさえ一人で話し相手もいない。土日祝日の免業日は一日中ラジオにかじりついてジャズがかかるのを待つが、高い塀《へい》のせいか電波の入りが悪い。だから平日の勤労時間はやることがあるだけマシなのだ。英良はせっせと作業を続けていた。

「どうだ、進んでるかい」

扉が開き、守野刑務官が顔を出した。なにか印象が違う、と思ったら、制服が冬のものに替わっている。それで、また月が変わったのだと英良は意識した。また一月経った。どんな生活を送っていても、後から思い返せばあっという間の出来事だ。このまま時間をやり過ごしていけば一年や二年はあっという間に過ぎるだろう。しかし五年、十年と考えるとはるかに遠い未来としか思えない。ここを出て普通の世界に戻れる日がいつか自分にも訪れる、理屈ではわかっても実感は湧かなかった。永遠にこのままの状態が続くような、そんな気がしている。

「どうした、ん？」

守野が英良のすぐそばに膝をついた。英良は畳の上に台を出して作業をしていて、二人の距離は一気に近くなる。

「衣替えなんスね」

「そうなんだ、ヒデ君の着替えも後でくるはずだぞ。……なあ、ちょっとだけ、いいだろ？」

守野に抱き寄せられた。守野はなにかと理由を見つけて英良の居室にやってきて、三回に一度はこうしてハグを求めてくる。

「あっ」

バランスがくずれ二人そろって畳の上に倒れ込んでいた。守野の重い体がずっしりと英良の上にのしかかる。太ももにかたくて熱い感触が押しつけられていた。

「ごめんな」

「いえ、その……」

十秒かそれ以上の間が開いてから、やっと守野が体を起こした。なにか無理強いをするつもりがないのはその態度でよくわかっていた。かわりに守野は畳に両膝をついて頭を下げてきた。

「このとおりだ、なんとかたのめないか」

「……え？」

「もうずっとそういうのから遠ざかっててな。溜まっちゃってしかたないんだよ」

スラックスの股間が左に寄ってもっこりと膨らんでいた。

「いやだって言うならいいんだ。規則違反だし、たのめる立場じゃない。でも……、今朝、官舎を出てくる前にシャワーで流してきたから、きれいなんだ。だから、たのめないか？」

守野は顔をこわばらせていた。その頬はいくらか赤くなっている。

「だって、ええと……」

「夕べもヒデ君のAV見てたまんなくなっちゃったんだよ」

「今、溜まってるって」

「だから、夕べから今までで金玉パンパンになるくらい溜まったんだ、ヒデ君のこと考えてて」

めちゃくちゃだなと英良は思った。だが、このまま守野を突っぱねて後でなにか仕返しをされたら困るし、なにより独居房に移されてから守野にはいろいろとよくしてもらっている……。

「……口ですればいいんスか」

「いいのか！」

守野はニコニコとうれしそうに笑って立ち上がった。さっさと制服ズボンから勃起した一物をつかみ出し、英良の顔の前に持ってくる。シャワーを浴びてきただけあって、それほど匂いはしなかった。舌を出して裏側を舐めてやっても塩辛さはほとんどない。だが、根本まで頰張ればひっきりなしに先走りがあふれだしてくるし、陰毛に染みついた男の匂いはしっかり英良の鼻腔《びくう》に入り込んでくる。

「あーっ、やばいなあ、さすがヒデ君のフェラは、うう……」

英良の口の中で守野のそれは石のようにかたく張り詰めていた。舌先で鈴口の中を突くとギンギンと反り返り、トロトロと甘塩っぱい先走りを吐き出してくる。

「ハッ、ハッ、まだだ、まだ、もったいない、う、でも、あーっ、だめだだめだ、もう出ちゃうぞ、出る、出るっ！」

守野の手が英良の頭をきつくつかんでいた。英良の喉の奥に一物を押し込んできたまま つま先立ちになり、プルプルと腰を震わせる。ガタイのでかい刑務官が、狭い独居房の真ん中に突っ立って、背筋をのけ反らせ、快感の名残《なごり》に浸《ひた》っていた。英良は雑居房で毎晩男たちのそれを飲んでいた時のくせで、つい反射的に守野のザーメンを飲み下してしまった。

「うー、最高だったよ、ヒデ君……、あれ、俺の、飲んでくれたのか？　うれしいなあ」

唾で濡れた一物をブラブラさせた格好のままで、守野がかがみこんできて英良を抱きすくめた。そのままキスまでされて、太い舌で口の中を舐めまわされ、英良はぎょっとして顔を引いた。守野は笑っていた。

矯正支援制度《きょうせい》がはじまって以来、刑務所では年に数回、外部から人を招いての慰問《いもん》講演会が催されるようになっている。

英良はとくに興味もなく、誰が来るのかも気にしていなかった。それでも、その時ばかりは独居房から出ることが許され、広い講堂に人の集まる様子を見られて、いくらか息が継げたような気がした。

ほとんどの収容者は舞台に向かってまっすぐ座っていたが、独居房の収容者は別に集められ、舞台を斜め端から眺めるように座らされた。英良は壇上ではなく、「ゴリラ坊主」指田の姿を探していて、刑務官が声を張り上げて講演者の名前を告げた時にも、ろくに聞いていなかった。

ようやく指田を見つけ出し、顔を作って合図しあっていると、どこか聞き覚えのある女性の声がスピーカーから流れてきた。壇上を見上げ、いくらか太り気味の中年女性の姿を認めた時、英良は思わず、あっ、と声を漏らした。

慰問講演者はあの愛染だった。

愛染はマイクに向かって自己紹介をしながら、ぐるりと講堂の中を見回していた。その目はなにかを探している。愛染ははじめ、指田のいる辺りを見つめていて、落胆の表情を見せた。しかし、端にまとまって座らされている独居房収容者の集まりの中に英良の姿を見つけると、ほんの一瞬だが、口を手で押さえ、言葉を止めた。

愛染がなぜここにきたのか、それで英良にもわかった気がした。

愛染はすぐに言葉を継ぎ、小説のこと、作家としての生活など、おもしろおかしく話し始めた。さすが華のある愛染だけあって、収容者の中から何度も笑いが起こった。その度、刑務官の視線が厳しくなり、みな笑うのを我慢するが、愛染の話術に刑務官もやがて引き込まれ、一緒になって笑い出した。

笑い話をしている間も、愛染は英良に目線を送ってきた。話していることは自虐的で愉快なことばかりなのに、愛染の目は潤み、英良との間にだけ、まるで違うやりとりがなされているかのようだった。

あなたのせいじゃないのよ。

愛染の心の声が聞こえてくるようだった。英良のせいで自殺未遂を起こしたわけじゃない。言葉にしなくとも、いじけた心持ちの英良にも、はっきり伝わってきた。ずっと、自殺の原因を知ってるんじゃないか、お前のせいじゃないのかと言われ続けて、そんなことはないと言い返してきた。それでも英良の中には、もしかしたらそうかもしれないという思いが残っていた。自分のせいで先生は自殺未遂を起こしたのかもしれない。自分があの船の中でなにかを見落としたせいで……。

壇上の愛染と目と目のやりとりをしている間に、すっと胸が軽くなっていく。言葉を交わしたわけでもないのに、こんなにも気持ちが楽になれる。先生はもしかして、このために来てくれたんだろうか？おれがどこの刑務所に収容されているか先生にはわからなかったはずだ。このために、いくつもの刑務所に出向いておれを探してくれたんだろうか……。

講演が終わると収容者は全員起立して坊主頭を下げた。その中で、英良は一番最後まで頭を下げ続けた。


「明日、ヒデ君を雑居房に戻すことになったよ。いや、大丈夫、前とは違う部屋にかえてやったから。今度は大人しいじいさんばかりの部屋だ」

守野刑務官が居室にやってきて知らせてくれた。

「ありがとうございます」

「正直に言うと、ちょっと残念だけどなあ」

「はい？」

「ヒデ君には悪いけど、ヒデ君が他の連中にされてるとこ、覗いてたんだ」

守野が頭をかいていた。矢作に強いられ男たちの面倒を見させられたあの時、たしかに扉の覗き窓に影の動くのが見えた。あれはこの守野さんだったのか。

「ごめんなあ、たすけてやりたかったけど、その、興奮しちゃってさ」

刑務官という立場でありながら収容者の暴力行為を見逃していたということだ。しかし守野の正直な物言いには脱力させられてしまう。腹も立たなかった。

「なあ、もう一度いいだろ？　当分、そういうチャンスもなくなるし」

守野が制服ズボンから一物をつかみ出した。それはまだ半勃ちの状態だが、鼻の穴を膨らませて英良をただ見下ろしているだけでどんどんかたくなってくる。英良はため息を漏らして守野の太ももをつかんだ。

「う、いいよ、やっぱり最高だ。でも、まだ出したくない。さっき、便所でケツも洗ってきたんだ。だから、たのむよ？」

守野はいそいそと制服ズボンと白いブリーフを脱ぎ捨てて、畳の上に四つん這いになった。

「濡らすから、ほら、ちんぽ出してくれ」

英良は言われるまま萎えた一物を出し、守野の口に含ませた。守野は根本に皮を寄せてまだ柔らかい亀頭をつるつると吸い舐めた。英良は久々の感覚に思わずうめき声を漏らした。

「んはっ、よし、かたくなった。ケツにローションも仕込んできたから、そのまま入るぞ」

「うん、う」

「はああ、たまらん、やっぱり指と本物じゃ大違いだなあ。あー、まだ入ってくる。すぐ動いていいぞ、時間もないし。ふっ、ふっ、うう」

四つん這いで犯されながら、守野は自分の一物をしごいていた。英良は守野のでか尻をつかんでせっせと腰を振った。顔や体の印象と違い、守野の肉穴は柔らかく絡みついてくる。決して大味ではなかった。禁欲生活を続けてきた英良にはたまらない刺激だった。英良は夢中で守野の肉襞に亀頭をこすりつけた。

「はあっ、はあっ、ごめんな、畳汚しちゃうな、先走りだけでビショビショだ。うーっ、イイ、イイ、火がついちまった」

「すぐイキそうだよ。でも、その、たぶん続けてできるよ?」

「あー、ヒデ君、たくましいなあ、でもな、もう時間がないんだ、いいぞ、好きな時に出してくれ」

「このまま出してもいいの?」

「もちろんだ、中に出してくれ、後でひり出す時にまたスケベな気持ちになれる……」

「あっあっ、もうイッちゃうよ、イク、イクッ!」

「俺もだ、漏れるう……」

本当に時間が迫っていたらしい。守野は這いつくばって英良のかたいままの一物から逃れると、ハンカチを肛門に押し当ててブリーフとズボンをはきなおした。その顔つき、目つきからして、まだまだ体も心も燃えているのがわかる。

「ありがとうな、ほんとごめんなあ、どうしようもないな俺は。悪徳刑務官だよな、これじゃ。でも、ヒデ君も悪いんだぞ」

そこで守野に抱き寄せられた。守野は英良の耳元で囁くように言った。

「ヒデ君は男をその気にさせるんだな。そういうなにかを持ってる。やらしい奴なんだな」

守野は英良の舌を一瞬吸い舐めてから顔をはなし、豪快に笑いながら居室を出て行った。英良は守野の汚していった畳を拭き、自分に問い返していた。やっぱりオレが悪いってことなんだろうか？ 前の雑居房であんな目にあったのも？

そもそもオレの中にそういう部分を見いだしたから、赤西さんはオレをスカウトしたんだろうか。オレはノンケで、ゲイにはなれない。なのにどこに行ってもこんな風だ。そういうなにかを持ってるんだろうか。

英良が新たに移された雑居房は守野の言っていたとおり老年の男ばかりの部屋だった。守野の計らいで、そこには指田まで移されていた。指田も英良との再会を喜んだが、じいさんばかりの部屋じゃ楽しみがないとこぼしてきた。

老年とはいっても刑期の長い者もいれば、最近入ってきてそう遠からず出て行くのもいる。それでも前の居室に比べればみな大人しい性格で、ギラギラとした目つきで英良を見てくる男はいない。居室にいる間、男たちはテレビを見たり将棋《しょうぎ》を指したり、思い思いに過ごしていた。

指田が新しい本を取り寄せていた。それは愛染の新刊本で、あの慰問講演会をきっかけにファンになったのだという。面白いぞ、と渡されて、英良は戸惑った。もともと本を読む習慣はないし、収監される前にも愛染の本は十冊以上もらっていながら、まともに読んだことがない。しかし刑務所では時間がいつもありあまっている。いざ読み始めると、複雑で奇妙な展開を見せる愛染の小説世界に引き込まれた。

登場人物の中に一人、体を売る男がいた。男は事件に巻き込まれ、罪を着せられ、運命に流されるが、最後には本人なりの幸福をつかむ。

この男はオレだ、と英良は思った。

本の刊行日を見ると、自殺未遂を起こした後に書かれたものだった。自分をモデルにして愛染がこの人物を書いたと英良にもはっきりわかった。

ありがとう先生。でも、これはオレの物語じゃない。

講演会で、目と目で語り合ったあの瞬間を思い出して英良は胸を熱くした。先生はきっとオレの味方をしてくれるだろう。もしかしたらまわりの人間に対して、オレをかばうようなことを言っているのかもしれない。ありがたい話だ。だけど自分は酒に酔い正体をなくし、被害妄想に駆られて赤西さんと長谷川さんを刺した。自分は人殺しだ。

この本の男のように救われるべきじゃない。


刑務所では、風呂は工場での勤労時間の合間に入ることが決められている。時間は十五分で、五分ずつにブザーが鳴り、湯船につかり、体を洗い、また湯船につかる。

同じ居室の老年の男たちと脱衣場で服を脱いでいると、もう一組、別の工場の男たちが入ってきた。数あわせでたまたま一緒になったのだった。英良はかまわず、見張りの刑務官の指示どおり風呂場に出た。軽く体を流し、湯船につかったところで、すぐとなりに矢作がいることにようやく気がついた。

「今度はじいさんばかりの部屋か」

囁くような口調で刑務官には気づかれていなかった。英良は思わず指田を探した。指田は少しはなれたところで湯船につかって、ちらちらとこちらに視線を送っている。

「お前みたいな奴には地獄だな」

　矢作の言葉に、英良は思わず言い返していた。

「なんでだよ」

「よってたかって犯られるのが好きなくせして」

「そんなわけない」

「おれに嘘をつくな」

　どうしてこの男はこんなに自分ばかり目の敵にするのかと不思議に思った。なのにこの矢作自身は一度として英良に奉仕を求めてこなかったのだ。

　五分が過ぎたことをしらせるブザーが鳴った。男たちは一斉に湯船からあがり、洗い場で頭と体を手早く洗った。これも五分ですませないといけないから、みな一心不乱に頭から泡をかぶっている。また五分が過ぎてブザーが鳴り、もう一度湯船に入った。矢作がまたとなりにつかって声をかけてきた。

「お前は淫乱だ。誰になにをされたって気にもしない。罪の償いとでも考えてるのか」

　英良は息を飲んだ。矢作は追い立てるように続けた。

「罪は償えない。決してな。だってお前は楽しんでたじゃないか。大勢の男に可愛がられて」

「ちがう」

「じゃあ、どうして逆らわなかった？　されるがままで口でもケツでもちんぼくわえてたろうが。お前はただ流されて生きてるだけだ。抜け殻のような奴。人間とも呼べない。ただの人形だ。使い捨てのスケベ人形だ」

　最後の方はほとんど一人語りのようになっていた。矢作の様子がおかしいと英良も気がついた。

　ブザーが鳴り、脱衣場に出た。そこでは作業着を脱いだ場所が離れていて、矢作はもう近寄ってもこなかった。

その日の夜、居室で英良は矢作のことを指田に話した。指田はいくらか迷った様子で話してきた。

「あいつがどうしてここにいるのか知ってるか？」

「いや」

「実の父親を殺したんだ」

「え……」

「子どもの頃から父親に虐待されてたって話だ。それが我慢できなくなって、反撃に出て、殺してしまった。……つまりさ、自分を見てるような気になるんじゃないかな」

意味がわからなかった。指田が迷った顔で言い直した。

「お前さんを見てると過去の自分を思い返すんじゃないかってことだよ」

英良は口を開けて、しかし言葉がすぐに出てこなかった。間が開いて、やっと言い返した。

「そんなの、オレは知らねえよ。関係ねえし」

「彼は犠牲者だ。地獄のような父親との関係から抜け出すために、結果として親を殺してしまった」

「殺しは殺しだろ。しかも実の親だぜ」

「その親に虐待されてた。正当防衛とも言えるんじゃないか」

「お前、坊主の息子のくせに殺しに甘いんだな」

「坊主の息子だからだよ」

英良は寝転がって目を閉じた。するとまぶたの裏に家族で撮った写真が浮かんできた。赤ん坊の英良が母の腕に抱かれ、その横に父が笑顔で立っている。十歳の兄が英良の頬を指で突いて遊んでいる。

不思議だった。こうして頭の中で思い浮かべると、写真の中の父は赤西にそっくりに映って見えてくる。『Deo』にやってきた兄から見せてもらった写真の実物によれば、二人はまるで似ていなかったというのに。

お前、ファザコンか？

赤西と出会ったばかりの頃、何度もそんな風に言われたことを思い出した。たしかにそうだと今は認められる。オレは父さんが好きだった。だって親子なのだから。父さんはプロのウッドベーシストなのだから。

倒れた赤西の顔にストールをかけた時の記憶がまざまざとよみがえってくる。

「ごめんなさい」

無意識に、口に出して言っていた。自分で驚いて目を開くと、指田と目が合った。

「おい、花火だぞ！」

誰か同じ居室の男が言った。また別の老年の男が言い返している。

「今は冬だぞ」

「でも、ほら、見てみろって」

英良と指田も一緒になって立ち上がり、鍵のかかった扉側の壁に背をつけた。窓の外には暗い夜空しか見えないが、しばらく待っていると巨大な花火の端と思われる、色のついた光がチカチカと見え隠れした。

「ほんとだ、花火だ」

『Deo』の客を集めてみなで海に出かけた時のことを思い出した。夜、暗くなった砂浜で、文壇の連中や黒崎、タケシ、長谷川などと一緒に、のんびりと酒を飲みながら海の上にはじける花火を見上げていた。

『あれも来ればよかったのにね』

長谷川が赤西のことを話していた。花火の光を浴びた長谷川の横顔は笑っていた。

長谷川さんは本当に赤西さんのことを想っていたのだ。

「ごめんなさい」

英良が口の中でつぶやいた時、小さな窓にまた花火の端が見えた。老年の男の一人がふざけて言った。

「たまやぁ」

「どんな花火かちっともわかんねえな」

「わしらにはお似合いの花火ってことさ」

金を貸してくれとたのんだ時、長谷川さんは赤西さんに悪いから貸せないと言った。オレの突き出したナイフから赤西さんを守るために身を投げ出して死んでしまった。オレは人間を一人を殺しただけじゃない。赤西さんから長谷川さんを永遠に奪ってしまったのだ。

また花火の端が見えた。色とりどりの光が瞬き、すぐに暗くなってしまう。その暗い空の中に、長谷川の笑う横顔が見える。花火の光に照らされた白髪頭の横顔が。

「ごめんなさい」

英良は泣いていた。涙が頬をつたって流れ落ちた。


ガラス戸の向こうに花火が見えていた。

「けっこうでかいな」

「冬なのにね」

でかいなと言ったのは黒崎だった。となりに座るタケシをちらと見て、赤西を見る。冬なのにと言った若林は楽しげな顔で立ち上がり、ベランダに出て行く。ガラス戸を開け閉めしたわずかな時間に、冷気が部屋の中に流れ込んでいる。外は零下に近いほど冷えているが、若林はセーター一枚の姿で花火をうれしそうに見上げている。足下に小さな犬がうろうろしていて、若林が抱き上げた。

若林と犬のはしゃぎぶりを、赤西と黒崎とタケシの三人がテーブルについたまま見守っていた。その前日に赤西はリハビリ病院から退院してきた。車椅子での生活を余儀《よぎ》なくされているから全快とは言えないが、快気《かいき》祝いとして集まっていた。

若林にたのんで買ってこさせた料理をつまみながら、のんびりと酒を飲んでいた。赤西はずっと言葉少なで、その分、黒崎とタケシが気を遣って話している。

「あいつ、はしゃぎっぱなしだな」

黒崎が言うと、タケシがすぐに、鼻白んだ表情も隠さずに言い返した。

「あの介護士、ほんと、赤西さんの恋人気取りだ」

「犬の話だよ。うちじゃなんとなく元気なかった、知ってるだろ。それがここに帰してから大違いだ」

「だってやっと飼い主のとこに戻れたんだもの」

「それが気に入らない。せいちゃんが入院してる間はずっと僕が面倒見てたんだぞ」

「ゲオさんはご主人さまと認めてもらえなかったんだね」

二人のやりとりを聞きながら、赤西は自分のマンションの中を見回していた。犬の部屋の壁にはまだエスペランサ・スポルディングのポストカードがかかったままになっている。エスペランサは誰もいない部屋の中をぼんやりと見下ろしている。

ベランダではまだ若林が犬を抱いて花火を眺めている。

思い立って車椅子を自分で動かした。黒崎が心配そうな声を出した。

「どうした？　手伝うぞ」

「大丈夫だ。これからは一人でやっていかなくちゃいけないしな」

赤西は一人で寝室に入り、ドアを閉めた。ブルーグレーのクローゼットを開き、作り付けの仏壇に手を合わせる。死んだ父とあの後輩の位牌の間に、目新しい長谷川の位牌も並んでいた。蝋燭を灯し、線香を供え、手を合わせた。

背後でドアの開く気配がした。若林が音も立てず入り込んできて、車椅子ごと赤西の背中を抱きすくめた。

「これが長谷川さん？」

「ああ」

若林の手が赤西の手を包むようにつかんでいた。らしくないなと思いながら、赤西は若林の手を握り返していた。


車椅子を動かすと犬がいやがり、犬がリードを引くと車椅子がついていかない。以前は公園を抜けて商店街を往復して戻ってくるのが定番の散歩コースだったが、車椅子ではマンションのまわりをゆっくりとしか動けないから、犬は不満そうな顔で何度も赤西を振り返っていた。

「しかたないだろ、まだ当分は歩けない」

言い聞かせても、犬は知らん顔でまたリードを引っ張っている。

部屋に戻ると新しく設置した手すりにつかまって室内用の車椅子に乗り換えた。犬の足を拭くのも一仕事だった。自由になった犬は部屋の中を駆けていき、リビングから赤西を振り返って、はやく餌をよこせと小さく吠えてくる。

「わかってる、せかすなよ」

犬は襲いかかるようにして餌皿に鼻先を突っ込んだ。

水も新しく入れ直してようやく一息つくと、エスペランサと目が合った。今日のエスペランサは哀れみの表情を浮かべているように見えた。

エントランスのチャイムが鳴った。赤西は時計を見てつぶやいた。

「もうそんな時間か」

予約してあったタクシーでリハビリ病院まで出かけた。通院者用の受付で待っていると、満面の笑みを浮かべた若林があらわれてリハの介助をしてくれた。鏡張りの壁の前で筋トレをはじめると若林が聞いてきた。

「わんちゃんの散歩はできたの？」

「あいつは車椅子が嫌いらしいな」

「夕方は僕が連れて行くよ」

「たのむ」

「明日は何時に出ればいい？」

「決まってない。一周忌《いっしゅうき》だが行事はないらしい。親しい親族はいなかったからな、遺産をもらったらそれっきりってことらしい」

「そう……」

翌日の同じ頃、赤西は車椅子の上から、長谷川家と刻まれた墓石に手をあわせた。すぐ後ろに若林が立ち、同じように手をあわせている。そこに坊主がやってきて二人に声をかけた。

「どうぞ、準備が整いました」

本堂では車椅子を降り、若林の手を借りて畳の上に座り込んだ。坊主が読経をはじめると、若林と並んで手をあわせ目を閉じる。しかし木魚を叩く音が耳につくのか頭痛がして、すぐに目を開いてしまう。本堂に入った時には御簾《みす》の奥で暗く沈んでいた仏像に光が当てられていた。高い天井を見上げれば、仏画や彫刻が覆いかぶさってくるような錯覚にとらわれる。赤西は息苦しさを覚えた。ここにいたくないと感じていた。

その時だった。太い柱の陰から長谷川の幻影がゆっくりと歩き出してきた。

赤西は目を見開いた。しかし長谷川には赤西が見えない様子で、遠い一点を見つめてただ歩いている。足下にはこまかな砂利《じゃり》が浮かび上がっているが、足袋《たび》で歩く足音は聞こえてこない。

「それでは順番にご焼香《しょうこう》をどうぞ」

坊主の声に我に返った。長谷川の姿は消えていた。若林に支えられて畳の上を這うように進み、焼香を済ませた。

車椅子にのるともう一度墓に戻った。墓石の間から、黒いワンピース姿の女が見え隠れしていた。愛染だった。

「先生」

「よかった、会えて」

愛染は微笑んで二人を見た。赤西は若林を待たせて、愛染と二人で境内の庭を眺められる場所で話をした。退院後の生活やリハビリの進み具合などの話題の後、いつ若林のことを聞かれるだろうと身構えていると、愛染が言った。

「この間、刑務所の慰問でヒデ君と会えたの」

赤西は衝撃を受けた。愛染の顔をまじまじと見つめてしまった。

「話はできなかったけど、元気そうだった」

「……そうですか」

「ごめんなさいね、ヒデ君の話、聞きたくなかった？」

「いや、うん、どうだろう……」

「私のせいもあるのよね」

愛染の声が小さくしわがれていた。赤西はハッとして、きついアイメイクで飾られた愛染の目を見た。この人も苦しんでいるのか。自殺未遂を起こし、それがきっかけで英良を追い詰めたと考えているのか。

「いいや、誰のせいでもない。悪いことが重なっただけですよ。あいつは運がなかった」

「怒ってないの？」

「怒る？」

ずっと自分でも不思議に感じていた。いまだに英良に対して怒りはわいてこないのだ。歩けるようにはなれても、杖を手放すことはできないだろうと医者にも言われている。やっと心の通った長谷川は殺されてしまった。なのにナイフを振り上げた英良に対して怒りはない。むしろ、かわいそうなことをしたと考えている。

「元はと言えば、おれがあいつに声をかけたのが悪かったのかもしれません。あの雨の日に、バーガーショップでしょぼくれてたあいつをスカウトなんかしなければ……」

「そんなこと言い出したらキリがないわよ」

「でしょう？　だから、先生のせいでもありませんよ」

愛染は悲しげな顔で笑っていた。

「それで、先生はもう大丈夫なんですか？」

聞いていいことなのかわからなかった。しかし、今の自分ならば聞いてもいいような気がしている。この愛染にはずっと内心、反感を覚えていたはずなのに、今は、自分と同じ側にいる人間と思えている。愛染の方も、赤西に心を許しているのがその目から伝わってくる。

「わからない。でも、なんとかやってるわ。人間ってそんなもんよね。なんとかやっていくしかない」

「そうですね」

「日を改めて、お食事でもどう？　さっきの彼氏君も一緒に」

愛染のいたずらっぽい笑みをにらんで、赤西は言い返した。

「いいですね、誘ってください」

「本気よ、逃がさないから。それまでには春町の様子も見に行って、あなたに報告してあげる」

「もう興味ないですよ。おれは引退したんだ」

「そうかしら？　その頃には気が変わってるかもしれないでしょ」


赤西はベッドに横たわって天井を見つめていた。深夜をまわり部屋の中は暗いが、ブラインドの隙間から入る外の光が天井から壁までひと続きの縞模様《しまもよう》をつくっている。すぐ横では若林がスウスウと静かな寝息を立てていた。

この上で……、と赤西は何度となく思い返している。

最上階の半分を占めるあの部屋で長谷川さんは死んでしまった。

赤西は意識を失っていて覚えていないが、あの時、長谷川は苦痛にたえて電話まで這っていったらしい。重傷を負いながらも救急車を呼び、おかげで赤西はたすかった。

もしも意識を失ったのが長谷川で、自分が電話をかける側だったら、たすかったのは長谷川だったのかもしれない。

病院で意識を取り戻してから、赤西は毎日そのことを考えている。その方がよかったのにと頭の中で繰り返す。

あの人は最後までおれの面倒を見てくれた。

胸が苦しくなって、赤西は若林の体を抱き寄せた。若林は眠ったまま赤西の腕枕にすがってくる。若くボリュームのある肉体はあたたかく、おかげで息が継げる気がする。

いつのまにか、すっかり頼りにしてしまっている。

赤西は若い寝顔を間近に見つめた。力が抜けて、まるで子どものような寝顔だった。骨格からちがうが、どうしても英良を思い出してしまう。あの頃、毎晩のように英良の寝顔を眺めた……。

「ん……」

若林がむにゃむにゃと口を動かした。このままではいけないと赤西は考えていた。

自分にはこいつをそばにおく資格がない。

翌日、若林と二人時間をかけてつくりあげたブランチをとっているとエントランスのチャイムが鳴った。若林がインターホンの受話器を耳に押し当て、赤西を呼んだ。セキュリティのディスプレイに映る中年男を見て、赤西は首をひねり、目を細めた。

車椅子を動かし、一人でロビーまで降りていった。黒いスーツを着た、生え際の後退した中年男が待っていた。元『スレッジ・ハマー』のオーナーで、今は『RED』のオーナーをやっている、あの前原だった。

「まるきり歩けないのか?」

前原はなにか確かめるような目つきで赤西を見下ろした。

「いいや、少しならもう歩ける」

赤西は車椅子からほんの少しの間だが立ち上がってみせた。

「社会復帰の頃合いじゃないか?」

前原に言われて、赤西はますますわからなかった。この男はずっと『RED』を欲しがっていた。念願叶っておれから『RED』を買い取ったのだから、いまさらなんの用なのか。

「なにか用事があったんじゃないのか」

「『RED』に戻ってこないか?」

前原の言葉に、赤西は耳を疑った。

「……なんだって?」

「雇われ店長ってことだ」

「タケシがいるだろう」

「あいつはフロアをうろうろするので精一杯だ。店長をやれと言ったら断られた。いつ辞めるかわからないから責任は負えないとはっきり言われたよ」

赤西はまじまじと前原の顔を見上げていた。

「でも……、あんたはおれからあの店を奪いたかったんだろうが」

「たしかにな。しかし『RED』はやっぱりあんたの店だよ。オーナーは私だが、あの店をさばくのはあんたがやった方がきっと儲かる」

最終章　暁光

ハロウィーンの夜の『ＲＥＤ』は、毎年、おどろおどろしいデコレーションで飾りつけられる。売り専たちの風変わりな仮装姿もあって、賑やかな中にも毒のある独特の雰囲気が、店内を異世界に変えている。昨年はオーナーが代わりしらけた部分もあったが、今年は赤西のカムバックで華やかな空気が戻っていた。

赤西はカウンターの中で特注の高い椅子に座っていた。杖《つえ》をついて歩けないこともないが、長時間立っているのは難しいし、移動はまだ車椅子に頼っている。特注の椅子に座ると、ちょうど立って店内を見回すのと同じ高さの目線になり、客からすればカウンターに椅子が隠され、立っているのとさほど変わらない姿に見える。

以前は長谷川の指定席になっていたスツールに若林が腰かけていた。見るからに居心地が悪そうな顔でちびちびと酒を舐めている。そのとなりには愛染が座っていて、若林に気を遣っていろいろと話しかけているが、あの愛染でさえ若林には苦戦するらしく、ちらちらと赤西に救いを求める目線を送ってくる。

「あ、虎三君、素敵ねえ、その衣装！」

赤西がなにも言わないでいると、愛染は売り専に話しかけながら席を立ち、逃げ出してしまった。若林は一人にされて、かえってホッとした表情を見せる。赤西が『ＲＥＤ』に復帰して以来、たまに様子を見に来るのだが、そのたび、こんな調子なのだった。今夜は赤西のバースデイパーティも兼ねているから渋々やってきたのだ。

　こいつに夜の世界は似合わない。『RED』の怪しい賑わいに眉をひそめる若林を見るたびに、赤西は思い直す。そして自分は間違いなく夜の世界の住人だ、と。一緒にいられないわけではない。しかし自分にその資格があるだろうかと問い返してしまう。こいつに愛される資格がおれにあるのか？　と。

　仮装した売り専たちが巨大なケーキを運び込んできた。赤西が蝋燭の火を吹き消すと、みな一斉に手をたたいた。

　三回ほど耀次の誕生祝いもこのハロウィーンの夜にやったことを思い出していた。歴代の『RED』ナンバーワンホストの中でも、耀次はトップの成績を誇ったから、今夜とは比べものにならないほど『RED』は賑わった。その耀次はまだ刑務所にいる。耀次に次ぐ成績の英良もだ。

　『RED』のナンバーワンが続けて刑務所に入ったことを指して、呪われているという者が春町には大勢いた。赤西は鼻で笑ったが、内心、いや、本当に呪われているのかもと考えることがある。

　ケーキを切り分けて配っていると、黒崎とタケシが入ってきた。二人とも黒いタキシード姿だから、仮装行列に参加していたらしい。

「よお、来てたのか」

　黒崎が気楽な様子で若林に話しかけていた。若林も笑顔で返す。この二人とは何度もよそで会っているから、若林も気を許した態度を見せる。

　タケシはフロアマネージャーとして客や売り専の間を歩いてご機嫌伺いをはじめた。黒崎はそんなタケシの姿を目で追いながら、ケーキを瞬く間に二切れ食べて、二人にだけ聞こえる声で打ち明けてきた。

「実はな、こないだからあいつと付き合ってる」

　赤西はすぐには信じられず、目を丸くした。しかし若林の方はただうなずいて言い返していた。

「前からじゃないんですか？」

「まあ、ちょっと前からそんな雰囲気はあったけどな」

「ですよね。でも、正式にってことなんだ。おめでとうございます！」

黒崎は珍しく照れたように、禿げあがった頭に手をやった。赤西はまだ驚きっぱなしで、言葉が出てこない。

その時、表から新しい客が入ってきた。店内の浮かれ具合に戸惑った様子だから、タケシに目で合図をして席に案内させた。最近になってよく来るようになった客で、いかにも素朴な三十代の男だ。赤西が気にして見ていると、男はタケシになにか話しかけていて、若林を指さしている。タケシは笑って首を横に振っている。若林を売り専と勘違いしたのかもしれない。

あいつと似ている、と赤西は思った。名前は忘れたが、玄太を田舎に連れ去ってしまったあの男。玄太からは定期的に連絡をもらっていて、あいかわらず田舎で二人うまくやっているらしい。

素朴な三十代男は酒を舐めながら若林にちらちらと視線を送っていた。けっして値踏みするような目つきではなく、焦がれるような顔だ。しかし若林の方は黒崎と、タケシとのことを話していて気づいていない。


掃除機の騒がしい音で目が覚めた。赤西はまぶたを薄く開いて部屋の中を見回した。まぶしい光の具合からして、まだ午前中とわかる。昼前の日差しというものは特別まぶしくできているのだと思う。

「ブラインド閉めてくれ」

赤西がうなり声をあげた。ゆっくり寝かせてくれよ、と考えていた。しかし若林の方は笑ってこたえる。

「こんなにいい天気なのに？」

「午前中の太陽は目に悪いんだぞ」

若林がますます笑う。その楽しげな声を聞けば怒る気にはなれない。結局、布団を頭までかぶるしかない。

週の何日かは若林が泊まりがけで遊びにくる。たいていは昼過ぎにやってきて、夕方、犬と残して赤西は一人『ＲＥＤ』に行く。帰ってくる頃にはとうに寝ていて、起こさないように気をつけてシャワーを浴び、若林のとなりにもぐり込む。そして朝は若林のたてる物音に起こされる。まだ週に一日二日のことだからいいが、若林はこの部屋に越してきたいと言い出している。

ずっと一緒に暮らすことになったらたえられるだろうかと赤西は考えている。今まではなんとなく続いてきた。しかし同棲するとなったら話がちがってくるだろう。

英良のことを思い出していた。

あいつとは驚くほどうまくいった。互いに距離をおいていたせいもあるが、つまりちょうどいい距離感だったということだ。実の母親とは暮らせないのに、赤の他人のノンケ男の居候とは楽しくやれていた。片想いの方がうまくいくということか。……惨めなものだ。

そういえば長谷川も一緒に暮らそうとは言ったことがない。同じマンションに住まわせて、そばで見ていたわけだが、やはり同じ部屋で暮らしていたらまるでちがうことになっただろう。

寝室に若林が入ってくる気配がした。

「ねえ、わんちゃんの部屋にかかってる黒人の女の人の写真あるでしょ、あれ、なんなの？」

エスペランサのことを言っているとすぐにわかった。英良が憧れていた著名ベーシストのポストカード。黒崎やタケシからいろいろ聞かされているらしく、若林も英良のことは知っていた。ニュースにもなったのだから気になるのが当然だろう。しかし直接尋ねられたことはなかった。エスペランサのことも英良と結びつけて聞いているのかどうかわからない。

赤西がこたえないでいると、若林がベッドの端に腰かけて、布団の上から体を撫でてきた。尻を撫でられ、布団越しに肛門を探られた。それでも無視していると、若林が布団の中に顔を突っ込んだ。

「うっ！」

寝間着にしているスウェットを下げられたと思ったら、次の瞬間には肛門に唇が吸いついていた。熱く濡れた若い舌がぬらりぬらりと肉の穴を舐めつける。寝起きの弛緩《しかん》した体に、それは強烈な刺激だった。

「おい……、いっ！」

ずぶずぶと唾のついた指がねじこまれた。まだまだ十分な前戯とは言えないが、それでも体が火照って欲しくなる。

「入れてもいい？」

「……いいぞ、こい」

二人そろって布団をかぶったまま、横向きで体を押しつけあった。若林は赤西を背中から抱いて、ローションをまぶした一物を熟れた肛門に押し込んでいく。赤西は歯を食いしばってその感覚にたえる。焼けるように熱かった。

「はあ、はあ……、くっ」

寝不足で頭はぼんやりしているのに、肉襞をこすられるせつなさに体は勝手に反応してしまう。横向きの体位でどうしても体のはなれるタイミングがあり、奥をえぐられるというより入口の辺りを何度もズクズクとかきまわされている。じれったくも感じるが、それでも疼くような快感がたまらない。

「うっ、あっ……」

若林が前に手をまわして赤西をしごいていた。売り専ではないのだから、性技をこまかく教えたことはない。それでも赤西の反応を見て学んだらしかった。最近は毎回、赤西を本気で燃え立たせてくる。

「うっ、あっ、で、出そうだ！」

「いいよ、手で受け止めるから」

布団がずれて、つながった二人の男の下半身があらわになっていた。その分、布団は二人の頭の上をすっぽり覆っていて、もごもごと声はくぐもっている。赤西は自分の枕にしがみついてその時を迎えた。尻の穴を若い一物で押しひろげられて、痺れのような悦楽が前に伝わり、塊となって一物から飛び出していくようだった。実際には若林の手のひらにドロドロとだらしなくザーメンを漏らしていた。

「僕も、うっ、出るっ！」

若林は思いきり腰を突き出した。根本まで赤西の中に入れて勢いよく射精を繰り返す。奥の方にじわじわとねばりと熱の広がるのが赤西にも体感できた。

「はあっ、はあっ……、ふう」

赤西が息苦しさにたえかねて布団をはいだ。とたんに窓から流れ込んでくる冷たい空気に鳥肌が立つ。背中に抱きついたままの若林から伝わる若い体温がありがたい。

「好きだよ」

若林が言った。赤西は若林の手に手を重ねて口に押し当て、返事の代わりにした。

二人そろってシャワーを浴びて着替えをすませると、赤西はジャズをかけた。若林がうるさがっているのがその表情でわかるが、ボリュームをあげてソファに腰かけ、窓の外をぼんやり眺めた。

以前は赤西も自宅ではほとんど音楽を聴かなかった。だから英良がいた頃は四六時中音楽が流されてうんざりしていた。なのに最近では自分から聴きたいと思う。音楽が鳴っていないと落ち着かない気持ちになってしまう。

赤西はほとんど意識していなかったが、スピーカーから流れているのは、長谷川の形見分けでもらった、英良の父の参加したアルバムだった。


「この間、ここに座ってた子は？」

斉藤《さいとう》は『ＲＥＤ』に入ってくるとまっすぐカウンターにやってきて赤西の目の前に座った。ハロウィーンの夜に若林を見つめていたあの素朴な雰囲気の三十代男だ。

「あいつは売り専じゃないんですよ」

「知ってる。あんたの恋人なんだって？」

恋人という言われ方に赤西は違和感を覚えた。

「まあ、そんなところです」

「あんたは恋人をつくらない主義だって聞いたよ」

この男はなにが言いたいんだ？　と赤西は訝《いぶか》った。

「新しい売り専が入ると、あんたが研修するってのはほんとか？」

「その必要がある時は」

「それをあの子は知ってるのか」

話したことはあった。ただしまだ赤西が入院中で、二人の関係が定まっていない頃のことだ。すでに『ＲＥＤ』を手放していて、昔話として、こういうのも仕事の内だったと話して聞かせたのだった。

前原に復帰を持ちかけられた時、若林はいい顔をしなかった。

復帰の後、まだ研修のたぐいはしていないが、今後、その必要が出てきたらどうするのか。黒崎にたのむことはできるが、受け役しか教えられないだろう。前原が後ろを使えるのかは聞いていない。恋人がいるというのも面倒なことだ。いちいちそんなことを考えなくてはならないのか。

そもそも、おれたちは恋人同士なんだろうか。あいつが押しかけてきて、なんとなくそういう関係になってしまった。そしてなんとなく続いている。

「おい？」

斉藤に声をかけられて、赤西は我に返った。

「おかわりをたのむ」

赤西は黙って同じものをつくった。斉藤の前には売り専のカタログが置かれているが、開けて見ることもしていない。バーはバーなのだから、もちろんただ飲んで帰るだけでも文句は言えない。

「あの子みたいな子がいたら、絶対に口説くんだけどなあ」

斉藤が田舎者丸出しの顔で腕を組み、首をひねっていた。赤西はおかしくなって話に付き合った。

「ああいうタイプはそもそも売り専になりませんよ」

「そりゃそうさ」

「だったらどうしてうちに来たんです？」

「売り専の子だって好きさ。いい子も多いしね。だけどこの間あの子を見てからは、他の子のことは考えられなくなっちまって」

なにか大事な打ち明け話でもしているような雰囲気だった。

「たった今、おれの恋人だって確認したの覚えてます？」

「悪いね、俺はのぼせるタイプなんだよ」

「のぼせやすいのは飽きっぽい証拠と言いますよ」

「俺はちがう。前に付き合った子とは十年続いた。今だって好きだ。ただ、向こうに飽きられちゃったんだな。しかたない。だから今度は一生一緒にいられる子を探してる」

「ここは売り専バーですよ」

「売り専だって純な子はいるだろ。だからここであの子を見た時に一目惚れしたんだ。なのに売り専じゃなかった。あの子にはもうあんたがいた。悔しいよ。でもあんたといるのが幸せならしかたない。あの子を大事にしてほしいよ」

本当に一生気持ちの変わらない男なのかもしれないと赤西は思った。この男は信用できる気がする。日向《ひなた》の匂いのしてきそうなこの男なら。

それと比べて自分はどうなのか。

大事にしてやりたいという気持ちはあるのだ。しかし罪の意識があった。若林と過ごしていると、いつも決まってあの死んだ後輩や長谷川のこと、英良のことを思い出してしまう。今の自分が責められるとは思えないが、それでも許されないような気がしている。

二人は死に、英良は刑務所にいる。なのに一人残された自分だけが人並みの幸せを得るなど……。

理屈で考えればくだらないロマンチシズムとわかる。だが、そんな風に感じてしまう自分が、はたして若林のようなまっすぐな男を幸せにしてやれるのか。


「うっ、あー、すげ……」

　守野刑務官の口が英良の一物に吸いついていた。ビーンと勃つと守野はすぐに吐きだして尻を向けてきた。

「超特急でたのむ。怪しまれるとまずいからな。我慢しないですぐに出してくれ」

「う、うん」

　英良は守野の肛門に唾でヌメッた一物を一気に押し込んだ。刑務所の便所は工場に併設のものでも扉がない。誰か別の収容者が刑務官に付き添われて入ってきたら大変なことになる。守野もはじめから自分で一物をしごき、英良の股に尻を押しつけた。二人は立ったまま体をゆすり、濡れた肉のこすれる音を便所の壁に響かせた。

「ふっ、はっ、すげ、吸いついてくる……、う」

「あー、こすれてるぞ、たまんないよ、ヒデ君、中に出してくれ、俺ん中にたっぷり種付けしてくれ」

　守野の尻の穴はヌルヌルとしてすべりがよかった。決してゆるいわけではなく、ローションを仕込んであったらしい。英良が腰を突き出すたびに卑猥な音がたち、半分ほど引き抜くと一物に肉襞が絡みついて、桃色の粘膜が表にはみだしてくる。守野は英良よりガタイが大きく、背中の筋肉が盛り上がっている。その広い背中に英良は貼りつくようにして、つま先立ちで熱い奥底まで一物をねじ込んでいく。

「イイッ！　イイよ、ヒデ君、あー……」

　守野は便所の壁に額をこすりつけて膝を震わせていた。

「う、オレ、もう出ちゃうよ、いいんスか？」

「あっあっ、くれ、俺ん中にザーメンくれ！」

「うっ、出るっ！」

　英良は守野の腰をつかんでぐっと引き寄せた。根本まで肉穴に差し込んだままヒクヒクと体を痙攣させる。たまらず守野の背中に顔を埋めて吠えていた。

「ハッ、ハッ、気持ちよかった……」

「もう抜いてくれ、戻らないとまずい」

そう言う守野の声はまだうわずっていた。英良のまだかたいままの一物が引き抜かれる時は痛みなのかせつなさなのか悲鳴をあげて、ハンカチで肛門をおさえ、そのままズボンをはいてしまう。守野の一物もよく先走ってビンビンと反り返っている。

「出さなくていいんスか?」

「ヒデ君の戒護《かいご》が終わったら便所行って自分ですませるさ」

「オレが手とか口でしたのに」

「いいんだよ、ゆっくり自分でケツいじくりながら抜くのが好きなんだから。ヒデ君のであったまってるから、それで十分」

守野はまるで妊婦の腹をさするように自分の尻を撫でてみせた。

「とにかく俺は中で出されるのが好きでさ。なんだろうなあ、充足感があるんだな。子どもが欲しい女の気分なのかな」

ごつい顔でそんなことを言うのだから英良は笑ってしまう。

「そういや、ヒデ君、指田と仲がいいんだろ?　あいつ、来月で出所だなあ」

「事故の責任とらされて五年なんて長いスよね」

英良はティッシュで濡れた一物を拭いながら言い返していた。守野がそれを一緒になって手伝う。

「事故だって?　あいつは喧嘩で人を殺しかけたんじゃないか」

「喧嘩?　あいつが?」

英良は驚いて守野の顔を見た。守野もそれで、失敗したという顔になった。

「あ、いけね、聞いてなかったのか……。こういうことは話しちゃいけないんだ。聞かなかったことにしてくれよ？」

「え、はい……」

工場に戻されると、英良は同じ居室の老年の男たちと印刷の機械を動かした。みな年はいっているが長年ここで技能を磨いた男ばかりで、英良はただ言われるまま手伝うことしかまだ許されていない。印刷工場は刑務作業の中ではエリートの仕事で、真夏は冷房もちゃんとつくから人気なのだが、手先が器用でないと任されない。

指田がすぐそばで働いていた。喧嘩で人を殺しかけたという話を確かめたいが、守野に悪いから聞けなかった。指田は見た目こそゴリラのようにいかついが、性格はやさしいし坊主の息子らしく人間ができている。そんな奴が人を殺しかけた？

「またあの刑務官にケツ掘られたのか？」

指田はニヤニヤと笑って話しかけてくる。

「シッ！」

「あいつらに輪姦されるのとどっちがいいのかなあ」

工場の窓の外に、木工工場から出てくる矢作たちの姿が見えていた。以前、英良のいた居室の連中で、英良が売り専だったことをどこかから聞きつけて毎晩のように英良の口や肛門を使って性を発散させた男たちだ。

「守野さんの方がずっといいよ」

「そうかなあ、僕はどっちかというとあっちに戻りたい」

呆れてしまった。この指田だって連中に口を使われさんざん嫌な思いをしていたはずなのだ。いくらゲイだからって男なら誰でもいいわけがない。なのにいざそういう煩《わずら》わしさから解放されると、元いた地獄が恋しくなるのか。

「申し出れば戻してもらえるんじゃないか」

「仕事はこっちの方がいいし、どうせもうすぐ出所だしな。悩みどころだなあ」

「はいはい」

それから数日後のことだった。

工場での勤労作業の途中で呼子《よびこ》が鳴り、刑務官が「運動の時間だぞ」と声をかけてきた。刑務所では平日の風呂のない日に運動することが決められている。

刑務官に付き添われ整列してグラウンドに移動した。木工工場の矢作たちがまだグラウンドにいて、英良は緊張した。守野が担当している時はこういうことがないように気を遣ってくれているのだが、さっきから守野の姿が見えなかった。

英良と指田は目立たないように端に立っていたが、矢作はまっすぐそばまでやってきた。

「おい、ちゃんとじいさんたちに可愛がってもらってるか?」

矢作はニヤリともせず真顔で言った。指田がやさしく微笑んでこたえる。

「そんなことしないよ。みんないい具合に干上がってるからね」

「お前ら自慢のフェラテクで奮い立たせてやりゃあいいんだ。しなびたちんぽでもしゃぶれるだけうれしいんだろ?」

英良は思わず拳を握りしめた。すると指田が英良の耳元で囁いた。

「言わせてやればいいんだよ。それで少しでも気が収まるなら役に立ってるってことさ」

矢作はますます苛立った様子になっていた。

「おいゴリラ坊主。お前、もうすぐ出所だってな？ 娑婆《しゃば》に出たら本当に坊主になんのか？」

「そうだよ」

「喧嘩で人を殺しかけたくせに、坊主になれんのか？ ずいぶんご立派な寺なんだな」

「仏の道は懐《ふところ》が深いのさ。矢作さんも出所したらうちの寺にきてよ。しばらくなら面倒見てあげられると思うよ」

「ふざけんな」

「本気で言ってるんだよ？」

指田の顔は静かな表情を浮かべていて、矢作を気づかっているのがわかる。それだけに矢作は憎しみを募らせた様子だった。

「殴られてえのか、このゴリラが！」

矢作が怒鳴り声をあげたところで守野が駆け寄ってきた。

「離れろ、矢作。お前んとこはもう運動終わりだぞ」

「……ウス」

矢作と守野が去っていくと、英良は思いきって聞いた。

「前に、事故に巻き込まれて責任とらされたって言ってたよな？ 喧嘩で人を殺しかけたってどういうことだよ？」

「ほんとそんなもんなんだよ。だって僕は喧嘩してないんだから」

「どういう……」

「身代わりになったんだ」

喧嘩をしたのは指田の友人で、一緒に酒を飲んでいた指田が罪をかぶったのだという。

「なんでそんなこと」

「好きだったんだ、彼のこと。ただの片想いだけどね。向こうはノンケだし。彼は母子家庭で、お母さんが長患《ながわずら》いしてて、もう長くないってわかってたんだ。だから彼が刑務所に入ったら、もう二人は会えないままになる。だから僕がかわりに入ることにしたんだ」

そんなんでいいのかよ？　と英良は思った。五年だぞ？　しかしこの指田ならいかにもやりそうなことだとも思う。

「そいつはどうしてるんだよ、今は？」

「うちのお寺で修行してるよ。もうお母さんは亡くなってしまったから」

「でも、わけわかんねえよ。身代わりでこんなところに五年も入ってるなんて」

「その頃、僕はお酒を飲み過ぎててね、だからちょうどよかったんだよ。中毒から抜け出せたから、更生施設に入ったと考えればさ」

「でも、それで、そいつのためになったのか？　その喧嘩した奴のためになるのかよ？」

なぜだか、英良はとても悲しい気持ちになっていた。そんな英良の気持ちを読み取ったように指田は笑顔でこたえた。

「順番だよ」

「はあ？」

「君だって僕の身代わりになって矢作さんたちに犯られてたじゃんか」

「あれは単にオレが馬鹿だったんだ。結果としてああなっちゃったってだけだ」

「一緒さ。ひとはみな苦しむし、罪を背負う。いいこともするし悪いこともする。順番がくるんだよ。

楽あれば苦ありって言うだろ?」

　英良は理解できず、首をひねってみせた。指田はまた笑っている。ポツポツと雨粒が顔にあたるのを感じていた。英良がどんよりと曇った空を見上げると、指田が続けた。

「僕がいなくなった後、またきっと矢作さんが君に突っかかってくると思うんだ。でも、彼を許してやってほしいんだ」

「そんなことできるかよ、オレは坊主じゃないんだぜ」

「矢作さんは地獄にいるんだよ。実の父親に虐待されて、反撃して殺してしまって、刑務所に閉じ込められた。世の中を、みんなを憎んでる。そんな彼をただ切り捨てるなんて許されるだろうか。彼はもう十分に苦しんだ。もう救われてもいい順番がきてるはずだ」

　バカバカしい、と英良は思った。顔に出ていたのか、指田が続けた。

「君も一緒だよ」

「なんだよ、一緒って?」

「いつまでも地獄にいちゃいけない。自分を許すんだ」

　その時、呼子が鳴った。英良は同じ居室の男たちと整列してグラウンドを出た。なんなんだよ、自分を許すって?　英良は歩きながら苛立っていた。

　オレは酔っ払って長谷川さんを殺し、赤西さんを歩けなくさせた。許されるはずがない。死ぬべきだったのはオレだ。あのナイフを自分に突き立てていればこんな思いをしないですんだのだ。

　オレなんか地獄に落ちればいい。

　雨が本降りになろうとしていた。

雨が降り続いて一週間が経った頃、英良の兄、英文が刑務所まで面会にやってきた。

刑務所では受刑成績に応じて制限区分と優遇措置の範囲が決められている。長期にわたって態度が優良であれば、居室に鍵をかけなくてもよかったり、面会も刑務官の立ち会いがなくなる。ただし、肉親や弁護士以外の人間との面会は厳しく制限されており、明確な理由なしでは許されない。英良の場合、面会の回数も多くとれるし、刑務官の立ち会いも必要ない区分だが、そもそも面会自体が刑務所に移されてからは初めてのことだった。

面会室で二人きりになると、英文は弟の顔を見つめてボロボロと涙をこぼした。

「お前は悪くない。ホモの連中のせいだ」

兄の気持ちはうれしいが、その言い方には引っかかりを覚えた。

「いや、そうじゃないよ」

「お前は酔ってたんだ。殺そうと思ってたわけじゃないだろ」

「わかんないんだ。覚えてないんだよ、実際」

「いや、殺そうとは思ってなかった。きっとそうだ」

まだ拘置所にいた頃にも兄は一度面会にきて、まるで同じやりとりをした。それが終わると、もう話すこともない。英良の方から聞いた。

「子どもたち、元気？」

「ああ」

「迷惑かけてないかな。オレがこんなことになって、いじめられたり……」

「大丈夫だ。誰にもバレてない。そこは気をつけてるさ」

兄の言葉に英良はなにか距離のようなものを感じた。それともいじけた性根がそう思わせるのか。

英文が迷った風に顔をしかめていた。

「言うかどうか迷ったんだが、隠してるのも気持ち悪いから言うぞ」

「なんだよ？」

「親父が生きてた」

「え？」

一瞬で頭から考えというものが蒸発したようだった。なにをどう感じればいいのかわからなくなってしまう。

「どこにいるのかははっきりしないんだが、親父の昔のバンド仲間が会ったらしいんだな。それが何人か人を介して俺んとこにも伝わってきた」

「会ってないのかよ」

「会うわけないだろ。いまさら会ってどうする？ ……お前は会いたいのか？ なんとか連絡つけて、面会にこさせるか？」

英良は途方に暮れてしまった。しばらく考えて、うつむいたまま首を横に振った。

兄が帰った後、英良はあの夜のことを思い返した。赤西や長谷川を刺す前、黒崎と春町の通りを歩いていた時、父に似た男を見かけて追いかけた。ひどく酔っていて、泣きわめいたことを覚えている。あれが父だったのかはわからない。たぶん、他人のそら似だったのだろう。しかしあのことがなければ刃物沙汰にならなかったかもしれないと、どうしても考えてしまう。

あの時、もう少し酒が抜けていれば、トモと出くわさなければ、親父に似た男を追いかけたりしなければ……。あの夜はいろいろなことが重なってああいう状態に落ちたのだ。だからどれかひとつでもなければあそこまでのことはしでかさなかったかもしれない。二人を刺さずにすんだかもしれない。

意味のないこととわかっているのに、今までにも何度となくこうして思い悩んでいる。罪の意識から逃れるための言い訳と自分でもよくわかっている。それでもどうしても考えてしまう。あの時、親父に似た男を見かけたりしなければ……。

それとももしかして本当に、あれは親父だったのか。

『会ってどうする？』

兄の声が耳に残っていた。

そうだ、本当に、兄貴の言うとおり。いまさら会ってどうするというのか。


指田が出所した。よけいなことを言う奴、という印象もあったが、いなくなってしまうと、英良には指田の存在が支えだったと身に染みてくる。しかしさびしさに浸っている時間はなかった。指田が出所したその翌日、刑務所で暴動騒ぎが起こった。

また夏がきて、ひどい猛暑が続いていた。印刷工場以外の工場や居室はムンムンと蒸し暑くなったが、冷房はほとんど稼働せず、たまに動いても生ぬるい風しか出てこなかった。記録的猛暑とテレビで騒いでいることは受刑者たちにも知られていて、みなが刑務官に抗議した。刑務官たちは、故障中で修理を呼んでいるところだと説明したが、修理など本当は呼んでいないという噂が刑務所中に広まっていた。

熱中症で倒れる者が何人もあらわれるが、まともな対応をしない刑務所に腹を立て、何人か長期の受刑者が暴れ出した。その中に矢作もいた。矢作は工場で道具を振り回し機械をショートさせた。木くずに火がつき、火事が起こった。となりの建物になる印刷工場も大騒ぎになった。

「おい、火事だぞ！」

守野刑務官が走って印刷工場を出て行った。他の刑務官が印刷工場にいた受刑者を整列させて避難がはじまった。表に出るとようやくサイレンが鳴り出し、英良たちを誘導していた刑務官も他の刑務官に呼ばれ、煙の出ている木工工場に飛び込んでいく。英良はその場に立ち尽くしたが、老年の受刑者たちは野次馬根性丸出しで木工工場の窓に近づいた。

「あぶないよ、じいさんたち！　ガラスが割れるかもしれないぞ！」

英良が注意しても、老人たちはケラケラと笑って火事場を覗きこんでいる。

「こんなもの滅多に見られないんだぞ？」

英良もしかたなく一緒に工場の中を覗いた。すると、矢作が燃えさかる機械を背にして、金槌《かなづち》を手に仁王立ちしている姿が見えた。その足下に守野が倒れていた。

「守野さん！」

考えなしに走り出していて、工場の中に駆け込んだ。他の刑務官たちが遠巻きに矢作を取り囲んでいるが、火が守野の体を舐めようとしている。英良はスライディングで守野の体に覆いかぶさった。がむしゃらにしたことで、なぜそこまで自分がするのか英良にはわかっていなかった。

守野を抱きかかえた英良の顔を矢作が見下ろしていた。不思議なことに文句も言わない。ただ炎を背にして立ち、顔を阿修羅のごとく歪ませている。

「みんな焼けちまえばいい。同じ暑いでも、いっそ燃えちまえばせいせいする！」

矢作さんは地獄にいるんだよ。

英良は指田の言葉を思い出していた。矢作の後ろの炎が地獄の業火《ごうか》を思い起こさせた。矢作の中で燃えさかる憎しみそのもののようだった。

死ぬ気なのか？

英良は守野を抱えて外に出た。それと入れ替わりに刺叉《さすまた》を持った刑務官が工場に駆け込んでいった。

老人たちと守野の介抱《かいほう》をしていると、矢作が取り押さえられて工場から出てきた。火傷を負ったようで腕の皮膚が赤くただれている。しかし矢作の顔からは表情が消えていた。まるで死人のようにその目はなにも見ていなかった。

自分も同じなんだろうかと英良は考えた。

自分を憎むあまり自ら炎の中にいようとしているのか。

「おい若いの、お前さんも怪我しとるぞ」

言われてはじめて、顔から血が出ていることに気がついた。背中もヒリヒリと痛み、火傷しているのがわかった。

暴動に関係した収監者はバラバラに別の刑務所に移動させられることになった。英良は怪我を負いながら守野刑務官を救い出したことが考慮され、一番条件のいい刑務所に移されることに決まった。

移動のバスにのせられた英良は鉄柵でおおわれた窓から外を眺め、矢作のことを思い悲しい気持ちになっていた。

自分を許すんだ。

指田の言葉が耳の中に聞こえていた。できないよ、と英良は口の中で言い返した。

斉藤が『ＲＥＤ』に通い詰めていた。ほとんど毎晩のようにやってきて、二時間ばかり酒だけ飲んで帰っていく。売り専に話しかけられればうれしそうに笑うが、買う気は見せない。フロアマネージャーのタケシはあきれて嫌がるが、赤西は客は客と丁寧に扱っている。

若林はあいかわらず月に一度か二度だけ、赤西への義理のように『ＲＥＤ』に顔見せにやってくる。斉藤がそれを待ち構えていることは間違いなかった。若林がくるとあんまりうれしそうな顔で見ているものだから、赤西も気が引けて紹介した。

「お前に一目惚れしたらしいぞ」

赤西はからかうつもりで言った。

「そんなこと言われても……」

困り顔の若林だが、まんざらでもない気持ちでいることが顔に出ていた。嘘のつけない性格なのだった。

初回は気まずい雰囲気の若林と斉藤だったが、二度、三度と顔をあわせる内に、会話を弾ませるようになっていった。

自分と話している時よりよほど生き生きしているな、と赤西は思った。それが不思議と、腹立たしくもない。赤西は自分の心持ちに戸惑っていた。

これじゃまるで……、と思いついた。手塩にかけた新入りの売り専が客にちやほやされるのを見るのと似た気分なのだった。うまく売り出せたと自負する時のあの気分。

しかしこいつは売り専じゃない。おれの恋人のはずだ。

赤西は自分に言い聞かせていた。それでも、少しも嫉妬心がわいてこなかった。

「……つまり、ヒデ君に未練があるのよ」

愛染がワイングラス片手に話していた。若林と斉藤のことを赤西が話題に持ち出すと、はじめはおもしろがって聞いていたのに、今は赤西の目をじっと見据えて覗きこんでいる。事件の前までは個人的な付き合いのなかった二人だったが、最近は月に一度、ちょっといいレストランで食事をするのが習慣になっていた。

「未練、ですかね」

赤西は口元を笑わせて首をひねっている。愛染の方は大真面目の様子で続ける。

「長谷川さんはきっと喜んでると思うわよ、若林君のことはね。赤西さんに恋人ができたんだもの、さびしくしてないな安心だなって」

「そうですかね、あの人はそういうタイプでもないと思うけど」

「たしかにひねくれた人だったわね。いつも謎めいた雰囲気で」

赤西は口の端を持ち上げて笑った。そうだった、あの人は謎だった。最初から最後まで、本心というものがどこにあるのかよくわからなかった。きっとあの人自身、わかっていなかったのだと今は思えている。ただそばにいればいいと自分には言っていたけれど、本当はもっと恋人らしくしたかったのかもしれない。パトロンではなく、本物の恋人として……。

でも、どうだろう？

赤西は首をひねって疑っていた。もしも自分が長谷川にもっと寄り添っていたら、あんなに長く関係が続かなかったような気もするのだ。つかず離れずだったから続いたというのが本当な気がする。

「ちょっと失礼」

赤西は車椅子を動かしてトイレに行った。いつもは個室で座ってするが、杖を使い立ち上がると、思い切って小便器の前でファスナーを下げる。リハビリが進み体幹《たいかん》の筋肉が鍛えられ、不安定な足でもなんとか踏ん張れた。

小便が出始めたところで、目の前の壁に鏡が貼られていることに気がついた。薄暗い照明のせいもあって、いつもよりずっと老け込んだ顔がすぐそこにある。

「お」

白髪が生えていた。耳のそばに何本かあり、鏡に顔を寄せて調べると生え際やもみあげにも混じっている。顎髭にも一本だが見つけてしまった。ため息が漏れた。

小便を終えて手洗いに行くと、そこであらためて鏡の中を覗きこんだ。杖をついているせいもあって、一瞬、老人がそこにいるのかと思えた。さっきまで気づかなかったものなのに、一度目につくと、白髪にばかり目がいってしまう。もしかして長谷川さんと同世代に見られるかもしれないと思いついた。白髪というものは男を一気に老けさせてしまうのではないか。

その瞬間、その考えはまるで啓示のように赤西の上に降りてきた。

死んでしまったから特別な存在と感じられるが、あのまま続いていれば、いつか別れの日がきたのかもしれない。さすがに白髪の生えた自分を見れば、あの人だってもう少し若い男に目を移しただろう。あの人はうなるほど金を持っていて、ああいう年配の男を好む若い男などいくらでもいるのだから。

赤西はくっくっと笑い出した。

自分とあの人の関係を、特別で永遠のものと考えるなど、傲慢《ごうまん》にもほどがある。

赤西は鏡の中の自分を見つめていた。苦笑して目を潤ませる自分の疲れた顔を。

二週か三週ぶりに若林が『ＲＥＤ』に顔を出した。自分への気遣いから来てくれるのはわかっていたが、内心、こなくていいのになと赤西は考えていた。売り専たちやタケシが若林の存在を面白く思っていないことは肌で感じているし、カウンターごしだと話すことも見つからない。

その日もあの斉藤がねばっていて、赤西の目を気にしながらも、若林とスツールひとつ空けたとなりまで席を移動してきた。かえって赤西は気が楽になり、非常階段に出て煙草を吸った。後から黒崎が追いかけてきた。

「いいのか、とられるぞ?」

「……その方がいいのかもしれない」

「おいおい」

「あいつはおれにはもったいない。ゲオさんもそう思うだろ」

「そんなことはないが……、うん、まあ、住む世界が違うかなとは思うなあ」

自分でもよく感じていたことだが、他人に言われるとこたえてくる。まわりからもやはりそう見えるのか。

「その点、ゲオさんとタケシならちょうどいいと言いたいんだろう?」

「バレたか」

黒崎は照れて笑っている。まさかあの遊び人黒崎ゲオルグが、よりによってタケシのような売り専あがりに入れ込むとは思いもしなかった。長く続くかどうかはまた別の話だが……。

『ＲＥＤ』の中に戻ると若林がトイレに立つところだった。一人になった斉藤に、赤西はほとんど衝動的に話していた。

「あいつは市立のリハビリ病院に勤めてる」

「ん?　なんだって?」

「勤務はバラバラだが、水曜はたいていいシフトに入ってる。病院の裏に小さな食堂があって、そこの定食が好きで必ず昼飯はそこでとるんだ」

斉藤はハッとした顔で赤西を見上げていた。

「どうして……」

「あんた次第、あいつ次第だ」

「あんたは俺たちがそうなってもいいっていうのか」

「わからない」

「どういうつもりなんだ」

「わからないんだよ」

そこで若林が戻ってきた。赤西にまず笑いかけてきて、それから斉藤にも笑いかけている。トイレに行く前に斉藤と話していたことをいちいち赤西に説明して聞かせてきた。楽しげな様子だった。だから赤西も微笑を浮かべて聞いてやった。その様子を斉藤が見上げていた。赤西の目を覗きこんでいた。


マンションのまわりを犬の散歩を兼ねて杖で歩いた。若林が介助していた。

「お前は朝が好きだろう？」

「うん、好きだよ。……いきなり、なに？」

「いいや」

しばらく歩くと、また赤西が言った。

「お前はまだ若いし、おれが初めての相手になる。だから、よそでいろいろ見て歩いた方がいい」

「なに言ってるの？」

「病院の裏の食堂に、あいつ、こなかったのか？」

「……なんで知ってるの？」

若林は目を大きくして赤西を見上げた。数秒間の後、小さく口の中であっと声を漏らした。

「まさか。どうして？」

「おれに止める資格はないからな」

「わかんないよ、なんで？　僕のこと試してる？」

「いいや、おれにはお前はもったいない」

「そんなわけないよ」

「一度向こうと付き合ってみればいい」

「やっぱり試してるんだ」

その時は言い合いで終わったが、その翌週、若林は赤西のマンションにこなかった。『ＲＥＤ』には顔を出したのだが、そのまま帰ってしまった。そしてその翌週は電話で話しただけで顔も見せなかった。すでに姿を見せなくなっていた斉藤が一人で『ＲＥＤ』にやってきて、赤西に頭を下げた。

「すまない。あんたから横取りする形になっちまった」

「これでよかったのさ」

「あいつのなにが嫌だったんだ？」

笑ってしまった。

「そんなものあるはずがない。あいつは完璧だ。見栄えもするし性格もいいし……、いや、強いて言えば、朝が好きなところかな」

「はあ？」

斉藤は首をひねって、まじまじと赤西の顔を見つめていた。赤西は目をあわせずに言った。

「無理して連絡しなくていいと伝えてくれ。あんたがきてくれたから、それで十分さ」

「わかった。本当にすまない」

「大事にしてくれるんだろ？」

「そいつは間違いない」

「信用してるぞ」

斉藤が『ＲＥＤ』を出て行くと赤西も非常階段に出て煙草を吸った。少しでも若林によくしてやれたという気持ちから、ホッと胸を撫で下ろしていた。煙草がいつもよりうまく感じられた。

自分はどこまで愚かなのか。

赤西は夜空を見上げて苦笑した。独り身に戻ったと思えば、せいせいしたような気持ちにもなってくる。やっぱりおれには一人があってるのかもな。

杖をついて店の中に戻った。まだ立ちっぱなしではいられない。カウンターの中の特注椅子に腰かけて足をさする。誰も赤西を見ていなかった。カウンターに座った客は売り専と話していたり、カタログを舐めるように見つめている。ボックス席では愛染と黒崎とタケシが笑って話している。

赤西はカウンターの端に目をやった。長谷川の指定席だったところだ。目を細めると、長谷川がそこに座り酒を飲んでいる姿がぼんやり見えてくる。

まったく、強がりだな、お前は。

長谷川の幻影が皮肉な笑みを浮かべて赤西を見上げている。そんなことないですよ、と赤西は口の中で言い返した。すると耳の奥にウッドベースの音が聞こえてきた。すぐそこの壁の前で英良が即席のライブコンサートをやった時のことを思い出していた。あいつの得意げな顔……。

思えばあの頃が自分の人生の中で一番楽しいものだったのだと赤西は考えるようになっていた。長谷川がいて、英良がいた。二人とも、いわゆる恋人やパートナーというものとは違っていた。しかしあの三人の関係が自分にとっては一番心地よかったのだ。あれでもう十分だったのだ。

赤西は長谷川の好きだったウィスキーをグラスに注いだ。ゆっくりとすすって香りと味を楽しみながら、誰も座らないスツールを見下ろした。

英良が出所したのは三十歳の誕生日を過ぎて数日経った冬の終わりの頃だった。

刑務所の門を出たところに車が一台停まっていた。英良に気づいて、すぐに黒崎が降りてきた。出所の日程が決まったことは手紙で伝えてあったが、本当に迎えに来てくれるとは思っていなかった。『ＲＥＤ』時代の人間関係で、唯一連絡を取り続けていたのが黒崎だった。

英良は驚いて、まじまじと黒崎の顔を見上げた。七年以上間があいたが、黒崎の見た目はそう変わっていない。黒崎もまじまじと英良の顔を見ていたが、ニヤリと笑って言った。

「お前、年とって前よりスケベっぽくなったな？」

「なんだよ、スケベっぽいって……」

「大人の男になったってことさ」

あいかわらずの黒崎に英良はたじたじとなった。黒崎は英良の荷物を受け取ってトランクに放り込み、車に戻った。英良も助手席に乗り込んだ。

車が走り出してしばらくは二人とも口をきかなかった。いろいろ話したいこと、聞きたいことがあったはずなのに、なかなか言葉が出てこなかった。黒崎は英良が話し出すのを待っていた。

「……赤西さん、どうしてる？」

「元気にやってるぞ、あいかわらずだ」

「オレが出所すること、話した？」

「ああ」

「なんて言ってた？」

黒崎はハンドルを握りながら、ただ首を横に振っただけだった。なにも言わなかったってことなのか。それ以上、なにをどう聞けばいいのかわからなくなってしまった。

英良は黙り込んで景色を眺めた。七年ぶりの娑婆の風景は、なにか現実離れしているように感じられる。刑務所を出た頃は曇っていた空が晴れ渡り、冬のかすれたような日差しが町並みや遠くに見える山々を照らしている。美しい、と英良は思った。刑務所に入るまではなんとも思わなかったその美しさが身に染みた。

黒崎は山寺の小さな門の前に車を駐めた。英良が石畳の上に降り立つと、すぐに中から坊主頭に袈裟《けさ》姿の指田があらわれた。指田とはあの後もずっと手紙でやりとりを続けていた。出所した後どうすればいいのかわからないと相談したら、しばらくうちの寺にくるといいと誘ってくれたのだった。

「よくきたね」

「お世話になります」

英良は深々と頭を下げた。その肩を指田が持ち上げた。指田は黒崎とも挨拶して、二人を境内に案内した。

門構えは小さいが、中に入ると歴史ある巨大な寺だということがすぐにわかった。左手の山の上に茅《かや》葺《ぶ》きの立派な本堂や鐘《かね》撞《つ》き堂が見え、前方にはぎょっとするほど太く高い杉の木の森が広がっている。

英良は荘厳《そうげん》な雰囲気に飲まれて黙り込んだ。石段を上がり、本堂のわきから建物に入った。畳敷きの待合所のようなところでお茶をもらった。黒崎はくつろいであぐらをかくが、英良は刑務所でしこまれた正座姿で背筋を伸ばす。上品な線香の匂いがどこに行っても漂っていた。

「あ、そうだ、向こう、見てごらん」

指田に言われて、ガラス戸ごしに本堂のわきの入り口を見た。その隅にウッドベースケースが立てかけられていた。英良は口を開けて中腰になった。

「お前のだ。届けておいたんだ」

黒崎が言った。英良はふらふらと立ち上がり、ベースケースを開けに行った。艶のあるウッドベースは、英良が一度たたきつけてできた疵もそのままで、七年という歳月の経過を感じさせない。英良はその木肌をそっと撫でた。すぐそこで指田と黒崎が見ているとわかっているのに、涙があふれてきた。

寺では呼子もブザーも鳴らないが、刑務所での起床時間ぴったりに英良は自然と目を覚ました。見慣れない木組みの天井を見据え、障子《しょうじ》と襖に囲まれた部屋の中を見回しても、そこが寺の宿坊であることがピンとこない。

すばやくきれいに布団をたたみ、廊下に出てガラス戸を開けて、大杉の森を眺めた。冷たい空気が刺すように足下から顔へと這い上ってくる。

なにか違和感があった。それが、どこにも鍵がかかっていないからだと気づくまで時間がかかった。

氷のように冷たい渡り廊下を進んで本堂を覗いた。誰もいないから中に入り込み、仏像を見上げた。自然と正座して手を合わせると頭痛がして、思わず頭に手をやった。その時だった。

太い柱の陰から長谷川の幻影が歩き出してきた。足下には白い砂利までうっすらと見えているが、足音は聞こえない。

英良は目を見張った。

「起きてたんだね」

指田に声をかけられていた。すでに法衣に着替えていて、笑顔で英良を見ている。長谷川の幻影は消えていた。英良はゆっくりと息を吐き出した。

「朝ご飯いただこう？」

「うん」

宿坊の端に集会場のような広い部屋があり、そこで十名ほどの人間が朝食をとっていた。英良が脚付きのお盆の前に正座すると、お櫃《ひつ》を抱えた坊主がまわってきて飯をよそってくれた。それがどこか見覚えのある顔で、あれ？　と思う。坊主の方も英良の顔を見て、ただうなずいてみせた。

横で指田も飯をもらっていた。手を合わせて頭を下げている。坊主が部屋を出て行ってから指田が言った。

「まだわからない？」

「誰だっけ？」

「矢作さんだよ」

「あ」

英良が最初に入った刑務所で暴動を起こし、刑務官の守野を殴り倒したあの矢作だった。

「半年前かな、出所してそのままここに来たんだ」

「どうして……」

「あの人は必死で変わろうとしている。自分を許そうとしている。四ヶ月前かな、無言の行をはじめて、それ以来一言も話さない」

「でも、問題起こすんじゃないか？」

「とんでもない。あの人はうちの寺で修行してる人の中で一番熱心だよ」

指田は笑っていた。しかし英良はあの火事の様子を思い出してしまう。燃える火を背負って憎悪をたぎらせていたあの矢作の姿。あの時、あの男は地獄にいた。今は少しはまともなところにいるんだろうか。この寺はいいところだろうけれど、あの男の心安まる場所なんだろうか……。

「今日、君を訪ねてくる人がいるって聞いてる？」

「ゲオさんかな」

「ちがう人。名前は聞いてないんだけど、引き合わせてくれって言われてる」

英良の頭の中に、パッと赤西の顔が浮かんでいた。ゲオさんが言ってくれたんだろうか。どうしよう、謝りたいとずっと思っていたけれど、どんな顔をして会えばいいのかわからない。もしかしてオレのこと殴りたいからくるんだろうか？　もしそうだったらずっと気が楽だ。いくらでも殴ってくれていい。あの人にはその権利がある。

英良は落ち着かない気持ちで支度をした。しかし赤西がいつくるのかはわからないのだ。指田に、この寺にいる間、自分はなにをすればいい？　と聞きに行った。

「これをやれとは言わないよ。やりたくなければなにもしなくたっていい。一日寝ていたって、散歩していたって、拝んでいてもいい」

「自分じゃ決められないよ」

「刑務所帰りの男はみんなそう言うんだよね。自分のすべきことを人に決めてもらいたがる。でもそれじゃダメなんだ。自分で考えて行動するんだ」

迷いながらふらふらと境内を歩き回った。すると落ち葉があちこちで目についた。だから掃き掃除をすることに決めた。敷地が広いから一日続けても終わりそうになかった。一度掃いた場所もきっと次の日にはまた落ち葉で散らかるだろう。キリがないなとも思うが、無心になれるからいいのかなとも思う。なにも考えずに済むから楽なのか、それとも同じことの繰り返しにうんざりするか。

午後になって指田が呼びにきた。

「きたよ、お客さん」

「あ」

赤西がくることを忘れていた。よく忘れていられたなとびっくりしながら指田について表に行くが、気まずくて逃げ出したかった。どうしよう、どんな顔をすれば……。

表門のところまで行くと車が停まっていた。黒塗りの高級車だった。そこから降り立った男の顔を英良はまじまじと見つめた。

それは山神辰男だった。


「何時間か借りてもいいのかな」

山神が指田に聞いていた。指田は袈裟のかかった肩をすくめて言い返した。

「英良君がいいって言うんなら、どうぞ」

「少しドライブでもしよう」

英良の頭の中でさまざまな感情が波のように行ったり来たりした。ほとんど混乱状態だった。しかし山神に助手席のドアを開けられると、体は勝手に動いて乗り込んでいた。

車が動き出し、目の前の景色が流れていく。昨日の黒崎の車の時ほどではないが、英良はまた娑婆の風景というものに圧倒されてしまった。それがだいぶ落ち着いてくると、ようやく運転する山神の横顔を見ることができた。

年を重ねた山神の顔は、以前ほどギラギラとしていない。落ち着いた雰囲気が増していた。老け込んだようには見えないが、考えてみると還暦《かんれき》かその一歩手前の年のはずだった。身なりはあいかわらずよかった。高級な仕立てのスーツを着て、車は内装も豪華で金がかかっているのは英良にもわかる。

「会社、持ち直したんスか」

「持ち直したというより、また一から作ったんだ。前の会社は倒産したからな」

「あの後、どこにいたんです?」

「親戚や知り合いを頼って逃げ歩いてた。……あの時はすまなかったな」

山神は英良に一言の相談もなく『Deo』の保証金を抜いて姿を消した。英良は方々に頭を下げて金を集めなんとか『Deo』を続けたが、愛染の自殺騒ぎで結果的に客足が途絶えてしまった。もしあの時、逃げる前にせめて一言相談があれば違っていたかもしれないと英良は何度も考えてきた。あの時、ああなっていれば、こうなっていれば……。

一瞬、激しい憎悪の念が英良の胸に吹き荒れた。

しかしハンドルを握る山神の横顔は後悔に歪んでいる。

この人はオレに夢を見させてくれたのだ、と英良は思い直した。ただの売り専だったオレに金を出して店を持たせてくれた。

『Deo』をやると決める前に二人で話したことを思い出していた。昭和の戦争以前から続いているという古い連れ込み宿で抱かれた後、もし店をはじめても自分に飽きたらどうするのかと暗に尋ねたことがあった。あの時、山神は「一人前の男になれ」と言った。自分一人でも店を切り盛りできるようになれ、と。

『Deo』をダメにしたのは結局自分なのだ。

刑務所の中で何度となく考え直したことを、もう一度英良は自身に確認した。

車は海岸線の道を走っていた。山神は砂浜を目の前に見渡せる駐車場に車を乗り入れた。空は曇り、寒さの厳しい日だから他には一台も車が駐まっていない。フロントガラスの向こうに冬の荒れた海が見えた。

山神が煙草に火をつけて、煙を吐き出しながら英良を見つめてきた。

「大人の男になったな」

「そうかな」

「前より色気がある。凄みがあるし、男っぽくなった」

そんなことを言いながらも、山神はニヤリとも笑っていない。なにか見定めるような目つきのまま続けた。

「もう一度店をやりたいなら金を出してやる。今度は全部お前の名義にして。万が一、俺がまた逃げだしたとしても、必ずそのまま続けられる形にしてやる」

英良は驚いて山神を見返した。しかしそんな気持ちはもう微塵《みじん》もないのだ。小さく笑って言った。

「オレには無理だよ。ムショ帰りだぜ？」

「やり方はいろいろある」

英良は首を横に振った。その仕草には決意がにじみ出している。山神は考え込む顔になった。

「だったら、前の時の慰謝料を払ってやる」

「なんで？　山神さんは自分の金を自分の好きにしただけだろ」

「でもお前……」

英良はまた首を横に振った。山神はさらに考え込む顔をした。

「だったらまたお前を買ってやる。二十万でどうだ？　デート代だ。今日のドライブの付添料ってことだ」

山神の顔が大真面目なままだから、英良は笑ってしまった。二十万というのは英良が初めて山神に抱かれた時にもらった金額と一緒だったせいもある。あの時は男同士の世界のことなどなにも知らなかった。

山神の目の中に男の欲望が見え隠れしていることに英良は気がついた。たぶん、そんなつもりは元々なかったのだろう。だが、体を買う買わないという話で火がついたのか。

「あんたには世話になった。金はいらないよ」

英良は自分から山神の太ももの上に手をおいた。男の体に触れること自体、刑務所で守野を抱いた時以来のことになる。もちろん欲しくなったこともなかった。しかしあの山神に求められていると思ったら、英良の体の奥底にも小さな火がついたようだった。男が好きなわけでもないのに……。

昔、黒崎に山神とのことを相談した時の記憶がよみがえった。

『体の相性ってやつかもな。お前とあの山神のおっさんは体があってる』

山神がいくぶん戸惑いの表情を浮かべながら顔を寄せてきた。英良は素直に口を開けて山神の舌を吸った。守野の時から五年は経っている。五年、男と遠ざかっていたのに、不思議と山神に求められればキスだって違和感がない。

「んう、……あ」

ヤニ臭くザラザラとした舌で口の中を舐めまわされながら、生身のべとついたものを握らされていた。唇が離れると、目でうながされて英良はかがみ込んだ。小便滓で塩辛いものをひとしきり舐めまわすと唾をたらし、ジーパンを脱いで山神の上にのしかかった。後ろ手に自分で唾を塗り込み指を入れると、さすがに肛門はきつく締まっていた。それでも音たてて指を動かしているとだんだんゆるんできて、山神の熱いものを押し当てたら自然と開いて飲み込んだ。

「はああ……」

英良はせつなさのあまり山神にしがみついていた。下から山神が英良の顔をつかんで覗きこんでいた。

「あいかわらずだな、お前」

「う、あ、……なんだよ？」

「詰めが甘いんだ。お前は金のために体を売っていた。なのに誰が相手でも体以上のものをタダでくれてやっていた。それこそ一番価値のあるものだってのに」

山神のかたいものに肛門をえぐられて、英良は徐々に燃え立ってきた。まるで触られてもいない英良の一物までそそり勃ち、先走りをにじませる。狭い車内で二人の男がぎこちなく体をこすりあわせていた。エンジンを切っていたせいで窓ガラスが曇り、かすかに男の汗と股間の蒸れた匂いが漂い出していた。

「いいぞ、もっと動け、俺をイカせてみろ」

「くっ、うっ、あっ、あっ！」

「触るな、ケツだけでイケ」

「やだよ、オレ、オレ……、当たる」

「キスしてくれ、いいだろ?」

「んうっ、んっんっ」

「んはっ、あー、たまらん、俺は出すぞ、オオッ!」

「あ」

尻の中で熱いザーメンがヌルヌルと広がっていた。英良は久々の感覚にほとんど泣き出していた。山神の一物は一度達した後もかたいままで、英良が体を起こすとずるりと中ですべって一番感じやすい場所に突き刺さってくる。英良はその感覚に集中した。車の天井に頭をぶつけながら山神を見下ろすと、男臭い髭面でにらむように見つめられていた。

「漏れる、漏れちゃうよ……、く」

寸前に山神の手が英良の一物を覆っていた。勢いよく飛び出したザーメンを受け止めていた。英良がすべて吐き出すと、その濡れた手を舐めてみせた。そうして英良をきつく抱きしめた。

身支度をすませると再びエンジンがかかった。エアコンが効いて、あっという間にガラスの曇りがとれていく。荒れた海が再び目の前に見えてくる。海鳥の鳴き声が耳についた。

「やっぱり二十万、くれないかな?」

英良が言うと、山神は驚いた顔をした。

「え、ああ、もちろんいいぞ」

「お寺に寄付してほしいんだ。しばらくお世話になるからさ」

「そうか……、わかった」

「それと、本屋に寄ってくれる?」

英良は寺に戻ると買ってきたジャズ雑誌を眺めた。まだ山神との逢瀬《おうせ》の記憶が心と体に残っていて、気持ちが定まらずぼんやりとページをめくっていった。はじめは読み飛ばしてしまった記事だった。しかし何ページも先まで進んでから、なにか引っかかるものを感じて読み直した。とても小さなニュース記事だった。

　長らく姿を消していた伝説のウッドベーシスト。実はヨーロッパで活動を続けていた。――

　英良はしばらくの間、思考停止の状態に陥った。やがて雑誌を投げ出して、本堂の隅に置かれたままのウッドベースを触りに行った。チューニングをしても、いくらか歪んでしまった音はどうしても戻らない。

　ボン、ボン、ブーン。

　生きていることは兄から聞かされていたが、まさかまたミュージシャンとして活動しているとは夢にも思っていなかった。


　出所して一週間経った頃、黒崎が英良の様子を見にやってきた。いつものように庭の掃き掃除をしているところに黒崎がゆっくりと歩み寄ってきた。

「どうだ、少しは慣れたか？」

　英良は黒崎の太った顔を見上げてにっこりと笑った。

「うん、まあね」

「なにかあったか？」

「山神さんがきた。ゲオさんが連絡したんだろ？」

「まずかったか」

「ううん、ありがとう、久々に会えてうれしかったよ」

「そうか」

「それよりひとつ、迷ってることがある」

「なんだ?」

英良は父の話をした。金を貯めてヨーロッパに会いに行きたいと考えているが、このまま会わないでいる方がいいような気もしている。どう思う? と。黒崎は腕を組んで複雑そうな顔を見せた。

「僕の里帰りにせいちゃんを付き合わせたって話、聞いてるか?」

「知らない」

黒崎が日本人とブラジル人の夫婦に引き取られた養子であることは聞いていた。

「それって生みの親に会いに行ったってこと?」

「ああ、わざわざ地球の反対側まで出かけていって、探偵使って住所を調べて……、だけどもうママは死んでたし、パパに声をかけるのがこわくてなあ、陰からこっそり見て、帰ってきた」

黒崎の顔はやさしく笑っていた。英良はせつなくなった。オレももし父さんの居場所をがわかったとして、ゲオさんと同じことになるかもしれない。言いたいことはたくさんある。だけど母さんが死んだ後、父さんが姿を消すまでの間にも時間はたっぷりあったのだ。なのに自分はなにも言えなかった。いまさらなにが言えるというのか。言ってなんになるのか。

黒崎が話していた。

「……ずっとな、なにかが足りないと感じてたんだな。だから会いに行った。頭の禿げたみっともないおっさんだったよ。でも最近じゃ、鏡の中の自分がそのみっともないパパそっくりになってきてる。会って話したこともないのに、おかしなもんさ」

「その後も会ってないの？　せめて電話で話したとかは？」

「いいや……。もし話したとして、足りないなにかが埋まるとは思えなかったよ」

黒崎が帰っていくと掃除の続きをした。一日分の掃除をすませると本堂の渡り廊下の端に腰かけて庭を見渡した。

きれいだな、と英良は思う。

澄んだ池の水面や苔《こけ》むした石、春を控えて新芽を膨らませている木や草ひとつひとつに目をとめていく。そのうちに、目の端にまた枯れ葉の散らかっている場所を見つけてしまう。だいたい三日かけて隅から隅まで掃いて回るのだが、三日経って元の場所に戻ると、前と同じように枯れ葉で散らかっている。きりがないな、と英良はため息を漏らす。同じことの繰り返しだ。

それでもやっぱりきれいだ。

庭を見渡す英良の顔には笑みが浮かんでいた。出所して、黒崎の車の助手席から眺めた七年ぶりの外の世界の美しさを思い出していた。それがどれだけ尊いものなのか、今の英良にはよくわかる。


「バンド？」

英良が聞き返していた。指田がこたえている。

「そう、セミプロってやつらしいんだけど、ウッドベース弾ける人を探してるんだって」

「そりゃあ、やってみたいけど……、オレが刑務所に入ってたこと、知ってるのか？」

「それは大丈夫。なにしろうちと関わりのあるところだから」

それ以上はくわしく聞かず、とにかく顔合わせに出かけていった。三十代から四十代の男たちの集まったジャズバンドで、日頃は別に仕事があるが、楽しみで集まって練習し、たまにイベントに呼ばれているのだという。音楽が好きな気のいい男たちで、英良のこともすんなり受け入れてくれた。

「……さっそくで悪いんだけど、来週、一本、仕事が入ってるんだけど、やってくれるよな？」

バンドマスターに説明されていた。

「どこで演奏するんスか」

「結婚式に呼ばれてるんだ」

「へえ……」

自分の演奏で金をとるのかと考えて緊張した英良だが、結婚式場に着くとその華やかで幸福な雰囲気に、不思議とやさしい気持ちになってきた。披露宴の会場はこぢんまりとしたホテルの美しい中庭で、その端に簡単なステージがあった。

「とにかく楽しくやってくれ。おめでたい席だから、上手い下手じゃなくてさ、その、気持ちを込めてくれればいいのさ」

バンマスが言うと、バンドメンバーはみな笑顔でうなずいた。

中庭の先に白い小さなチャペルがあった。そこのドアが開かれたところでバンマスから合図があり、演奏をはじめた。チャペルから正装した人々があふれるように出てくるのが見えた。みな、テーブルの並んだ中庭に向かって思い思いに歩いてくる。不思議なことに、客のほとんどが男だった。そしてその中心にいるのも、白いタキシードを着た男二人で、花嫁の姿がない。

「あ」

英良はウッドベースを弾きながら声をあげていた。

白いタキシードを着ているのは、一人は黒崎で、もう一人はタケシだった。そしてそのすぐ後ろから、黒い礼服に派手なタイを締めた赤西が歩いてきた。

赤西と愛染の座るテーブルには和洋中の料理がずらりと並んでいる。二人とも目につく料理からぽつぽつとつまみ、手元では分厚いカタログを開いて眺めている。カタログにはさまざまな飾りつけのプランが紹介されている。

黒崎とタケシ二人から、結婚式をしたいから段取りをつけてくれと丸投げされたのが二ヶ月ほど前のことだった。赤西と愛染は喜んで引き受けたが、まさか式場の選定から式の運びや披露宴の中身までほとんど丸ごと決めさせられるとは思わなかった。それでもせっせと二人で式場と打ち合わせを重ねている。

「ヒデ君、出所したんですって？」

愛染が、中華の前菜を口に入れながら、さもなんでもないことのように言った。

「らしいですね。ゲオさんが迎えに行ったたって聞いてます」

「会うの？」

「なんのために？」

「会いたいでしょ？」

赤西は苦笑した。あんなことがあっても、しかも七年が過ぎたというのに、まだこの人はおれとあいつをくっつけたがっているのか。

「向こうが会いたがりませんよ」

「そうかしら……。謝りたいんじゃないかしら」

「その必要はない」

「あなたの問題じゃなくて、ヒデ君の気持ちがあるでしょ」

赤西は相手をせず、洋食の前菜をつまみ、これはない、と言いたげに首を横に振った。

「ちょっと失礼」

赤西は杖をついて通路を歩いていった。トイレに向かう途中で、今やっている結婚式の招待客らしい、礼服姿の若い男に追い抜かされた。後から入ると、赤西はわざと男のとなりの小便器に立った。男はずっとスマホをいじっていて、赤西の視線に気づいていない。だから男の横顔と小便を放つ一物とをじっくり拝むことができた。上物だ、と赤西は考えていた。

「……だから、バイトはクビだよ。マジでどうしようもねえんだよ。しかも昭久の結婚式でご祝儀もってかれるし。そう、だから今、披露宴なんだよ。でさ、金貸してよ？　ダメ？　なんだよ、それでもオレよりは持ってるだろ？　……」

男は電話を切るとがっかりした様子で手洗いに向かった。赤西はその横に立って、手を洗いながら声をかけた。

「いい仕事があるぞ」

「はい？」

「お前みたいな男前ならすぐに売れっ子になれる仕事だ。興味あるか？」

それから数日後、開店前の『ＲＥＤ』で赤西はカウンターに手を突いて尻を突き出していた。俊二《しゅんじ》がその腰をつかんで太い一物をズルズルと赤西の肉穴に出し入れさせる。礼服姿とちがって、ジーパンにトレーナー姿の俊二は年より幼く見えるが、ガタイは赤西より一回りも大きく、その腰使いは力強く荒々しかった。

「うっ、あーっ、だから、もっとそこをゆっくり……、ひいっ！」

「もう我慢できないスよっ、はあっ、はあっ」

「いいから我慢しろ」

「そんなの無理だよ、うーっ！」

肛門の中に熱いヌメリが大量にあふれてくるのがはっきり感じられた。じわじわと熱が隅々にまで伝わってたまらない。しかも若いくせに一発抜くとたんに萎えてしまう。五分十分待てばまたできるようになるのは聞いてあったが……。

「くっ！」

ぬるんっと肛門から一物が抜け落ちた。

「すっげえ気持ちよかったっス」

俊二はあっけらかんと言って、一物をブラブラさせたままスマホに手をのばしていた。赤西はせつなさにあえぎながら、前にもこんな奴がいたな、と考えていた。しかし思い出せない……。しかたがないからティッシュで尻を押さえ、ズボンをはいていると、俊二が確かめるよう言った。

「日払いでもらえるんスよね？」

「ああ、それがいいならな」

「家賃が遅れてるんスよ。今日中に何万か稼がないとアパート追い出される」

「だったら……」

赤西は言いかけて言葉を止めた。

「せいぜい頑張れ」

看板をつけると次々と売り専や客が入ってきた。『ＲＥＤ』は今夜も盛況だ。売り専たちの顔ぶれは毎年入れ替わっていくが、『ＲＥＤ』というブランドは揺るぎない。ここのところ毎晩やってくる東ヶ崎は雄一という美形の売り専に入れ込んでいる。離婚して定年間近となった黄田もカウンターの中に立つ売り専たちにしきりと話しかけて笑っている。

いつもどおりの時間に母親から電話がかかってくる。赤西は非常階段に出て、春町の通りを眺めながら、煙草を口にくわえ、天気の話に耳を傾ける。

店内に戻ると黒崎とタケシがきていた。タケシはもう何年も前に『ＲＥＤ』を辞め、黒崎の貿易会社を手伝うようになっていた。二人は結婚式の後、南米に移住することが決まっている。仕事でも私生活でもずっと一緒で、よくやっていられるなと赤西はあきれていた。しばらくすると愛染までやってきて、みなで結婚式の打ち合わせがはじまった。そこに東ヶ崎や黄田まで口出しして騒がしい。赤西も笑って話に加わるが、内心のさびしさにも気づいていた。

深夜、タクシーでマンションに帰った。鍵を開けると小さな犬が玄関マットの上に寝ていて、赤西が頭を撫でるとようやく気づいて尻尾を振る。年を取り耳が遠くなったのか、最近は呼んでも聞こえない時があった。犬はおやつをもらうと安心したように自分の部屋の犬ベッドで寝てしまう。赤西は酒をつくって舐めながら、エスペランサと一緒に犬の寝姿を眺めた。

英良がそこに寝ていた姿を思い出していた。

会いに来い。

そう念じるように思いながら、赤西は寝室に入って仏壇を開き、線香をあげた。父と後輩と長谷川、三人の位牌にそれぞれしばらく目をやってから、服を脱いでバスルームに入っていった。

チャペルの中は幸福で神聖な雰囲気が満ちていた。

タケシの左手の薬指に、黒崎が震える手で指輪を通す。タケシはすでに泣き出していて、黒崎の巨大な手にすがるようにしながら、太い薬指におそろいの指輪を通していく。神父にうながされ二人はキスをした。とたんに拍手や歓声が巻き起こった。

赤西のとなりで、愛染はさっきから泣きっぱなしでハンカチを目に押し当てている。反対側には玄太カップルがいて、そろってニコニコと笑っている。少し離れた席に山神がいた。黒崎が招待したと聞いていた。二人は友人として付き合いがあるようだから、文句を言う筋合いではないが、複雑な思いは残っていた。

山神が英良をそそのかして『Deo』をやらせたからあんなことになった。しかも保証金を抜いて逃げ出した。あれから数年経った頃、山神は過去の事業の精算を終え、新しく起業した。会社は瞬く間に大きくなり、以前の会社よりよほど業績がいいらしい。黒崎からそんなことを聞かされて、赤西はそのたび面白くないと感じていた。

だが、それは結果なのだともわかっている。山神は単純に英良の夢を応援したに過ぎない。それと比べて自分はどうなのかとも思う。英良が困っている時、自分から金を貸してやろうとはしなかった。早い段階で黙って金を渡してやっていれば、あんなことにはならなかっただろう。長谷川も生きてこの場にいただろう。きっとこのハレの日を喜んだだろう。

セレモニーが終わり、みなでチャペルを出た。そのまま中庭でのガーデンパーティとなる。オブジェのように花の盛られた会場は愛染の狙いどおりに風変わりで華やかな雰囲気が漂っている。黒崎とタケシを先頭に中庭に入った時には、バンドの演奏が始まっていた。

ボン、ボン、ブーン。

ウッドベースのうなるような音が耳についた。力の抜けたいい演奏だと赤西は思った。最近はジャズばかり聴いていて、ウッドベースのことならかなりくわしくなっている。後から歩いてきた玄太が赤西の腕をつかみ、バンドマンたちを指さしていた。あののんびり屋の玄太があわてた様子になっていた。だから赤西も何事かとバンドのメンバーを順番に見ていった。

ウッドベースを弾いている男の顔を見て、赤西は目を見開いた。

英良は唖然としながらもまだ演奏を続けていた。

ステージのすぐそばに、黒崎とタケシ、赤西や玄太の姿が見えている。しかし、たまたま似た男たちが集まっているのかもしれないと英良は自分の目を疑っている。みな七年分、年を取り、事実、最後に会った時とは少しずつ顔つき体つきが違っている。だが黒崎は？　どう見ても本人だった。一曲目が終わり、式場の司会進行役がマイクでしゃべりだした。

「……そして、この式場ではちょうど百組目の同性婚披露宴だそうです」

盛大な拍手が起こった。バンドは演奏再開の合図を待っていたが、司会は話を続けている。するとバンマスが英良に声をかけてきた。

「お前はもう抜けてもいいよ」

英良は意味がわからなかった。

「え、なんスか？」

「まだわかんないのか。お前をここに引っ張り出すための仕掛けだよ、こいつは」

「仕掛け？　え？」

ほとんど追い払われるようにウッドベースを置いてステージから降りた。とたんに、司会の声を遮るようにバンドが演奏を再開した。司会は渋々といった様子でマイクをはなし、招待客たちは笑って手をたたく。バンドの音に背を押されるようにして、英良は披露宴参加者を見渡した。あちこちに見覚えのある顔が並んでいた。

それでもまだ英良には「仕掛け」の意味がわかっていなかった。

「ヒデ君！」

目の前にいきなり愛染が飛び出してきた。豊満な体にきつく抱きしめられて、英良は目をパチクリさせた。

「先生？」

「会いたかったのよ、ずっと……。ほら、みんないるのよ」

愛染に抱きつかれながら、英良はまわりを見回した。自然と赤西に目が行くが、そのすぐとなりには玄太もいるし、なんと耀次らしい男までいる。山神もいた。似た男たちじゃない。みんな本物だった。

愛染が体をはなすと、タケシがシャンパングラスを英良に手渡した。黒崎がボトルを持っていて注いでくれる。

「乾杯！」

黒崎とタケシは自分たちのグラスをあわせ、さっさと飲んでしまった。おそろいのタキシード姿で二人とも満面の笑みを浮かべている。英良がやっとの思いで言った。

「なんで？　こんなの、……ぜんぜん聞いてなかった」

黒崎がいかにも得意そうな顔でこたえた。

「驚かせてやりたかったんだ。それに、普通に招待したら、お前こなかっただろ？」

「あの、……おめでとう」

なんとか言葉をひねり出していた。まだ衝撃が大きすぎて、英良はすべてを飲み込めていなかった。しかもタケシと黒崎の後ろに赤西の姿が見えていた。髪と髭に白髪が混じり、貫禄のついた赤西の姿に、七年という歳月があらためて身に迫ってくる。赤西も英良と同じくらい衝撃を受けた様子でそこに立ち尽くしていた。

タケシが気を利かせて黒崎の腕を引っ張った。

「他のお客さんたちにも挨拶してまわらないといけないから」

二人が離れていくと、愛染が山神の手をとり、玄太や耀次も遠のいていく。英良と赤西の間には誰もいなくなった。

その時ようやく、赤西が杖をついていることに英良は気がついた。とたんに罪の意識がのしかかってきて、英良は歯を食いしばった。

赤西も英良の視線に気づいて言った。

「もうなくても歩けるんだぞ。念のためだ。それに、洒落てるだろ？」

たしかにその杖はヨーロッパ映画で貴族が使っていそうなシックな装飾が施されたものだった。身の回りの品にこだわる赤西がよくよく吟味《ぎんみ》して選んだものだろうと英良にもわかった。変わっていない。英良は泣きそうな気持ちをなんとかこらえていた。

ずっと謝りたいと考えてきた。

なのに、いざ目の前に立つと、なにをどう言っていいのかわからない。赤西が柔和な笑みを浮かべているからこそ、その目を見ていられない。うなだれることしかできなかった。

赤西が言った。

「お前が住んでた部屋あるだろ」

「え？」

なんの話かわからず、英良は顔をあげた。

「マンションの四階下の？」

「あれはお前のものだ。長谷川さんが残した遺書にそうあった。この七年はおれがかわりに管理して、人に貸してあった。家賃は積み立ててある。先月、最後の住人が出て行ったから、今はまた空いてる」

頭が真っ白になっていた。長谷川さんがオレのためにあの部屋を遺していた？ それを赤西さんが面倒みてくれていた？

オレは二人に取り返しのつかないことをしてしまったのに？

まるでつかえがとれたように、英良の目から涙が流れ出していた。

赤西が続けた。

「お前が住んでもいいし、売っても、また貸してもいい。お前のものなんだから、好きにしろ」

「でも」

「もういいんだ」

赤西の手が英良の肩にのっていた。英良はますます体震わせて号泣した。するとすぐ横から声をかけられた。

「おい、披露宴なんだぞ。あんまりめそめそしてると迷惑だ」

山神だった。さっき愛染に連れて行かれたはずなのに、すぐに戻ってきたらしい。あきれたような顔で英良と赤西を見ていた。赤西も同調した。

「そうだ、お祝いの席だぞ」

「うん、ごめんなさい」

英良は目をこすりこすり、やっと笑った。その泣き笑いの顔を見て、赤西も困ったような顔で笑い返す。二人のやりとりを見て山神は首を振り振り離れていく。

「まったく七年も経ったってのにこれじゃ少しも変わらない。やってられるか。……お前さんたちはどうあってもそばにいる運命なのかもなあ」


長谷川家と刻まれた墓石を前に、英良は石畳の地面にくずおれて泣きじゃくっていた。赤西はその斜め後ろに立ち、静かに手を合わせている。辺りに線香の煙がたなびいているが、風が吹くと跡形もなく飛ばされて消えてしまう。

英良が四階下の部屋に戻ってきたのが昨日のことだった。挨拶に来た時に墓参りがしたいと言われ、赤西が連れてきた。

墓に向かうタクシーの中で二人は一言も話さなかった。赤西は気遣ってなにか話題を見つけようとしていたが、英良の思い詰めた横顔を見て黙り込んだ。

長谷川の墓を見上げて涙を流す英良の姿があまりにも苦しげで、赤西はその肩に手を置いた。震える肩の筋肉の熱さに、思わずハッとした。赤西は自分も泣いていることに気づいていなかった。

マンションに戻るとエレベーターで二人それぞれ四階違いのボタンを押した。それから、英良が伺うような目で赤西を見上げた。

「犬の散歩、してこようか?」

最後に英良が赤西の犬と会ってもう七年半近くの歳月が過ぎている。こいつの中ではきっといつまでも元気いっぱいの犬なんだろうと赤西は思いついた。

「犬と会ってくれ」

「え、うん、だから散歩を……」

「もうあいつはまともに歩けない」

「え？」

英良を連れて部屋に入った。犬は自分のベッドでぐっすり眠っている。二人で見下ろしてもしばらく気づかないが、やがて鼻をヒクヒクさせて目を薄く開き、赤西の顔を見てゆっくりと尻尾を振る。それから英良の存在に気づき、さらに大きく尻尾を振ってみせた。

「覚えてたみたいだな」

「なんだよ、こんなに年とっちゃったのかよ……」

英良はさびしそうな顔で犬を撫でた。赤西は煎茶《せんちゃ》を入れる準備をした。ポットで湯を沸かしている最中に、振り返って英良の方を見た。英良はちょうど立ち上がるところで、赤西とまっすぐ向き合った。

その瞬間まで、赤西にもまるでそんな気持ちはなかった。

しかしほんの数メートル先に英良の肉体を感じ、再びこの部屋で二人きりになったのだと思うと、想いが体からあふれだすようだった。赤西は知らず知らず英良に歩み寄っていた。赤西の見つめる目の真剣さに英良もハッとした表情を見せた。

「抱いてくれるか」

赤西は口に出して頼んだが、その必要もなかったのかもしれない。英良はそれが当然のことのように自ら服を脱ぎはじめた。

気持ちが通じたのかどうなのかよくわからなかった。もちろん英良が自分を想ってくれているとは思えない。しかし今は受け入れてくれようとしている。それだけで赤西には十分だった。

シャツを脱いだ英良を見て、赤西は思わず息を飲んだ。『ＲＥＤ』に入りジムで鍛えるようになった後、たしかに英良の肉体は筋肉がついて見栄えがした。しかし今はその筋肉の上にうっすらと脂肪の膜が張り、大人の男らしいボリュームがある。胸骨の上には目立たないが胸毛まで生えて、ズボンを脱ぐと以前よりずっとがっしりとした下半身があらわになった。太ももも尻も厚みが出た。

英良の裸体を見ただけで赤西は一物をかたく張り詰めさせた。スラックスの前の膨らみを隠す余裕もなく、英良の足下に膝をつき、その肉体に顔を寄せていた。なつかしい体臭のはずだった。しかし体つきだけでなく、匂いまで変わっていた。前は青臭いとも言える、若い男特有の酸っぱいような体臭を放っていた英良なのに、今は熟れたような大人の男の匂いをにじませている。

英良はまだトランクスをはいていた。赤西はゆっくりとそれをおろして足首から抜いてやった。やはりノンケはノンケのままらしく、英良の一物は萎えたままで、皮を半分かぶっていた。

「う」

皮をゆっくりとむきあげてやった。その刺激で英良はピクリと体を震わせた。口に含んで舌で転がすと柔らかいグミのような口触りだが、濃厚な男の匂いと小便滓の塩辛さはやはり圧倒的だった。その時不意に、初めて英良と肌を重ねた時の記憶が戻ってきた。英良がアパートを追い出され、このマンションに転がり込んできたその翌朝、「研修」として体をあわせた時の記憶だった。

あの時はもっとすごかった、と赤西は思い出している。英良は二晩風呂に入っていなかった。朝勃ちしていたせいもあったのか、トランクスの上からでも強烈な匂いが鼻先に迫ってきた。今はあの時よりよほどマイルドだが、英良の匂いと思えば同じように愛おしい。しかもただ口に含んでいるだけでムクムクとかたく、太くなっていく。そのたくましさに赤西はうっとりしてしまう。何度も鼻で深呼吸して、陰毛に染みついた雄臭い匂いも味わった。

「ん、んう……」

英良の一物を舐めまわしながら、赤西もスラックスを脱いだ。口の端からあふれ出している唾を指にまぶし、肛門になすりつけた。そっと指先を押し込んで慣らそうとかきまわすと、もうそれだけで達しそうになっている自分に驚いた。英良の匂いを嗅ぎ、肉をしゃぶっているだけで、体がビンビンと反応してしまったのだった。

「入れてもいいスか？」

「よし、こい。……う、あ、まずい」

赤西は自分で太ももを抱え込んで英良を受け入れていた。誰が相手でも入れはじめは違和感があるし慣らしが足りず痛いこともある。なのにはじめから感じてしまっていた。ただ先っぽが入ってきただけの段階で、英良に犯されていると考えただけで、もうたまらなかった。でもまさか、と赤西は考えていた。しかし英良の太いそれがずるずると中に入り込んできただけで、赤西は一物を張り詰めさせ、睾丸がぎゅっとあがってくるのを止められなかった。

「はっ、はあっ、くそ、だめだ、漏れる……、うっ」

英良相手にトコロテンの経験は前にもあった。だが、まさかただ入れられただけで漏らすとは思わなかった。赤西は腹の上にザーメンを飛び散らせて英良を見上げた。恥ずかしさより、ますます体が燃え上がり気持ちも熱くなっていた。

「続けてくれ、たのむ」

「でも、オレも、あ、締めちゃだめだよ、うーっ！」

英良も漏らしていた。しかし興奮したからじゃないと赤西はわかっていた。あいかわらずの早撃ちということだ。こういうところは変わっていない。赤西は思わず苦笑した。

「続けてできるな？」

「もちろん」

英良はまだ発射の余韻に浸っている。それでもニヤリと笑ってみせる。その男っぽい表情で見つめられると、赤西は体がフニャフニャとして力が抜けてしまった。

「あー、いいぞ、たまらん……、くっ、うっ！」

一発目のザーメンですべりがよくなっていた。英良は赤西の膝窩《しっか》を押さえつけるようにして腰を振った。太い一物が入り口の辺りから奥の方までまんべんなくこすりあげ刺激する。その腰使いの巧みさは変わっていなかった。

そうだ、元はおれが教え込んだのだと赤西は思いだしていた。それをこいつが発展させてさらによくなった。この力強さ、たくましさ……。英良は汗だくの顔で赤西を見下ろしていた。大人の男になり、精悍《せいかん》な顔つきになった英良が、興奮した雄々しい表情で赤西の感じぶりを確かめていた。

赤西はすがらずにはいられなかった。

英良の首筋にかじりついてあえぎ、腰に脚を絡ませて、根本まで刺してくれとねだった。

英良がのしかかってきた。そのずっしりとした重みもまた、英良が大人の男になったと感じさせた。

「泣いてるんスか？」

英良に言われて、目から涙があふれだしているのがわかった。どうしてなのか。快楽に溺れての涙ではなかった。

「待ってたんだ」

「うん？」

「おれはずっとお前を待っていた」

赤西の頭の中にさまざまな哀しみと後悔とがあふれていた。英良はそれを見通しているように、厳しい表情を浮かべた。腰をひねり、赤西のとくべつ感じやすい場所に亀頭を突き上げてえぐった。

「あっあっ！」

英良は激しく動きながら、体を折り曲げて赤西の乳首に吸いついた。太い首筋にべったりと舌を貼りつかせた。

「はあっ、はあっ」

「おっ、おおっ！」

ずるり、ずるりと肉棒が肉襞をこすりあげている。疼きの中心となる場所めがけて、英良の一物が突き進んで入り込んでくる。赤西はたまらず万歳の格好で全身を投げ出してしまった。脇の下を見せて分厚い体を左右にゆすってあえいだ。好きなようにしてくれと英良に身を任せきっていた。

「あーっ、ヒデ、ヒデ、あ、あ、あ……」

長年、受け役ばかりで「研修」で相手をした売り専たちも入れれば数え切れないほどの男たちに抱かれてきた赤西だった。それでもこの感覚は初めてのものだった。英良に抱かれ、貫かれ、もちろん焼き尽くされるような快感があり、さらにその一段上の世界に押し上げられようとしていた。赤西は痺れた手足でなんとか英良にもう一度しがみついた。英良の熱い体温と汗ばんだ皮膚の感触が、せつないほどにうれしかった。

その時、尻の中に留まっていたあの感覚が、下半身全体に、そして全身に広がっていくのがわかった。

「アッ、アーッ！」

「またイッてるの？　う、すげえ締まってるよ、オレもまた、うーっ！　……え、赤西さん？　赤西さん！」

そう聞く英良の声もすでに耳に届いてはいなかった。赤西はまるで自分が溶けて蒸発し、部屋中に霧《む》散《さん》したように感じていた。心も体も白く消えてなくなったようだった。

「……赤西さん？　大丈夫？」

頬をペチペチとたたかれる感覚で目を覚ました。目が合うと、赤西は照れて笑った。英良もつられたように笑った。

こんな風に笑いあえるのかと赤西は新鮮な驚きを感じていた。

赤西を覗きこむ英良の顔の横に、犬まで心配そうな顔で座っていた。

その日から、赤西の留守の間、英良が犬の介護を引き受けることになった。

英良は四階下の部屋に暮らしながら、ちょくちょく赤西の部屋にやってきた。

赤西が料理をして、二人向かい合ってダイニングテーブルで食事をすると、まるであの頃に戻ったようだと赤西は感じていた。しかし箸を使う英良の手は、以前とは別人のそれのように荒れて無骨になっている。つらい生活を送ってきたのかと思えば悲しくなるが、たくましい男になったのだとも言える。

ともかく、時は確かに過ぎてしまったのだという証拠を見せつけられたような気がした。

昔は子どものようにきれいな手をしていた英良だったのに。

「じゃあ、後をたのむ」

夕方、英良に留守をたのんで赤西は『ＲＥＤ』に行った。犬を一匹で残していくことに比べればずっと気が楽だった。しかしその夜、『ＲＥＤ』で前原と話し込んでいると英良から電話がかかってきた。

犬の具合が悪いのだという。苦しそうだ、と英良は言った。

『病院に連れて行く？』

「いや……、もしその時がくるんだったら、変に苦しませたくない」

それまでの数ヶ月で、赤西はもう何度か犬を入院させていた。そのたび、もうダメかもしれないとあきらめかけたが、犬は持ちかえしてマンションに戻ってきた。だが、入退院を繰り返すたびに弱っていくのは見てわかっていた。

深夜になって『ＲＥＤ』を閉めると急いでマンションに戻った。

「どうだ？」

赤西はほとんど部屋に駆け込んでいた。犬はベッドでぐっすり眠っていた。すぐそばで見守っていた英良が赤西を振り返って言った。

「持ちかえしたみたいだ。さっきから呼吸が楽になったみたいだし」

赤西は英良の顔を見て、大きく息を吐き出した。

二人で軽い夜食をとって、交代でシャワーを浴びた。犬はときおり苦しげな声で目をつむったまま鳴いた。二人はハラハラして犬を見守った。朝が近づいていたが、二人とも眠る気にはなれなかった。

赤西はそっと犬の体に手を置いた。犬は目を開かないが、鼻をヒクヒクさせているからきっと主人の匂いを嗅いでいる。涙がにじんでくるが、だんだん犬の様子が落ち着いてきているのはわかっていた。近いうちに逝ってしまうのは間違いないが、おそらくそれは今夜ではない。

英良が赤西の肩に手を置いていた。気遣いからしてくれたこととわかっているが、赤西は振り返って英良の顔を間近に見つめてしまった。三十になってすっかり大人の男らしくなった英良の顔。二人の唇はとても近いところにある。

壁の桟にかかったエスペランサが二人を見下ろしていた。いや、今は目を逸らして、窓の外を眺めているようにも見えている。

夜が暁けようとしていた。

赤西が仏壇に手をあわせている。位牌は四つに増えている。一番新しいそれは人間用のものよりいくらか小さく、かわいらしい。

手で払って蝋燭の火を消している間、赤西の足下に元気のいい子犬がまとわりついている。

時計を見ると時間が迫っていた。赤西はあわてて子犬を抱き上げ、ロビーまで降りていった。英良が巨大なボストンバッグを足下に置いて待っていた。

「もうタクシー呼んだのか?」

「うん、あ、あれだ」

英良はろくに挨拶もせずさっさとタクシーに乗り込んでしまった。だから赤西もつられたようにとなりに乗り込んだ。子犬を抱えたままだが、運転手はなにも言わなかった。

「空港まで見送りしてやる」

赤西は言い訳するように言った。その腕の中で子犬が逃げだそうと暴れているから、英良は笑い出した。

英良はヨーロッパでウッドベーシストとして活動している父に会いに行くのだという。会ってどうするかは決めていないらしい。とにかく会うだけ会うのだと聞いていた。

タクシーの中ではどうでもいい話をしていた。今頃のヨーロッパの天気はどうだとか、黒崎とタケシも仕事で南米からヨーロッパにちょくちょく出かけているらしいから会えるかもしれないな、といったことだった。赤西は肝心のことが聞けずにいた。

だから車を降りて国際線ターミナルに入ったところで、勇気を振り絞って聞いた。

「もしかしたら、もう帰ってこないってこともあるのか？」

英良は肩をすくめて笑った。

「どうかな。それはないと思うよ。オレ、言葉もわからないし、向こうに行ったってなんにもできることないしさ」

そうは言うが、もう英良は戻ってこないと赤西は強く予感していた。だからすがるような顔で見つめていた。

「戻ってこい。……その、もうあのマンションの管理は嫌だしな。自分でやれ」

赤西は英良の手を握った。英良はされるがままで笑っている。だからもうかまわずに抱きしめた。自尊心もまわりの目も無視して好きなようにした。しかし抱けばよけいにわかってしまうものがあった。やっぱりこいつはノンケだ。なのにおれはまだこいつに惚れている。まったく、どうしようもないアホウだ。

二人の体の間で子犬がぶるぶると体を震わせて邪魔をしていた。

「待ってるぞ」

手続きをすませ、手荷物検査場に入っていく英良を見送った。金属探知ゲートの向こうから英良が手を振っていた。その顔は晴れやかだ。赤西の腕の中でキャンと犬が鳴いた。


〈完〉

あとがき

ゲイ官能小説には、自分が思いつくままに書いてそのままのせてもらう、なにかしら編集部に言われてそれをヒントに話を作っていく、その二つのパターンがあるが、これは後者に当たる。ひとつ大きな取り決めがあり、僕一人で考えたら絶対そうはしなかった。おかげで僕にとって新しい小説が書けた。ジーメン編集部の皆様、連載中に挿絵を描いていただいた、ばんじゃく先生には特にお礼を言いたい。ばんじゃく先生の挿絵があったから登場人物たちに命が吹き込めたと思う。そして、この本をお買い上げいただいたあなた様に心よりの感謝を。

小玉 オサム　こだま・おさむ

1990年代前半より現在に至るまで雑誌「ジーメン」（古川書房）、「バディ」（テラ出版）、「サムソン」（海鳴館）、「さぶ」（サン出版）、「薔薇族」（第二書房）などで、男性同士の恋愛物語や性愛描写を描いた小説作品を数多く発表。2014年に初小説単行本『NIGHT AND DAY』を刊行。

初出
暁けない夜明け……月刊ジーメン №230～237（2015年3月～10月）

暁けない夜明け

二〇十五年十一月十九日　第一刷発行

著者　小玉オサム
発行者　岩澤 龍
発行所　株式会社古川書房
〒一六四-〇〇一二東京都中野区本町四-一九-一三
電話 〇三-三三八九-八三八九
FAX 〇三-三三八九-八三九〇
URL http://www.furukawa-books.com/
振替　00180-4-120189

ISBN978-4-89236-507-2
落丁・乱丁本はお取りかえいたします。
定価はカバーに表示してあります。